Wanda E. Brunstetter

Annas Geheimnis

Roman

Über die Autorin

Wanda E. Brunstetter ist schon seit Jahren von der Lebensweise der Amischen fasziniert. Ihr Mann stammt aus Pennsylvania, einem Bundesstaat, in den im 18. Jahrhundert sehr viele Amische einwanderten. Die Autorin lebt im Staat Washington und hat bereits einige Romane geschrieben, die in Amisch-Siedlungen spielen.

Wanda E. Brunstetter

Annas Geheimnis

Roman

Aus dem Amerikanischen übersetzt von Eva-Maria Nietzke

Gerth Medien

Die amerikanische Originalausgabe erschien im Verlag
Barbour Publishing, Uhrichsville, USA,
unter dem Titel „A Sister's Secret".

1. Auflage 2009
Bestell-Nr. 816 334
ISBN 978-3-86591-334-2

Umschlaggestaltung: Hanni Plato
Umschlagfoto: The Design Works Group, www.thedesignworksgroup.com
Satz: Nicole Schol
Druck und Verarbeitung: GGP Media GmbH, Pößneck

Kapitel 1

Anna Hostettler fröstelte. Als sie aus dem Restaurant, in dem sie arbeitete, ins Freie trat, bemerkte sie einen rothaarigen Englischen, der neben einem Amisch-Buggy auf dem Parkplatz stand. Er trug Jeans und eine dazu passende Jacke und hielt eine Kamera in der Hand. Seine Art, den Kopf leicht zur Seite zu neigen, erinnerte sie irgendwie an Gary Walker, den flegelhaften englischen Burschen, mit dem sie während ihrer wilden *Rumschpringe*-Zeit eine Weile ausgegangen war. Doch es konnte nicht Gary sein. Sie hatte ihn seit jener Zeit nicht wiedergesehen …

Anna presste ihre Handflächen gegen die Stirn. Ihre Fantasie spielte ihr Streiche, so musste es sein. Sie zwang sich, den Mann nicht länger anzustarren, und ließ ihren Blick suchend über den Parkplatz schweifen. Doch weder ihre Schwester Ruth noch deren Buggy waren zu sehen. *Vielleicht sollte ich in die Bäckerei gehen und nachsehen, was sie aufgehalten hat.*

Anna lief los, doch als sie sich dem Mann näherte, hielt sie unwillkürlich den Atem an. Es war Gary! Dieses schiefe Grinsen, die leuchtend blauen Augen und sein würziges Aftershave hätte sie überall erkannt.

Er lächelte und richtete die Kamera auf sie. In seinen Augen flackerte eine Spur von Wiedererkennen auf und sein Mund blieb offen stehen. „Anna?“

Sie nickte kurz, während der Geruch gegrillter Zwiebeln aus einem Restaurant an der Straße sie beinahe zum Niesen brachte.

„Schau mal einer an.“ Er lehnte sich nach vorn und blinzelte. „Ja, es sind dieselben hübschen blauen Augen und das aschblonde Haar, aber in diesen Amisch-Klamotten hätte ich dich fast nicht wiedererkannt.“

Anna öffnete den Mund, um etwas zu erwidern, doch er kam ihr zuvor. „Was ist passiert? Kamst du in der englischen Welt nicht zurecht?“

„Ich … ich …“

„Erzähl mir nicht, du hättest Eric davon überzeugt, den Glauben der Amischen anzunehmen." Er schüttelte langsam den Kopf. „Ich kann mir einfach nicht vorstellen, wie ihr beide zur Scheune latscht, um gemeinsam Kühe zu melken und Stallmist herauszuschaufeln."

Anna schluckte krampfhaft, um den bitteren Geschmack zu vertreiben, der in ihrer Kehle aufstieg. „G-Gary, hör auf damit."

Er lachte, doch es klang nicht fröhlich. „Womit soll ich aufhören? Alte Geschichten auszugraben?"

Anna war nicht gerade stolz darauf, dass sie sich während ihres *Rumschpringe* viele Angewohnheiten angeeignet hatte, die nicht zu ihrem amischen Lebensstil passten. Sie hatte ihrer Familie nie irgendwelche Einzelheiten über die Zeit, die sie fern von zu Hause verbracht hatte, erzählt. Sie wussten nur, dass sie mit einer ihrer amischen Freundinnen, die ebenfalls die *Rumschpringe*-Zeit durchgemacht hatte, fortgegangen war, um gemeinsam die moderne, englische Welt kennenzulernen. Anna war zwei Jahre lang fortgeblieben und hatte während dieser Zeit keinen Kontakt zu ihrer Familie gehabt – abgesehen von einem Brief, in dem sie ihren Eltern mitteilte, dass es ihr gut ging und sie sich keine Sorgen machen sollten. Sie hatten noch nicht einmal gewusst, dass sie in Cincinnati lebte oder dass …

„Also, wo ist Eric?", fragte Gary und unterbrach Anna in ihren Gedanken.

Sie fröstelte trotz des warmen Nachmittags und blickte sich unsicher um. Hoffentlich war niemand, der sie kannte, in Hörweite. Die einzigen Leute, die sie sehen konnte, waren eine Gruppe Englischer, die auf einen der vielen Touristenläden zusteuerten. „Eric ist nicht mehr bei mir und … und meine Familie weiß nichts über die Zeit, in der ich nicht zu Hause war, also sag ihnen bitte nichts, okay?"

Er gab ein unverbindliches Grunzen von sich. „Hütest also immer noch Geheimnisse, was, Anna?"

Seine Frage traf sie wie ein Messerstich. Als sie Gary – zu der Zeit, in der sie in einem Restaurant in Cincinnati als Kellnerin arbeitete – zum ersten Mal begegnet war, hatte sie ihm verschwiegen, dass sie eine Amische war. Es war nicht so, dass sie sich ihrer Herkunft geschämt hätte. Doch sie hatte beschlossen, ihren amischen Lebensstil hinter sich zu lassen, während sie die Welt der Englischen erkundete.

Doch eines Tages, als eine Gruppe amischer Kinder in das Restaurant gekommen war, hatte Anna Pennsylvaniadeutsch mit ihnen gesprochen, und Gary hatte das Gespräch mitverfolgt. Später hatte er sie darüber ausgefragt, und sie hatte schließlich zugegeben, dass sie aus Holmes County, Ohio, stammte und als Amische geboren und erzogen worden war. Gary hatte sich darum zunächst wenig gekümmert, doch später, als sein hitziges Temperament und seine impulsive Art immer mehr durchbrachen, begann er, sich über sie lustig zu machen. Er nannte sie ein dummes amisches Mädel, das nicht wusste, was es wollte oder wo es hingehörte.

Als dann Eric in ihr Leben trat, der sie mit seinem jungenhaften Charme und Witz bezauberte, fand sie schließlich den Mut, mit Gary Schluss zu machen. Gary war alles andere als begeistert, dass sie mit einem seiner Freunde ausging, und drohte ihr, sich zu rächen. War er nach Holmes County gekommen, um seine Drohung wahr zu machen?

„Was … was tust du hier, Gary?“ Ihre Stimme klang belegt, fast wie ein Flüstern, und ihre Hände zitterten, als sie ihre Arme steif an ihren Körper presste.

„Ich bin geschäftlich hier. Ich bin jetzt freiberuflicher Fotograf und Reporter.“ Er blickte sie mit einem schelmischen Lächeln an. „Allerdings habe ich nicht damit gerechnet, dich hier zu treffen.“

Anna hörte das rhythmische Klappern von Pferdehufen und sah den Buggy ihrer Schwester die Straße herunterkommen. „Ich … ich muss los.“ Ihre Schwester sollte auf keinen Fall sehen, dass sie mit Gary im Gespräch war. Sie würde sie ohne Zweifel mit einer Reihe von Fragen bestürmen, auf die Anna nicht vorbereitet war.

Gary hob seine Kamera, und bevor Anna den Kopf wegdrehen konnte, machte er ein Foto. „Bis bald, Anna."

Sie nickte ihm kurz zu und eilte davon.

Ruth blinzelte, als sie aus dem vorderen Fenster ihres Buggys hinaussah. Was machte Anna auf dem Parkplatz des Restaurants? Wieso sprach sie mit einem Englischen, der eine Kamera in der Hand hatte?

Sie lenkte das Pferd an den Bordstein und wenige Minuten später kletterte Anna in den Buggy. Sie wirkte ziemlich durcheinander. „Wie … wie war dein Einstellungsgespräch?", stieß sie keuchend hervor.

„Prima. Ich habe den Job."

„Wie schön. Das freut mich."

„Wer war dieser Mann mit der Kamera?", erkundigte sich Ruth, während sie den Wagen langsam vom Bordstein weglenkte und sich in den Verkehr einfädelte.

Errötend zuckte Anna die Schultern. „Nur … nun … jemand, der amische Buggys fotografiert."

„Es sah so aus, als hättest du mit ihm gesprochen."

„Na ja, ich habe ein paar Worte gesagt."

„Warst du verärgert, weil er dich fotografiert hat?"

Anna nickte.

„Das passiert immer wieder. Ein paar von den englischen Touristen, die nach Berlin und in die anderen Städte von Holmes County kommen, fotografieren uns einfach, ohne uns um Erlaubnis zu fragen. Entweder ist ihnen nicht klar, dass wir nicht fotografiert werden wollen, oder aber es ist ihnen egal." Ruth runzelte die Stirn. „Das macht mich so wütend."

Anna schwieg. Ruths Worte konnten sie zu keiner Antwort bewegen.

„Es ist wohl das Beste, wenn wir einfach wegschauen und versuchen, ihre Fotoapparate zu ignorieren."

„Hoooooh!"

Während Ruth das Pferd an der zweiten Ampel anhielt, langte sie über den Sitz und berührte Annas Arm. „Geht es dir gut? Du siehst so aus, als ob du dir Sorgen machen würdest."

„Ich bin nur müde. Ich war schließlich den ganzen Tag lang auf den Beinen."

„Bist du sicher? Deinem Gesicht nach zu urteilen ist es mehr als nur Müdigkeit."

„Ich möchte einfach nur nach Hause, dort wird es mir besser gehen." Anna lächelte, doch es sah gezwungen aus. „Erzähl mir von der Bäckerei. Was wirst du dort tun?"

Ruth hielt den Atem an, als der Geruch vom Dung einer nahe gelegenen Farm in den Buggy drang. „Vor allem die Kunden bedienen, während Karen und Jake Clemons im anderen Raum mit dem Backen beschäftigt sind", sagte sie. Als die Ampel auf Grün schaltete, schnalzte sie mit der Zunge, um das Pferd anzutreiben. „Manchmal werde ich allein arbeiten und manchmal mit meiner Freundin Sadie Esh."

„Würdest du gern beim Backen mithelfen?"

Ruth schüttelte den Kopf und lenkte das Pferd auf die Nebenstraße, die nach Hause führte. „Nicht wirklich. Ich freue mich darauf, die Kunden zu bedienen, bis ich eines Tages heiraten werde. Eine Familie zu gründen ist mein Lebenstraum." Ruth warf einen raschen Blick auf Anna. „Natürlich muss ich erst mal einen Ehemann finden."

„Wie sieht es mit Luke Friesen aus? Könnte es zwischen euch beiden was werden?"

„Ich weiß nicht, vielleicht. Im Moment will ich mich erst mal auf meinen neuen Job konzentrieren." Sie leckte sich die Lippen. „Allein der Gedanke an all die köstlichen Kuchen und Torten in der Bäckerei macht mich hungrig."

„Ich bin sicher, dass Mom das Abendessen fertig hat, wenn wir zu Hause sind. Du brauchst also nicht lange zu hungern."

„Da wir gerade über Mom sprechen – vor ein paar Tagen habe ich gehört, dass sie bald mit dir an deinem Hochzeitskleid arbeiten will."

Anna nickte und drehte den Kopf, um nach draußen zu sehen. Schaute sie auf die Bäume, die in leuchtenden Herbstfarben die Straße säumten, oder versuchte sie, einem Gespräch aus dem Weg zu gehen?

„Willst du immer noch, dass ich dir mit den Blumen für deine Hochzeit helfe?"

„Ja, natürlich."

„Du brauchst ja viele frische Gestecke, und ich dachte, dass je eines in der Mitte der Tische sehr schön aussehen würde."

„Äh, ja."

„Möchtest du auch Kerzen?"

Anna nickte.

„Du weißt ja, dass Cleons Mutter und seine Schwester Bienenwachskerzen herstellen. Ich bin sicher, dass sie dir gern welche zur Verfügung stellen werden."

„Ja, wahrscheinlich."

„Ich hoffe, Cleon weiß, wie glücklich er sich schätzen kann, meine große Schwester zu heiraten."

„Ich … *ich* bin diejenige, die sich glücklich schätzen kann." Anna zupfte an ihrem dunkelgrünen Kleid, als ob sie einen Fussel entfernen müsste, doch Ruth bemerkte nichts. Sie konnte auch nicht genauer hinsehen, denn sie musste sich ganz auf die Straße konzentrieren. Erst letzte Woche war ein von den Hügeln kommender Buggy auf diesem Straßenabschnitt zwischen Berlin und Charm mit einem Hirsch zusammengestoßen.

Anna seufzte und Ruth sah sie kurz von der Seite an. Wenn es etwas gab, das Anna beunruhigte, würde sie darüber reden, sobald sie dazu bereit war. Ruth ließ ihren Blick schweifen. Das Laub der Birken, der Hickorybäume und Buchen erstrahlte in gelben, orangefarbenen und braunen Schattierungen, das der Ahornbäume, Eichen und Sträucher in Rot und Violett. Die Lichtsprenkel der Sonne, die durch die Baumkronen huschten, gaben Ruth das Gefühl, dass die Welt in Ordnung war – jedenfalls ihre eigene kleine Welt.

Cleon Schrock ging auf die Theke des Restaurants zu, in dem Anna arbeitete, und lächelte Sarah, die Tochter des Restaurantbesitzers, an. „Ich bin geschäftlich in der Stadt und wollte kurz nach Anna sehen. Könntest du ihr bitte sagen, dass ich da bin?"

Sarah schüttelte den Kopf. „Tut mir leid, Anna ist schon seit zehn Minuten fort. Sie wollte ihre Schwester treffen."

„Okay, danke." Cleon wandte sich zum Ausgang. Er war tief enttäuscht. Er hatte Anna seit dem letzten Predigtgottesdienst nicht mehr gesehen, und das lag schon über eine Woche zurück. „Schönen Abend, Sarah", rief er über die Schulter.

„Danke, wünsch ich dir auch."

Cleon öffnete die Tür, trat hinaus und stieß mit einem groß gewachsenen, rothaarigen Englischen zusammen. Der Kerl hielt eine modern aussehende Kamera in der einen und eine Kladde mit einem dicken, grünen Kuli in der anderen Hand. „Entschuldigung. Ich habe nicht bemerkt, dass jemand hinter der Tür war", sagte Cleon mit einem Kopfnicken.

„Kein Problem. Solange meinem Baby hier nichts passiert, ist alles in Ordnung." Er hielt die Kamera hoch. „Sie ist dieser Tage mein Broterwerb."

Cleon blieb stehen und dachte über die Worte des Mannes nach. „Sind Sie Zeitungsreporter?"

„Nein. Ich bin freiberuflicher Fotograf und Reporter und schreibe für verschiedene Publikationen." Bei seinem Lächeln blitzte eine Reihe gerader, blendend weißer Zähne auf. „Meine Fotos bringen oft mehr Geld ein als meine Artikel."

Cleon nickte kurz und schickte sich an weiterzugehen.

„Sagen Sie mal, würden Sie mir vielleicht ein kurzes Interview geben? Ich versuche, über die Amischen in diesem Gebiet ein paar Informationen einzuholen und …"

„Tut mir leid, nein." Cleon eilte die Stufen hinunter in Richtung Bordstein. Dass dieser Englische ihn mit Fragen über den amischen Lebensstil traktierte, war wirklich das Letzte, was er wollte. Er hatte erst vor Kurzem einige Artikel über seine Leute in der Zeitung gelesen und keiner der Beiträge entsprach völlig der Wahrheit. Cleon rannte zum Parkplatz, band sein Pferd vom Balken los und stieg in seinen Buggy. Wenn er sich beeilte, würde er Anna und Ruth vielleicht auf dem Nachhauseweg einholen.

Kapitel 2

Als Cleon in seinem offenen Buggy die Straße hinunterfuhr, konnte er an nichts anderes denken als an Anna. Er sehnte sich so sehr danach, sie zu sehen. Er wollte ihr unbedingt von seinen neuesten Kontakten mit einigen Inhabern von Geschenkartikelläden in Sugarcreek und Berlin erzählen, und sollte er ihren Buggy nicht auf der Straße treffen, würde er kurz bei ihr zu Hause anhalten.

Das Pferd warf den Kopf zurück und trabte stolz über die Straße. Cleon ließ seinen Gedanken freien Lauf. Er dachte an den Tag zurück, an dem er Anna Hostettler zum ersten Mal begegnet war. Das war vor fast vier Jahren gewesen – am Tag nach dem Umzug seiner Familie aus Lancaster County, Pennsylvania. Er hatte Anna während eines Predigtgottesdienstes im Haus ihrer Familie gesehen. Sie wirkte ruhig und schüchtern, doch nach einer Weile wurden sie Freunde und schließlich sehr bald ein Liebespaar.

Er hätte sie gern schon früher gefragt, ob sie seine Frau werden wollte, doch er hatte gewartet, bis seine Bienenzucht gut genug lief, um eine Frau und eine Familie ernähren zu können. Überdies schien Anna bis vor einem Jahr nicht zur Ehe bereit zu sein. Sie hatte ihm erzählt, dass sie sich eine Zeit lang vom amischen Lebensstil entfernt hatte, bevor sie der Gemeinde beigetreten war, und dass sie erst einige Monate bevor er mit seiner Familie hierhergezogen war, zurückgekehrt war. Cleon hatte mehrfach versucht, sie auf ihre *Rumschpringe*-Zeit anzusprechen, doch Anna wollte offensichtlich nicht darüber reden, und er hatte sie in Ruhe gelassen. Es war ihre Angelegenheit, was sie während dieser Zeit getan hatte, und wenn sie darüber reden wollte, würde sie es zu ihrer Zeit tun.

Hinter ihm ertönte eine Hupe und rief ihn in die Gegenwart zurück. Cleon zügelte sein Pferd und lenkte den Buggy an den Straßenrand, sodass das Auto vorbeifahren konnte. Er knirschte mit den Zähnen. So würde er Anna nie einholen.

Als das Auto vorbeigefahren war, steuerte Cleon den Buggy zurück auf die Fahrbahn und trieb das Pferd an, schneller zu laufen. Der Vierbeiner zuckte mit den Ohren und fiel in einen raschen Trab. Es dauerte nur wenige Minuten, bis Cleon vor sich einen schwarzen, geschlossenen Buggy erblickte. Da weit und breit keine Autos zu sehen waren, trieb er sein Pferd erneut an, bis er auf gleicher Höhe neben dem anderen Buggy herfahren konnte. Durch das Fenster sah er Anna auf dem Beifahrersitz, Ruth saß neben ihr und lenkte den Wagen.

„Fahr an den Straßenrand, okay?"

Ruth nickte und Cleon kam hinter ihr zum Stehen. Er sprang von seinem Buggy und lief um den Wagen der Hostettlers herum auf die Beifahrerseite, wo Anna saß. Er öffnete die Tür. „Ich war im Restaurant. Ich hatte gehofft, dich dort anzutreffen. Sarah sagte mir, dass du schon gegangen bist, also habe ich versucht, euch noch einzuholen."

Anna lächelte ihn an, doch es wirkte gezwungen. Freute sie sich nicht, ihn zu sehen?

„Ich würde gern mit dir nach Hause fahren, damit wir uns unterhalten können."

Sie wurde blass und begann zu zittern. „Worüber unterhalten?"

„Über uns und unsere bevorstehende Hochzeit."

„W… was ist damit?"

Cleon blinzelte und rieb sich das Kinn. „Was ist los, Anna? Warum bist du so *naerfich*?"

„Ich … ich bin nicht nervös, nur müde von der Arbeit."

„Sie ist ein bisschen seltsam, seit ich sie am Parkplatz aufgelesen habe", erklang Ruths Stimme vom Fahrersitz. Sie lehnte sich herüber und sah Cleon direkt an. „Wenn du meine Meinung hören willst – ich glaube, meine große Schwester hat ein bisschen Angst vor der Hochzeit."

„Das stimmt nicht." Anna runzelte die Stirn und knuffte Ruth mit ihrem Ellbogen. „Wenn es dir nichts ausmacht, werde ich mit Cleon in seinem Buggy nach Hause fahren."

Ruth zuckte die Schultern. „Kein Problem, wir sehen uns dann zu Hause."

Als Anna in Cleons Buggy kletterte, spürte sie regelrecht, wie sich ihr Magen verknotete. Hatte Cleon in der Stadt Gary getroffen? Konnte Gary ihm etwas über ihre Vergangenheit erzählt haben? Wollte Cleon deshalb mit ihr reden? Vielleicht hatte er beschlossen, die Hochzeit abzublasen!

„Geht es dir gut?" Cleon langte über den Sitz herüber und berührte Annas Arm. „Du bist ganz anders als sonst."

„Es geht mir gut. Was wolltest du mir wegen unserer Hochzeit sagen?"

„Ich wollte dir erzählen, dass ich heute ein paar neue Kunden für meinen Honig gefunden habe, und wenn mein Geschäft sich weiter so gut entwickelt, brauche ich nicht länger auf der Farm meines *Daed* zu helfen." Cleon lächelte. „Wenn wir erst verheiratet sind, kannst du deinen Job aufgeben."

Eine Welle der Erleichterung durchlief Anna. Cleon hatte offenbar nicht mit Gary gesprochen oder Dinge aus ihrer Vergangenheit erfahren. Sonst hätte er ihr nicht vorgeschlagen, nach der Hochzeit ihre Arbeit aufzugeben.

Cleon nahm die Zügel in die Hand und setzte das Pferd in Bewegung.

Anna lehnte sich gegen den Ledersitz und versuchte, sich zu entspannen. Alles war in Ordnung – jedenfalls im Moment.

Eine Weile fuhren sie schweigend weiter. Anna lauschte auf das beständige Klappern der Hufe, während der Buggy über die hügelige Straße rumpelte. Sie dachte über Cleon nach. Er war stark und ruhig, und seit sie ihm zum ersten Mal begegnet war, schätzte sie sein ausgeglichenes Temperament und seinen feinen Sinn für Humor. Er war genau das Gegenteil von Eric, dessen heiteres Wesen und jungenhafter Charme sie angezogen hatten. Doch Eric schien nie irgendwo angekommen zu sein, was wahrscheinlich auch daran zu erkennen war, dass er während ihrer gemeinsamen Zeit in fünf verschiedenen Restaurants als Koch gearbeitet hatte.

Als sie am Feld eines amischen Farmers vorbeifuhren, brachte sie das Rascheln der Getreidehalme wieder in die Gegenwart zurück. Sie seufzte.

„Geht es dir wirklich gut?“, fragte Cleon mit sorgenvoll hochgezogenen Augenbrauen. „Wir sind fast bei dir zu Hause angekommen und du hast den ganzen Weg über so gut wie nichts gesagt.“

Anna wollte ihn keinesfalls wissen lassen, wie sehr sie die Begegnung mit Gary in Aufruhr versetzt hatte, und zwang sich zu einem Lächeln. „Ich habe darüber nachgedacht, wie glücklich ich bin, mit einem Mann verlobt zu sein, der so *wunderbaar* ist wie du.“

„Ich bin der Glückspilz“, sagte Cleon und berührte sanft ihren Arm. „Du bist wundervoll, du bist ein Geschenk.“

Wenn Cleon wüsste, welches Geheimnis ich verberge, würde er mich dann immer noch wundervoll finden?

Cleon ließ das Pferd rechts abbiegen und lenkte es über den Schotterweg an der Tischlerei von Annas Vaters vorbei. Wenig später kam das weiße, doppelstöckige Haus ihrer Familie in Sicht. Cleon zog die Zügel an und brachte Pferd und Buggy neben dem Anbindebalken nahe der Scheune zum Stehen. „Da sind wir.“

„Möchtest du zum Abendessen bleiben?“, fragte Anna. „Ich bin sicher, dass Mama genug gekocht hat.“

Sein Lächeln brachte seine Grübchen zum Vorschein und die goldenen Sprenkel in seinen braunen Augen wirkten heller als sonst. „Ich würde sehr gern mit euch essen. Vielleicht können wir anschließend ein wenig auf der Veranda sitzen und über unsere Hochzeit reden?"

Anna blickte in die Gesichter derer, die am Tisch saßen. Ruth saß zu ihrer Rechten, ihre jüngere Schwester Martha zu ihrer Linken. Mom hatte an der Stirnseite nahe des Ofens Platz genommen, Dad am anderen Ende des Tisches und Cleon saß Anna gegenüber.

Anna war froh, Cleon zum Abendessen eingeladen zu haben. Die Gespräche und das Scherzen am Tisch hatten ihr geholfen, sich ein wenig zu entspannen, und es war schön zu sehen, wie gut sich Cleon mit der ganzen Familie verstand. Dad hatte ihr mehrmals gesagt, wie glücklich er über ihre Wahl war, doch sie fragte sich, was Mom und Dad wohl über Eric gedacht hätten. Sie war sich sicher, dass sie es nicht gebilligt hätten, wie er zwischen den verschiedenen Jobs hin- und hersprang – doch vielleicht hätten sie ja seinen Humor und seine Aufgewecktheit gemocht.

Diese Eigenschaften hatten Anna sofort verzaubert, als er sich als Koch in dem Restaurant in Cincinnati, in dem sie gearbeitet hatte, bewarb. Wenn ihre Eltern gewusst hätten, dass sie einmal mit einem Englischen verheiratet gewesen war, wären sie sicherlich sehr aufgebracht gewesen.

„Wie läuft dein Geschäft, Roman?", fragte Cleon Annas Vater.

Dad langte nach der Schüssel mit dem Kartoffelpüree und lächelte. „Wir hatten ziemlich viel zu tun in letzter Zeit."

„Dann war es sicher eine gute Idee, Luke Friesen als Hilfskraft einzustellen."

„Luke ist ein guter Arbeiter", sagte Dad mit einem Nicken. „Leider sind wir schon ein paar Mal aneinandergeraten."

„Weswegen?", fragte Ruth besorgt. Sie und Luke kannten sich erst seit ein paar Monaten, und Anna war klar, dass ihre Schwester nichts Negatives über ihn hören wollte.

Dad zuckte seine breiten Schultern. „Du musst dir keine Sorgen machen, meine Tochter. Luke muss einfach noch lernen, wer das Sagen hat und was ich tolerieren kann und was nicht."

Ruth öffnete den Mund, um etwas zu erwidern, doch Martha kam ihr zuvor.

„Sag mal, Dad, ich dachte, wenn du nicht genug Zeit hast, eine Hütte für meine Hunde zu bauen, dann könnte ich vielleicht Luke darum bitten."

Dad runzelte die Stirn und schüttelte den Kopf. „Luke hat schon genug Arbeit, aber ich werde die Hundehütte bauen, sobald ich kann."

„Wenn du dabei Hilfe brauchst, kannst du dich gern an mich wenden", bot Cleon an.

„Wir sind in einer geschäftigen Jahreszeit, mit der Ernte und alledem", sagte Dad. „Ich bin sicher, du hast gerade alle Hände voll zu tun – mit der Hilfe für deinen *Daed* und deine *Bruders* auf der Farm, deiner Bienenzucht und dem Hausbau für Anna und dich."

„Da sprichst du ein wichtiges Thema an." Cleon sah zu Anna hinüber. „Ich hoffe, dass unser Haus bis zur Hochzeit fertig ist, aber zurzeit sind alle zu beschäftigt, um mir zu helfen, und ich frage mich, ob ich es rechtzeitig schaffen werde."

„Möchtest du den Hochzeitstermin verschieben?", fragte Anna, wobei eine tiefe Traurigkeit von ihr Besitz ergriff. Wenn sie und Cleon nicht im Dezember heiraten konnten, weil das Haus nicht fertig war, würden sie dann bis zum nächsten Herbst warten müssen? Die meisten amischen Paare heirateten im Oktober, November oder Dezember, wenn die Ernte eingefahren war. Anna spürte, dass sie es nicht ertragen könnte, ein weiteres Jahr zu warten.

„Macht euch keine Sorgen. Du und Cleon, ihr könnt nach der Hochzeit hier wohnen und so lange bleiben, bis euer Haus fertig ist." Dad lächelte Mom über den Tisch hinweg an und zupfte mehrmals an seinem dichten braunen Bart. „Stimmt's, Judith?"

„Aber ja, das ist überhaupt kein Problem", sagte sie. „Und da euer Haus ja auf unserem Grundstück steht, ist es für euch beide sicher leichter, daran zu arbeiten, sobald ihr wieder ein wenig freie Zeit habt."

Anna sah zu Cleon hinüber, um zu sehen, wie er reagierte, und war erleichtert, als er lächelte und sagte: „Das passt mir ausgezeichnet!"

Kapitel 3

Trotz des schönen Abends, den sie mit Cleon verbracht hatte, wachte Anna am nächsten Morgen verstimmt auf und fühlte sich wie zerschlagen. Sie hatte sehr unruhig geschlafen und war unfähig, Gary aus ihren Gedanken zu verdrängen. Während des Frühstücks dachte sie ständig über die plötzliche Begegnung mit ihm nach und fragte sich, wie lange er wohl in Holmes County bleiben würde. Sie war sich ein wenig unsicher, ob er wirklich freiberuflicher Fotograf war. Könnte es sein, dass er die Gunst der Stunde nutzen würde, um über ihre Vergangenheit zu reden?

Als Anna vom Frühstückstisch aufstand, plagten sie heftige Kopfschmerzen. Sie hatte Angst, zur Arbeit zu fahren und erneut Gary zu begegnen. Sehnlich hoffte sie, dass niemand, den sie kannte, Gelegenheit haben würde, mit ihm zu sprechen.

„Geht es dir gut, Anna?", fragte Mom, die gerade mit einem Stapel schmutziger Teller zur Spüle ging. „Du warst so still beim Frühstück und hast kaum etwas gegessen."

„Ich habe schlecht geschlafen und jetzt habe ich auch noch stechende Kopfschmerzen. Mir ist richtig schlecht." Anna füllte das Spülbecken mit heißem Wasser und nahm ihrer Mutter das Geschirr ab.

„Das tut mir leid", sagte Mom besorgt.

„Lass mich den Abwasch machen", schlug Ruth vor und

schob Anna sanft beiseite. „Martha kann abtrocknen und du kannst dich mit Mama an den Tisch setzen und eine Tasse Tee trinken. Vielleicht gehen deine Kopfschmerzen weg, bis wir zur Arbeit aufbrechen müssen."

Anna sah zu Martha hinüber, die mit dem Wischen des Fußbodens beschäftigt war. „Soll ich dir das abnehmen, damit du Ruth beim Abwasch helfen kannst?"

Martha schüttelte den Kopf. „Es geht schon. Ich bin fast fertig. Du solltest besser tun, was Ruth gesagt hat, und eine Tasse Tee trinken."

„In Ordnung." Anna steuerte auf den Herd zu, um den siedenden Teekessel zu holen, doch ihre Mutter war ihr zuvorgekommen. Also drehte sie sich zum Küchenschrank um und nahm zwei Tassen heraus, dazu eine Schachtel mit Kamillentee, und setzte sich an den Tisch.

Während Ruth und Martha den Abwasch erledigten, plauderte Martha über ihre Hunde. Sie wartete voller Ungeduld darauf, dass Heidi, die Sheltie-Hündin, ihren ersten Wurf Welpen zur Welt bringen würde. Anna nippte an ihrem Tee und bemühte sich, das Geplapper ihrer Schwester zu ignorieren, doch erfolglos.

„Kannst du über nichts anderes mehr reden als über diesen Hund?", stöhnte sie. „Es gibt wichtigere Dinge auf dieser Welt als die Frage, wie viele *Hundlin* Heidi haben wird und für wie viel Geld du sie später verkaufen kannst."

Martha drehte sich zu ihr um und sah sie mit zusammengekniffenen Augen an. „Für dich ist es vielleicht nicht wichtig, aber für mich schon. Du machst dir nichts aus Hunden, aber das heißt noch lange nicht, dass du meine Hundezucht herabwürdigen musst."

„Tut mir leid, ich hätte das nicht sagen sollen." Anna nippte an ihrem Tee. „Ich bin heute Morgen ein wenig neben der Spur."

Martha runzelte die Stirn. „Gestern Abend, als Cleon hier war, schien es dir gut zu gehen. Was ist denn seitdem passiert, dass du so gereizt bist?"

„Nichts. Ich fühle mich einfach nicht gut."

Moms blaue Augen blinzelten, als sie Annas Schulter tätschelte. „Vielleicht solltest du heute nicht arbeiten gehen und dich lieber ausruhen."

„Mom hat recht, du solltest dich hinlegen", ließ Ruth vom Spülstein her verlauten.

Anna schüttelte den Kopf. „Ich will nicht, dass sie meinetwegen im Restaurant Probleme haben." Sie schluckte zwei Tabletten Aspirin hinunter. „Wenn das Zeug erst mal wirkt, geht es mir bestimmt wieder gut."

Während Ruth und Anna mit ihrem Buggy auf Berlin zufuhren, wurde Ruths Sorge um ihre Schwester immer größer. Anna hatte noch kein Wort gesagt, seit sie das Haus verlassen hatten, und wenn sie ihren Kopf an die Rückenlehne legte und ihre Augen schloss, spürte Ruth ihren schweren Atem.

„Hast du immer noch Kopfschmerzen?", fragte Ruth und berührte den Arm ihrer Schwester.

„Ein bisschen."

„Soll ich umkehren und dich nach Hause fahren?"

„Nein. Ich bin sicher, dass es mir wieder gut geht, bis wir in Berlin sind."

„Gibt es außer den Kopfschmerzen noch etwas, das dich bedrückt?"

„Ich bin einfach nur müde und ein bisschen nervös."

„Ich glaube, ich weiß, was du brauchst."

Der Buggy schaukelte leicht hin und her, als sie einen kleinen Hügel hinunterfuhren, und Anna öffnete die Augen. „Was denn?"

„Ein bisschen Spaß in der Sonne, bevor unser wundervolles Herbstwetter in Kälte umschlägt."

„Und an welche Art von Spaß denkst du?"

Ruth lächelte. Wenigstens hatte sie jetzt die Aufmerksamkeit ihrer Schwester gewonnen. „Am kommenden Samstag wollen

Sadie und ich Luke und Toby am Teich treffen, um zu fischen und zusammen zu picknicken. Warum kommst du nicht einfach mit, gemeinsam mit Cleon?“

„Das klingt schön, aber ich muss diesen Samstag arbeiten.“ Anna gähnte hinter vorgehaltener Hand. „Wie läuft es zwischen dir und Luke? Glaubst du, er könnte der Mann sein, den du einmal heiraten wirst?“

Ruth zuckte die Schultern, während sie mit der Peitsche schnickte, um das Pferd dazu zu bewegen, den Hügel hinaufzutraben. „Wir kennen uns doch erst seit ein paar Monaten. Es ist noch zu früh, etwas darüber zu sagen.“

„Aber du magst ihn, oder?“

„Ja, sehr.“

„Er scheint dich auch zu mögen.“

„Vielleicht ist er nur nett zu mir, weil er für Dad arbeitet und sich bei ihm beliebt machen will.“

„Nach alldem, was Dad gestern Abend sagte, scheint sich Luke zurzeit aber nicht wirklich beliebt bei ihm zu machen.“

Ruth versteifte sich. „Ich glaube, das ist eher Dads Fehler als der von Luke.“

„Warum denkst du das?“

„Du weißt doch, wie pingelig unser *Daed* sein kann. Wenn die Dinge nicht genau so laufen, wie er sich das vorstellt, dann ist er nicht zufrieden.“

„Ich denke, Luke muss noch lernen, seine Meinung für sich zu behalten, oder Dad wird es lernen müssen, Lukes Worte an sich abprallen zu lassen.“

Ruth nickte. „Ich hoffe, es wird gut gehen. Es ist schön, dass Luke ganz in der Nähe arbeitet und ich ihn oft sehen kann.“

Anna blickte auf. „Hast du vergessen, dass du heute Morgen einen neuen Job beginnst? An den meisten Tagen wirst du schon auf dem Weg zur Arbeit sein, bevor Luke in Papas Geschäft ankommt.“

Ruths dunkle Augenbrauen zogen sich zusammen. „Daran habe ich noch gar nicht gedacht. Ich hoffe, dass er nicht beginnen wird, sich für Martha zu interessieren. Sie ist schließlich den ganzen Tag über zu Hause und er wird sie öfter sehen als mich."

„Ich glaube nicht, dass du dir Sorgen machen musst. Martha hat im Moment nichts anderes im Kopf als ihre Hundezucht."

Cleon zog seinen Overall und seine Handschuhe über und bedeckte sich mit dem Imkerschleier. Dann zündete er einige Holzschnitzel in den stählernen Gefäßen mit dem Blasebalg an. Er pustete die Luft so über den schwelenden Brennstoff, dass ein kühler, weißer Rauch entstand, der die Bienen beruhigte. Auf diese Weise konnte er die Waben aus den Bienenstöcken nehmen.

Während er arbeitete, dachte er über das Abendessen vom Vortag nach. Wie dankbar fühlte er sich – er würde nicht nur eine wundervolle Frau heiraten, sondern auch eine wundervolle Schwiegerfamilie bekommen! Er verstand sich mit allen sehr gut, ganz besonders mit Roman.

Cleon hatte gerade eine weitere Honigwabe aus einem der Bienenstöcke genommen, als sein jüngerer Bruder Delbert auftauchte und ihm mitteilte, ihr Vater sei zum Abernten der Kornfelder bereit und brauche Cleons Hilfe.

„Er hat doch heute Morgen fast die Hälfte der Männer unserer Gemeinschaft zur Unterstützung. Da braucht er mich doch sicher gar nicht", protestierte Cleon.

Delberts graublaue Augen verengten sich zu Schlitzen. „Paps braucht alle Hilfe, die er bekommen kann, und er bezahlt dich für deine Arbeit, also solltest du besser ganz schnell aufs Feld kommen."

„Okay. Ich komme so schnell wie möglich. Ich muss das hier nur eben zu Ende bringen."

„Wie kann man wegen ein paar Bienen so einen Aufstand machen!" Delbert machte kehrt, bevor Cleon etwas erwidern konnte.

Nachdem Cleon die Waben zu seiner Mutter ins Haus gebracht hatte, damit sie sie in kleine Stücke schneiden, zerdrücken und auf dem Ofen erhitzen konnte, um den Honig zu gewinnen, machte er sich auf den Weg zu den Kornfeldern. Zur Abendbrotzeit würden sie sicher fertig sein, und dann würde er hoffentlich Anna besuchen können.

Anna schaute auf die Uhr an der Wand über der Theke des Restaurants. Es war fast drei Uhr – Feierabend für heute. Es hatte während der Frühstücks- und Mittagszeit mehr zu tun gegeben als sonst, und sie war froh, dass ihre Schicht bald vorbei war. Ihre Füße schmerzten. Glücklicherweise hatte Ruth in der Bäckerei heute zur gleichen Zeit Feierabend wie sie. Sicher würde sie bald kommen und sie abholen.

„Könntest du dich bitte um den Kunden kümmern, der gerade hereinkommt?“, bat Annas Kollegin Esther sie. „Ich muss noch eine Bestellung in der Küche abgeben und eine andere abholen.“

„Klar.“

„Danke. Das ist lieb von dir.“ Esther nickte in Richtung des Tisches, an dem ein rothaariger Mann mit gesenktem Kopf saß, als ob er irgendetwas lesen würde, und eilte in die Küche.

Anna griff nach einer Speisekarte, dem Bestellblock und einem Kugelschreiber und ging auf den Kunden zu. Als sie seinen Tisch erreichte, sah sie, worauf der Mann blickte. Mehrere Fotos von Amischen und von verschiedenen Buggys lagen auf dem Tisch, und noch bevor der Mann hochblickte, wusste Anna, dass es Gary war. Sie holte tief Luft, um ihre Nerven zu beruhigen, und legte die Speisekarte mitten auf seine Fotos.

„Hey, ich will nicht, dass meine Fotos beschädigt werden.“ Gary runzelte wütend die Stirn, doch als er hochsah, glättete sie sich schnell. „So, so. Ich habe nicht erwartet, dich wiederzusehen – jedenfalls nicht so bald. Arbeitest du schon lange hier, Anna?“

Ohne seine Frage zu beantworten, zeigte sie auf die Speisekarte. „Das Tagesmenü heute ist Schweinekotelett mit Sauerkraut. Sehr zu empfehlen."

Er rümpfte die Nase. „Nicht gerade mein Lieblingsgericht, aber zum Glück ist es noch zu früh, um schon ans Abendessen zu denken. Ich bin nur gekommen, um meinen Füßen eine Ruhepause zu gönnen und mir diese Fotos anzusehen, bevor ich sie an einen Verlag schicke."

„Du willst also nichts bestellen?"

„Das habe ich nicht gesagt." Er nahm die Speisekarte hoch, überflog sie rasch und gab sie Anna zurück. „Ich nehme eine Tasse Kaffee und ein Stück Kuchen."

„Welchen Kuchen?"

„Du könntest mich ja überraschen."

Anna rieb die Borte ihrer Schürze zwischen den Fingern und knirschte mit den Zähnen. Dieser Mann war wirklich unmöglich! „Ich darf nicht für den Kunden aussuchen. Du musst schon selbst eine Wahl treffen."

Er trommelte mit den Fingern auf den Tisch – tat-a-tat-tat. Es war nervtötend. „Wie wäre es mit einem Stück Apfelkuchen? Habt ihr welchen da?"

„Ich denke schon." Sie wandte sich zum Gehen, doch er griff nach ihrem Handgelenk und hielt es mit seinen kalten Fingern fest. „Lauf nicht weg. Ich möchte kurz mit dir sprechen. Möchte wissen, wie es dir jetzt so geht. Vielleicht können wir in Erinnerungen an unsere gemeinsame Zeit schwelgen."

Sie versuchte, sich loszureißen, doch er hielt sie fest und rieb mit seinem Daumen bewusst langsam über ihren Arm. „Wir hatten schöne Tage zusammen. Vermisst du sie nicht, Annilein?"

Annas Schläfen pochten. Sie hatte geglaubt, die Schuldgefühle darüber, dass sie eine Zeit lang dem amischen Glauben den Rücken gekehrt und die Vergangenheit vor ihren Eltern geheim gehalten hatte, überwunden zu haben – doch nun, wo Gary sie so intensiv ansah, fühlte sie erneut die Schuld wie eine Flut über sie hinwegschwemmen. Wenn sie nur die Freiheit gehabt hätte, ihren Eltern die Wahrheit über das zu sagen, was sie in ihren *Rumschpringe*-Jahren getan und erlebt hatte …

Doch sie war sich sicher, dass ihre Eltern sie nicht verstehen würden, besonders Dad, der mehrmals erwähnt hatte, wie sehr er sich über seine einzige Schwester ärgerte, die den amischen Glauben aufgegeben und einen Englischen geheiratet hatte und danach nie wieder mit ihrer Familie in Kontakt getreten war. Allein die Erwähnung von Menschen, die den Glauben aufgegeben hatten – egal, ob sie der Gemeinde beigetreten waren oder nicht –, verursachte bei ihm einen mehrere Tage andauernden Zustand der Gereiztheit. Wenn er die Einzelheiten der *Rumschpringe*-Jahre seiner Tochter gekannt hätte, wäre er ihr sehr böse gewesen, obwohl sie noch kein Mitglied der Kirche gewesen war, als sie ihr Zuhause verlassen hatte.

„Hey, Anna, hast du mir zugehört?", fragte Gary und ließ ihren Arm los.

Sie wich einen halben Meter zurück und nickte. „Ich werde deine Bestellung aufgeben und eine meiner Kolleginnen wird sie dir in ein paar Minuten bringen."

Er runzelte die Stirn. „Ich dachte, du wärst meine Bedienung."

„Meine Schicht ist fast zu Ende. Ich bin nur für eine Kollegin eingesprungen, die gerade zu viel zu tun hatte."

„Wenn du nicht mehr arbeiten musst, warum setzt du dich dann nicht zu mir und trinkst eine Tasse Kaffee mit mir?" Er nickte in Richtung der Sitzbank, die ihm gegenüber stand, und war offensichtlich keineswegs abgeschreckt von ihrer kühlen Art. Er hatte noch nie ein Nein akzeptieren können.

„Ich kann nicht. Meine Schwester kommt gleich und holt mich ab. Übrigens bin ich verlobt, und es wäre nicht gut, wenn man mich dabei sehen würde, wie ich mit einem anderen Mann Kaffee trinke – noch dazu mit einem, der nicht zu den Amischen gehört." Sie zuckte innerlich zusammen. Das durfte einfach nicht wahr sein – wie konnte sie nur ausplaudern, dass sie verlobt war?

Gary schüttelte den Kopf. „Anna, Anna, du hörst dich so puritanisch an. Was ist nur aus dem lebenslustigen, draufgängerischen Mädel geworden, mit dem ich ausgegangen bin?“

„Meine *Rumschpringe*-Zeit ist vorbei“, sagte sie mit steifen Lippen. „Ich habe mich taufen lassen und bin der amischen Gemeinde beigetreten und …“

„Ja, das habe ich bereits kapiert. Du wärst nicht so angezogen, wenn du nicht zu den Amischen zurückgekehrt wärst.“ Er sah Anna so durchdringend an, dass ihr Kinn zu zittern begann. „Als ich das letzte Mal von Eric hörte, erzählte er mir, ihr beide wärt glücklich verheiratet. Was ist passiert? Hat er sich mit seiner kleinen frommen Frau gelangweilt und sich eine andere gesucht?“

Annas Augen brannten und die Hitze schoss ihr ins Gesicht. „Eric ist tot.“

Gary wurde blass. „Ist das wahr?“

Sie nickte.

„Wie ist das passiert?“

„An einem nebligen Abend ist ein Lastwagen mit seinem Auto zusammengestoßen, als er von der Arbeit nach Hause fuhr.“ Sie machte eine Pause, um den Kloß herunterzuschlucken, der sich in ihrer Kehle gebildet hatte. „Ich dachte, du hättest davon gehört.“

„Ich bin kurz nach eurer Hochzeit nach Indianapolis gezogen.“ Er schüttelte den Kopf. „Das tut mir leid, Anna.“

Sie betrachtete sein Gesicht und fragte sich, ob er wirklich Mitleid für sie empfand. Als sie mit ihm ausgegangen war, hatte er nie gesagt, dass ihm irgendetwas leidtäte.

„Nach Erics Tod bist du also hierhin zurückgekommen und der amischen Gemeinde beigetreten?“

Sie nickte. *Weiß Gary sonst noch etwas über mein Leben? Weiß er …*

Sie lehnte sich näher zu ihm. „Versprichst du mir, dass du niemandem erzählst, dass ich mit Eric verheiratet war?“

Er hob die Hand. „Wie ich dir schon neulich sagte – ich

arbeite als freiberuflicher Reporter, und ich bin nach Holmes County gekommen, um ein paar Fotos zu machen und ein paar gute Storys über die Amischen zu schreiben. Ich habe nicht vor, Geschichten über eine alte Flamme aufzuwärmen."

Anna hätte ihm gern geglaubt, und sie hoffte, dass er die Wahrheit sagte. Doch Gary war nie vertrauenswürdig gewesen, und sie fragte sich, ob sie seinen Worten überhaupt trauen konnte. Sie wusste nicht einmal, ob es stimmte, dass er als Reporter arbeitete. Sie wollte ihn gerade darüber befragen, als sie Ruth ins Restaurant eintreten sah. „Meine Schwester ist da. Ich muss gehen."

Sie drehte sich rasch um und rannte zu Esther, der sie die Bestellung in die Hand drückte. „Der Kunde, um den ich mich kümmern sollte, möchte Apfelkuchen und eine Tasse Kaffee. Meine Schwester ist da, ich muss gehen."

„Kein Problem. Ich kümmere mich darum." Esther runzelte die Stirn. „Ist alles in Ordnung, Anna? Du bist knallrot und verschwitzt, als ob es wer weiß wie heiß wäre."

„Mir geht's gut. Ich bin nur müde. Bis morgen, Esther." Anna eilte fort, bevor ihre Kollegin etwas erwidern konnte. Sie musste von Gary und seinen bohrenden blauen Augen fort. Sie musste nach Hause, wo sie sich sicher fühlen konnte.

Kapitel 4

„Woran arbeitest du gerade?"

Martha sah von ihrer Stickerei auf und lächelte ihre Mutter an, die sich neugierig über den Küchentisch beugte. „Ich mache ein Sticktuch, ein Hochzeitsgeschenk für Anna. Ich werde ihren und Cleons Namen hineinsticken und genug Platz lassen, sodass Anna später die Namen ihrer Kinder hineinsticken kann."

Moms blaue Augen leuchteten wie Kornblumen an einem

Sommertag. „Ich bin sicher, dass sie deine Arbeit zu schätzen wissen."

„Ich habe darüber nachgedacht, ihnen einen von Heidis Welpen zu schenken. Zum Zeitpunkt der Hochzeit werden sie nämlich voll entwöhnt sein." Sie zuckte die Schultern. „Doch Anna ist keine große Tierliebhaberin, also habe ich meinen Plan geändert."

„Ich glaube, das war eine gute Entscheidung." Mom nahm sich einen Stuhl und setzte sich neben Martha. „In den vierundzwanzig Jahren ihres Lebens hat deine Schwester nie ein Tier gehabt." Sie runzelte die Stirn. „Jedenfalls soweit ich weiß. Keine Ahnung, was sie während ihrer beiden *Rumschpringe*-Jahre getan hat."

Martha nickte. Über diese Phase im Leben ihrer Schwester wurde nie gesprochen. Martha war zwölf und Ruth fünfzehn gewesen, als Anna von zu Hause fortgegangen war. Mom und Dad hatten es stets vermieden, über ihre willensstarke Tochter und deren Wunsch, das englische Leben auszuprobieren, zu sprechen, wenn Martha und Ruth dabei waren. Martha konnte sich denken, dass ihre Familie befürchtete, die beiden jüngeren Töchter könnten dem Beispiel ihrer großen Schwester folgen.

Als Anna schließlich wieder vernünftig geworden und nach Hause zurückgekehrt war, hatte man sie ohne Fragen willkommen geheißen, wie im biblischen Gleichnis vom verlorenen Sohn. Natürlich wäre alles anders gewesen, wenn Anna damals schon Mitglied der amischen Gemeinde gewesen wäre. Doch da sie nicht getauft war und der Kirche nicht beigetreten war, bevor sie ihre *Rumschpringe*-Zeit durchlebte, wurde sie von der Gemeinschaft nicht gemieden, und sie brauchte nichts zu bekennen, als sie zurückkehrte.

„Möchtest du eine Tasse warmen Most oder Limonade?", fragte Mom und brachte Marthas Gedanken zurück in die Gegenwart.

Martha lief beim Gedanken an den köstlichen Apfelmost, den ihr Dad jedes Jahr im Herbst herstellte, das Wasser im

Mund zusammen. „Ja, gern. Ein bisschen Most wäre nicht schlecht."

Mom schob ihren Stuhl zurück und ging auf ihren mit Propangas betriebenen Kühlschrank zu. Sie nahm einen Krug Most heraus und ging zum Ofen, wo sie ein wenig von der bernsteinfarbenen Flüssigkeit in einen Kessel schüttete und zum Erwärmen auf den Herd stellte. „Möchtest du ein bisschen Gebäck und Käse dazu?"

„Lieber nicht. Sonst habe ich nicht mehr genug Hunger, wenn es Mittagessen gibt."

Ein paar Minuten später stellte Mom einen Becher des Getränks vor Martha auf den Tisch. „Bitte schön, lass es dir schmecken."

„Willst du dich nicht ein wenig hinsetzen?"

„Ich trinke meinen Most nebenbei, denn ich muss noch ein Sandwich für deinen Dad machen. Ich werde es ihm dann in die Tischlerei hinüberbringen."

„Kommt Papa denn nicht zum Essen nach Hause?", fragte Martha, während sie einen rosafarbenen Faden in ihre Nadel einfädelte.

„Er hat eine Menge Arbeit und will lieber nur schnell eine Kleinigkeit essen." Mom öffnete den Brotkasten und nahm einen Laib selbstgemachtes Vollkornbrot heraus. „Obwohl Luke ihm hilft, ist er mit seiner Arbeit im Rückstand."

Martha legte ihre Stickerei beiseite und griff nach dem Becher. Der verführerische Duft von Äpfeln stieg ihr in die Nase. Sie nahm einen Schluck und leckte sich die Lippen. „Hmm, ist das lecker."

„Ja, dein Dad macht wirklich den besten Apfelmost weit und breit."

„Sag mal, Mom, hast du in letzter Zeit auch bemerkt, dass Anna irgendwie seltsam ist?"

„Wie meinst du das – seltsam?"

„Seit sie am Montag von der Arbeit nach Hause gekommen ist, benimmt sie sich irgendwie anders – als ob sie in ihrer eigenen Welt wäre oder sich über irgendetwas Sorgen machen würde."

Mom ging zum Kühlschrank zurück und nahm Fleischwurst, einen Kopfsalat und ein Glas Mayonnaise heraus. „Vielleicht ist sie einfach nur müde. Wenn ich den ganzen Tag als Kellnerin arbeiten müsste, wäre ich völlig ausgelaugt."

Martha nippte erneut an ihrem Most. „Als wir gestern Abend ins Bett gegangen sind, habe ich Anna gefragt, ob alles in Ordnung ist."

„Und was hat sie gesagt?"

„Sie sagte, es wäre alles bestens."

Mom strich Mayonnaise auf vier Scheiben Brot. „Dann wird es wohl so sein."

Martha zuckte die Schultern und schob ihren Stuhl zurück. „Ich werde mal zur Scheune gehen und nachsehen, wie es Heidi geht. Es ist bald so weit, und ich will sichergehen, dass alles gut verläuft, wenn sie ihre Welpen zur Welt bringt."

„Ja." Mom griff nach der Fleischwurst. „Ich bin eine Weile bei Dad in der Tischlerei, wenn du mich brauchen solltest."

„Könntest du eine Auslieferung für mich machen?", fragte Roman Luke. „Ich habe versprochen, diesen Tisch und die Stühle für Steven Bates noch diese Woche zu liefern. Er ist schon immer ein etwas heikler Kunde gewesen und ich möchte dieses Versprechen unbedingt einhalten."

Luke schob sich das dunkle Haar aus der Stirn und wischte sich den Schweiß ab. „Ja, sicher. Ich kann das sofort erledigen, wenn du willst."

„Ausgezeichnet. Aber lass dir auf dem Weg nicht zu viel Zeit." Roman verzog das Gesicht, während er sich über seinen schmerzenden Rücken rieb. „Und trödele auf dem Rückweg nicht herum wie beim letzten Mal."

Luke zuckte die Schultern. „Ich sah eben keinen Grund, das Pferd zu sehr zur Eile anzutreiben."

„Ja, schon gut. Lass uns die Möbel aufladen und dann kannst du losfahren."

Eine halbe Stunde später waren die Möbel verstaut und Luke fuhr seine Fracht die Straße hinunter. Roman wandte sich wieder den Küchenschränken zu, die er für ihren Bischof, Noah King, baute. Er hatte gerade angefangen, die Türen abzuschleifen, als ein grauhaariger englischer Mann mittleren Alters in den Laden kam. Er hielt ein Notizbuch in der Hand.

„Sind Sie der Ladeninhaber?", fragte der Mann.

Roman nickte. „Ja, das bin ich."

„Besitzen Sie nur die Tischlerei oder auch das Haus und das Land, auf dem es steht?"

„Es gehört alles mir – fünfzig Morgen, um genau zu sein."

Der Mann streckte ihm die Hand entgegen. „Ich heiße Bill Collins. Ich bin auf der Suche nach Land in der Gegend. Ich würde gern ein paar Morgen kaufen und erschließen."

Roman ignorierte die Hand und zog die Augenbrauen zusammen. „Erschließen?"

„Ja. Ich möchte ein paar Häuser bauen und ich denke außerdem an einen Golfplatz …"

„Mein Land ist nicht zu verkaufen."

Mr Collins rieb sich übers Kinn, während er sich gegen Romans Ladentheke lehnte. „Kommen Sie schon, Mr Hostettler …"

„Sie kennen meinen Namen?"

„Nun, über Ihrem Laden steht doch ‚Tischlerei Hoststettler'."

Roman nickte kurz.

„Ich dachte, es würde Sie interessieren, was ich Ihnen zu sagen habe. Ich bin bereit, Ihnen einen angemessenen Preis für Ihr Land zu zahlen."

„Ich bin nicht daran interessiert."

„Lassen Sie mich doch wenigstens erklären …"

„Einer meiner Nachbarn wollte auch schon einmal mein Land kaufen und ich habe Nein gesagt. Ich werde es ganz gewiss nicht an Sie verkaufen."

„Mr Hostettler, ich versichere Ihnen …"

Die Tür ging erneut auf und Judith kam herein. Sie trug einen Krug Apfelmost und hielt Romans Lunchpaket in der Hand.

Er seufzte erleichtert; die Unterbrechung kam ihm jetzt sehr gelegen.

„Ich weiß, es ist noch nicht Mittag, aber ich bin schon gekommen, um dir dein Essen zu bringen", sagte sie lächelnd. „Wo soll ich es hinstellen?"

„Auf meinen Schreibtisch – wenn du dort Platz findest." Er nickte, als Judith ein paar Papiere zur Seite schob und das Lunchpaket ablegte.

Sie schaute auf den Besucher, der sich in der Nähe des Schreibtisches aufhielt und so tat, als ob er nach etwas suchte. „Ich hoffe, ich störe nicht", sagte sie.

Der Mann öffnete den Mund, doch bevor er etwas erklären konnte, sagte Roman: „Du störst keineswegs. Mr Collins wollte sich gerade verabschieden."

„Denken Sie über meine Worte nach. Ich werde bald noch einmal vorbeikommen, um zu sehen, ob Sie sich mein Angebot anhören wollen." Mit diesen Worten wandte sich Bill Collins um und schritt zur Tür hinaus.

„Worum ging es denn?", fragte Judith, als die Tür wieder geschlossen war.

Roman atmete tief aus. „Dieser Mensch will unser Land kaufen."

Judiths Augen wurden groß. „Warum um alles in der Welt?"

„Er hat etwas von ein paar neuen Häusern und einem Golfplatz erzählt." Roman schnipste ein wenig Sägemehl von seiner Hose. „Ich habe ihm gesagt, dass ich das Grundstück nicht verkaufen will, und wenn er zurückkommt, werde ich ihm das Gleiche sagen."

„Das hoffe ich doch." Judith nickte Richtung Tür. „Auf dem Weg hierher habe ich Luke mit einer Wagenladung Möbel gesehen." Sie setzte sich auf den Stuhl hinter Romans Schreibtisch.

„Ja. Er bringt einen Tisch und ein paar Stühle zu Steven Bates. Hoffentlich kommt er diesmal nicht wieder so spät zurück wie beim letzten Mal." Roman schüttelte den Kopf. „Dieser junge Bursche ist ein guter Arbeiter, aber er hat seinen eigenen Kopf. Ich würde zu gern wissen, wie sich die Dinge zwischen ihm und Ruth entwickeln."

„Ich bin sicher, dass alles in Ordnung ist, sonst hätte Ruth bestimmt schon etwas gesagt. Sie ist nicht wie Anna, die schon immer mit ihren Gefühlen hinter dem Berg gehalten hat."

Roman grunzte, statt zu antworten, und ging auf den Schreibtisch zu. Er hatte keine Lust, über ihre älteste Tochter und deren Verschlossenheit zu reden. Anna erinnerte ihn in vieler Hinsicht an seine Schwester Rosemary, mit dem Unterschied, dass Anna schließlich nach Hause zurückgekehrt war, wo sie hingehörte. Rosemary war nicht zurückgekommen.

„Ich bin froh, dass dein Geschäft so gut läuft", sagte Judith. Sie stützte sich auf die Ellbogen und sah ihrem Mann ins Gesicht. „Als dieser Englische, John Peterson, vor ein paar Monaten in diese Gegend zog und eine Tischlerei eröffnete, habe ich befürchtet, er könnte dir einige Kunden abspenstig machen."

Roman schüttelte den Kopf. „Nein. Mein Geschäft hat sich dadurch überhaupt nicht verschlechtert." Er nahm den Deckel seiner Lunchdose ab und sah hinein. „Was für ein Sandwich hast du mir heute gemacht?"

„Fleischwurst und Schweizer Käse, und ich habe zwei gemacht, falls du sehr hungrig sein solltest. Ich habe auch zwei von deinen Lieblingskeksen hineingetan."

Er leckte sich über die Lippen. „Du verwöhnst mich, *Fraa*."

Sie grinste und schob den Stuhl zurück. „Ich sollte nach Hause gehen und dich in Ruhe essen lassen."

„Bleib doch ein bisschen. Ich freue mich über deine Gesellschaft." Er griff nach einem Holzstuhl und stellte ihn vor den Schreibtisch. „Was macht unsere jüngste Tochter heute? Hat sie sich durch die Anzeigen in der Zeitung gearbeitet, um zu sehen, ob es noch mehr Hunde zu kaufen gibt?"

Judith seufzte. „Ich wünschte, Martha würde die Hundezucht fallen lassen und sich einen richtigen Job suchen, wie es unsere anderen beiden Töchter getan haben."

„Lass mich beten und dann reden wir darüber."

Judith nickte und neigte den Kopf, ihr Mann tat dasselbe. Nach einigen Minuten stillen Gebets öffnete er die Augen und langte in die Lunchdose, um eines der Sandwichs herauszunehmen. „Ich finde, wir sollten Martha die Chance geben herauszufinden, ob sie mit ihrer Hundezucht Erfolg haben kann, meinst du nicht?"

„Doch, das ist vielleicht eine gute Idee."

Er nahm das zweite Sandwich heraus und gab es ihr. „Ich brauche nicht wirklich zwei davon, und wenn du noch nicht gegessen hast, kannst du doch mit mir essen."

„*Danki*. Ich habe noch nicht gegessen."

Eine Weile saßen sie wortlos beieinander.

„Martha macht sich Sorgen um Anna. Sie glaubt, dass ihre Schwester irgendwelche Probleme hat", brach Judith das Schweigen. „Ist dir in letzter Zeit irgendetwas aufgefallen?"

Roman blinzelte, während er über ihre Frage nachdachte. „Nun, gestern Abend beim Essen hat sie nicht gerade viel geredet, aber du weißt ja selbst, dass Anna oft verdrossen und still ist."

Judith nickte langsam. „Jedenfalls, seit sie vor vier Jahren nach Holmes County zurückgekehrt ist."

„Vielleicht ist sie nur ein bisschen *naerfich* wegen ihrer bevorstehenden Hochzeit."

„Ja, das könnte sein." Judith atmete tief ein und dann plötzlich kurz aus, sodass die Bänder ihrer weißen *Kapp* flatterten. „Ich werde das im Auge behalten, und sollte ich bemerken, dass sie kalte Füße bekommt, werde ich mit ihr reden."

Roman machte die Lunchdose zu und gab sie seiner Frau. „Das klingt gut. Anna brauchte eine Weile, um Fuß zu fassen und einen guten Mann zu finden. Es wäre schade, wenn sie jetzt noch ihre Meinung ändern würde."

Judith schüttelte langsam den Kopf. „Nein, das wäre wirklich zu schade."

Kapitel 5

Am nächsten Tag, als Anna im Restaurant auf einen Tisch zuging, um einen Kunden zu bedienen, sah sie hinaus und bemerkte Gary. Er stand auf dem Bürgersteig vor dem Geschenkartikelladen auf der anderen Straßenseite und sprach mit Cleon. Sie zuckte zusammen. Vielleicht wusste Gary, dass sie Cleon heiraten wollte. Vielleicht wollte er Cleon gegen sie aufbringen, indem er ihm ihre Geheimnisse anvertraute. Vielleicht würde Cleon sie in zwei Monaten doch nicht heiraten …

Sie schloss ihre Finger so fest um den Wasserkrug in ihrer Hand, dass ihre Knöchel ganz weiß wurden. Es gelang ihr nicht, ihr Herzklopfen in den Griff zu bekommen. Sie machte es schon wieder – sie sorgte sich um Dinge, die wahrscheinlich gar nicht der Wirklichkeit entsprachen. So, wie sie Gary kannte, würde er mit jedem beliebigen Passanten, der dazu bereit war, einen Plausch halten. Das war eben einfach so seine Art. Vielleicht hatte Cleon Gary angesprochen, um ihn nach der Uhrzeit zu fragen. Das kam oft vor, wenn er seine Taschenuhr vergessen hatte.

Anna war erleichtert, als sich Cleon schließlich umdrehte und wegging. Das Wasser in ihrem Krug schwappte über, als sie durch den Raum eilte. Sie würde das junge englische Paar bedienen müssen, das sich an einen Tisch in „ihrem" Teil des Restaurants gesetzt hatte. *Ich bin sicher, dass es keinen Grund zur Sorge gibt*, sagte sie zu sich selbst. *Bitte, Herr, lass es so sein.*

Sie hatte gerade die Bestellung des jungen Paares aufgenommen, als sie sah, wie Cleon das Restaurant betrat. Er setzte sich an einen Tisch in Türnähe, der zu ihrem Bereich gehörte.

Als sie zu seinem Tisch eilte, sah er zu ihr hoch. Seine dunklen Augen leuchteten, als er sie anlächelte. „Es ist schön, dich zu sehen, Anna."

„Ich … ich freue mich auch, dich zu sehen."

„Ich bin in die Stadt gekommen, um Honig auszuliefern, und ich bin außerdem auf der Suche nach neuen Abnehmern für die Bienenwachskerzen, die Mom und meine Schwester Carolyn herstellen."

„Aha." Anna trat von einem Fuß auf den anderen und suchte krampfhaft nach einer Möglichkeit, Cleon nach dem Gespräch mit Gary zu fragen, ohne einen Verdacht zu erregen.

„Bist du bald fertig mit der Arbeit?", fragte er.

„In einer halben Stunde."

„Prima. Ich würde gern ein spätes Mittagessen mit dir essen, wenn du noch Hunger hast."

„Ich habe noch nicht gegessen." Sie klopfte mit dem Kugelschreiber auf ihren Bestellblock. „Deshalb bist du doch hier – um zu essen, oder nicht?"

Er gluckste und schüttelte so heftig den Kopf, dass ihm eine Strähne seines dunklen Haars in die Stirn fiel. „Ich bin für heute mit der Arbeit fertig, also dachte ich mir, ich komme hierher, trinke eine Tasse Kaffee und warte auf dich."

„Ich bin mit meinem Fahrrad in die Stadt gekommen, weil Ruth heute nicht arbeitet. Es steht hinter dem Restaurant. Ich kann es holen, wenn wir mit dem Essen fertig sind. Oder wolltest du hier essen?"

„Du isst doch schon oft genug hier, oder nicht?"

„Ja, allerdings", sagte sie nickend.

„Ich bin heute mit dem großen Buggy gekommen und kann dein Fahrrad hinten aufladen. Dann könnte ich dich nach dem Essen nach Hause bringen. Was hältst du davon?"

„Ja, das wäre prima." Wenigstens hatte Cleon nichts über sein Gespräch mit Gary verlauten lassen. Hätte Gary irgendetwas über sie gesagt, hätte Cleon das längst erwähnt.

„Wo möchtest du essen?", fragte er und berührte sanft ihren Arm.

Sie lächelte. „Such du etwas aus."

„Wie wäre es mit dem Farmstead-Restaurant? Ich habe lange nicht mehr dort gegessen und sie haben einen sehr leckeren Apfelkuchen dort."

Sie wies auf die Speisekarte. „Diesen Nachtisch haben wir auch."

„Nichts gegen das Essen hier", flüsterte er, „aber ich finde, dass es keinen besseren Apfelkuchen gibt als bei Farmstead."

„Gut, dann gehen wir ins Farmstead." Anna sah nach draußen und sah einen Mann, der auf der anderen Straßenseite vor dem Café stand. Konnte das Gary sein? Sie hörte auf zu reden, um erneut hinzusehen.

„Worauf starrst du da?", fragte Cleon und drehte sich zum Fenster.

„Oh, nichts." Sie stellte erleichtert fest, dass der Mann nicht Gary war, und konzentrierte sich wieder auf Cleon. „Ich … ich habe dich vorhin mit einem rothaarigen Englischen reden sehen. Was hat er denn gesagt?"

„Er hat mir erzählt, er sei freiberuflicher Fotograf und Reporter und arbeite für einige Zeitschriften und andere Publikationen. Wenn ich ihn richtig verstanden habe, will er ein paar Geschichten über die Amischen in unserer Gegend schreiben." Cleon verzog das Gesicht. „Er hat mich neulich schon angesprochen, aber ich habe gesagt, dass ich keine Fragen beantworten werde. Heute hat er es wieder versucht und ich habe wieder Nein gesagt. Ich wollte auch nicht, dass er mich fotografiert."

„Hat er sonst noch etwas gesagt?"

Cleon schüttelte den Kopf. „Nachdem ich sein Interview abgelehnt habe, ist er weitergegangen und hat ein paar Schnappschüsse von vorbeifahrenden Buggys gemacht."

Anna seufzte. Wenn Gary wüsste, dass sie mit Cleon verlobt war, könnte er Ärger machen. Und wenn Cleon herausfand, das sie früher mit Gary zusammen gewesen war, dann müsste sie mit ein paar ernsten Fragen rechnen.

„Warum machst du dir solche Gedanken über diesen Burschen? Hat er dich oder deine Kolleginnen belästigt?", fragte Cleon mit verengten Augen.

„Nicht wirklich. Ich … ich weiß nur, wie aufdringlich manche Reporter mit ihren Kameras, Tonbändern und neugierigen Fragen sein können. Es wäre gut, wenn er bald verschwinden würde." Anna dachte an den Tag, an dem Gary sie ohne ihre Erlaubnis fotografiert hatte. Doch sie fand es besser, Cleon nichts davon zu erzählen. Sie hätte sonst zugeben müssen, dass sie mit Gary gesprochen hatte, und das würde weitere Fragen nach sich ziehen. Sie hoffte, dass Gary ihr Foto nicht in einem seiner Artikel veröffentlichte, denn sie wollte nicht, dass irgendjemand auf die Idee kam, sie hätte sich freiwillig fotografieren lassen.

„Wenn du nicht zu viel zu tun hast, würde ich jetzt gern eine Tasse Kaffee trinken."

Anna lenkte ihre Aufmerksamkeit auf Cleon zurück. „Oh, entschuldige. Ich kümmere mich sofort darum."

Er berührte ihre Hand so sanft, dass sie ein Prickeln im ganzen Arm spürte. „Nur keine Eile. Ich habe eine halbe Stunde Zeit, bis du mit der Arbeit fertig bist."

Sie lächelte und eilte davon. Wie glücklich konnte sie sich schätzen, mit einem so freundlichen, sanftmütigen Mann verlobt zu sein. Viele Männer waren ganz anders – und solche wie Gary konnten regelrecht boshaft sein.

„Ich bin so froh über das schöne Herbstwetter, und ich glaube, wir haben den perfekten Platz für unser Picknick gefunden", sagte Ruth zu ihrer Freundin Sadie Esh, als sie beide aus ihren Buggys kletterten.

„Ja, das stimmt. Ich bin schon als Kind immer gern zu den Teichen hier gekommen." Sadies strahlend blaue Augen blinzelten im Sonnenlicht, und Ruth wünschte, sie hätte auch solche schönen blauen Augen statt ihrer braunen. „Die Jungen kommen bestimmt bald. Sie angeln doch so gern. Ich hätte gedacht, dass sie längst hier sind."

„Sie werden wohl bald da sein." Ruth langte in ihren Buggy und nahm den Weidenkorb mit den Leckereien für das Picknick heraus. „Ich weiß nicht, wie es mit Toby steht, aber Luke musste sehr wahrscheinlich länger für meinen Vater arbeiten als geplant. Seit einigen Wochen haben sie in der Tischlerei schrecklich viel zu tun."

Sadie holte eine Steppdecke hervor, die unter dem Rücksitz ihres Buggys lag. „Wie gut, dass das Geschäft deines Dads so gut läuft. Deshalb hat er wohl auch Luke eingestellt, oder?"

„Ich nehme es an." Ruths Leinenschuhe hoben sich hell von den roten und goldenen Blättern ab, als sie auf den Teich zuging. „Und Toby? Arbeitet er hart im Holzlager?"

„Toby war schon immer ein fleißiger Arbeiter, aber samstags hat er frei. Wahrscheinlich hatte er zu Hause irgendwelche Arbeiten zu erledigen."

Ruth stellte den Picknickkorb auf den Boden. Sie breiteten die Steppdecke aus und setzten sich darauf. „Der Winter wird bald kommen, wir sollten den Sonnenschein noch genießen, solange wir können", sagte sie. Ruth schloss die Augen und streckte ihr Gesicht der Sonne entgegen. Sie spürte die warmen Sonnenstrahlen auf der Haut. Im nächsten Sommer würde sie die Hitze vielleicht weniger willkommen heißen, doch in diesem Moment hatte sie das Gefühl, sie könnte den Rest des Tages hier sitzen, sich von der Sonne durchdringen lassen, dem Zwitschern der Vögel lauschen und den Duft trockener Weizenhalme von den nahen Feldern in sich aufsaugen.

„Schade, dass Anna und Cleon keine Zeit haben, mit uns zu picknicken."

„Ich habe sie gefragt, aber ich hatte ganz vergessen, dass Anna heute arbeitet." Ruth lächelte. „Ich bin froh, dass ich in meinem neuen Job nicht samstags arbeiten muss."

„Wie gefällt dir die Arbeit in der Bäckerei?"

Ruth öffnete die Augen und sah zu ihrer Freundin hinüber, die mit angezogenen Knien dasaß, die Arme um ihr langes, blaues Kleid geschlungen. „Ich arbeite gern dort, und es ist prima, dass die Besitzer einen kleinen Pferch hinter dem Laden haben, wo ich mein Pferd und meinen Buggy lassen kann." Sie klopfte sich auf den Bauch. „Das einzige Problem sind die leckeren Kuchen, Kekse und Torten – die Versuchung ist groß und ich werde wohl allein vom Anblick dieser kalorienreichen Leckereien zunehmen."

Sadie pflückte einen Grashalm und rollte ihn um ihren Finger. „Seit ich dich kenne, bist du so schlank wie ein Schilfrohr, du brauchst dir also bestimmt keine Sorgen zu machen."

„Ja – aber wenn ich meinen Appetit nicht zügeln kann, dann werde ich dich dafür verantwortlich machen, dass du mir den Job besorgt hast." Sie lächelte verschmitzt.

Das Wiehern eines Pferdes, gefolgt vom Rumpeln eines herannahenden Buggys, unterbrach ihr Gespräch. Ruth drehte sich um. Toby King, der jüngste Sohn des Bischofs, sprang von seinem Buggy und band sein Pferd an einen Baum. „Wenigstens einer unserer Burschen ist endlich da."

Sadie sprang auf und lief zu Toby, um ihn zu begrüßen, und Ruth blieb taktvoll auf der Decke sitzen. Ein paar Minuten später kam das lachende junge Paar zu ihr.

„Wo ist deine Angelrute, Toby?", fragte Ruth. „Ich dachte, du wolltest sie mitbringen."

Toby zeigte auf seinen Buggy. „Sie ist da drin. Ich dachte mir, dass wir erst essen und danach angeln." Er schaute sich um. „Wo ist denn Luke? Er hat mich ein paar Meilen von hier auf der Straße überholt, und ich war mir sicher, dass er vor mir eintreffen würde."

„Luke hat sich noch nicht sehen lassen." Ruth runzelte die Stirn. „Bist du sicher, dass er es war?"

Toby setzte sich ins Gras, nahm seinen Strohhut ab und legte ihn über sein Knie. „Ich weiß, dass er es war, weil er in einem offenen Buggy fuhr. Ich habe sein Gesicht ganz deutlich gesehen." Er fuhr sich mit den Fingern durch sein rötlich-blondes Haar und hob die Augenbrauen. „Ich verstehe das nicht."

„Erzähl mir nicht, er hätte sich plötzlich in Luft aufgelöst."

Sadie kniff Toby in den Arm. „Vielleicht ist ein *Auslenner* aus dem All gekommen und hat Luke entführt."

Toby kicherte und berührte ihre sommersprossige Nase. „Was weißt du über Außerirdische und das All?"

„Ich weiß, was ich in der Zeitung gelesen habe."

Er wackelte mit seinen Fingern vor ihrem Gesicht herum. „Vielleicht hat Luke gelernt, wie man sich unsichtbar macht, wie dieser Magier, den ich im letzten Herbst auf dem Jahrmarkt gesehen habe."

„Ihr könnt ruhig Witze machen, aber ich fange langsam an, mir Sorgen zu machen", sagte Ruth und stand auf. Normalerweise war sie nicht schnell beunruhigt, doch Luke hätte schon längst da sein sollen, und sie konnte nichts dagegen tun, dass sie langsam unruhig wurde.

Sadie sah neugierig zu ihr hoch. „Wohin gehst du?"

„Ich denke, wir sollten Luke suchen. Vielleicht hatte er einen Unfall."

Toby schüttelte den Kopf. „Ich hätte doch seinen Buggy gesehen, wenn er zu Bruch gefahren worden wäre oder neben der Straße liegen würde."

„Sein Buggy könnte auch in den Büschen gelandet sein. Vielleicht hast du ihn nur nicht gesehen", sagte Sadie. „Ich finde, Ruth hat recht. Wir sollten nach ihm suchen."

Bei dem Gedanken, dass Luke womöglich einen Unfall gehabt hatte, spürte Ruth einen plötzlichen Schmerz in sich aufsteigen. Sie eilte zum Buggy und hörte Sadies rasche Schritte direkt hinter sich.

„Wartet", rief Toby. „Wir können meinen Buggy nehmen." Er band sein Pferd los, führte es vom Baum weg und spannte es vor den Buggy. Er war gerade dabei, den beiden Mädchen beim Einsteigen zu helfen, als Lukes offener Buggy in eine Staubwolke gehüllt auf der Lichtung erschien.

„Brrr! Stopp!", rief Luke und zog an den Zügeln.

Das Pferd hielt abrupt an und Luke sprang vom Wagen. Seine Wangen waren rot und sein Strohhut saß ein bisschen schief. Ruth rannte auf ihn zu, doch bevor sie etwas sagen konnte, eilte Toby zu Luke und rief: „Wo warst du denn? Wir haben uns alle Sorgen gemacht."

„Ich musste etwas länger als geplant arbeiten", erklärte Luke und lächelte Ruth an. „Es tut mir leid, dass ich euch Sorgen bereitet habe."

„Ich bin nur froh, dass es dir gut geht", sagte Ruth und lächelte zurück. „Ich dachte schon, du hättest vielleicht einen Unfall gehabt."

Luke öffnete den Mund, um etwas zu sagen, doch Toby kam ihm zuvor: „Du hast mich auf dem Weg hierher überholt und hättest eigentlich vor mir ankommen müssen, nicht zehn Minuten später." Er legte seine Hand auf Sadies Schulter. „*Mei Aldi* dachte, du wärst von Außerirdischen ins All entführt worden."

Sadie gab ihm einen Klaps auf die Hand. „Deine Freundin hat einen Scherz gemacht, das weißt du ganz genau."

Luke trat von einem Fuß auf den anderen. Er sah so aus, als wäre er bei etwas ertappt worden. „Ich … nun … musste mal kurz anhalten", murmelte er.

„Wozu? Es gibt keine Plätze zum Anhalten auf dem Weg hierher." Tobys Wangen glühten, und Ruth war sich sicher, dass es nicht an der Wärme lag.

„Ich musste etwas im Wald überprüfen."

Toby hob seine Augenbrauen. „Wo war dein Buggy, als du im Wald warst?"

„Ich habe ihn hinter einen Busch geschoben."

„Was hast du im Wald gemacht?", hakte Toby nach.

„Das geht dich nichts an." Luke spannte sein Pferd aus und führte es zu einem Baum – demselben Baum, an dem zuvor Tobys Pferd angebunden gewesen war. Dann ging er zum Buggy zurück und holte seine Angelrute hervor. „Wollen wir jetzt den ganzen Tag herumstehen und jammern? Ich dachte, wir wären zum Angeln hergekommen."

Ruth hatte das Bedürfnis, die Dinge wieder ins Lot zu bringen. Sie ging auf Luke zu und berührte seinen Arm. „Wir dachten, wir könnten vielleicht erst essen, wenn du einverstanden bist."

Toby grunzte. „Egal, ob er einverstanden ist. Er ist zu spät gekommen und will uns nicht einmal sagen, wo er war oder was er getan hat. Ich finde, wir sollten nicht nach seiner Meinung fragen. Ich bin dafür, erst zu essen und danach zu angeln. Wer einverstanden ist, soll die Hand heben."

Sadies Hand fuhr hoch und sie sah zu Ruth hinüber.

Ruth war erstaunt über Tobys rechthaberisches Benehmen und schaute zu Luke, um zu sehen, wie er reagieren würde. Er zuckte nur die Schultern, also hob auch sie die Hand.

„Ein einstimmiges Ja", sagte Toby mit einem Nicken. „Kommt, lasst uns ordentlich zugreifen."

Toby und Sadie gingen zur Picknickdecke, Ruth und Luke folgten ihnen. Ruth war froh, dass Luke noch gekommen war, aber sie hatte das unbestimmte Gefühl, dass irgendetwas nicht stimmte. Luke schob jedoch ihre Zweifel beiseite, als er sich zu ihr lehnte und ihr ins Ohr flüsterte: „Was hast du Leckeres mitgebracht? Ich sterbe vor Hunger."

„Es war schön, neulich mit deiner Familie zu Abend zu essen, aber es ist auch sehr schön, mit dir allein zu sein", sagte Cleon, der sich auf seinem Stuhl vorbeugte. Anna saß ihm gegenüber an einem Tisch im Farmstead-Restaurant.

Sie nickte lächelnd. „Ich genieße es auch."

„Wenn es mir gelingt, unser Haus in den nächsten zwei Monaten fertigzustellen, können wir jeden Abend allein sein, wenn wir verheiratet sind."

„Ja, aber auch wenn das Haus nicht rechtzeitig fertig wird, wird meine Familie sicherlich unsere Privatsphäre achten und uns Gelegenheit geben, zu zweit zu sein."

Er nahm ihre Hand. „Ich kann es kaum erwarten, dich zur Frau zu nehmen, Annilein."

Anna zog ihre Hand zurück, als ob sie von einer Wespe gestochen worden wäre. Solange sie Cleon kannte, hatte er sie nie Annilein genannt.

„Was ist los?" Seine dunklen Augenbrauen hoben sich fragend. „Habe ich etwas Falsches gesagt?"

„Warum nennst du mich Annilein?", krächzte sie.

Er grinste. „Das ging mir einfach so durch den Kopf, das ist alles. Hat dich denn nie zuvor jemand so genannt?"

Nur Gary, schoss es ihr reuevoll durch den Kopf. *Und deshalb mag ich diesen Spitznamen nicht.* „Ich wünschte, du würdest mich nicht so nennen."

Er zuckte die Schultern. „In Ordnung."

Annas Hand zitterte, als sie nach dem Wasserglas griff, das die Kellnerin auf den Tisch gestellt hatte. Als sie das kalte Glas hochheben wollte, glitt es ihr aus der Hand, sodass das Wasser über Cleons Hemd schwappte.

„Es … es tut mir furchtbar leid." Sie griff nach ihrer Serviette und reichte sie Cleon. „Verzeih mir, dass ich so ein *dappich Dummkopp* bin."

„Du bist weder ungeschickt noch dumm", sagte er mit einem Kopfschütteln. „Es war ein Missgeschick und es gibt nichts zu verzeihen."

Anna saß schweigend da und beobachtete Cleon, der sich das Hemd abtupfte und sie die ganze Zeit dabei anlächelte, als ob sie nichts getan hätte. Dieser kleine Zwischenfall zeigte ihr erneut, was für einen sanften, versöhnlichen Charakter ihr Verlobter hatte, und sie fragte sich, ob es nicht völlig verkehrt war, dass sie ihm die Wahrheit über ihre Vergangenheit verschwiegen hatte. Vielleicht könnte sie ihm ihr Geheimnis anvertrauen, ohne dass er sie dafür verurteilen oder Konsequenzen daraus ziehen würde. Vielleicht würde ihre Beziehung gestärkt werden, wenn sie ihm die Wahrheit sagte. Wenn er jedoch nicht gut reagieren sollte, dann würde ihre ganze Welt zusammenbrechen. Cleon mochte wegen eines verschütteten Wasserglases versöhnlich sein, doch das hieß noch lange nicht, dass er ein so großes Geheimnis wie das ihre akzeptieren und ihr vergeben würde.

Als Cleon sich entschuldigte, um zur Toilette zu gehen und sein Hemd besser trocknen zu können, lehnte sich Anna auf ihrem Stuhl zurück und schloss die Augen. Sie dachte angestrengt nach. Sie wollte Cleon nicht den Nachmittag verderben, doch beim nächsten Mal, wenn sie zu zweit wären, würde sie vielleicht den Mut aufbringen, ihm die Wahrheit zu sagen.

Kapitel 6

„Ich gehe zur Scheune, um nach Heidi zu sehen", rief Martha ihrer Mutter zu. Es war noch früh am Vormittag. Sie strich eine widerspenstige Locke ihres kastanienbraunen Haars zurück, die sich unter ihrer Haube hervorgestohlen hatte, und lief zur Hintertür hinaus.

„Sei rechtzeitig zum Mittagessen zurück!" Judith sah zu Betty Friesen hinüber, die mit ihr am Küchentisch saß und eine Tasse Tee trank. Sie schnalzte mit der Zunge. „Dieses Mädchen hat es so eilig, nach draußen zu kommen, dass sie vermutlich gar nicht gehört hat, was ich gesagt habe."

„Mein Luke ist genauso. Er denkt ständig an etwas anderes als an das, was ich ihm versuche zu sagen." Betty gluckste. „Vielleicht sollten wir die beiden zusammenbringen – jedenfalls sind sie sich in dieser Sache ähnlich."

Judith griff nach ihrer Tasse und trank einen Schluck. „Ich glaube nicht, dass sich Martha derzeit dafür interessiert, einen Freund zu finden. Sie denkt an nichts anderes als an ihre Hundezucht. Übrigens sieht es so aus – wenn ich es richtig verstanden habe –, als ob Ruth und Luke miteinander gingen." Sie machte eine Pause und fragte sich, ob Betty darüber Bescheid wusste.

Betty nickte. „Ich habe gehört, dass Luke am Samstag mit

Ruth und ein paar Freunden angeln war, aber ich bin mir nicht sicher, ob sie wirklich miteinander gehen."

„Nun, soweit ich weiß, ist das der Fall."

„Ich weiß nicht, warum, aber Luke ist in letzter Zeit etwas launisch. Gestern, am predigtfreien Sonntag, hätte ich gedacht, er würde mit dem Rest der Familie auf Besuch gehen." Betty runzelte die Stirn, die von tiefen Falten durchzogen war. „Doch Luke hatte nichts Besseres zu tun, als den lieben langen Tag auf dem Heuboden zu faulenzen. Ich hoffe, dass er sich bald dazu entschließt, sich taufen zu lassen und der Gemeinde beizutreten. Dann wird er vielleicht auch zum Heiraten bereit sein."

Judith verzog das Gesicht. Sie hoffte, Ruth würde nicht ernsthaft über eine Hochzeit mit Luke nachdenken, wenn er tatsächlich launisch und faul war, aber sie hielt es für das Beste, Betty gegenüber nichts davon zu erwähnen. Luke und Ruth gingen erst seit ein paar Monaten miteinander, und soweit sie es abschätzen konnte, war ihre Beziehung nicht sehr ernsthaft.

„Um auf Martha zurückzukommen", sagte Betty, „so werden sich eines Tages die Dinge ändern, und dann wird sie *Kinner* statt *Hundlin* aufziehen wollen."

„Ich hoffe, du behältst recht, doch im Moment hat meine jüngste Tochter gar keine Zeit, an Kinder zu denken. Sie denkt wirklich nur an ihre Hundezucht."

„Deine älteste Tochter und du – ihr seid sicher mit den Vorbereitungen für die bevorstehende Hochzeit mit Cleon Schrock beschäftigt, oder?"

Judith nickte. „Wir werden bald den Stoff für ihr Hochzeitskleid einkaufen."

„Sie ist bestimmt ganz aufgeregt."

„Ich denke schon, aber sie wirkt ziemlich *naerfich*. In den letzten Tagen hat sie sich recht seltsam benommen."

„Ach, wenn sie erst einmal verheiratet ist, kommt alles wieder ins Lot."

„Ja, das glaube ich auch. Sie und Cleon sind so verliebt, da kann es eigentlich nur gut gehen."

Betty nahm sich einen Haferflockenkeks vom Tisch. „Sag mal, hast du davon gehört, dass die Toilettenhäuser der Schulgebäude in der Nähe von Kidron umgestürzt wurden?"

„Nein, davon weiß ich nichts."

Betty steckte den Keks in den Mund, spülte ihn mit etwas Tee hinunter und lehnte sich mit aufgestützten Ellbogen nach vorn. „Mein Elam hat mir davon erzählt. Er hat es heute Morgen in der Zeitung gelesen."

„Hat dein Mann dir irgendwelche Einzelheiten erzählt?"

„Er meint, es wäre wohl in der Nacht passiert, denn die Lehrer haben den Schaden entdeckt, als sie am Morgen zur Schule kamen." Betty schüttelte den Kopf. „Es waren wahrscheinlich ein paar englische Rowdys, die sich einen Spaß machen wollten."

„Es könnten auch amische Jungen gewesen sein, die während ihres *Rumschpringe* auf den Putz hauen."

„Ja, vielleicht, aber sie sollten es wirklich besser wissen."

Judith nahm sich ebenfalls einen Keks. Sie tunkte ihn in ihren Tee und steckte ihn dann in den Mund, um sich den süßen Geschmack auf der Zunge zergehen zu lassen. „Es sieht so aus, als ob ständig etwas los wäre – entweder sind es englische Burschen, die Unsinn machen, oder ein paar Amische, die sich die Hörner abstoßen."

„Ich bin froh, dass keines meiner Kinder je in so eine Sache verwickelt war."

Judith verbiss sich eine Antwort. Wenn Betty glauben wollte, dass keiner ihrer acht Söhne je irgendwelche Dummheiten begangen hatte, dann war das ihre Sache. Judith war jedenfalls dankbar, dass Gott ihr nur Töchter geschenkt hatte. Anna war die einzige ihrer Töchter, die eine *Rumschpringe*-Zeit durchgemacht hatte, doch Gott sei Dank war sie nach einiger Zeit in der englischen Welt zurückgekommen und hatte sich völlig beruhigt.

Martha kam in die Scheune und atmete tief durch. Dad war offenbar heute Morgen da gewesen und hatte die Pferdeboxen ausgemistet. Es roch nach sauberem, frischem Stroh.

Sie eilte in den hinteren Teil des Gebäudes, wo sie für ihre Sheltie-Hündin und die Welpen, die bald zur Welt kommen würden, ein Lager in einer Holzkiste bereitet hatte. Fritz, der Sheltie-Rüde, den sie für Zuchtzwecke gekauft hatte, wurde während der Nacht in einer leeren Box auf der anderen Seite der Scheune gehalten, tagsüber war er draußen an der Leine. Irgendwann würde Dad eine Hundehütte mit mehreren Boxen für ihre Hunde bauen, doch bis dahin mussten eben die leeren Pferdeboxen reichen.

„Hallo, Heidi. Wo bist du denn, meine Kleine?“, rief Martha beim Anblick der leeren Kiste. Die Welpen würden voraussichtlich erst in ein paar Tagen zur Welt kommen, und Martha nahm an, dass die Sheltie-Hündin irgendwo draußen herumlief oder einen anderen Schlafplatz gefunden hatte. Wenn sie in der Nähe gewesen wäre, hätte sie auf Marthas Rufe reagiert.

Martha lief zur gegenüberliegenden Seite der Scheune und griff gerade nach der Klinke, als die Tür aufging und Luke hereinkam.

„Oh, ich wusste nicht, dass auf der anderen Seite der Tür jemand ist. Wir hätten uns die Köpfe einrennen können.“

Sie wich zurück. „Ich … ich habe auch nicht damit gerechnet, dass da jemand sein könnte.“

„Ich bin nur gekommen, um ein paar Pappkartons für deinen Dad zu holen. Er meinte, ich würde in einer der leeren Pferdeboxen welche finden.“

„Ich kann dir zeigen, wo sie sind“, bot Martha an.

Er zog gespielt die Augenbrauen hoch. „Gute Idee. Ich könnte mich in dieser alten Scheune verirren.“

„Pah! Du Witzbold! Ich frage mich, wie meine Schwester mit dir klarkommt.“ Sie drehte sich um und ging ihm voraus.

„Ruth ist etwas ernster als ich“, sagte Luke. „Ich bringe sie zum Lachen, und sie wiederum erinnert mich daran, dass das

Leben auch ernste Seiten hat. Wir ergänzen uns gut, findest du nicht?"

„Wahrscheinlich ist es so."

„Als Ruth und ich letzten Samstag mit Toby und Sadie am Teich gepicknickt haben, habe ich sie alle mit meinem neuen Angeltrick zum Lachen gebracht."

„Und was war das denn für ein Trick?", fragte sie.

„Ich habe nicht genug aufgepasst, und als ich den Angelhaken ins Wasser werfen wollte, hatte ich auf einmal Ruths Haube an der Angel. Natürlich haben mich Sadie und Toby deswegen kräftig aufgezogen."

Martha gluckste, als sie die unbenutzte Pferdebox betrat und die Gaslampe anzündete, die vom Dachsparren hing. „Hier drin sind alle möglichen Sachen gestapelt, unter anderem die Kartons, nach denen du suchst." Sie zeigte auf die Pappkartons, die an einer Wand lehnten.

„Sieht so aus, als ob ein paar davon die richtige Größe hätten." Luke griff nach den Kartons, dann hielt er plötzlich inne. „Nanu! Was ist das?"

„Was denn?" Martha spähte in Richtung seines ausgestreckten Arms und rang nach Luft. „Heidi! Das gibt's doch nicht. Sie hat ihre Welpen in dieser alten Pferdebox bekommen."

Luke nickte. „Sieht ganz so aus."

„Die Kiste, die ich auf der anderen Seite der Scheune extra für sie hergerichtet habe, schien ihr wohl nicht zu gefallen."

„Hunde sind in mancher Hinsicht wie Menschen", sagte Luke. Er klang viel ernster als üblich. „Sie sind genauso wählerisch mit dem Platz für ihren Wurf wie wir mit der Wahl unseres Partners."

Martha wusste nicht so recht, was sie dazu sagen sollte, denn sie selbst hatte noch keinen Partner gesucht. Tatsächlich hatte sie in letzter Zeit an fast nichts anderes mehr gedacht als an ihre Hundezucht. „Es ist wohl am besten, wenn ich sie in Ruhe lasse, da sie nun mal diesen Platz ausgesucht hat und sich hier wohlzufühlen scheint."

Er nickte und starrte in die Box. „Wie viele Welpen hat sie denn da, was meinst du?“

Martha wusste, dass sie die Welpen lieber nicht berühren sollte. Sie versuchte, die kleinen Knäuel zu zählen. So hatte sie sich die Welpen vorgestellt – kleine, quietschende, herumrutschende Knäuel mit winzigen pinkfarbenen Nasen. „Ich glaube, es sind fünf“, sagte sie. „Aber es könnten auch mehr sein.“

„Lauter kleine, quietschende Viecher. Willst du welche behalten?“

Sie nickte. „Ich werde einen oder zwei davon zur Zucht behalten, aber die anderen muss ich verkaufen, weil ich das Geld brauche.“

Er schaute sie intensiv an. „Du bist ja eine richtige Geschäftsfrau, was?“

„Ich bemühe mich darum.“ Martha trat einen Schritt von der Box weg. „Ich werde mal ins Haus gehen und sehen, ob ich Mom beim Mittagessen helfen kann. Heidi will vermutlich ohnehin lieber mit ihren Welpen allein sein.“

Luke nahm sich zwei leere Kartons und sagte: „Ich werde in die Tischlerei zurückgehen, bevor dein ungeduldiger Dad mich hier sucht.“

Ohne auf Lukes Bemerkung über die Ungeduld ihres Vaters einzugehen, drehte Martha die Gasflamme herunter und folgte Luke zur Tür. Sie freute sich, dass die Geburt der Welpen gut verlaufen war. Endlich war sie auf dem besten Weg, eine hoffentlich erfolgreiche Züchterin zu werden.

Roman sah von seiner Büroarbeit auf, mit der er gerade beschäftigt war, als Luke mit zwei Pappkartons in den Laden kam. „Na, das hat ja gedauert“, grummelte er. „Konntest du die Box nicht finden, von der ich dir erzählt habe?“

„Ich habe sie gut gefunden.“ Luke stellte die Kartons auf den Boden. „Martha und ich haben entdeckt, dass die Sheltie-Hündin in genau dieser Pferdebox fünf Welpen bekommen hat.“

„Oh, da hat sich meine Tochter sicher gefreut. Sie dachte, die Welpen würden erst in ein paar Tagen zur Welt kommen." Roman zeigte mit dem Kopf auf eine Reihe von fertiggestellten Unterschränken, die an eine Wand gelehnt waren. „Diese Möbel hat Steven Bates für den Geburtstag seiner Frau bestellt, also hätte ich gern, dass du sie ihm heute lieferst."

„Klar, mache ich. Soll ich sofort fahren oder nach dem Mittagessen?"

„Am besten sofort. Wenn du zurückkommst, kannst du zu Mittag essen."

„In Ordnung."

Roman schob seinen Schreibtischstuhl zurück. „Ich helfe dir, die Möbel aufzuladen und festzubinden, und dann muss ich mich sputen und diesen Papierkram hier erledigen."

„Ich schaffe das schon allein", sagte Luke.

„Okay, aber achte darauf, dass die Möbel wirklich gut festgebunden sind. Du weißt, Steven ist ein schwieriger Kunde, und er wird keine Kratzer oder Macken akzeptieren."

„Ich werde dafür sorgen, dass die Möbel heil ankommen."

Schon bald hatten sie die Möbel im hinteren Teil des Wagens verstaut, den Roman für Transporte benutzte, und als Luke begann, sie festzubinden, ging Roman zurück in die Tischlerei. Kurz darauf hörte er das Knirschen der Buggyräder und Lukes Rufe, die das Pferd antrieben.

„Hoffentlich lässt er das Pferd nicht zu schnell laufen", murmelte Roman und griff nach seinem Hauptbuch, um mit den Einträgen fortzufahren. *Dieser Junge ist entweder zu spät dran oder aber zu schnell. Bei ihm gibt es keine gesunde Mitte.*

In den nächsten anderthalb Stunden war Roman ganz mit seiner Buchhaltung beschäftigt. Dann und wann schaute er auf die Wanduhr. Luke hätte eigentlich schon zurück sein müssen – es sei denn, er hatte irgendwo zum Mittagessen angehalten. Das Geräusch einer zuschlagenden Wagentür ließ Roman aufspringen. Sekunden später kam Steven Bates in den Laden. Sein drohender Gesichtsausdruck verhieß nichts Gutes.

„Was ist los? Bist du mit den Möbeln, die Luke geliefert hat, nicht zufrieden? Ich hoffe doch, dass er sie geliefert hat."

„Oh ja, das hat er. Ein paar Meter vor meiner Einfahrt sind ihm die Möbel vom Wagen gerutscht und auf die Straße gefallen – und kaputt gegangen."

Romans Gesicht rötete sich. „Wie konnte das passieren?"

„Ich nehme an, du hast sie nicht gut genug festgebunden", grunzte Steven. „Morgen ist der Geburtstag meiner Frau, und ich bekomme ernsthafte Schwierigkeiten, weil unsere neue Küche nicht fertig ist."

Roman bemühte sich, seine Wut zu zügeln. Er hätte darauf bestehen sollen, Luke beim Festbinden der Möbel zu helfen, anstatt ihm zu vertrauen. „Es wird ein paar Wochen dauern, aber ich werde die Möbel wieder in Ordnung bringen", versprach er.

Steven schüttelte den Kopf. „Bemüh dich nicht. Für mich ist die Sache erledigt."

„Erledigt? Wie meinst du das?"

Steven blinzelte mit seinen glänzend braunen Augen und strich sich über seine beginnende Glatze. „Du warst schon öfter mit Auftragsarbeiten spät dran, die Qualität entspricht nicht meinen Erwartungen, und nun dies! Ich werde mir einen anderen Tischler suchen!" Er drehte sich um und ging hinaus, wobei er die Tür mit solcher Wucht zuschlug, dass die Fensterscheiben klirrten.

Roman eilte zur Tür, doch er war nicht schnell genug – Stevens Wagen fuhr bereits mit hoher Geschwindigkeit den Weg hinunter und spritzte Kies in alle Richtungen auf.

Kurze Zeit später tauchte Luke auf. Er druckste lange herum. „Es tut mir leid, aber …"

Roman hob die Hand. „Ich weiß bereits Bescheid. Dir habe ich es zu verdanken, dass ich Steven als Kunden verloren habe."

„Ich … ich dachte, ich hätte die Seile wirklich gut festgebunden. Ich verstehe einfach nicht, wie das passieren konnte."

„Nun, was passiert ist, ist passiert. Doch das Geld, das Steven mir für diesen Auftrag schuldet, ist verloren, und deshalb werde ich es dir von deinem Lohn abziehen."

Luke wurde rot. „Aber diese Möbel waren teuer. Es wird Wochen dauern, bis ich das wieder hereingeholt habe."

Roman nickte kurz. „Und du wirst doppelt so schwer arbeiten wie bisher."

Luke öffnete den Mund, um etwas zu erwidern, ließ ihn dann jedoch wieder zuschnappen. „Welche Aufgabe hast du jetzt für mich?", fragte er und wandte sich zur Werkbank.

„Du kannst den Boden im Hinterzimmer sauber machen und danach kannst du die Ladenfenster putzen."

Ein Muskel in Lukes Gesicht zuckte, doch er nahm schweigend den Besen aus dem Schrank und ging auf das Hinterzimmer zu.

„Ständig irgendwelcher Ärger", murmelte Roman in seinen Bart. „Ich hätte mir denken können, dass ich diesen verantwortungslosen Burschen nicht hätte einstellen sollen."

Die Tür zu Romans Laden ging erneut auf und diesmal kam Martin Gingerich herein.

„Kann ich dir helfen?", fragte Roman, als er sich dem jungen Mann mit dem hellbraunen Haar zuwandte.

Martin nickte und sah sich im Raum um, als ob er etwas suchte. „Ich … nun … ich bin gekommen, um zu sehen, ob du vielleicht Zeit hättest, etwas für mich anzufertigen."

„Das kommt darauf an, was es ist."

Martin nahm seinen Strohhut ab und fächelte sich mehrmals damit Luft zu. „Meine Eltern haben bald ihren Hochzeitstag und ich würde ihnen gern etwas Schönes schenken."

„Hast du an etwas Bestimmtes gedacht?", fragte Roman, während er auf den Schreibtisch zuging und sich dann dahinter setzte.

Martin folgte ihm und fächelte sich weiter Luft zu. „Ich dachte, sie würden sich vielleicht über einen neuen Schaukelstuhl freuen."

Roman lehnte sich mit aufgestützten Ellbogen nach vorn. „Ich will mich nicht selbst loben, aber ich denke, dass ich sehr schöne und bequeme Schaukelstühle herstelle.“

„Könntest du ihn in drei Wochen fertig haben?“, fragte Martin.

Roman nickte. „Ja, das wäre kein Problem.“

„*Danki*.“ Martin sah auf den Boden und drehte weiter den Hut zwischen den Fingern.

„Kann ich sonst noch etwas für dich tun?“

„Äh … nein, nicht wirklich.“

Roman schob seinen Stuhl zurück und stand auf. „In Ordnung. Ich werde dir eine Karte schicken, sobald der Stuhl fertig ist.“

Martin schaute ihn an. „Nein, lieber nicht! Sonst fliegt meine Überraschung auf!“ Er scharrte mit den Füßen. „Ich werde einfach ab und zu hereinschauen, um zu sehen, wie du vorankommst.“

„Das klingt vernünftig. Ich bin sicher, der Schaukelstuhl ist lange vor dem Hochzeitstag fertig.“

Roman nahm an, der junge Mann würde nun hinausgehen, und ging auf die Ladentür zu. Martin folgte ihm, doch als er an der Tür ankam, hielt er an und sah Roman erneut ins Gesicht. „Ich … äh … ich habe gehört, dass Ruth in der Bäckerei in Berlin einen Job gefunden hat.“ Seine Stimme klang rau, fast wie ein Flüstern.

„Ja, das stimmt.“

„Gefällt es ihr dort?“

„Ich denke schon.“ Roman grinste. „Wer würde nicht gern von lauter leckeren Kuchen und Torten umgeben sein?“

Martin nickte und sah sich erneut im Raum um. „Ich habe gehört, dass du vor ein paar Monaten Luke Friesen eingestellt hast. Ich kann ihn nirgendwo sehen. Arbeitet er nicht mehr für dich?“

Roman nickte in Richtung des Hinterzimmers. „Er macht da hinten sauber.“

„Ach so. Nun, dann werde ich mal gehen. Bis bald."

Roman schüttelte den Kopf, als Martin durch die Tür ging. Dieser Bursche war offensichtlich ein sehr sensibler Typ, ganz anders als Luke, der offenbar nie groß über das nachdachte, was er sagte oder tat.

Kapitel 7

Cleon fuhr auf das Haus der Hostettlers zu, brachte seinen Buggy vor dem Anbindebalken zum Stehen und sprang herunter. Nachdem er sein Pferd festgemacht hatte, ging er um den Buggy herum und holte sein Fahrrad aus dem hinteren Teil. Heute war wieder ein wunderschöner Samstag mit klarem, blauem Himmel und Sonnenschein, auch wenn die Temperatur wie üblich für den Herbst merklich zurückgegangen war. Cleon wusste, dass Anna heute bis drei Uhr nachmittags gearbeitet hatte, doch er dachte sich, dass sie noch genug Zeit hätten, ein wenig Fahrrad zu fahren, bevor die Sonne unterging.

Er stellte sein Fahrrad neben die Scheune und lief ums Haus herum auf die Hintertür zu, wo er auf Judith traf. Sie saß auf der Veranda mit einer Schüssel knackiger goldener Äpfel auf dem Schoß und einem Obstmesser in der Hand.

„Schön, dich zu sehen, Cleon", sagte sie und lächelte zu ihm auf, als er die Veranda betrat.

„Ich freue mich auch, dich zu sehen." Er schaute zur Tür. „Ich bin gekommen, um Anna zu einer kleinen Radtour abzuholen. Ist sie schon fertig?"

„Sie ist oben und zieht sich um. Setz dich doch und leiste mir ein bisschen Gesellschaft." Judith bedeutete ihm mit einem Kopfnicken, in dem Rohrsessel Platz zu nehmen, der neben ihrem stand.

„Ja, gern." Cleon genoss es, dass Annas Mutter immer Zeit fand, ein wenig mit ihm zu plaudern. Seine eigene Mutter war ganz anders – ständig beschäftigt, von Sonnenaufgang bis Sonnenuntergang. Anderseits führte Judith kein Geschäft wie seine Mutter, die mehrmals pro Woche Gruppen hungriger, neugieriger Touristen verpflegen musste. Außerdem musste sie sich um die Herstellung und den Verkauf ihrer Kerzen kümmern, und obwohl Cleons Schwester ihr bei beiden Arbeiten zur Hand ging, hatte sie kaum Zeit, sich einmal hinzusetzen und zu plaudern.

„Es ist ein schöner Tag für eine Radtour, nicht wahr?"

Cleon nickte. „Was haben deine beiden anderen Töchter heute Nachmittag vor?"

„Martha ist wie üblich drüben in der Scheune und wacht über ihre Hunde und Ruth ist mit ihrer Freundin Sadie spazieren gegangen." Judith spitzte die Lippen, als sie ihr Messer hob und begann, einen der Äpfel zu schälen. „Ruth wollte eigentlich heute Nachmittag mit Luke ausgehen, aber Roman hat ihn gebeten, heute zu arbeiten, also hat sie ihre Pläne geändert, was vielleicht auf lange Sicht ganz gut ist."

„Wie meinst du das?"

Sie zuckte die Schultern. „Wenn Roman Luke im Laden so hart rannimmt, ist er wahrscheinlich nicht der geeignete Verehrer für Ruth. Sie ist ziemlich sensibel, und ich glaube nicht, dass ein eigenwilliger Mann wie Luke das Richtige für sie wäre."

Die Hintertür schwang auf, und Anna kam auf die Veranda, sodass Cleon nicht antworten musste.

„Bist du bereit?", fragte er. Bei dem Gedanken, erneut mit ihr allein zu sein, fühlte er sich freudig erregt.

Anna nickte und lächelte. „Erwarte nur nicht von mir, dass ich schnell in die Pedale trete. Meine Beine sind müde von der Arbeit, und ich weiß nicht, wie lange ich durchhalten werde."

„Möchtest du lieber mit dem Buggy spazieren fahren?"

Sie schüttelte den Kopf. „Nein, es ist schon in Ordnung. Ich brauche frische Luft und das Radfahren ist ja nicht wie Laufen oder Stehen, es wird meinen Beinen guttun."

„Prima." Cleon lächelte Judith zu. „Ich bringe deine Tochter rechtzeitig zum Abendessen zurück."

Judith lächelte zurück. „Du bist uns herzlich willkommen, wenn du mit uns essen willst."

„Vielleicht werde ich auf dieses Angebot zurückkommen." Cleon winkte zum Abschied und lief hinter Anna die Stufen hinunter.

„Kaum zu glauben, wie schön das Wetter ist", sagte Ruth, als sie mit Sadie die Hauptstraße verließ und auf einen breiten Fußweg in den Wald einbog. Sie waren nicht weit von dem Teich entfernt, wo sie in der Woche zuvor mit Luke und Toby gepicknickt hatten.

„Der Winter wird schnell kommen, deshalb müssen wir die schöne Zeit noch genießen und Spaß haben, bevor es zu kalt wird."

Ruth kniff Sadie sanft in den Arm. „Man kann auch im Winter eine Menge Spaß haben, oder etwa nicht?"

„Stimmt. Schlittenfahren, Eislaufen und Schneeballschlachten." Sadie schwang rhythmisch ihre Arme, während sie stetig voranschritten. „Schade, dass Toby und Luke heute keine Zeit haben, uns zu begleiten."

„Mein *Daed* hat noch so viel Arbeit zu erledigen, er kann heute nicht auf Luke verzichten."

Sadie nickte. „Da der Gottesdienst morgen in Tobys Haus stattfindet, musste er seinen Brüdern helfen, die Sitzbänke aufzustellen."

Ruth blieb stehen und zeigte auf einen glänzenden schwarzen Lieferwagen, der hinter einem Gebüsch geparkt stand. „Wem dieser Wagen wohl gehört? Ich kann mich nicht erinnern, ihn schon mal gesehen zu haben, du etwa?"

Sadie schüttelte den Kopf. „Nein, aber als wir letztes Mal am Teich waren, sind wir nicht bis hierhin gelaufen."

„Das stimmt." Ruth kniff die Augen zusammen, als sie sich dem Wagen näherten. „Er ist leer und ich sehe niemanden in der Nähe."

„Vielleicht hat ihn jemand hier abgestellt, um ihn loszuwerden."

„Oder man hat ihn hier versteckt."

„Warum sollte irgendjemand das tun?"

Ruth stützte die Hände in die Hüften. „Manche Burschen, die *Rumschpringe* machen, haben Autos, von denen niemand etwas wissen soll. Das ist doch sicher nichts Neues für dich."

Sadies blaue Augen weiteten sich. „Du glaubst, dieser Lieferwagen gehört einem Amischen?"

„Könnte sein."

„Es ist kein neuer Wagen, aber er ist sauber und poliert." Sadie berührte den Chromspiegel. „Wem auch immer er gehört – sein Besitzer hat offenbar eine Portion *Hochmut* und hat Gefallen daran, den Wagen schön zu erhalten."

„Wenn er einem Amischen gehört, dann sollte er keine Eitelkeit kennen." Ruth verzog etwas die Lippen. „Ich hoffe, dass er den Lieferwagen nicht so sehr liebt, dass er seinen Glauben aufgibt, damit er ihn weiterhin fahren kann."

Annas Beine versagten ihr beinahe den Dienst, und sie wollte Cleon gerade bitten anzuhalten, als er sein Fahrrad an den Straßenrand lenkte und ihr bedeutete, das Gleiche zu tun. „Diese hügelige Straße macht mich langsam fertig. Ich bin müde", schnaufte er. „Sollen wir unsere Räder eine Weile schieben? Dann können wir uns auch besser unterhalten."

Sie lächelte zustimmend und kletterte vom Rad.

„Ich bin froh, dass du den Nachmittag mit mir verbringen kannst, denn wir werden uns danach eine Woche lang nicht sehen können."

„Oh, warum denn das?"

„Habe ich dir nicht erzählt, dass meine Familie und ich am Montagmorgen nach Rexford, Montana, aufbrechen werden, um an der Hochzeit meiner Cousine Sarah teilzunehmen? Wir werden eine Woche fortbleiben."

Sie schüttelte den Kopf. „Ich kann mich nicht daran erinnern, dass du mir das gesagt hättest." Allerdings hatte sie in letzter Zeit selten wirklich zugehört, wenn man mit ihr sprach. Sie musste ständig daran denken, dass Gary in der Stadt war, und sie rang immer wieder mit sich, ob sie Cleon die Wahrheit über ihre Vergangenheit erzählen sollte. Nach einer weiteren schlaflosen Nacht voller Grübeln hatte Anna beschlossen, ihr Geheimnis lieber jetzt zu enthüllen, bevor Gary die Chance bekam, etwas auszuplaudern. Wenn Cleon so verständnisvoll war, wie sie hoffte, dann würde sie vielleicht auch den Mut finden, ihrer Familie alles zu erzählen.

Sie gingen eine Weile schweigend nebeneinander her, während Anna überlegte, wie sie anfangen sollte. Vielleicht sollte sie ganz behutsam beginnen, um zu sehen, wie Cleon reagierte.

„Lass uns von der Hauptstraße abbiegen und in den Wald gehen", sagte Cleon. Er wies mit dem Kopf auf einen Pfad zu ihrer Rechten. „Ich glaube, dieser Weg führt zum Teich beim Haus der Wengerds."

Anna schob ihr Rad auf den breiten Pfad und beschloss, jetzt mit der Sprache herauszurücken. „Äh …Cleon, ich möchte etwas mit dir besprechen."

Seine Augenbrauen zogen sich zusammen. „Du siehst so ernst aus. Ist irgendetwas nicht in Ordnung? Hast du vielleicht Zweifel beim Gedanken, mich bald zu heiraten?"

Anna befeuchtete ihre Lippen mit der Zungenspitze und hielt ihr Fahrrad an. Es würde schwieriger werden als erwartet. „Ich habe keine Zweifel, ich finde nur, du solltest wissen …"

„Hey, was macht ihr beide denn hier?"

Anna drehte sich beim Klang der Stimme ihrer Schwester abrupt herum. „Ruth, hast du mich erschreckt!"

Sadie gluckste. „Sieht ganz so aus. Deine Augen sind so groß wie Wagenräder."

„Ich … ich habe nur nicht damit gerechnet, euch hier zu treffen", stammelte Anna. Es war gut, dass sie Cleon ihr Geheimnis nicht anvertraut hatte. Nicht auszudenken, wenn Ruth und Sadie etwas mitgehört hätten. Sie wollte auf gar keinen Fall, dass Sadie etwas über ihre persönlichen Angelegenheiten wusste, denn sie war ziemlich geschwätzig.

„Sadie und ich waren im Wald und am Teich spazieren", sagte Ruth. „Zu dieser Jahreszeit ist es dort wunderschön." Sie nickte Anna zu. „Wolltet ihr beide auch dorthin?"

„Ja", entgegnete Cleon. „Wir sind einen Teil der Straße mit dem Fahrrad gefahren und wollen jetzt noch ein wenig laufen, damit wir uns besser unterhalten können."

Ruth schaute auf die langsam untergehende Sonne, deren Strahlen durch die Baumwipfel fielen. „Es wird bald dunkel. Ich würde an eurer Stelle nicht mehr zu lange bleiben."

„Sie hat recht", sagte Cleon. „Vielleicht sollten wir umkehren, bevor es zu dunkel wird."

„Okay." Anna spürte eine Mischung aus Erleichterung und Enttäuschung. Wenn sie jetzt nach Hause gingen und Ruth und Sadie dabei waren, dann würde sie Cleon natürlich nicht erzählen können, was sie beschäftigte. Vielleicht war es aber auch gut, dass die Mädchen aufgetaucht waren, und es war wahrscheinlich das Beste, erst mit Cleon zu sprechen, wenn er aus Montana zurückgekehrt war. So hatte sie eine ganze weitere Woche Zeit, darüber nachzudenken und zu entscheiden, wie sie ihm die Sache am besten beibringen sollte.

Kapitel 8

„Heute haben wirklich etliche in der Kirche gefehlt", meinte Mom, als sie neben Anna auf ihr Haus zuging. Ruth, Martha und Dad folgten den beiden. „Martin Gingerich, Sadie Esh und Abe Wengerd waren krank, wenn ich das richtig verstanden habe."

„Luke hat Grippe", sagte Ruth.

„Zumindest hat seine Mutter das gesagt", grunzte Dad. „Um offen zu sein, glaube ich eher, dass er im Bett geblieben ist, weil ich ihn letzte Woche in der Tischlerei so hart zur Brust genommen habe, nachdem er die Möbel für Ella Bates' Geburtstag ruiniert hat. Steven war deswegen außer sich und hat gesagt, er würde mir keine Aufträge mehr erteilen."

„Ich bin heute Nachmittag ziemlich müde", sagte Mom, ohne auf Dads Probleme in der Tischlerei einzugehen, über die sie bereits gesprochen hatten.

Er gähnte geräuschvoll. „Ja, ich auch. *Ich bin mied wie en Hund*."

„Wo du von Hunden sprichst", fiel Martha ein, „da fällt mir etwas ein. Ich werde zur Scheune gehen und nachsehen, ob mit Heidi und ihren Welpen alles in Ordnung ist, sobald ich mich umgezogen habe."

Anna musste über den Überschwang ihrer Schwester lächeln. Martha sprach in diesen Tagen über fast nichts anderes als über ihre Hunde.

„Du kannst den Rest des Tages in der Scheune mit deinen *Hundlin* verbringen, wenn du willst", sagte Dad, „ich jedenfalls werde ein Nickerchen machen."

Mom nickte. „Ich werde mich auch ein wenig hinlegen."

Als sie die hintere Veranda betraten, bemerkte Anna, dass die Tür nicht ganz geschlossen war. Dad musste es auch bemerkt haben, denn er drehte sich zu ihnen um und starrte sie an. „Wer von euch ist heute Morgen als Letzte aus dem Haus gegangen? Und wie kommt es, dass diejenige die Tür nicht geschlossen hat?"

„Ich war es nicht", sagte Anna schnell.

Ruth schüttelte den Kopf. „Ich auch nicht."

„Ich glaube, ich war die Letzte", gestand Martha, „aber ich bin sicher, dass ich die Tür nicht offen gelassen habe."

„Nun, jemand hat es aber getan." Dad stieß die Tür ganz auf und betrat das Haus, wobei er vor sich hin grummelte, dass nun wahrscheinlich jede Menge Fliegen im Haus wären.

Anna und ihre Schwestern hielten im Flur an, doch Mom hatte bereits die Küche betreten. „Jemand war hier drin!“, rief sie. „Du liebe Güte! Was für ein Durcheinander sie angerichtet haben!“

Die anderen eilten herzu. Mom stand inmitten von Kochtöpfen und Bratpfannen, die auf dem Boden verstreut lagen. Stühle waren umgeworfen und eine Reihe von Lebensmitteln aus dem Kühlschrank waren mitten auf dem Tisch ausgekippt.

Ein paar Sekunden lang schwiegen alle wie erstarrt. Dann stöhnte Dad und schüttelte den Kopf. „Das waren keine Tiere, die ins Haus geschlichen sind. Dieses Chaos wurde von Menschenhand angerichtet, das steht fest.“ Er drehte sich abrupt um.

„Wo gehst du hin?“, rief Mama in Panik.

„Ich will sehen, wie es im übrigen Haus aussieht.“

Sie eilte zu ihm. „Wenn diejenigen, die das getan haben, aber noch im Haus sind – was ist dann?“

„Dann werden wir von Mann zu Mann miteinander reden.“

Martha bückte sich und hob das Nudelholz vom Boden auf. „Vielleicht sollte ich dich begleiten.“

Mom machte eine Bewegung, doch Anna war schneller. „Was machst du denn da?“ Sie nahm Martha das Nudelholz aus der Hand und legte es auf die Anrichte. „Ich hoffe, dass du das hier nicht als Waffe verwenden willst.“

„Ich … ich wollte niemanden verletzen, einfach nur einschüchtern, das ist alles.“

Dad zeigte auf den Boden. „Bleib lieber hier, und hilf deiner *Mamm* aufzuräumen, während ich mir die anderen Räume ansehe.“ Er eilte aus der Küche, bevor jemand etwas erwidern konnte.

Annas Hand zitterte, als sie sich bückte, um eine Bratpfanne aufzuheben. *Wer hat das getan und warum nur?*

„Nie in all den Jahren, seit euer *Daed* und ich verheiratet sind, ist so etwas vorgekommen“, sagte Mom mit zitternder Stimme.

„Ich … ich möchte wissen, ob irgendetwas gestohlen wurde.“ Ruths dunkle Augen waren riesengroß und ihr Gesicht kalkweiß, sodass ihr brünettes Haar noch dunkler wirkte.

„Ich hoffe nicht“, sagte Mom, „aber wir dürfen nicht vergessen, dass alles, was wir haben, nicht wirklich uns gehört. Es ist eine Leihgabe unseres Gottes.“

Anna ging auf die Flurtür zu und reckte den Kopf. Sie konnte nichts sehen, doch sie hörte die Schritte ihres Vaters, der durch das Wohnzimmer ging. „Dad, ist alles in Ordnung mit dir?“

„Mir geht's gut. Ich sehe nur nach.“

„Ist im Wohnzimmer auch so ein Durcheinander?“

Vater kam in den Flur und schüttelte den Kopf. „Es sieht so aus, als ob im Wohnzimmer nichts beschädigt wurde. Ich gehe jetzt nach oben.“

Anna griff nach der Türkante und biss die Zähne zusammen. *Und wenn jemand in meinem Zimmer war? Wenn jemand meine Sachen durchgesehen hat?*

„Ich hoffe, dass oben alles in Ordnung ist“, sagte Mom und unterbrach Annas beunruhigende Gedanken. „Ich wünschte, euer *Daed* hätte eine von uns mitgenommen.“

„Er kommt bestimmt bald wieder nach unten.“ Ruth brachte ein schwaches Lächeln zustande.

Es war offensichtlich, dass sich alle unwohl fühlten, und Anna würde sich erst wieder entspannen, wenn sie sicher sein konnte, dass nichts aus ihrem Zimmer entwendet worden war.

„Ich komme gleich zurück“, sagte Martha und ging auf die Hintertür zu.

„Wohin gehst du?“, rief Mom.

„In die Scheune, um nach meinen Hunden zu sehen.“ Marthas Schultern waren angespannt und sie atmete stoßweise aus. „Ich will sichergehen, dass ihnen nichts passiert ist.“

„Nein, du gehst nicht ohne deinen *Daed* dorthin. Die Einbrecher könnten sich in der Scheune versteckt haben.“ Mom schüttelte energisch den Kopf.

Martha hob ihr Kinn, als ob sie widersprechen wollte, doch

Anna wusste, dass ihre entschlossene kleine Schwester nicht gegen den Willen ihrer Mutter ankommen würde.

„Wir müssen Geduld haben und auf Dad warten", sagte Ruth und griff nach dem Gurkenglas, das auf dem Tisch ausgekippt worden war.

Als Anna die schweren Schritte ihres Vaters über ihnen hörte, sah sie erneut in den Flur.

„Wir sollten versuchen, ruhig zu bleiben", sagte Mom, während sie einen Lappen im Spülbecken auswrang und begann, den Tisch abzuwischen.

In den nächsten Minuten waren Anna, ihre Schwestern und ihre Mutter damit beschäftigt, die Küche aufzuräumen und sauber zu machen. Sie waren fast fertig, als Dad wieder auftauchte. Er kniff seine dunklen Augen zusammen und kratzte sich am Kopf.

„Was ist los, Roman?", fragte Mom und lief auf ihn zu. „Ist oben alles in Ordnung?"

„Es ist niemand dort und es wurde nichts beschädigt, außer in Annas Zimmer."

„Wie seltsam." Mom runzelte die Stirn. „Wenn sie sich in einem Zimmer ausgetobt haben, hätten sie es doch auch in den anderen tun können."

„Vielleicht haben Heidi oder Fritz etwas bemerkt und haben angefangen zu bellen. So könnten die Einbrecher vielleicht vorzeitig verscheucht worden sein", vermutete Martha.

„Das könnte sein", stimmte Dad ihr zu. Er strich sich über die Nase und überlegte. „Bestimmt gibt es keine tieferen Hintergründe für die Tat."

Anna war einige Sekunden wie erstarrt und bemühte sich, die Fassung zu bewahren. Dann keuchte sie leise und stürzte aus der Küche.

„Soll ich zur Telefonzelle laufen und den Sheriff anrufen?", fragte Martha ihren Vater.

„Ich gehe mit“, schlug Ruth vor.

Er schüttelte energisch den Kopf. „Ich will keinen Sheriff, und ich würde auch keine Anzeige erstatten, wenn er den Schuldigen finden würde.“

„Ich weiß, aber …“

„Ich bin sicher, dass es nur ein paar Witzbolde waren – wahrscheinlich dieselben, die letzte Woche bei Kidron die Toilettenhäuser umgestoßen haben.“

„Dann lassen wir ihnen das einfach so durchgehen?“, fragte Martha und zeigte auf die letzten Reste auf dem Küchentisch. „Ich finde, man muss ihnen Einhalt gebieten, sonst machen sie vielleicht dasselbe auch bei anderen Familien.“

Mom berührte Dads Arm. „Unsere Tochter hat recht. Vielleicht sollten wir doch den Sheriff informieren.“

„Wir werden uns genauso verhalten wie andere Mitglieder unserer Gemeinschaft, denen englische Rowdys üble Streiche gespielt haben: Wir werden wegschauen, die andere Wange hinhalten, vergeben und vergessen.“ Dad seufzte. „Lasst uns jetzt nicht mehr darüber nachdenken und ganz normal weitermachen.“

Martha machte eine wegwerfende Handbewegung. „Wie sollen wir vergessen, was passiert ist, wo unsere Küche so aussieht und Anna oben versucht, damit fertig zu werden, was man mit ihren Sachen gemacht hat?“, klagte sie. „Das ist nicht richtig. Es ist ganz und gar nicht richtig.“

„Wir können vergessen, was passiert ist, indem wir uns dazu entschließen, nicht mehr darüber nachzudenken. So werden wir damit umgehen.“ Dad verschränkte seine Arme und nahm eine abwehrende Pose ein.

„Glaubst du, Anna könnte jemals vergessen, dass Fremde in ihrem Zimmer waren, während wir in der Kirche saßen?“ Martha nickte in Richtung der Tür, die zur Treppe führte.

Bevor Dad etwas erwidern konnte, meldete sich Ruth zu Wort. „Ich werde nach ihr sehen. Sie wird sicher Hilfe brauchen, um ihr Zimmer wieder in Ordnung zu bringen.“

Anna stand wie versteinert in ihrem Zimmer. Kleidungsstücke lagen überall verstreut – weiße Hauben, Schürzen, ein Paar schwarze Leinenschuhe und einige Kleider, die in Stücke gerissen worden waren.

Ihr Herz klopfte dumpf, ihre Handflächen waren schweißnass und ihre Knie gaben beinahe nach. Mit schleppenden Schritten ging sie auf die Zedernholztruhe am Bettende zu und hob den Deckel hoch. Sie ließ beide Hände tief hineinsinken und suchte tastend nach, ob etwas fehlte. Als ihre Finger das Album berührten, das sie hier versteckt hatte, und sie feststellte, dass ihre gesichtslose Puppe noch dort war, seufzte sie erleichtert auf.

„Wie geht es dir? Wurde etwas gestohlen?"

Anna ließ den Deckel zuschnappen und drehte sich herum. „Ruth! Ich habe dich nicht kommen hören."

„Ich wollte sehen, ob ich dir helfen kann." Ruth kam näher und zeigte auf das Chaos auf Annas Bett. „Ach, Anna, es tut mir so leid. Ich kann einfach nicht verstehen, warum jemand so etwas tut. Es ergibt keinen Sinn, dass sie in der Küche und in deinem Zimmer so etwas anrichten und die anderen Zimmer in Ruhe lassen."

„Ich … ich verstehe das auch nicht, aber soweit ich sehen kann, fehlt nichts." Annas Beine zitterten. Sie versuchte, die Tränen zurückzuhalten.

Ruth sah sich um. „Komisch, dass noch alles da ist."

Bevor Anna antworten konnte, kam Martha ins Zimmer gerannt. Ihr Gesicht war gerötet und ihre Augen vor Sorge geweitet. „Haben sie etwas kaputt gemacht? Wurde irgendetwas gestohlen?"

„Es sieht nicht so aus." Anna zeigte auf ihr Bett. „Sie haben ein paar Kleidungsstücke aufs Bett geworfen und einige Kleider zerrissen."

„Da drüben!" Martha zeigte auf den Schreibtisch am anderen Ende des Zimmers. „Sie haben die Schubladen ausgeleert und alles auf den Boden geschmissen. Einige von deinen Papieren scheinen zerrissen worden zu sein."

Anna drehte sich blitzschnell um. Sie war so besorgt wegen der Sachen in ihrer Truhe gewesen, dass sie gar nicht auf den Schreibtisch geachtet hatte. Heiße Tränen stiegen ihr in die Augen und sie würgte an dem Klumpen in ihrer Kehle. Wer konnte das alles nur getan haben? Wer hasste sie so sehr, dass er ihr so etwas antat?

Sie fröstelte, als Gary Walkers Bild vor ihrem inneren Auge auftauchte. War er dafür verantwortlich? Er hatte ihr angedroht, er würde sich dafür rächen, dass sie mit ihm Schluss gemacht hatte. Vielleicht hatte er seine Drohung nun wahr gemacht?

Kapitel 9

Es fiel Anna am nächsten Tag schwer, zur Arbeit zu gehen, doch abgesehen von dem Schock, den der Einbruch bei ihr hinterlassen hatte, gab es keinen vernünftigen Grund, zu Hause zu bleiben. Sie hätte Cleon zu gern von dem Einbruch erzählt, doch er war bereits mit seiner Familie nach Rexford aufgebrochen und würde erst in einer Woche zurück sein.

Als Anna im Restaurant eintraf, erfuhr sie zu ihrer Überraschung, dass Esther nicht kommen würde, weil sie mit Grippe im Bett lag. Das bedeutete, dass Anna heute besonders gebraucht wurde, und es schien ihr eine Bestätigung dafür zu sein, dass sie sich richtig entschieden hatte, als sie trotz allem zur Arbeit gekommen war.

Sie band ihre Schürze um, griff nach ihrem Bestellblock und dem Kugelschreiber hinter der Theke und ging auf den Speiseraum zu. Nach wenigen Schritten blieb sie stehen. Gary saß an einem Tisch in ihrem Bereich. Er sah so selbstzufrieden aus wie immer. Anna hatte keine andere Wahl, als ihn zu bedienen.

Ihre Beine fühlten sich wie Gummistelzen an, als sie langsam durch den Raum ging. Als sie Garys Tisch erreichte, legte sie ihm die Speisekarte auf den Tisch und vermied es, seinem durchdringenden Blick zu begegnen. „Möchtest du eine Tasse Kaffee?“

„Ja, gern.“

„Ich nehme deine Bestellung auf, wenn ich dir den Kaffee bringe.“ Anna drehte sich um und ging weg, bevor Gary antworten konnte.

Als sie ein paar Minuten später zurückkam, hatte sie sich ein wenig beruhigt. Sie hatte beschlossen, alle Karten offenzulegen und ihn zu fragen, ob er etwas mit dem Einbruch in ihrem Haus zu tun hatte, als sie auf dem Tisch neben der Kamera einen Notizblock entdeckte. Sie erinnerte sich daran, dass Gary gesagt hatte, er sei Reporter. Wenn sie über den Einbruch sprach und er nichts damit zu tun hatte, würde er womöglich einen Artikel darüber schreiben wollen, und wenn ihr Vater in einer Zeitung etwas über den Einbruch in ihrem Haus lesen würde, wäre sein Zorn vorprogrammiert. Vielleicht sollte sie besser nichts erzählen – jedenfalls nicht im Moment. Gary brauchte nicht zu wissen, wie aufgebracht sie alle gewesen waren.

„Willst du den ganzen Tag lang auf den Tisch starren, oder hast du noch vor, mir die Tasse Kaffee zu geben, die du in der Hand hältst?“

Anna atmete tief durch und stellte die Tasse auf den Tisch. Dann griff sie in ihre Schürzentasche und holte Bestellblock und Kugelschreiber hervor. „Was möchtest du zum Frühstück?“

Er zog die Augenbrauen hoch und zwinkerte ihr zu. „Gibt es auf der Speisekarte auch ein Treffen mit dir?“

Sie stöhnte. Offenbar hatte sich Gary nicht verändert. Er war schon immer ein großer Charmeur gewesen, wodurch sie sich anfangs zu ihm hingezogen gefühlt hatte. Doch als sie ihn besser kennenlernte, entdeckte sie, wie launisch er sein konnte.

„Ach, Annilein, komm schon“, sagte er gedehnt. „Mach nicht so ein abweisendes Gesicht. Zwischen uns beiden war doch mal etwas Besonderes, weißt du noch?“

Natürlich erinnerte sie sich daran. Die Erinnerung war kein Problem. Schwierig war das Vergessen. Wenn Anna noch einmal von vorn beginnen könnte, würde sie während ihrer *Rumschpringe*-Zeit nur mit einem Mann ausgehen, der ihren Glauben teilte, und sie würde sich ganz sicher nicht auf eine so arrogante Person wie Gary einlassen.

Er berührte ihren Arm und der Kontakt mit seinen feuchten, warmen Fingern ließ sie erschaudern. „Du bist also fest entschlossen, Abstand zu halten, was?“

Anna zuckte zurück, als wäre sie von einer von Cleons Bienen gestochen worden. Sie konnte kaum glauben, dass sie die Berührung dieses lästigen Mannes einmal genossen und sich von seinen aalglatten Worten gefangen nehmen lassen hatte. Doch jetzt war es anders. Sie war älter, klüger und vorsichtiger geworden. „Willst du nun bestellen oder nicht?“, frage sie mit steifen Lippen.

Er grinste und klopfte mit seinem Kugelschreiber auf die Speisekarte. „Ich hätte gern zwei gewendete Spiegeleier, eine Portion Kartoffelpuffer und eine Zimtschnecke, um mich etwas süßer zu machen.“

Wenn eine Zimtschnecke dich tatsächlich süßer machen könnte, würde ich dir zehn bringen.

Anna nahm die Speisekarte und ging weg, doch kaum hatte sie ein paar Schritte getan, da rief Gary etwas hinter ihr her.

„Bring mir besser zwei Zimtschnecken, Annilein. Heute werde ich mehrere Leute interviewen, die mit den Amischen arbeiten. Ich brauche jede Menge Energie, damit ich sie dazu bringen kann, mir zu sagen, was ich wissen will.“

Anna eilte durch den Raum und gab die Bestellung auf. Es war wohl das Beste, seine provozierenden Bemerkungen zu ignorieren. Wenn er tatsächlich Reporter war und nach Holmes County gekommen war, um Artikel über die Amischen zu schreiben, dann würde er hoffentlich in einigen Tagen wieder verschwunden sein.

Ruth hatte gerade einen Kunden bedient, als Luke in die Bäckerei kam. „Ich hätte nicht damit gerechnet, dich hier zu sehen", sagte sie und kam zur Theke gelaufen. „Ich dachte, du würdest heute für meinen *Daed* arbeiten."

„Stimmt. Ich bin nach Berlin gekommen, um Paul Hendricks einen Tisch zu liefern. Letzte Woche hat er mit seiner Frau eine neue Frühstückspension in der Stadt eröffnet."

„Ja, ich habe davon gehört. Es kommen so viele Touristen in diese Gegend ..."

„Genau." Luke lehnte sich gegen die Ladentheke und betrachtete die Backwaren, die Ruth heute Morgen dort platziert hatte. „Ich glaube, ich hätte gern einen Donut oder so was. Kannst du mir etwas empfehlen?"

„Normalerweise habe ich eine Schwäche für Sahneteilchen, aber heute habe ich keinen Appetit, also musst du dir schon selbst etwas aussuchen."

„Wieso hast du keinen Appetit? Du hast dich hoffentlich nicht mit dem Fieber angesteckt, das zurzeit umgeht." Er zuckte kurz die Schultern. „Ich habe mich gestern ziemlich mies gefühlt. Deshalb war ich auch nicht in der Kirche."

„Geht es dir heute besser?"

Er nickte. „Aber ich glaube, dass noch ziemlich viele Leute krank sind."

„Das Fieber ist nicht mein Problem", sagte Ruth mit einem Kopfschütteln. „Ich fühle mich ein bisschen *loddrich* nach dem, was gestern passiert ist."

„Was ist denn passiert?"

„Hat dir mein Vater nicht erzählt, dass man bei uns eingebrochen hat, während wir in der Kirche waren?"

„Er hat mir nichts gesagt. Willst du es mir erzählen?"

Ruth spähte umher, um sicherzugehen, dass kein anderer Kunde im Raum war, und erzählte ihm dann schnell die Einzelheiten des Einbruchs. Sie schniefte und schluckte, um die Tränen zurückzuhalten. „Ich weiß, dass schon andere in der Vergangenheit Opfer von Einbrüchen und Vandalismus geworden sind, aber bei uns ist so etwas bisher nie vorgekommen, und wir sind alle ziemlich mitgenommen."

Luke lehnte sich gegen die Theke. „Hat dein *Daed* den Sheriff angerufen?"

Ruth schüttelte den Kopf. „Dad meint, es waren wahrscheinlich ein paar englische Jugendliche, die sich einen Spaß machen wollten. Er sagt, wir sollen versuchen, alles zu vergessen." Sie atmete tief ein und schnaufend wieder aus. „Das ist natürlich leichter gesagt als getan."

„Roman hat vielleicht recht mit seiner Vermutung, dass es ein paar Englische waren. Vor Kurzem hat eine Gruppe englischer Burschen ein paar Toilettenhäuser umgestoßen. Hast du davon gehört?"

„Aber man weiß nicht wirklich, ob es Englische waren, oder?"

„Nun, nicht wirklich, aber ..."

„Es könnten doch auch ein paar Amische auf *Rumschpringe*-Tour gewesen sein."

„Stimmt." Luke scharrte unruhig mit den Füßen und ging dann einen Schritt von der Theke weg. „Ich gehe jetzt besser."

„Was ist mit deinem Donut?"

Er drehte sich um und machte eine abweisende Handbewegung. „Vielleicht ein andermal. Ich habe noch viel zu tun."

Als Luke den Laden verließ, musste Ruth an den Tag denken, als sie und Sadie am Teich gewesen waren, um Luke und Toby zu treffen. Als er später als erwartet zu ihnen stieß, hatte er sich auch ein bisschen seltsam benommen.

Sie nahm ein Tablett mit Donuts vom Regal hinter sich und legte es in die Auslage. Sie musste beschäftigt sein, um nicht über den gestrigen Einbruch oder Lukes seltsames Verhalten nachdenken zu müssen.

Wenig später kam ein weiterer Kunde in den Laden. Es war Donna Larson, ihre englische Nachbarin, die sie oft mit dem Auto mitnahm, wenn der Weg für den Buggy zu weit war.

„Ich habe gehört, dass du jetzt hier arbeitest", sagte Donna, während sie auf die Theke zukam und eine Strähne ihres graubraunen Haares aus dem Gesicht strich.

Ruth nickte und zeigte auf die Backwaren in der Auslage. „Wir haben heute ein Sonderangebot für Donuts."

„Ich habe in letzter Zeit wenig gebacken, ich nehme gern ein paar Donuts mit Schokoladenglasur." Donna kicherte. „Oder gib mir lieber ein halbes Dutzend mit Schokoladen- und ein halbes Dutzend mit Zitronenglasur. Ray isst zu gern Süßes und er wird die Schokoladen-Donuts wahrscheinlich ganz allein verdrücken."

Ruth lächelte, doch sie war nicht mit dem Herzen dabei. Eigentlich wäre sie heute gern mit Anna zu Hause geblieben, denn sie waren beide noch sehr mitgenommen von dem gestrigen Einbruch.

„Für eine junge Frau mit einem neuen Job, noch dazu einem, bei dem man von so köstlichen Düften umgeben ist, siehst du ziemlich niedergeschlagen aus", meinte Donna.

Ruth überlegte, ob sie Donna erzählen sollte, was passiert war. Vielleicht hatten die Einbrecher auch in einigen Nachbarhäusern ihr Unwesen getrieben. Sie legte Donnas Donuts in eine Schachtel und lehnte sich dann über die Theke. „Ist bei euch zu Hause gestern etwas Ungewöhnliches vorgefallen?"

„Nun ja, Ray hat uns zum Frühstück ein paar Omeletts gemacht." Donna grinste und blinzelte. „Das ist ziemlich ungewöhnlich für ihn."

„Nein, ich meine, ob irgendetwas *Schlechtes* passiert ist?"

„Nein, nicht wirklich. Außer, dass ich Ray einen Brief meiner Schwester vorlas und er mittendrin eingeschlafen ist."

Ruth verzog das Gesicht. Es hatte wohl keinen Zweck, weiter um den heißen Brei zu reden, also sagte sie: „Es wurde nicht bei euch eingebrochen, oder?"

Donna legte den Kopf auf die Seite und sah Ruth mit zusammengekniffenen Augen an, wobei ihre graublauen Augen sich zu kleinen Schlitzen verengten. „Natürlich nicht. Warum fragst du?"

Ruth räusperte sich und senkte ihre Stimme zu einem Flüstern: „Während wir in der Kirche waren, ist jemand in unser Haus eingebrochen."

Donnas Augen weiteten sich. „Wurde etwas gestohlen?"

„Nein, aber in einigen Räumen haben die Eindringlinge ein ziemliches Chaos angerichtet." Sie beugte sich näher zu Donna herüber. „Hast du gestern etwas Ungewöhnliches gehört oder gesehen?"

„Nein, ich war fast die ganze Zeit im Haus und habe Kreuzworträtsel gelöst. Ich habe nichts bemerkt." Donnas Augen verengten sich erneut. „Hast du den Sheriff informiert?"

Ruth schüttelte den Kopf. „Dad war dagegen. Selbst wenn er den Sheriff benachrichtigt hätte und der Täter gefasst würde – mein Dad würde keine Anzeige erstatten."

„Ich nehme an, dass das die Einstellung von vielen Amischen ist?"

„Ja. Dad glaubt außerdem, dass sich lediglich ein paar Jugendliche ausgetobt haben und der Vorfall sich nicht wiederholen wird."

„Er könnte recht haben. Trotzdem werde ich Ray bitten, ein bisschen die Augen offen zu halten. Er hat in unserem Garten immer ein Fernglas liegen, um die Vögel zu beobachten. Ich werde ihm sagen, er soll euer Haus genauer im Auge behalten." Donna nahm die Schachtel mit den Donuts von der Theke und sah auf ihre Uhr. „Ich muss jetzt los. Ich habe einen Friseurtermin und komme ungern zu spät." Mit einem kurzen Winken eilte sie aus der Tür.

„Wie geht es dir heute, Heidi?", fragte Martha, als sie in die Kiste schaute, in der die Sheltie-Hündin mit ihren Welpen lag.

Die Hündin antwortete mit einem schwachen Winseln, bewegte sich jedoch nicht vom Fleck.

Martha tätschelte Heidis Kopf. „Du bist eine gute *Mudder*, und ich bin froh, dass du und deine Kleinen nicht von dem

Einbrecher belästigt worden seid." Allein bei dem Gedanken, dass jemand ihren Hunden etwas antun könnte, hatte Martha Bauchschmerzen.

Die Scheunentür ging auf und wurde dann zugeschlagen. Martha sprang auf. „Wer ist da?"

„Ich bin es nur", rief Mom. „Ich wollte dir Bescheid sagen, dass ich gleich zu deinem *Daed* gehe und ihm sein Mittagessen bringe. Vielleicht werde ich mit ihm in der Tischlerei essen. Du könntest auch kommen und mit uns essen."

Martha wartete, bis ihre Mutter näher gekommen war, bevor sie antwortete. „Wird Luke auch dort sein?"

„Ich bin mir nicht sicher. Wahrscheinlich schon, es sei denn, er will heute zu Hause essen. Manchmal macht er das." Mom legte Martha eine Hand auf die Schulter. „Warum fragst du?"

Martha zuckte die Schultern. „Nur so."

„Also, möchtest du mitkommen?"

„Ich glaube, ich bleibe noch ein bisschen bei Heidi und den Welpen, und nachher nehme ich mein Lunchpaket und esse am Fluss."

Mom beugte sich nach vorn und sah in die Kiste. „Diese Welpen sind wirklich süß. Es wird nicht leicht für dich sein, dich von ihnen zu trennen, wenn sie entwöhnt sind."

Martha seufzte. „Ja, aber ich züchte sie wegen des Geldes, also muss ich sie wohl verkaufen, bis auf einen, den ich zum Züchten behalten werde."

„Hast du immer noch vor, ein paar andere Rassen für die Zucht zu kaufen?"

„Eigentlich schon, sobald ich es mir leisten kann. Aber da bin ich mir noch nicht so sicher."

Mom tätschelte Marthas Arm. „Hab Geduld, meine Kleine. Nur Scheunen entstehen an einem einzigen Tag, und auch nur, weil so viele Hände mit anpacken."

Martha gluckste. Offenbar hatte sich ihre Mutter nach dem gestrigen Schrecken beruhigt; jedenfalls hatte sie ihren Sinn für Humor wiedergefunden.

„Ich gehe jetzt mal ins Haus zurück und hole das Mittagessen, das ich vorbereitet habe", sagte Mom und schickte sich an zu gehen. „Komm in die Tischlerei, falls du deine Meinung geändert hast und doch mit uns essen willst."

„In Ordnung."

Mom schloss die Tür hinter sich und Martha gab ein wenig Hundefutter in Heidis Napf. Dann ließ sie sich auf einen Strohballen sinken und stützte den Kopf in die Hände. „Lieber Herr", betete sie, „bitte beschütze unsere Familie, und lass so etwas Schreckliches wie diesen Einbruch niemandem passieren, den wir kennen."

„Na, du bist vielleicht spät dran. Was hat dich aufgehalten?", grummelte Roman, als Luke den Laden betrat. Sein Gesicht war rot und verschwitzt und sein Strohhut saß schief auf dem Kopf.

„Ich hatte Ärger mit dem Lieferwagen." Luke verzog das Gesicht. „Genauer gesagt hatte ich Ärger mit deinem Pferd."

Roman legte das Schmirgelpapier zur Seite, mit dem er gerade ein Tischbein abschliff, und ging zum Fenster. „Was ist mit Sam?" Er spähte durch die Scheibe und sah seinen Lieferwagen neben dem Stall. Von seinem Pferd war dagegen nichts zu sehen.

„Er hat versucht, mit dem Wagen fortzulaufen, als Paul Hendricks und ich gerade den Tisch abluden. Ich brauchte eine ganze Weile, um diesen wilden Gaul wieder zu beruhigen."

„Hattest du ihn denn nicht angebunden?"

Luke nickte und hängte seinen Strohhut an einen Haken neben der Tür. „Natürlich. Aber er hat sich losgemacht, und ich habe es erst gemerkt, als sich der Wagen in Bewegung setzte."

Roman schlug sich an die Stirn und stöhnte. „Erzähl mir nicht, dass du den Tisch auf die Straße fallen lassen hast, wie neulich die Schränke für Steven Bates. Wenn ja, wirst du diesmal mehr als nur ein paar Tage von deinem Lohn einbüßen."

Luke schüttelte den Kopf und sein Gesicht wurde noch roter. „Paul und ich hatten den Tisch gerade vom Wagen gehoben, als sich der Buggy in Bewegung setzte. Wir mussten den Tisch abstellen, um hinter dem Pferd herzulaufen."

„Wo ist Sam jetzt?"

„Ich habe ihn abgerieben und auf die Koppel gebracht. Er hat sich auf dem Heimweg ziemlich nervös verhalten und war schweißnass, als wir hier ankamen."

Roman kehrte zu seiner Schleifarbeit zurück. „Ich habe heute Morgen bemerkt, dass er etwas aufgeregt war, aber ich dachte mir, dass er sich beruhigen würde, wenn er etwas arbeiten müsste."

„Vielleicht solltest du den Tierarzt rufen", schlug Luke vor. „Es sieht Sam gar nicht ähnlich, sich so aufzuführen."

„Ich frage mich, ob es vielleicht mit dem zu tun hat, was gestern vorgefallen ist." Roman rieb mehrmals über das abgeschliffene Tischbein. „Ich habe es bisher nicht erwähnt, aber jemand hat bei uns eingebrochen, während wir in der Kirche waren."

„Ich habe davon gehört."

„Wer hat es dir gesagt?"

„Ich war kurz in der Bäckerei, um Ruth Guten Tag zu sagen, als ich in Berlin war. Sie hat es mir erzählt." Luke griff nach dem Schmirgelpapier und nahm sich ein weiteres Tischbein vor, das auf der Werkbank lag.

„Meine Frau und meine Töchter waren ziemlich schockiert, als wir nach Hause kamen und die Küche völlig verwüstet vorfanden." Roman grunzte. „Die Einbrecher haben auch Annas Schlafzimmer durcheinandergebracht, aber es wurde scheinbar nichts gestohlen."

„Ruth sagte, du wolltest den Sheriff nicht benachrichtigen."

Roman nickte. „Ich bin sicher, dass das Ganze nur ein schlechter Scherz war – wahrscheinlich von denselben Personen, die vor Kurzem die Toilettenhäuser umgestoßen haben."

Luke blinzelte. „Glaubst du, dass dein Pferd sich deswegen heute Morgen so seltsam benommen hat?"

Roman hielt mit dem Schleifen inne und kratzte sich am Kopf. „Ich bin mir nicht sicher, aber es könnte doch sein, dass die Einbrecher auch zur Scheune gegangen sind und die Pferde unruhig gemacht haben."

„War in der Scheune irgendetwas beschädigt?"

„Nicht, dass ich wüsste."

„Hat sich eines der anderen Pferde ebenfalls nervös verhalten?"

„Nein, nur Sam." Roman zupfte mehrmals an seinem Ohrläppchen. „Vielleicht werden wir nie wissen, was genau während des Einbruchs passiert ist, aber ich bin dankbar, dass nichts gestohlen wurde und dass keines der Tiere verletzt wurde."

Luke öffnete den Mund, um etwas zu erwidern, doch in dem Moment ging die Tür auf und Judith trat in den Laden. „Bist du zum Mittagessen bereit, Roman?", fragte sie und hielt ein Lunchpaket hoch.

Roman nickte. Er war froh über die Unterbrechung und wollte keine Gedanken mehr an die gestrigen Ereignisse verschwenden und erst recht nicht weiter darüber reden.

Kapitel 10

Als Roman am darauffolgenden Montagmorgen zur Tischlerei ging, musste er erneut an den Einbruch denken. Im Verlauf der letzten Woche hatte er sich mit einigen amischen Familien unterhalten, um herauszufinden, ob bei ihnen Ähnliches vorgefallen war, doch offenbar war niemand anderes belästigt worden. Wenn wirklich ein paar englische Rowdys für den Einbruch verantwortlich waren, würden sie sich normalerweise nicht mit ein oder zwei üblen Streichen begnügen.

Roman steckte den Schlüssel ins Schloss und machte die Tür auf. Er erstarrte. Auch ohne die Gaslampen anzuzünden, konnte er die Verwüstung sehen. Zerbrochenes Werkzeug lag auf dem Boden verstreut, ein paar Tische waren umgestoßen worden, und der durchdringende Geruch von Lackverdünner und Holzbeize durchzog den Raum.

„Was um alles in der Welt ist hier los? Wer hat das gemacht? Und warum nur?“ Da die Eingangstür verschlossen gewesen war, konnten die Eindringlinge nur durch eines der Fenster oder durch die Hintertür hereingekommen sein.

Roman bahnte sich vorsichtig einen Weg durch das Chaos zum Hinterzimmer. Die Tür dort stand einen Spalt offen, und er erkannte sofort, dass das Schloss aufgebrochen worden war.

Er zündete eine Lampe an, um besser sehen zu können. Heiße Wut stieg in ihm auf, als er sah, wie viel von seinem Werkzeug und dem Zubehör beschädigt war. Er sah gründlich in den Schränken nach, in denen er weiteres Werkzeug aufbewahrte, und stellte fest, dass einige Teile fehlten: eine mit Gas betriebene Säge, eine Schleifmaschine und zwei seiner teuersten Hämmer.

Er beugte sich vor und stellte einen der Tische wieder auf. „Solchen Ärger kann ich wirklich nicht gebrauchen.“

In dem Moment ging die Tür auf und Ruth kam herein. „Dad, ich bin gekommen, um dich zum Frühstück zu rufen.“ Ihr Mund blieb offen stehen und sie zeigte auf das Chaos. „Ach, du meine Güte! Was ist denn hier passiert? Man könnte meinen, hier wäre ein Wirbelsturm durchgezogen.“

Roman schüttelte den Kopf. „Es waren wohl eher ein paar *Diewe*. Sie haben nicht nur ein furchtbares Durcheinander angerichtet, sondern auch Werkzeug gestohlen.“

Ruth atmete heftig. „Meinst du, es waren dieselben Einbrecher wie die vor einer Woche?“

„Keine Ahnung. Vermutlich ja.“

„Wirst du jetzt den Sheriff benachrichtigen?“

„Ich will das Gesetz nicht da hineinziehen. Ich bin keineswegs froh über das, was hier passiert ist, aber es wurde niemand verletzt, und ich werde die andere Wange hinhalten, wie die Bibel uns lehrt.“

Ruth bückte sich und hob einen umgeworfenen Stuhl auf. „Wenn es wirklich ein paar englische Rowdys waren, dann werden sie weiterhin ihr Unwesen treiben, es sei denn, jemand erwischt sie auf frischer Tat und bringt sie ins Gefängnis."

„Das weiß ich auch, aber ich will den Sheriff nicht damit behelligen."

„In Ordnung." Ruth nickte und deutete mit einer Handbewegung in Richtung des Hauses. „Wenn wir schnell frühstücken, können wir alle in den Laden kommen und aufräumen helfen, bevor Anna und ich zur Arbeit fahren müssen."

Roman zeigte auf den Boden. „Nach diesem Anblick hier habe ich keinen Appetit mehr. Geh nur und iss mit den anderen. Ich werde später frühstücken, wenn ich hier Ordnung gemacht habe."

Ruth zitterte, als sie zum Haus zurückging, und sie wusste genau, dass es nicht an der frischen Morgenluft lag. Waren dieselben Einbrecher, die ihr Haus verwüstet hatten, auch im Laden ihres Vaters gewesen?

Mom wurde blass, als Ruth ihr von dem Einbruch erzählte. Sie klammerte sich an der Anrichte fest, als ob sie Halt bräuchte. „Oh, nein. Nicht schon wieder."

Martha stellte die Schüssel, die sie in der Hand hielt, auf den Tisch. „Vielleicht wird Dad diesmal den Sheriff benachrichtigen."

Ruth schüttelte den Kopf. „Er weigert sich. Er ist davon überzeugt, dass wir die andere Wange hinhalten sollen, so wie es auch in der Bibel steht."

„Aber er kann doch trotzdem den Sheriff informieren. Er muss ja deswegen nicht Anzeige erstatten."

Mom ging im Zeitlupentempo durch die Küche, nahm ihr Schultertuch vom Haken und öffnete die Hintertür.

„Wohin gehst du?", rief Ruth.

„Ich will mit eurem *Daed* reden."

Martha zog einen Stuhl heran und ließ sich mit einem Stöhnen darauffallen. „Mom wird bei Dad nichts erreichen, wie immer. Sie wird ihm zustimmen und er wird den Sheriff nicht benachrichtigen."

„Ist Anna noch in ihrem Zimmer?", fragte Ruth.

Martha nickte. „Sie ist noch nicht heruntergekommen. Warum fragst du?"

„Ich möchte versuchen, sie dazu zu bewegen, dass Cleon mit Dad spricht."

„Warum Cleon?"

„Dad hat eine hohe Meinung von ihm, und wenn irgendjemand Dad überzeugen kann, den Sheriff zu benachrichtigen, dann er."

Später an diesem Morgen fuhr Anna mit ihrem Buggy zum Haus von Cleons Familie. Sie betete, dass Cleon heil von seiner Reise zurückgekehrt war und dass er einverstanden sein würde, mit ihrem Vater zu sprechen. Sie betete auch dafür, dass ihr Vater auf Cleon hören würde. Auf Ruths Vorschlag hin hatte sie sich bereit erklärt, sich ohne Ruth auf den Weg zur Arbeit zu machen, um bei Cleon vorbeischauen zu können. Als sie an einer Telefonzelle vorbeikam, fühlte sie den intensiven Drang, selbst beim Sheriff anzurufen, doch sie riss sich zusammen. Wenn Dad herausfand, dass sie das getan hatte, würde er ihr das nie verzeihen. Nein, es wäre besser, Cleon könnte Dad dazu überreden, den Sheriff zu informieren.

Kurze Zeit später lenkte Anna ihren Buggy in die Einfahrt der Schrocks. Cleons zwanzigjähriger Bruder Ivan war im Garten. „Ich bin froh, dass ihr aus Montana zurück seid. Wann seid ihr angekommen?", rief sie, während sie vom Buggy kletterte.

„Gestern spätabends."

„Ist Cleon da?"

„Ja. Er sieht gerade nach seinen Bienenstöcken." Ivan wies mit dem Kopf in Richtung der Wiesen hinter dem dreistöckigen

Haus der Schrocks. „Was führt dich so früh am Morgen hierher?“

„Ich bin auf dem Weg zur Arbeit, aber ich wollte vorher etwas mit Cleon besprechen.“

„Hat es mit eurer Hochzeit zu tun?“

Anna schüttelte den Kopf und band ihr Pferd am Balken nahe der Scheune an.

„Soll ich ihn holen?“

„Danke, nicht nötig. Ich werde selbst hingehen und schauen, wie es mit seinen Bienen läuft.“

„Ja, in Ordnung. Bis später, Anna.“

Anna hob ihren Rocksaum an, als sie vorsichtig über die Kuhfladen auf der Wiese stieg und sich einen Weg durch das hohe Gras bahnte, das zu dem Feldstück führte, wo Cleon seine Bienen hielt. Die gerade aufgegangene Sonne hatte einen wunderschönen orangefarbenen Schimmer am Himmel hinterlassen und sie konnte den durchdringenden Duft des Herbstes riechen. Wäre sie nicht so durcheinander gewesen, hätte sie den Frieden dieses Augenblicks genossen.

Als sie die erste Reihe der Bienenstöcke erreichte, hielt sie an und starrte auf die Bienen, die um einen der Körbe herumschwirrten, als ob sie den Eingang suchten. Sie fragte sich, ob die Bienen sich wohl gefangen fühlten, wenn sie erst einmal im Innern des Korbes waren. Sie selbst fühlte sich genau so – gefangen, in der Falle. Es schien keinen Ausweg zu geben – keine Möglichkeit, die Vergangenheit zu vergessen oder dafür zu sorgen, dass sich ihre Familie in ihrem Zuhause wieder sicher fühlen konnte.

Anna entdeckte Cleon am anderen Ende des Feldes und ihre Nervosität legte sich spürbar. Seine unbekümmerte Art und sein herzliches Lächeln bewirkten, dass sie sich sicher und geliebt fühlte. Sie atmete tief durch und lief auf ihn zu.

„Anna! Was für eine schöne Überraschung! Ich wollte dich heute Abend besuchen kommen, aber ich habe nicht erwartet, dich heute Morgen hier zu sehen.“

„Ich habe meinen eigenen Buggy genommen und bin früh von zu Hause losgefahren. Ich wollte vor der Arbeit etwas mit dir besprechen."

Er zog sie an sich. „Was ist los? Du zitterst ja. Ist dir nur kalt oder machst du dir irgendwelche Sorgen?"

Sie lehnte ihren Kopf an seine Brust und genoss die Wärme seines Körpers. Sein regelmäßiger Herzschlag wirkte beruhigend auf sie. „Ich bin ganz durcheinander. Wir sind alle durcheinander."

„Warum denn das?"

„Letzte Woche wurde bei uns zu Hause eingebrochen, das war am Sonntag, und dann hat mein *Daed* heute früh entdeckt, dass sein Laden verwüstet wurde."

Cleon hielt sie auf Armeslänge von sich und ein Muskel in seinem Gesicht zuckte. „Geht es euch allen gut?"

„Ja, aber einige von Dads Werkzeugen wurden gestohlen und jede Menge Material wurde beschädigt."

„Was hat dein *Daed* nun vor?"

„Gar nichts. Er glaubt, dass es dieselben Personen waren, die vor ein paar Wochen die Toilettenhäuser in der Nähe von Kidron umgestoßen haben." Anna versuchte, den Kloß in ihrer Kehle hinunterzuschlucken. Sie sehnte sich verzweifelt danach, ihren Verdacht gegen Gary mit Cleon zu teilen, doch sie hatte Angst vor seiner Reaktion, und die Worte blieben ihr im Hals stecken. „Dad glaubt, dass es nicht wieder passieren wird, und er meint, wenn wir den Sheriff informieren und er die Schuldigen findet, dann würde man von uns erwarten, dass wir Anzeige erstatten."

„Das würde Roman nie tun. Es wäre gegen unsere Überzeugung."

Sie nickte. „Aber auch wenn wir keine Anzeige erstatten wollen – glaubst du nicht, es wäre besser, wenn der Sheriff Bescheid wüsste und die Augen offen halten könnte, um die Verantwortlichen zu schnappen?"

Cleon rieb sich nachdenklich die Nase. „Ich glaube, es wäre schon gut, wenn der Sheriff davon in Kenntnis gesetzt würde.

Vielleicht gab es noch andere Einbrüche in der Gegend, und es würde seine Nachforschungen erleichtern, wenn er über alles informiert wäre. Vielleicht folgen diese Rowdys ja einem bestimmten Muster."

Sie schaute fragend zu ihm hoch. „Wie meinst du das?"

„Vielleicht schlagen sie ein- oder zweimal in einer bestimmten Gegend zu und ziehen dann zu einem anderen Ort, um da ihre üblen Scherze zu treiben."

„Was sie bei uns und im Laden meines Vaters angerichtet haben, war mehr als ein übler Scherz."

„Du hast recht. Es könnte noch schlimmer kommen, wenn man sie weiter gewähren lässt."

„Würdest du mit meinem Vater reden und ihm sagen, wie du darüber denkst?"

Er nickte. „Ich weiß nicht, wie viel Einfluss ich auf ihn habe, aber ich werde ihm auf jeden Fall sagen, was ich über die Sache denke."

Anna seufzte erleichtert. Wenn die Einbrüche wirklich auf das Konto von Gary gingen und der Sheriff ihn zu fassen bekäme, dann würde Gary vermutlich auch ohne die Anzeige ihres Vaters hinter Gitter kommen. Er würde aus Holmes County verschwinden und Anna und ihre Familie in Ruhe lassen – und sie müsste sich keine Sorgen mehr machen, dass ihr Geheimnis aufflog.

Ruth hatte gerade ein Tablett frischer Zimtschnecken in die Auslage gelegt, als das Glöckchen an der Ladentür bimmelte und ein Kunde hereinkam. Es war ein Englischer – derselbe Mann, den sie vor ein paar Wochen auf dem Parkplatz im Gespräch mit Anna gesehen hatte. Sie erkannte sein welliges rotes Haar und seine arrogante Ausstrahlung, als hielte er sich für etwas Besonderes.

Der Mann kam zur Theke und sah Ruth so intensiv an, dass sie nervös wurde.

„Kann ich Ihnen helfen?“

„Nun, das kommt darauf an.“ Er fuhr sich mit den Fingern durchs Haar, und ein würziger Duft stieg auf, der Ruth zum Niesen brachte.

Er rümpfte die Nase. „Haben Sie einen Schnupfen? In diesem Fall sollten Sie besser nicht mit Lebensmitteln in Kontakt kommen.“

„Ich habe keinen Schnupfen. Ich bin wahrscheinlich gegen irgendetwas allergisch.“ Sie zeigte auf die Auslage. „Die Zimtschnecken kommen frisch aus dem Ofen. Wollen Sie eine probieren?“

Er schüttelte den Kopf und zwinkerte. „Ich bin nicht gekommen, um etwas zu essen.“

„Warum sind Sie dann hier?“

„Ich brauche ein paar Auskünfte.“

„Wenn Sie etwas über Berlin wissen möchten, sollten Sie sich an die Touristeninformation wenden.“

„Da war ich schon.“ Er griff in seine Hemdtasche und holte ein Notizbuch heraus. „Die Leute dort können mir jedoch nicht die Informationen aus erster Hand geben, die ich brauche.“

Sie legte fragend den Kopf auf die Seite.

„Persönliche Details über die Amischen, die in Holmes County und Umgebung leben.“ Er zeigte auf sie. „Ich habe an Ihrer Kleidung gesehen, dass Sie eine Amische sind, also dachte ich mir, dass ich bei Ihnen an der richtigen Adresse bin.“

Ruth warf kurz einen Blick in die Backstube hinter sich – in der Hoffnung, dass Karen oder Jake Clemons, die Inhaber der Bäckerei, aus der Küche kommen und sie retten würden, doch sie waren noch beschäftigt.

Der Mann streckte ihr über die Theke seine Hand entgegen. „Ich heiße Gary Walker. Ich bin freiberuflicher Fotograf und Reporter. Vor einiger Zeit habe ich einen größeren Artikel in einer neuen Zeitschrift namens *Everyone's World* veröffentlicht. Haben Sie davon gehört?“

Sie schüttelte den Kopf. „Ich lese selten Zeitschriften.“

„Ich nehme an, die amische Zeitung ist mehr nach Ihrem Geschmack, hm?“

„Ich lese *The Budget.*“ Ruth spähte zur Ladentür und hoffte inständig, es möge doch ein Kunde hereinkommen. „Wenn Sie schon einiges über die Amischen wissen, warum verwenden Sie das nicht für Ihren Artikel?“

„Ich habe kein Interesse an grundlegenden Fakten. Ich möchte wissen, was sich im Leben der Amischen in dieser Gegend abspielt, und es mit dem vergleichen, was ich über amische Siedlungen in anderen Teilen des Landes erfahren habe.“

„Wollen die Leute, die Ihre Artikel lesen, denn solche Dinge wissen?“

„Sie würden staunen, was neugierige Leser so alles wissen wollen.“ Gary zog mit den Zähnen die Kappe von seinem Füller und sah sie mit einem eigenartigen Blick an. „Sie sind nicht zufällig mit Anna Hostettler verwandt?“

Sie nickte. „Kennen Sie meine Schwester?“

„Sagen wir, wir sind uns ein- oder zweimal begegnet.“

„Vor einigen Wochen habe ich gesehen, wie Sie auf dem Restaurantparkplatz mit Anna gesprochen haben. Haben Sie ihr auch Fragen über die Amischen gestellt?“

„Ja, das habe ich.“ Er runzelte die Stirn. „Sie hat mir allerdings nicht viel erzählt. Sie ist nicht gerade von der freundlichen Sorte, Ihre Schwester.“

Ich werde dir auch nicht mehr erzählen, dachte Ruth.

„Hat es gegen die Amischen in dieser Gegend irgendwelche Übergriffe gegeben?“

Sie lehnte sich gegen die Theke, unschlüssig, was sie sagen sollte. Wusste der Mann von den Einbrüchen? Hoffte er, sie würde ihm ein paar Details darüber erzählen?

Er scharrte mit den Füßen und sah sich um, als ob er ungeduldig würde. „Ich weiß, dass in anderen Gegenden Außenstehende versucht haben, den Amischen Schwierigkeiten zu machen, daher würde ich gern wissen, ob so etwas auch hier schon vorgekommen ist.“

Ruth hatte nicht vor, ihm irgendwelche Informationen zu geben, und sie war erleichtert, als ein anderer Kunde den Laden betrat. „Bitte entschuldigen Sie mich. Ich muss mich um diese Kundin kümmern."

Gary trat von der Theke zurück und verschränkte die Arme. „Ich kann warten."

Ruth schüttelte den Kopf; jetzt, wo sie nicht mehr mit diesem aufdringlichen Mann allein war, fühlte sie sich etwas mutiger. „Wenn Sie nicht hier sind, um Backwaren zu kaufen, dann gibt es nichts mehr zu sagen."

„Hören Sie, wenn es an der kleinen unfreundlichen Bemerkung über Ihre Schwester liegt, dann tut es mir leid. Ich sage manchmal dumme Sachen, wenn ich es mit hübschen Mädchen zu tun habe."

Ruth spürte, wie ihr das Blut ins Gesicht schoss. Sie wandte sich von Gary ab und konzentrierte sich auf die englische Frau, die auf die Theke zugekommen war. „Was kann ich für Sie tun?"

„Ich hätte gern ein halbes Dutzend Sahneteilchen, zwei Zimtschnecken und einen Biskuitkuchen."

„Gern, ich kümmere mich sofort darum."

Gary räusperte sich, und als sie zu ihm hinsah, winkte er kurz und schlenderte zur Tür hinaus.

Ruth seufzte erleichtert. *Kein Wunder, dass Anna die Fragen dieses Mannes nicht beantworten wollte. Er ist aufdringlich und arrogant. Ich hoffe, dass er bald genug Material für seinen Artikel hat und dann aus Holmes County verschwindet.*

Anna atmete tief durch und sprach ein stilles Gebet, als sie ein mit Essen beladenes Tablett in den Speiseraum des Restaurants trug. Ihre Hände zitterten so sehr, dass sie sich fragte, wie sie den Tag überstehen sollte. Seit sie von dem Einbruch in die Tischlerei ihres Vaters gehört hatte, war sie nur noch ein Nervenbündel. Sie hoffte, Cleon würde heute Zeit finden, mit ihrem Vater über die Benachrichtigung des Sheriffs zu sprechen, und sie hoffte, dass ihr Vater auf ihn hören würde.

Sie schloss ihre Finger fester um das Tablett. Wenn sie nur wüsste, wer hinter diesen Einbrüchen stand. Konnten die Eindringlinge, die in das Haus ihrer Familie eingebrochen waren, dieselben sein, die den Laden ihres Vaters verwüstet hatten? Steckte möglicherweise Gary dahinter?

Sie spähte durch das Fenster nach draußen. Wenigstens war nichts von ihm zu sehen. In den beiden letzten Wochen war Gary von Geschäft zu Geschäft gegangen und hatte den Leuten Fragen über die Amischen gestellt und ungebeten Fotos geschossen. Anna wusste das alles, weil einige ihrer Freunde im Gespräch mit ihr einen rothaarigen Englischen erwähnt hatten, der mit seiner ausgefallenen Kamera auf Streifzug ging. Nach so langer Zeit müsste Gary eigentlich genug Material für zehn Artikel gesammelt haben, warum also trieb er sich immer noch in der Gegend herum? Sie hatte gehört, dass man ihn am Samstag in Walnut Creek gesehen hatte, wo er Fotos gemacht und alle möglichen Leute interviewt hatte.

Anna ging auf ein englisches Paar zu, dessen Bestellung sie zuvor aufgenommen hatte, und biss die Zähne mit einer Entschlossenheit zusammen, die nicht wirklich ihrem derzeitigen Empfinden entsprach. Vorsichtig setzte sie das Tablett vor ihnen ab.

„Darf ich Ihnen sonst noch etwas bringen?“

Die ältere Dame lächelte. „Ich hätte gern noch eine Tasse Kaffee.“

„Für mich bitte auch“, sagte der Mann mit einem Nicken.

„Gern, ich kümmere mich darum.“

„Geht es dir gut?“, fragte Esther, als sie Anna kurz darauf an der Kaffeemaschine antraf. „Deine Hände zittern ja.“

„Ich bin heute Morgen etwas nervös“, gab Anna zu. „In der Tischlerei meines Vaters ist heute Nacht eingebrochen worden und wir sind alle ziemlich durcheinander.“

Esther runzelte die Stirn und tätschelte fürsorglich Annas

Arm. „Das ist furchtbar. Ich kann verstehen, dass du zitterst. Du hast allen Grund, nervös zu sein."

„Ich habe bisher nichts davon erwähnt, aber vor einer Woche wurde bereits bei uns zu Hause eingebrochen", flüsterte Anna.

Esther zog die Augenbrauen hoch. „Warum hast du mir nicht früher davon erzählt?"

„Mein Vater dachte, es wäre eine einmalige Sache gewesen, und da nichts gestohlen wurde, fand ich es nicht wirklich erwähnenswert."

„Hast du eine Ahnung, wer dahinterstecken könnte? Glaubst du, es könnten beide Male dieselben Einbrecher gewesen sein?"

„Keine Ahnung. Dad glaubt, dass die Sache auf das Konto von englischen Rowdys geht." Anna wollte Esther nichts davon erzählen, dass sie Gary verdächtigte.

Esther schüttelte langsam den Kopf. „Hoffentlich wird das nicht noch einmal passieren."

Anna nickte und ging zum Speiseraum zurück, um den Kaffee zu servieren. Es war schon schlimm genug, dass Gary sich in der Stadt herumtrieb. Nun musste sie auch noch mit der Sorge leben, dass möglicherweise weitere Einbrüche folgten.

Kapitel 11

„Schön, dass du in die Stadt kommen konntest", sagte Anna zu ihrer Mutter, als beide nach Arbeitsschluss gemeinsam mit Ruth auf den Quilt-Laden zusteuerten.

Mom nickte. „Ich dachte mir, wenn wir uns nach Stoffen für dein Hochzeitskleid umsehen, ist das bestimmt eine gute Gelegenheit, um uns von der ganzen Aufregung abzulenken."

„Hat Dad alles wieder in Ordnung gebracht?"

„Ja. Martha hat ihm geholfen aufzuräumen."

Ruth schürzte die Lippen, während sie ihren Schritt verlangsamte. „Ich nehme an, er hat seine Meinung nicht geändert und will den Sheriff nicht benachrichtigen?"

„Nein."

„Und wenn es wieder passiert?"

„Dann müssen wir auch damit fertig werden."

Anna legte krampfhaft ihre Finger um den Riemen ihrer schwarzen Handtasche. *Wie sollen wir damit fertig werden?* Sie wollte die Frage laut hinausschreien, doch sie wusste, dass es besser war, still zu sein. Als Ruth sie von der Arbeit abgeholt hatte, erfuhr Anna, dass Gary bei ihr in der Bäckerei gewesen war. Anna spürte, wie die Angst in ihr wuchs. Wenn Gary nun in Holmes County blieb? Vielleicht würde er sich hier niederlassen und sie auf unbegrenzte Zeit quälen? Und was, wenn noch weitere Einbrüche folgten?

„Oh, da vorn ist Irene, Cleons Mutter." Mom zeigte auf die dunkelhaarige amische Frau auf der anderen Straßenseite, die gerade aus ihrem Buggy stieg. „Wollt ihr beide schon mal in den Laden gehen und euch ein bisschen umsehen? Ich komme in ein paar Minuten nach. Ich möchte Irene fragen, wie ihre Reise nach Rexford war, und dann können wir auch über die Bienenwachskerzen für deine Hochzeit sprechen."

„In Ordnung, Mom, bis gleich", sagte Ruth und verschwand mit Anna durch die Ladentür.

Ruth stieß Anna an, als sie begannen, ein paar blaue Stoffe anzuschauen. „Ich freue mich so für dich und Cleon. Ich wette, dass ihr es kaum noch erwarten könnt zu heiraten."

„Ja, ich freue mich auf die Hochzeit", sagte Anna, „aber es fällt mir schwer, mich auf die Vorbereitungen zu konzentrieren, nach allem, was in letzter Zeit vorgefallen ist."

Anna wünschte, sie könnte zuversichtlich sein, doch sie befürchtete, dass die Einbrüche nur der Anfang ihrer Probleme waren. Sollte sie ihrer Familie sagen, wer Gary war? Sollte sie erzählen, dass sie während ihrer *Rumschpringe*-Zeit mit ihm ausgegangen war? Würde das reichen, ihren Vater dazu zu bewegen, den Sheriff zu informieren?

Sie erschauderte. Wenn sie ihrer Familie von Gary erzählte, würden dann nicht weitere Fragen folgen? Sollte sie ihnen auch die Wahrheit über ihre Ehe mit Eric sagen, oder war es besser, zu schweigen und abzuwarten, was mit Gary passierte?

„Anna? Hörst du mir überhaupt zu?" Ruth kniff ihre Schwester in den Arm.

„Was … was hast du gesagt?"

„Glaubst du, es wird noch mehr Einbrüche geben?"

„Oh nein, ich hoffe nicht." Anna nahm einen blauen Stoffballen aus dem Regal und hielt ihn hoch. „Ich glaube, ich möchte diesen Stoff hier."

„Sollen wir dann nach weißem Stoff für deine Schürze schauen?"

Anna nickte zustimmend und folgte Ruth auf die andere Seite des Ladens, wo mehrere Regale mit weißen Stoffballen standen. Sie spähte aus dem Fenster, um zu sehen, ob sich ihre Mutter noch immer mit Irene unterhielt. Doch sie konnte keine der beiden Frauen entdecken. „Was Mom wohl so lange aufgehalten hat?", fragte sie und drehte sich zu Ruth um. „Ich kann weder sie noch Irene sehen und ich mache mir langsam Sorgen."

„Wahrscheinlich sind sie in ein anderes Geschäft gegangen. Du weißt doch, wie geschwätzig unsere Mom werden kann, wenn sie eine Freundin trifft."

Anna nickte. „Ja, sie plaudert einfach zu gern."

„Was hältst du hiervon?", fragte Ruth und hielt Anna einen weißen Stoff hin.

„Er ist schön, aber ich möchte mich erst noch weiter umsehen."

„Soll ich ihn zur Seite legen?"

„Ja, danke." Anna spähte erneut durchs Fenster und hätte beinahe den Stoffballen fallen lassen, als sie sah, wie ihre Mutter auf dem Bürgersteig in ein Gespräch mit Gary verwickelt war.

„Was ist los, Anna? Du bist so weiß wie ein Laken", sagte Ruth spürbar besorgt.

„Es ist … es ist dieser Reporter. Er spricht mit Mom und ich muss ihn davon abbringen." Anna legte den Stoffballen in Ruths Hand und rannte zur Tür hinaus.

Judith hörte Annas Rufe, noch bevor sie ihre Tochter sah. Anna wedelte heftig mit den Armen.

„Was ist los, Anna?"

Anna schluckte krampfhaft und griff nach Judiths Arm. „Ich … ich dachte, du würdest mit Irene reden."

„Ja, das habe ich auch getan, aber sie hatte es eilig und ist vor ein paar Minuten weggefahren." Judith wandte sich dem englischen Mann zu, mit dem sie sich unterhalten hatte, und lächelte. „Meine Tochter sucht heute den Stoff für ihr Hochzeitskleid aus und sie ist ziemlich aufgeregt."

„So, so?" Gary sah zu Anna hinüber und bedachte sie mit einem breiten Grinsen. „Wer ist denn der Glückliche?"

„Mom, kommst du?" Anna zerrte am Arm ihrer Mutter, sodass ihre Ellbogen zusammenstießen. „Entschuldige."

„Ist nicht schlimm. Ich komme zu euch in den Laden, sobald ich die Fragen dieses Mannes beantwortet habe."

„Mom, er ist Reporter. Dad würde nicht wollen, dass du ihm etwas erzählst, was danach von aller Welt in irgendeiner Zeitung gelesen werden kann." Sie griff erneut nach dem Arm ihrer Mutter, und Judith glaubte, ein ängstliches Aufflackern im Blick ihrer Tochter zu erkennen.

Der Mann starrte Anna an, während sich seine goldbraunen Augenbrauen zusammenzogen. „Sagen Sie, sind wir uns nicht schon einmal begegnet?"

Annas Blick huschte nervös hin und her und ihr Gesicht lief dunkelrot an. „Mom, bitte, lass uns gehen."

Judith hatte Anna nie zuvor in einem solchen Zustand gesehen. War sie derart nervös bei dem Gedanken, ein paar Fragen gestellt zu bekommen, oder war sie noch durcheinander wegen der Einbrüche?

Judith lächelte den Reporter an. „Ich denke, wir sollten jetzt besser gehen."

Er nickte. „Ja, ich habe auch noch einiges zu erledigen."

Judith ging mit ihrer völlig aufgelösten Tochter an der Seite auf den Stoffladen zu.

„Was hast du diesem Mann erzählt?", fragte Anna, bevor sie den Laden betraten. „Du hast ihm doch nichts von den Einbrüchen gesagt?"

„Natürlich nicht. Wenn dein *Daed* nicht will, dass der Sheriff Bescheid weiß, dann will er garantiert nicht, dass alle Welt aus der Zeitung davon erfährt."

„Was für Fragen hat er dir gestellt und was hast du geantwortet?"

Judith zuckte die Schultern. „Er wollte wissen, wie ich heiße und wie lange ich schon in Holmes County lebe. Er hat mir auch ein paar Fragen über unsere Familie gestellt."

Anna hielt vor der Ladentür an. „Was für Fragen?"

„Er wollte wissen, wie viele Kinder ich habe und wie sich mein Mann den Lebensunterhalt verdient. Es waren ganz simple Fragen, und ich sah keinen Grund, sie nicht zu beantworten."

„Wenn er noch einmal versuchen sollte, dir Fragen zu stellen, dann hoffe ich, dass du nicht antworten wirst."

Judith berührte sanft den Arm ihrer Tochter. „Warum machst du dir solche Sorgen? Deine Schwester Martha ist da ganz anders als du. *Sie druwwelt sich wehe nix*."

Anna runzelte die Stirn. „Wie meinst du das – sie macht sich über nichts Sorgen? Sie macht sich viel mehr Sorgen um ihre Hunde, als dir klar ist."

„Das kann schon sein, aber sie macht sich nicht über alles Mögliche solche Sorgen, wie du es tust." Judith wies mit dem Kopf in Richtung Laden. „Sollen wir jetzt hineingehen und den Stoff für dich aussuchen?"

Anna nickte, doch aus ihren weit geöffneten Augen blitzte Furcht, als sie sah, wie der Reporter die Straße überquerte und einen amischen Mann in ein Gespräch verwickelte.

„Ist alles in Ordnung mit dir? Du wirkst in letzter Zeit furchtbar *naerfich*."

„Es geht mir gut."

„Findest du nicht, dass du bei diesem Reporter etwas überreagiert hast?"

Anna antwortete nicht. Sie öffnete die Tür und folgte ihrer Mutter ins Ladeninnere.

Roman war gerade aus dem Laden gekommen, um den Schaukelstuhl, den Martin Gingerich für den Hochzeitstag seiner Eltern bestellt hatte, in Martins Lieferwagen zu laden, als ein Lastwagen die Auffahrt heraufkam. Er hielt einige Meter vor Roman an, und als der Fahrer heraussprang, erkannte Roman ihn sofort. Es war Bill Collins, der Mann, der vor ein paar Tagen Interesse an Romans Grundstück bekundet hatte.

„Guten Tag", sagte Bill und hob seine Hand zum Gruß.

Roman grunzte nur, und Martin, der neben dem Buggy stand, sah ihn befremdet an.

„Ich war zufällig in der Gegend und dachte, ich könnte vorbeikommen und sehen, ob Sie bezüglich des Landverkaufs vielleicht Ihre Meinung geändert haben."

„Nein, habe ich nicht." Roman blickte zu Martin. Er wollte nicht, dass der junge Mann etwas von der Sache mitbekam. „Der Schaukelstuhl ist gut auf deinem Buggy befestigt, du kannst ruhig fahren."

Martin zögerte, kletterte dann aber auf den Fahrersitz und nahm die Zügel in die Hand. Während er das Pferd die Auffahrt hinunterlenkte, streckte er den Kopf durchs Fenster und rief: „Ich werde dich wissen lassen, was meine Eltern zu dem Schaukelstuhl gesagt haben. Und *danki*, dass du ihn so schnell fertig hattest."

„Gern geschehen." Roman wandte sich wieder Bill Collins zu. „Wie ich schon gesagt habe, bin ich nicht daran interessiert, mein Land Ihnen oder sonst jemandem zu verkaufen."

„Sind Sie sich ganz sicher?"

„Ja, ganz sicher." Als Roman auf seinen Ladeneingang zusteuerte, ging Bill so dicht hinter ihm her, dass Roman den warmen Atem des Mannes im Nacken spüren konnte.

„Ich hoffe, dass Sie wenigstens einen Blick auf diese Zahlen werfen werden", sagte Bill und hielt Roman einen Notizblock unter die Nase.

Roman überflog das Blatt rasch und versteifte sich. Dieser Mann bot ihm eine stattliche Summe. Trotzdem ...

„Wenn Sie mit Ihrer Familie über mein Angebot nachdenken wollen, würde ich Ihnen gern eine Kopie hierlassen." Bill machte schon Anstalten, das Blatt abzureißen, als Roman ihm mit einem Kopfschütteln Einhalt gebot.

„Sparen Sie sich die Mühe. Mein Land ist nicht zu verkaufen, so einfach ist das." Er schob den Mann zur Seite. „Wenn Sie mich entschuldigen ... Ich habe noch jede Menge Arbeit."

„Ein solches Angebot werden Sie nicht alle Tage bekommen", rief Bill ihm nach. „Denken Sie noch mal darüber nach."

Roman gab keine Antwort. Vor sechs Monaten hatten die Larsons ihn gefragt, ob er ihnen sein Grundstück verkaufen wollte, und er hatte Nein gesagt. Ganz sicher würde er sein Land nun nicht einem geldgierigen Bauhai verkaufen, der moderne englische Häuser mit Elektrizität darauf erbauen wollte. Und ein Golfplatz war nun wirklich das Allerletzte, was ihre amische Gemeinschaft brauchte.

Während Martha vor dem Spülbecken in der Küche stand und Kartoffeln für das Abendessen schälte, dachte sie über den Einbruch im Laden ihres Vaters nach. Martha wusste, was die Bibel über Vergebung und über die Feindesliebe sagte, doch sie war insgeheim davon überzeugt, dass es verkehrt war, den Sheriff nicht von dem Vorfall zu unterrichten.

Sie zwang sich, sich auf ihre Arbeit zu konzentrieren, und schnitt die Kartoffeln in Scheiben, gab sie in einen Topf mit Wasser und stellte sie zur Seite. Sie würde sie erst kochen, wenn ihre Schwestern und Mom nach Hause kamen. Der Braten, den sie vor ein paar Minuten in den Ofen geschoben hatte, würde dann gleichzeitig mit den Kartoffeln fertig sein. Vielleicht sollte sie sich ein Buch holen und sich ein wenig auf der hinteren Veranda ausruhen.

Sie lief in ihr Zimmer, griff nach dem historischen Roman, den sie sich ein paar Tage zuvor von Ruth geliehen hatte, und ging wieder die Treppe hinunter, zurück in die Küche, um noch einmal nach dem Braten zu sehen.

Als sie die Ofentür wieder schloss, hörte sie ein Geräusch. Was war das? Ein Knarren? Ein Stoß? Ihre Nackenhaare sträubten sich, als sie aus dem Fenster spähte. Draußen war nichts Ungewöhnliches zu sehen.

Sie wandte sich wieder vom Fenster ab und hatte gerade ihr Buch in die Hand genommen, als ein ohrenbetäubendes Krachen zu vernehmen war. Das Küchenfenster zerbarst, und ein Stein flog in den Raum und landete mit einem dumpfen Geräusch auf dem Boden.

Martha stieß einen markerschütternden Schrei aus und eilte, ohne an ihre Sicherheit zu denken, durch die Hintertür hinaus.

Kapitel 12

Martha lief auf die hintere Veranda. Die kalte, feuchte Luft ließ sie zittern. Ihr Blick glitt suchend durch den Garten, doch niemand war zu sehen. „Irgendjemand hat diesen Stein durchs Fenster geworfen. Wo ist er jetzt?“, murmelte sie.

Sie nahm zwei Stufen auf einmal und rannte, ohne auf den feuchten Boden unter ihren Füßen zu achten, durch den Garten. Sie sah in alle Richtungen und lauschte auf ungewöhnliche Geräusche. Doch nichts war zu sehen oder zu hören.

Martha musste wissen, ob Heidi und ihre Welpen in Ordnung waren, und rannte auf die Scheune zu. Ihr Herz klopfte wie wild.

Als sie fast die Scheunentür erreicht hatte, bemerkte sie einen Strohhut auf dem Boden. Er sah nicht aus wie einer der Hüte ihres Vaters, und sie bückte sich, um ihn aufzuheben. Ob er wohl kürzlich einen neuen Hut gekauft hatte? *Ich werde ihn am besten mit in Dads Laden nehmen, wenn ich ihm von dem Vorfall erzähle. Aber erst muss ich nach Heidi und den Welpen sehen.*

Martha öffnete die Scheunentür, zündete die an einem Balken über ihrem Kopf hängende Gaslampe an und spähte vorsichtig umher. Ihr Atem und ihr Herzschlag beruhigten sich allmählich. Niemand war zu sehen und außer dem leisen Schnauben zweier Pferde in ihren Boxen und dem Gurren der Tauben auf dem Speicher war nichts zu hören.

Sie hängte den Strohhut an einen Haken nahe der Tür und ging auf den hinteren Teil der Scheune zu. Doch kaum hatte sie ein paar Schritte gemacht, da huschte eine Maus vor ihr davon. Sie schrie auf und blieb abrupt stehen. Als der kleine Nager unter einem Strohballen verschwand, atmete sie zitternd aus. *Das war nur eine Maus. Alles bestens. Es gibt keinen Grund, nervös zu sein.*

Mit einem letzten schnellen Blick durch die Scheune rannte sie zur Kiste hinüber, die vorübergehend Heidi und ihre Welpen beherbergte. Eine Welle der Erleichterung machte sich in ihr breit, als sie sah, dass Heidi mit den Welpen friedlich schlief.

„Nach dem Abendessen komme ich noch einmal zu dir", flüsterte Martha und tätschelte den seidigen Kopf des Hundes.

Rasch kehrte sie zum Eingang der Scheune zurück, drehte die Flamme der Laterne aus und nahm den Strohhut vom Haken.

Draußen glitt ihr Blick noch einmal forschend über den Garten. Es war nichts zu sehen und so machte sie sich auf den Weg zum Laden ihres Vaters.

„Du hast in letzter Zeit wirklich eine Menge Honig verkauft", sagte Cleons Bruder Ivan anerkennend, als sie in einem der geschlossenen Buggys der Familie nach Hause fuhren. Nachdem sie ihrem Vater und ihren jüngeren Brüdern Willard und Delbert auf den Feldern geholfen hatten, waren beide aufgebrochen, um ein paar Honigbestellungen auszuliefern und neue Bestellungen entgegenzunehmen.

Cleon lächelte. „Ja, es läuft wirklich gut im Moment."

„Glaubst du, dass du eines Tages die Feldarbeit für Papa aufgeben und dich ganz der Imkerei widmen wirst?" Ivans dunkle Augen sahen fragend zu Cleon, während er seinen Hut zurechtrückte.

„Ich hoffe schon. Ich habe die Feldarbeit nie besonders gemocht. Allerdings muss ich genug Abnehmer für meinen Honig finden. Ein paar Läden in den umliegenden Städten und eine Handvoll Leute aus unserer Gemeinschaft reichen nicht."

„Ich habe den Eindruck, dass du durchaus mehr als nur eine Handvoll Kunden hast." Ivan berührte Cleons Arm. „Heute Nachmittag haben wir eine ganze Menge Honig geliefert, und du hast fünf weitere Kunden besucht, die regelmäßig Honig kaufen wollen."

„Darüber bin ich ja auch froh, aber für einen angemessenen Lebensunterhalt ist das noch nicht genug."

„Du wirst bald heiraten, da kann ich mir gut vorstellen, dass du etwas Extrageld gebrauchen kannst."

Cleon nickte. „Das Holz für das Haus, das ich auf dem Ackerland hinter dem Haus der Hostettlers für uns baue, kostet viel mehr, als ich veranschlagt hatte, und deshalb wird es länger dauern als geplant."

„Baumaterial ist teuer geworden, das ist wahr."

„Heutzutage ist alles teuer."

„Was wollte Anna, als sie heute Morgen kam?", fragte Ivan. „Ich war den ganzen Morgen über so beschäftigt, dass ich ganz vergessen habe, dich danach zu fragen."

Cleon verzog das Gesicht. „Bei den Hostettlers ist letzten Sonntag während des Kirchgangs eingebrochen worden, aber da wir am Montagmorgen nach Montana aufgebrochen sind, haben wir nichts davon mitbekommen."

„Oh, das hört sich schlimm an. Wurde etwas gestohlen?“

„Bis heute Morgen nicht.“

„Soll das heißen, dass heute Morgen erneut eingebrochen wurde?“

„Nicht in ihrem Haus. Diesmal war es in Romans Tischlerei. Anna hat erzählt, dass die Einbrecher alles durcheinandergebracht und einige Werkzeuge ihres Vaters gestohlen haben.“

„So eine Schande. Meinst du, das waren dieselben Personen, die vor ein paar Wochen die Toilettenhäuser umgestoßen haben?“

Cleon zuckte die Schultern. „Kann schon sein, aber das war mehrere Meilen von hier entfernt.“

„Stimmt. Aber vor Kurzem wurden beim Bischof doch auch die Kühe freigelassen.“

„Das waren sicher ein paar Witzbolde.“

„Hast du eine Ahnung, warum es jemand auf Annas Familie abgesehen haben könnte?“

„Nein. Überhaupt nicht.“

„Nun, hoffen wir, dass es nicht mehr vorkommt.“

„Ja, hoffentlich. Die Hostettlers können solchen Ärger nicht gebrauchen. Niemand kann das gebrauchen.“

„Sag mal, ich denke noch an etwas ganz anderes. Du hast neulich davon gesprochen, dass Anna wegen der bevorstehenden Hochzeit sehr nervös ist. Geht es dir genauso?“

„Nicht wirklich. Ich liebe Anna sehr, und ich bin sicher, dass wir als Mann und Frau sehr glücklich werden.“

„Wollt ihr sofort eine Familie gründen?“

Cleon zuckte die Schultern. „*Kinner* werden zu Gottes Zeit kommen, nicht nach unserem eigenen Plan.“

„Ja, sicher, aber ich weiß genau, dass unsere *Mamm* sich darauf freut, *Grossmudder* zu werden.“

Cleon knuffte seinen Bruder in den Arm. „Vielleicht solltest du selbst eine *Aldi* finden und heiraten. Dann könntest du aktiv dazu beitragen, dass *Mamm* einen ganzen Haufen *Kinskinner* bekommt.“

Ivan runzelte die Stirn. „Ich hab's nicht eilig. Frauen haben für meinen Geschmack recht seltsame Ansichten."

Cleon verzog das Gesicht, als er an Anna dachte, die sich in letzter Zeit wirklich sonderbar benahm. Hoffentlich bekam sie keine kalten Füße wegen der Hochzeit. Er sehnte sich so sehr danach, sie zu seiner Frau zu machen, und er würde es nicht ertragen, wenn sie sich von ihm trennen sollte.

Ivan lehnte sich zu Cleon hinüber. „Du solltest gut auf die Hügelkuppe achten, auf die wir gerade zufahren. Letzte Woche ist mein Freund Enos an dieser Stelle mit einem Hirsch zusammengestoßen."

„Ich werde aufpassen." Cleon lenkte sein Pferd den Hügel hinauf und auf der anderen Seite wieder hinunter. Sie waren gerade am Fuß des Hügels angekommen, als er im Seitenspiegel einen schwarzen Pick-up entdeckte, der sich ihnen mit hoher Geschwindigkeit näherte. Der Fahrer, der eine Sonnenbrille und eine Baseballkappe trug, drückte auf die Hupe, und Cleon lenkte sein Pferd näher zum Straßenrand. Glücklicherweise hatte er heute eines der fügsameren Pferde gewählt. Da kein Gegenverkehr kam, hätte der Fahrer des Pick-ups reichlich Platz zum Überholen gehabt. Dennoch streifte er beinahe Cleons Buggy, als er an ihm vorbeipreschte und die Straße hinunterraste.

„Du meine Güte, das war knapp", sagte Cleon, dem der Schweiß übers Gesicht lief, außer Atem. „Ich wünschte, die Leute würden auf diesen abgelegenen Landstraßen nicht so schnell fahren."

„Ich frage mich, ob dieser Bursche nicht absichtlich versucht hat, uns von der Straße zu drängen", brummelte Ivan.

Cleon fasste die Zügel etwas fester und lenkte das Pferd zurück auf die Straße. „Wie kommst du darauf?"

„Letzte Woche sind Willard und ich auf dem Heimweg von einem Singabend beinahe von einem Lastwagen gestreift worden. Es war dunkel, sodass wir den Wagen schlecht erkennen konnten, aber wir waren sicher, dass es ein Lastwagen war."

Ivans dunkelbraune Augenbrauen zogen sich zusammen. „Willard lenkte den Buggy, und ich kann dir sagen, *er waar awwer bees*."

„Ich kann mir vorstellen, wie wütend er war, aber es ist nicht sehr wahrscheinlich, dass es derselbe Lastwagen war. Ich glaube nicht, dass der Fahrer euch absichtlich streifen wollte, genauso wenig wie der Fahrer, der uns gerade überholt hat. Einige Englische fahren einfach zu schnell, das ist alles."

Ivan verschränkte die Arme vor der Brust und starrte geradeaus. „Einige Englische meinen, wir hätten nicht das Recht, mit unseren Buggys auf der Straße zu fahren, und sie sind nicht gerade erfreut über die Pferdeäpfel, die unsere Pferde hinterlassen. Sie versuchen uns zu provozieren, weil wir anders sind."

Cleon dachte erneut über die Einbrüche bei den Hostettlers nach. Konnte es wirklich sein, dass es jemand auf diese Familie abgesehen hatte? Er musste mit Roman reden, wie er es Anna versprochen hatte.

„Macht es dir etwas aus, auf dem Weg kurz bei den Hostettlers zu halten?", fragte er seinen Bruder. „Ich möchte mit Roman über die Einbrüche sprechen."

Ivan zuckte die Schultern. „Klar, warum nicht. Vielleicht übernehmen unsere Brüder unsere Aufgaben, wenn wir nicht rechtzeitig zu Hause sind."

Cleon grunzte. „Ja, sicher. Das ist genauso wahrscheinlich wie eine Hitzewelle im Januar."

„Feierabend", sagte Roman, als Luke in den Laden zurückkam. „Du kannst gehen."

„Bist du sicher? Wir haben noch einige Möbelteile, die zusammengesetzt werden müssen."

„Das kann bis morgen warten. Wir haben beide einen langen Tag gehabt und ich bin wirklich erschöpft."

Luke nickte. „Ich bin auch ziemlich müde."

„Es war nett von John Peterson, dass er heute Nachmittag gekommen ist und uns Werkzeug geliehen hat", sagte Roman, als er einem Lehnstuhl einen letzten Anstrich gab.

„Ich hoffe, es macht dir nichts aus, dass ich John von dem Einbruch erzählt habe, als ich ihn heute beim Mittagessen gesehen habe." Luke wies mit dem Kopf auf das Regal, in dem der Hammer und die Säge lagen, die John kurz nach der Mittagspause vorbeigebracht hatte.

„Warum sollte es mir etwas ausmachen?"

„Ich weiß, dass du den Sheriff nicht benachrichtigen willst, also dachte ich mir, dass du vielleicht auch nicht willst, dass andere davon erfahren."

Roman zuckte die Schultern. „Wir leben in einer kleinen Gemeinschaft und ich habe einigen unserer amischen Nachbarn davon erzählt. Die Neuigkeit hätte sich ohnehin bald herumgesprochen."

Luke öffnete den Mund, um etwas zu erwidern, doch in dem Moment ging die Tür auf und Martha stürmte in den Raum.

„Dad, wenn du wüsstest, was gerade passiert ist!" Angst lag in ihrem Blick.

„Was denn, Martha? Was ist los?"

„Ich war in der Küche, um das Abendessen vorzubereiten, als plötzlich ein Stein durch das Küchenfenster flog."

„Was?" Roman ließ den Lappen fallen, den er zum Beizen verwendet hatte, und eilte zu ihr. „Geht es dir gut? Hat der Stein dich getroffen?"

„Es geht mir gut. Ich bin nur etwas schockiert."

„Hast du gesehen, wer den Stein geworfen hat?", fragte Luke.

Martha schüttelte den Kopf. „Ich bin sofort nach draußen gerannt, aber der Steinewerfer muss sehr schnell gewesen sein, denn ich konnte niemanden sehen." Sie hielt den Strohhut hoch. „Ich bin zur Scheune gegangen, um nach Heidi und den Welpen zu sehen, und habe diesen Hut auf dem Boden gefunden."

Luke griff nach dem Hut. „Das ist meiner. Ich muss ihn verloren haben, als ich das Pferd heute Morgen auf die Koppel gebracht habe."

„Bist du sicher, dass du ihn nicht getragen hast, als du zu Ray gefahren bist, um die Schränke zu liefern? Vielleicht ist er dabei heruntergefallen."

„Ich bin sicher, dass ich ihn nicht aufhatte." Luke setzte den Hut auf. „Willst du, dass ich auf dem Heimweg einen Blick auf eurer Gelände werfe? Vielleicht ist der Steinewerfer noch in der Gegend."

Roman seufzte. „Ich hoffe, der Schuldige ist genauso schnell verschwunden, wie der Stein durch die Scheibe geflogen ist."

„Ich ... ich habe Angst, Dad." Martha berührte seinen Arm. „Ich weiß, dass du niemanden anzeigen willst, aber findest du nicht, dass jetzt langsam der Sheriff von den Ereignissen informiert werden sollte?"

Er schüttelte den Kopf. „In Psalm 46 heißt es: *Gott ist unsere Zuversicht und Stärke, eine Hilfe in den großen Nöten, die uns getroffen haben.*"

„Wenn es jemand auf uns abgesehen hat – und danach sieht es doch aus –, dann befürchte ich, dass der nächste Angriff noch schlimmer sein könnte." Marthas Kinn zitterte. „Wenn es so weitergeht, wird vielleicht noch jemand verletzt."

Ihre Worte trafen Roman wie ein Messerstich. Er erschauderte bei dem Gedanken, dass jemand aus seiner Familie zu Schaden kommen könnte, aber er musste an Gott festhalten und darauf vertrauen, dass er seine Familie beschützen würde. Er wollte gerade diese Gedanken aussprechen, als die Tür erneut aufging und Cleon mit seinem Bruder Ivan hereinkam.

„Ihr seid also aus Montana zurück", sagte Roman. „Hattet ihr eine gute Reise?"

Cleon nickte. „Wir sind gestern Abend nach Hause gekommen." Er sah sich im Raum um und verzog das Gesicht. „Anna war heute Morgen bei mir, um mir von den beiden Einbrüchen zu erzählen."

„Es ist noch eine dritte Sache passiert", sagte Martha. „Vorhin hat jemand einen Stein durch unser Küchenfenster geworfen."

Cleon blieb der Mund offen stehen. „Wurde jemand verletzt?“

Martha schüttelte den Kopf. „Nein, aber ich habe mich sehr erschreckt.“

„Ich habe gehört, dass vor einiger Zeit jemand die Kühe von Bischof King aus der Koppel gelassen hat“, mischte sich Ivan ein. „Einer der Söhne des Bischofs hat ein paar englische Burschen über ihr Land rennen sehen, deshalb ist er so gut wie sicher, dass sie dafür verantwortlich sind.“

„Kühe freizulassen ist wohl kaum mit einem Einbruch zu vergleichen“, wandte Cleon ein. „Ich frage mich, ob irgendjemand einen Groll gegen euch hegt. Was denkst du, Roman?“

Roman dachte ein paar Sekunden nach. Es gab ein paar Leute, die zurzeit Schwierigkeiten mit ihm hatten: Luke, dem Roman den Lohn gekürzt hatte; Steven, dessen Geschenk für seine Frau ruiniert worden war; und Bill Collins, dem Roman sein Land nicht verkaufen wollte. Doch er traute keinem der drei zu, in solche Geschichten verwickelt zu sein. Allerdings kannte er den Interessenten für sein Grundstück nicht persönlich, es könnte also sein, dass dieser entschlossene Bursche versuchte, ihnen Angst einzuflößen, um Roman zum Verkauf seines Landes zu bewegen.

„Was sagt der Sheriff zu alledem?“, fragte Cleon und unterbrach Romans Gedanken.

„Ich habe ihn nicht informiert“, murmelte Roman und starrte auf den Boden.

„Warum nicht?“ Diesmal kam die Frage von Ivan.

„Ich sehe keine Notwendigkeit dazu. Ich würde keine Anzeige erstatten, auch wenn wir wüssten, wer es getan hat. Ich vertraue auf Gottes Schutz, wie es uns die Bibel lehrt.“

Cleon lehnte sich an Romans Schreibtisch. „Sind auch andere Leute unserer Gemeinschaft behelligt worden?“

„Nicht, dass ich wüsste.“

„Wenn wir hören sollten, dass auch andere betroffen sind, was würdest du dann tun?“, fragte Martha.

„Ich würde mit ihnen unseren Bischof aufsuchen und gemeinsam besprechen, wie wir uns ihrer Meinung nach verhalten sollen.“ Roman legte einen Arm um die bebenden Schultern seiner Tochter. „In der Zwischenzeit sollten wir noch aufmerksamer sein und Gottes Schutz für uns und unsere Freunde und Familie erbitten.“

Kapitel 13

Anna wachte am nächsten Morgen erneut mit Kopfschmerzen auf. Als sie am Abend zuvor von dem Steinwurf gehört hatte, war sie fix und fertig gewesen und hatte sich früh hingelegt.

Mit größter Anstrengung hievte sie sich aus dem Bett und schlurfte zum Fenster. Es war ein sonniger Morgen, doch sie hatte das Gefühl, eine dunkle Wolke hinge über ihrem Kopf – ja, über der ganzen Familie. Sie kämpfte weiterhin mit sich, ob sie ihrer Familie von ihrem Verdacht, Gary könnte mit alldem etwas zu tun haben, erzählen sollte. Doch ihre Angst davor, dass sie auf diese Weise alles über ihre Vergangenheit erfahren würden, hielt sie zurück.

Anna wandte sich vom Fenster ab. Sie war frustriert. Vielleicht sollte sie Gary entweder offen sagen, dass sie ihn verdächtigte, oder aber ihn auffordern, aus Holmes County zu verschwinden. Sie ballte die Hände zu Fäusten und presste die Arme an den Leib. Sofern sich Gary nicht geändert hatte, würde er nicht so einfach bereit sein, die Gegend zu verlassen, wenn sie ihn darum bat. Wenn er skrupellos genug war, um in ihr Haus einzubrechen, wozu wäre er dann noch imstande?

Ein Klopfen an ihrer Schlafzimmertür unterbrach Anna in ihren Gedanken. „Das Frühstück ist fertig, und wir kommen zu spät, wenn wir nicht bald essen“, rief Ruth.

„Ich bin in einer Minute unten.“ Anna hatte keine große Lust, arbeiten zu gehen, doch sie wollte ihren Arbeitgeber nicht in Schwierigkeiten bringen. Außerdem gab es nur in der Stadt die Möglichkeit, Gary zu begegnen.

In aller Eile wusch sie sich und kleidete sich an, nahm zwei Aspirin gegen die Kopfschmerzen und ging nach unten.

„Geht es dir nicht gut?", fragte Mom, die sie mit zusammengekniffenen Augen ansah. „Du siehst heute Morgen schrecklich *mied* aus. Hast du nicht gut geschlafen?"

Anna ging zum Kühlschrank und nahm einen Krug Traubensaft heraus. „Ich bin ein bisschen müde. Ich habe Kopfschmerzen, aber es geht schon."

„Bist du sicher?", fragte Ruth, die gerade den Tisch deckte. Sie schnalzte mit der Zunge. „Dein Gesicht ist weißer als ein Bettlaken, Schwesterherz."

„Vielleicht hast du die Grippe in den Knochen", sagte Mom besorgt. „Du solltest lieber zu Hause bleiben und dich ausruhen."

Anna schüttelte den Kopf. „Wenn ich erst gefrühstückt habe, geht es mir bestimmt besser." Sie sah sich um. „Wo sind Dad und Martha?"

„Dein *Daed* ist noch draußen und erledigt seine Arbeit und Martha ist zu Fritz, Heidi und den Welpen gegangen."

„Diese beiden Hunde und ihre Welpen sind wirklich das Einzige, was unsere kleine Schwester im Moment interessiert." Ruth runzelte die Stirn. „Sie bräuchte einen Freund."

„Martha ist erst achtzehn." Mom schlug ein paar Eier in die Bratpfanne. „Sie hat noch jede Menge Zeit, den richtigen Mann zu finden."

Ruth stellte den letzten Becher auf den Tisch und sah Anna an, die sich gerade ein Glas Saft einschüttete. „Ich glaube, Mom hat recht. Du hast ja auch lange gebraucht, um einen Mann zu finden und dich zum Heiraten zu entschließen."

Anna zuckte zusammen, obwohl sie sicher war, dass Ruth nicht gemein sein wollte. *Was würde meine Familie sagen, wenn sie mein Geheimnis kennen würde? Wie würde Cleon reagieren? Ist es an der Zeit, ihm die Wahrheit zu sagen?*

Die Hintertür flog auf und Martha rannte in die Küche. Ihre Lippen hatte sie zusammengepresst und ihre Augen waren weit aufgerissen. „Die Welpen sind ganz allein in ihrer Kiste und winseln vor Hunger und ich kann Heidi nirgends finden." Sie lief zu ihrer Mutter. „Was soll ich nur machen? Die Welpen sind zu klein, um allein zurechtzukommen."

Mom nahm die Bratpfanne vom Herd. „Beruhige dich erst einmal. Ich bin sicher, dass Heidi ganz in der Nähe ist. Vielleicht brauchte sie einmal eine Verschnaufpause von ihren Welpen, oder sie ist nach draußen gegangen, um ihr Geschäft zu erledigen."

„Mom hat recht", warf Anna ein. „Heidi wird bald zu ihren Welpen zurückkehren. Du wirst sehen."

„Bist du sicher, dass du heute arbeiten kannst?", fragte Ruth, als sie bemerkte, wie Anna mit steifen Fingern die Zügel nahm und mit angespannten Kinnmuskeln dasaß. Sie wusste nicht, um welche der beiden Schwestern sie sich mehr sorgen sollte – Anna, die so aussah, als ob sie zu Hause besser aufgehoben wäre, oder Martha, die sich weigerte zu frühstücken, bevor sie ihre vermisste Hündin gefunden hatte.

„Ich *muss* arbeiten gehen", sagte Anna.

„Du könntest zur Telefonzelle gehen und deinem Chef sagen, dass du dich nicht wohlfühlst."

„Meine Kopfschmerzen sind etwas erträglicher geworden, und ich sehe keinen Grund, zu Hause zu bleiben. Außerdem würde ich ihnen Schwierigkeiten bereiten, wenn ich nicht käme, und ich weiß aus Erfahrung, wie viel Stress es für die übrigen Kellnerinnen bedeutet, wenn jemand ausfällt."

Anna starrte nach vorn und hielt die Zügel so fest, dass die Venen auf ihren Handrücken hervortraten.

„Du hast dich in letzter Zeit sehr merkwürdig benommen. Haben dich die Einbrüche so *engschderich* gemacht?", fragte Ruth.

„Ich habe keine Angst, ich mache mir nur Sorgen."

„Das tun wir alle."

„Wir haben doch schon genug Ärger gehabt, und jetzt noch die Sache mit Heidi."

„Ich bin sicher, dass Heidi nicht wirklich verschwunden ist. Ich wette, wenn wir nachher zurückkommen, wird Martha froh und zufrieden sein, weil Heidi wieder bei ihren Welpen in der Kiste liegt."

„Mag sein. Aber das, was bereits passiert ist, wird dadurch nicht ungeschehen gemacht." Annas Stimme brach, als sie das Pferd zum Straßenrand lenkte.

„Warum halten wir an? Willst du etwa, dass wir zu spät kommen?"

„Ich muss dir etwas sagen, aber du musst mir versprechen, dass du es für dich behältst." Annas blaue Augen flackerten und ihr Kinn zitterte leicht. „Versprichst du mir das?"

Ruth nickte kurz und nahm die Hand ihrer Schwester.

Anna lehnte sich nach vorn und rieb sich über die Stirn. „Erinnerst du dich noch an den Reporter, den wir in der Stadt getroffen haben?"

„Ja. Was ist mit ihm?"

„Er heißt Gary Walker, und ich war anfangs eine Weile mit ihm zusammen, als ich von zu Hause fort war. Ich habe damals in Cincinnati gelebt."

„Ta … tatsächlich?"

„Ja. Zuerst dachte ich, er wäre nett und lustig, aber dann benahm er sich immer mehr so, als ob ich sein Eigentum wäre." Anna hob den Kopf, und als sie zu Ruth hinübersah, füllten sich ihre Augen mit Tränen. „Gary hat ein hitziges Temperament, und als ich mit ihm Schluss gemacht habe, sagte er, ich würde das noch bereuen und er würde es mir eines Tages heimzahlen."

Ruth ließ die Worte ihrer Schwester auf sich wirken. Wenn der Reporter wütend war, weil Anna sich von ihm getrennt hatte, war er dann womöglich hierhergekommen, um seine Drohung wahr zu machen? „Oh, Anna, denkst du etwa, er könnte all diese Dinge getan haben?“

Anna nickte. „Wenn ich ihn heute in der Stadt sehe, werde ich ihn fragen, ob er es war.“

„Vielleicht sollte ich bei dir sein, wenn du mit ihm sprichst.“

Anna nahm die Zügel in die Hand und trieb das Pferd zum Weitergehen an. „Das ist lieb von dir, aber ich muss das wohl allein durchstehen.“

Während ihres gesamten Arbeitstages hielt Anna nach Gary Ausschau, doch er kam nicht ins Restaurant, und auch draußen war er nicht zu sehen, obwohl sie ständig durchs Fenster spähte. Vielleicht war er in einen der Nachbarorte gefahren, um dort Erkundigungen einzuholen. Möglicherweise hatte er auch die Gegend ganz verlassen. Sie hoffte es inständig, doch ein nagendes Gefühl in ihrem Innern sagte ihr, dass es nicht so war.

Als sich ihr Arbeitstag dem Ende zuneigte, machten sich die Kopfschmerzen erneut bemerkbar. Sie war froh, dass sie mit Ruth verabredet hatte, zu Fuß zur Bäckerei zu kommen. Auf dem Weg hatte sie Zeit, in Ruhe nachzudenken. Sie hoffte, dass die frische Herbstluft dazu beitragen würde, Klarheit in ihre Gedanken zu bringen.

Sie hatte erst die Hälfte des Weges zurückgelegt, da hörte sie jemanden ihren Namen rufen. Sie drehte sich um und sah Gary, der an einem am Bordstein geparkten Buggy lehnte.

Annas Herz pochte heftig, als sie zu ihm hinüberlief. *Ich muss es tun. Ich muss ihn jetzt und hier zur Rede stellen.*

„Hey, Anna“, sagte er mit einem schiefen Grinsen. „Ich hab dich eine Weile nicht gesehen. Hast du deine Meinung geändert und willst nun mit mir ausgehen?“

Anna schüttelte energisch den Kopf. „Ich wundere mich, dass du immer noch in Holmes County bist. Du müsstest doch längst genug Stoff für zehn Geschichten über die Amischen haben.“

Er gluckste. „Das stimmt. Aber ich habe beschlossen, noch eine Weile in der Gegend zu bleiben und ein paar Artikel über die Veranstaltungen zu schreiben, die in den nächsten Monaten hier und in Wayne und Tuscarawas stattfinden."

„In den nächsten Monaten? Wie kannst du es dir leisten, so lange hierzubleiben?"

„Mein Großvater ist vor sechs Monaten gestorben und hat mir eine hübsche Summe hinterlassen." Er winkte mit der Hand. „Ich habe also genug Geld, um so lange hierzubleiben, wie ich will."

„Wenn er dir so viel vererbt hat, warum arbeitest du dann überhaupt?"

„Nun, sagen wir, ich mag die Arbeit, die ich mir ausgesucht habe. Sie gibt mir das Gefühl, im Bilde zu sein."

Sie neigte ihren Kopf zur Seite. „Bist du wirklich freiberuflicher Reporter?"

„Natürlich." Er hob die Kamera hoch, die an einem Riemen über seiner Schulter hing. „Ist es so schwer zu glauben, dass ich einem bezahlten Job nachgehe?"

Anna zuckte die Schultern. Als sie noch zusammen gewesen waren, gehörte Gary eher zu der faulen Sorte. Während die anderen jungen Leute, mit denen sie zu tun hatten, alle irgendwelchen Jobs nachgingen, gab er sich damit zufrieden, sich von seinem Vater aushalten zu lassen, der offenbar mehr als genug Geld hatte. Es war schwer, sich vorzustellen, dass Gary ernsthaft arbeitete – und noch weniger, dass er als Selbstständiger seinen Lebensunterhalt verdiente. Andererseits veränderten sich viele Leute, wenn sie älter und reifer wurden. Anna war der lebendige Beweis dafür.

„Nun, wie sieht's aus? Wollen wir einen Kaffee zusammen trinken?", fragte Gary.

„Ich habe dir doch bereits gesagt, dass …"

„Ja, ich weiß. Du wirst bald heiraten."

„Sag mal, in letzter Zeit … gab es ein paar ungewöhnliche Vorfälle bei uns. Ich frage mich … äh … was du darüber weißt?"

Er runzelte die Stirn. „Wenn du mir etwas sagen willst, dann spuck es aus. Und hör auf, so herumzustammeln."

Sie sah sich um, um sicherzugehen, dass niemand zuhörte. „Es ist so … wir hatten ein Problem mit …"

„Womit? Von welchem Problem sprichst du?"

Sie spürte seinen warmen Atem auf ihrem Gesicht und wich einen Schritt zurück. „Vor einer Woche wurde bei uns eingebrochen, und gestern Morgen hat mein Dad entdeckt, dass seine Tischlerei verwüstet wurde." Sie machte eine Pause, um seine Reaktion abzuwarten, doch er sah sie nur ausdruckslos an. „Und damit nicht genug – gestern Abend hat jemand einen Stein durch unser Küchenfester geworfen, während meine Schwester das Essen zubereitete. Und heute Morgen war ihr Hund nirgends zu finden."

Ein Muskel in Garys Gesicht zuckte leicht, doch er sagte nichts.

„Weißt du etwas von diesen Vorfällen?"

Er schüttelte den Kopf. „Was ist das für eine Frage? Woher soll ich über diese Vorfälle Bescheid wissen?"

Anna spürte eine Welle der Enttäuschung in sich aufsteigen. Hatte sie ernsthaft geglaubt, er würde seine Taten zugeben?

„Sieh mal, Anna", sagte er mit seiner charmantesten Stimme. „Ich hatte absolut keine Ahnung von diesen Einbrüchen, aber ich bin dir dankbar für die Information."

„Wie meinst du das?"

Gary holte einen Notizblock aus seiner Hemdtasche. „Daraus lässt sich eine großartige Geschichte machen."

Kapitel 14

„Nehmen sie die Fläschchen mit der Milch an?", fragte Judith, als sie die Scheune betrat und sah, wie sich Martha über die Kiste beugte. Sie versuchte gerade, Heidis Welpen zu füttern.

Martha schaute auf und lächelte schwach. „Sie trinken ein bisschen, aber längst nicht so gut wie bei ihrer Mutter."

Judith berührte sanft die Schulter ihrer Tochter. „Auch wenn Heidi nicht zurückkommen sollte, werden diese Welpen überleben. Du schaffst das schon."

„Ich habe den ganzen Tag damit zugebracht, Heidi zu suchen. Luke und Dad haben mir in ihrer Mittagspause geholfen, aber es war reine Zeitverschwendung." Martha runzelte die Stirn. „Wenn Dad doch nur dem Sheriff Bescheid geben würde! Vielleicht würde er herausfinden, wer uns all diese Dinge angetan hat, und vor allem, warum."

„Dein Dad glaubt, dass es nichts als üble Scherze waren, und er findet es nicht nötig, den Sheriff da hineinzuziehen, das hat er doch schon x-mal gesagt." Judith griff in die Kiste und streichelte einen der saugenden Welpen mit den Fingerspitzen. „Wir können nur beten, Martha. Das ist das Einzige, was wir im Moment tun können."

Als Martha kurze Zeit später die Scheune verließ, bemerkte sie einen grauen Geländewagen, der im Hof anhielt. John Peterson öffnete die Wagentür und stieg aus und zu ihrer Überraschung kletterte Toby King vom Beifahrersitz. Er hielt eine niedliche Sheltie-Hündin im Arm.

„Heidi!" Martha rannte die Auffahrt hinunter und nahm den Hund in ihre Arme. „Wo warst du denn, mein Mädchen? Ich habe mir solche Sorgen gemacht!"

„Ich habe sie in der Nähe unseres Hauses herumlaufen sehen", sagte Toby. „Ich wusste, dass du ein Sheltie-Pärchen hast, und so bin ich gekommen, um zu sehen, ob es dein Hund ist."

„Ich war auf dem Weg in die Stadt und habe Toby mitgenommen", ergänzte John.

„Ich bin euch so dankbar!" Martha streichelte über den Kopf ihres Hundes. „Heidi hat vor Kurzem einen Wurf Welpen bekommen und säugt sie noch. Als ich sie heute Morgen nicht finden konnte, habe ich befürchtet, dass sie vielleicht gestohlen wurde."

John runzelte die Stirn, während er sich mit den Fingern durch sein lockiges dunkles Haar fuhr. „Sie ist wahrscheinlich herumgestreunt und hat dann die Fährte verloren."

„Aber sie kennt doch unser Haus und ist bisher immer zu uns zurückgekommen."

„Vielleicht hat sie es einfach vergessen." John neigte den Kopf, sodass seine leicht gekrümmte Nase noch krummer aussah als gewöhnlich. Martha dachte, dass seine Nase wahrscheinlich einmal gebrochen gewesen war. Es wäre nicht sehr höflich, danach zu fragen, also wandte sie den Blick ab und konzentrierte sich auf den zitternden Hund in ihren Armen.

John zeigte auf die Auffahrt zum Laden ihres Vaters. „Als ich deinem Dad das Werkzeug gebracht habe, sagte er mir, dass die Vorfälle bei euch vermutlich ein paar englischen Rowdys zuzuschreiben sind. Denkt er das immer noch?"

Martha nickte.

„Luke hing neulich mit ein paar englischen Burschen herum. Es würde mich nicht überraschen, wenn er an einigen dieser üblen Streiche beteiligt gewesen wäre." Toby nickte kurz.

Martha schürzte die Lippen. „Ich kann mir nicht vorstellen, dass Luke bei so etwas mitmachen würde, aber wenn ich etwas tun könnte, um solche Dinge künftig zu verhindern, dann würde ich nicht zögern."

John schüttelte den Kopf. „Mach lieber nichts Unvernünftiges, Mädchen. Ich habe deinem Dad versprochen, Augen und Ohren offen zu halten, und wenn ich etwas Verdächtiges bemerke, werde ich ihm Bescheid sagen."

Martha musste beinahe lachen, als John sie mit „Mädchen" ansprach. Er war selbst kaum älter als ein Junge – höchstens Mitte zwanzig.

„Ich werde auch die Augen offen halten", sagte Toby. „Und sollte ich herausfinden, dass Luke etwas damit zu tun hat, dann werde ich meinen *Daed* informieren."

Martha lag auf der Zunge, Toby zu sagen, dass er dem Bischof nichts zu erzählen brauchte, doch dann überlegte sie es sich anders. Je weniger sie über Luke sagte, desto besser.

„Ich werde Heidi in die Kiste zu ihren Welpen setzen." Sie lächelte die beiden jungen Männer an. „Vielen Dank, dass ihr sie zurückgebracht habt."

„Gern geschehen", sagten die beiden wie aus einem Mund.

Anna ließ sich im Buggy auf den Beifahrersitz fallen und schloss die Augen. Sie war froh, dass Ruth sich bereit erklärt hatte, den Buggy nach Hause zu lenken, denn nach ihrer Begegnung mit Gary hätte sie sich nicht auf die Straße konzentrieren können.

Ruth berührte ihren Arm. „Hast du immer noch Kopfschmerzen?"

„Jah."

„Das tut mir leid. Gab es im Restaurant viel zu tun?"

„Nicht mehr als sonst."

„In der Bäckerei ging es heute richtig hektisch zu. Einmal waren ungefähr zwanzig Kunden gleichzeitig im Laden und trotz Sadies Hilfe kam ich kaum nach mit dem Bedienen."

Anna nickte. Sie hatte nicht viel Lust zum Reden. Sie wollte einfach nur nach Hause, eine Aspirintablette nehmen und sich hinlegen.

„Ich habe über das nachgedacht, was du mir heute Morgen auf dem Weg zur Arbeit gesagt hast", meinte Ruth. „Ich finde, du solltest unserer Familie von diesem Reporter erzählen."

Anna öffnete die Augen und blinzelte mehrmals. „Nein." Sie flüsterte. „Ich will nicht, dass sie es wissen. Jedenfalls noch nicht."

„Warum? Es ist ja nicht so, dass du noch immer mit diesem Englischen zusammen wärst. Du warst damals Teenager und es war deine *Rumschpringe*-Zeit. Mom und Dad würden das verstehen."

Anna wand sich innerlich. Es gab noch viel mehr zu erzählen als das, was sie Ruth anvertraut hatte, und wenn ihre Familie die ganze Wahrheit erfuhr, dann würden sie ganz sicher kein Verständnis dafür aufbringen. Sie hätte ihnen längst erzählen sollen, dass sie Eric geheiratet hatte und dass er ein Jahr später bei einem Autounfall ums Leben gekommen war. Doch wenn sie ihnen das sagte, dann müsste sie auch andere Dinge ans Licht bringen, über die sie lieber schweigen wollte.

Annas Gedanken wanderten zu Cleon – wie immer, wenn sie über ihre Vergangenheit nachdachte. Wenn sie ihn doch bereits als Teenager gekannt hätte! Sicherlich wäre sie dann nicht mit ihren Freunden fortgegangen, um die englische Welt zu erkunden. Zu schade, dass Cleons Familie nicht ein paar Jahre früher von Pennsylvania nach Holmes County gezogen war. Ihre Gefühle für Cleon waren sehr stark. Ihre Liebe beruhte nicht nur auf körperlicher Anziehungskraft oder dem Gefühl, dass man zusammen Spaß haben konnte – wie es bei Eric der Fall gewesen war. Bei Cleon spürte sie, dass er immer für sie da sein würde, in guten und in schlechten Zeiten. *Aber warum habe ich dann nicht den Mut, ihm die Wahrheit zu sagen?*

„Wenn du Mom und Dad nicht von dem englischen Reporter erzählen willst, dann lass mich wenigstens dabei sein, wenn du mit ihm sprichst", sagte Ruth und unterbrach Annas Gedanken.

Anna öffnete abrupt die Augen. „Oh ... ich habe Gary heute Nachmittag gesehen, als ich nach der Arbeit auf dem Weg zur Bäckerei war."

„Warum sagst du das erst jetzt?"

„Ich habe solche Kopfschmerzen und ich ... ich wollte über nichts Unangenehmes sprechen."

Ruth zog die Zügel an.

„Was machst du da?"

„Ich fahre an den Straßenrand, damit wir uns besser unterhalten können."

Anna schüttelte den Kopf. „Fahr lieber weiter. Es wäre nicht gut, zu spät zu kommen und Mom Sorgen zu bereiten. Davon hatte sie in letzter Zeit schon genug."

„Das stimmt." Ruth sah zu Anna hinüber. „Was hat Gary gesagt? Hast du ihn offen zur Rede gestellt?"

Anna fuhr sich mit der Zungenspitze über die Lippen. „Ja, aber er hat alles abgestritten."

„Glaubst du ihm?"

„Nein."

„Hat er gesagt, wann er die Gegend verlassen wird?"

Anna ballte ihre Hände zu Fäusten. Sie spürte, wie die Angst wieder Besitz von ihr ergriff. „Er sagt, dass er genug Geld und Ideen hat, um noch länger hierzubleiben und weitere Artikel zu schreiben."

„Das ist gar nicht gut."

„Nein, allerdings, aber es kommt noch schlimmer. Als ich Gary von den Einbrüchen und dem Steinwurf erzählt habe, meinte er, das würde eine großartige Geschichte abgeben. Ich … ich glaube, er wird einen Artikel darüber schreiben, sodass alle Welt es erfährt."

Ruth schnappte nach Luft. „Oh, Anna, das wäre ja *baremlich*. Dad wird einen Wutanfall bekommen, wenn er das in einer Zeitung oder Zeitschrift liest."

„Es wäre wirklich schlimm, und ich wünschte, ich hätte Gary nichts gesagt. Es ist nichts Gutes dabei herausgekommen, denn ich konnte ihn nicht dazu bewegen, seine Schuld einzugestehen."

„Wenn du vorhast, unserer Familie nichts zu sagen, was sollen wir dann tun?"

Anna zuckte die Schultern. „Ich weiß es nicht."

„Vielleicht wird Gary beschließen, dass er genug Informationen über die Amischen hat, und für immer verschwinden."

Anna presste die Lippen zusammen. Nach dem entschlossenen Ausdruck in Garys Gesicht zu urteilen musste sie davon ausgehen, dass er den Artikel schreiben würde. Fragte sich nur, wann er einen Herausgeber finden und die Story veröffentlichen würde.

Kapitel 15

In den nächsten Wochen verlief bei den Hostettlers alles ruhig. Anna war dankbar, dass ihre Familie keine unangenehmen Vorkommnisse mehr erlebte, und sie vermutete, dass Gary – sofern er wirklich der Schuldige war – bewusst Zeit verstreichen ließ, um den Verdacht von sich abzulenken. Wenn er einen Artikel über die Einbrüche geschrieben hatte, dann war er entweder nicht veröffentlicht worden oder keiner der Amischen in der Gegend hatte ihn gelesen, denn niemand erwähnte etwas in dieser Richtung.

An diesem Samstag musste Anna nicht im Restaurant arbeiten, und so beschloss sie, ihr Hochzeitskleid zu säumen und die Schürze und den Umhang zu nähen. Ruth und Martha waren in Berlin einkaufen, Mom war bei ihrer Freundin Alma Wengerd zu Besuch und Dad würde fast den ganzen Tag in der Tischlerei arbeiten. Es war also still im Haus und Anna konnte ohne Unterbrechungen arbeiten.

Sie schaute noch einmal nach, ob der Küchentisch nach dem Frühstück gründlich abgewischt worden war, und musste dabei an Cleon denken. *Ich muss den richtigen Zeitpunkt finden, um ihm zu sagen, was mir auf der Seele liegt – und ich muss die richtigen Worte finden.* Sie breitete den weißen Stoff für die Schürze auf dem Tisch aus.

Sie hatte Cleon in letzter Zeit nicht sehr häufig gesehen, weil er zurzeit sehr beschäftigt war: Er arbeitete an ihrem Haus, half seinem Vater und seinen Brüdern auf der Farm, kümmerte sich um seine Bienen und lieferte den Honig aus.

Ihre Finger fuhren über den weichen Stoff. Sollte sie warten und Cleon die Wahrheit erst nach der Hochzeit erzählen, oder sollte sie das Geheimnis, das sie nun schon seit vier Jahren mit sich herumtrug, für immer in ihrem Herzen verschließen?

Anna griff nach der Schere. Wenn sie doch nur die Vergangenheit ausschneiden könnte wie diese Schürze! Das wäre für alle das Beste.

Ein Klopfen an der Hintertür unterbrach sie in ihren Gedanken.

Wer kann das sein?, fragte sie sich und öffnete die Tür.

Cleon stand mit einem Krug bernsteinfarbenem Honig in den Händen vor ihr. „*Guder mariye*", sagte er. „Das ist für dich."

„Guten Morgen. *Danki* für den Honig. Er ist wirklich lecker und ich nehme ihn gern für meinen Tee." Anna nahm den Krug entgegen und bedeutete Cleon hereinzukommen. „Ich habe nicht damit gerechnet, dich heute zu sehen. Musst du nicht auf der Farm helfen?"

„Nun, das Getreide ist abgeerntet und wir sind mit allem gut in der Zeit. Also habe ich beschlossen, heute nach Berlin zu fahren und Honig an meine Kunden zu liefern." Er lächelte und lehnte sich so nahe zu Anna herüber, dass sie den Minzeduft seines Mundwassers riechen konnte. „Ich dachte, du würdest vielleicht gern mitkommen, wenn du nichts Besseres zu tun hast."

Anna wies mit dem Kopf auf die Stoffe, die auf dem Tisch lagen. „Ich war gerade dabei, mit dem Umhang und der Schürze für mein Hochzeitskleid zu beginnen, aber das kann ich auch später fertig machen."

„Bist du sicher?"

„*Jah*." Anna hätte nie eine Gelegenheit versäumt, mit Cleon zusammen zu sein. „Ich räume nur schnell den Tisch frei und dann können wir los."

Als Ruth und Martha mit ihren Einkaufstüten vom Markt kamen, bemerkte Ruth, dass ein paar mehr Buggy-Pferde als sonst am Balken angebunden waren. Sie rümpfte die Nase, als der Schweißgeruch der Pferde in ihre Nase drang. Als ihr Pferd seinen Kopf herumdrehte und seinen Nachbarn beschnüffelte, fragte sie sich, was sich die Tiere wohl zu erzählen hätten, wenn sie reden könnten.

„Sag mal, ist das da drüben nicht Luke, bei diesen englischen Burschen?“ Martha zeigte auf die andere Seite des Parkplatzes, wo mehrere Wagen standen.

Ruth drehte sich um. Tatsächlich stand Luke dort mit zwei englischen Jungs, die Jeans und weiße T-Shirts trugen. Sie lehnten an einem auffälligen roten Sportwagen und waren offensichtlich in ein Gespräch vertieft.

Martha stieß Ruth mit dem Ellbogen an. „Ich möchte wissen, was Luke in der Stadt macht. Ich dachte, er würde heute für Dad arbeiten.“

Ruth nickte. „Das dachte ich auch. Vielleicht musste er etwas ausliefern und ist am Markt vorbeigefahren, um etwas zum Mittagessen zu kaufen.“

Martha öffnete die Tür des Buggys und stellte ihre Papiertüte hinten hinein. „Er scheint aber nichts in den Händen zu haben oder hast du etwas gesehen?“

„Vielleicht hat er noch nichts gekauft.“

„Wenn du zu ihm gehen und ihn begrüßen willst, warte ich hier mit dem Buggy.“

Ruth hätte beinahe den Vorschlag ihrer Schwester befolgt, doch sie und Luke waren noch nicht lange befreundet, und sie wollte nicht den Eindruck erwecken, dass sie sich ihm an den Hals warf. „Ich will sein Gespräch nicht unterbrechen.“

„Wahrscheinlich würde er dich gern seinen Freunden vorstellen, schließlich bist du seine *Aldi*.“

Ruth sah über den Parkplatz und blinzelte. „Du meinst, diese englischen Jungs sind Lukes Freunde?“

„Als Toby neulich Heidi nach Hause brachte, erwähnte er, dass Luke mit ein paar englischen Burschen herumhängen würde. Und wenn es nicht seine Freunde sind, warum unterhalten sie sich dann so angeregt?“

Ruth zuckte die Schultern. „Keine Ahnung, aber ich habe keinen von beiden je gesehen. Wenn sie Lukes Freunde wären, hätte ich ihnen doch schon begegnen oder sie zumindest in Berlin oder Umgebung sehen müssen.“

Martha zuckte ihrerseits die Schultern. „Du wirst es nie wissen, wenn du nicht zu ihm gehst und mit ihm sprichst."

Ruth zögerte einen Augenblick, doch als Luke zu ihr herübersah, fühlte sie sich gezwungen, ihn zu begrüßen. „Komm doch mit", sagte sie zu ihrer Schwester.

„Macht es dir nichts aus?"

„Überhaupt nicht. Ich wäre weniger nervös, wenn du bei mir bist."

Martha gluckste. „*Jah*, okay."

Ruth ging mit Martha auf Luke zu. „Hallo, Luke. Ich bin überrascht, dich hier zu sehen. Bist du in die Stadt gekommen, um eine Lieferung für meinen *Daed* auszuführen?"

Er schüttelte den Kopf. „Äh … nein. Ich arbeite heute nicht für ihn."

„Aber ich dachte, Dad wäre im Rückstand mit seiner Arbeit."

„Das mag sein, aber er hat gesagt, dass er mich heute nicht braucht."

„Oh, ich verstehe."

Einer der Englischen, dessen wuscheliges blondes Haar Ruth an einen Staublappen erinnerte, kicherte und stupste den anderen Burschen an, dessen schwarzes Haar so aussah, als wäre es seit Tagen nicht mehr gekämmt worden. Seine Kleider rochen nach Rauch, und sie drehte den Kopf weg, um nicht zu niesen.

Der andere Junge murmelte etwas vor sich hin, doch Ruth konnte nicht verstehen, was er sagte.

Als Luke keine Anstalten machte, sie vorzustellen, wich sie langsam zurück. „Nun, ich … äh … ich glaube, wir werden uns auf den Heimweg machen. Schön, dass wir uns gesehen haben, Luke."

„Ja. Bis bald, Ruth." Er schenkte ihrer Schwester ein schwaches Lächeln. „Bis bald, Martha."

„Ich frage mich, was mit ihm los ist", sagte Martha, als sie in den Buggy geklettert waren. „Er hat sich wirklich *kariyos* benommen, findest du nicht?"

Ruth nickte. „Ich fand auch, dass er sich seltsam verhalten hat. Vielleicht lag es daran, dass er mit diesen Englischen zusammen war und sie nicht wissen sollen, dass ich seine Freundin bin." Sie umklammerte die Falten ihres dunkelblauen Kleides. „Aber wenn ich ihm etwas bedeute, warum schämt er sich dann, ihnen von unserer Beziehung zu erzählen?"

„Luke ist der Kirche noch nicht beigetreten, und solange er noch *Rumschpringe* macht, hält er es wahrscheinlich für sein Recht, mit diesen Englischen Kontakt zu haben."

„Mit den Englischen habe ich kein Problem", murmelte Ruth. „Was mich stört, ist, dass er mich ihnen nicht vorstellen wollte. Er hat kaum zu erkennen gegeben, dass er mich überhaupt kennt, ganz davon zu schweigen, dass ich seine *Aldi* bin."

„Du solltest mit ihm darüber sprechen."

„Ja, wenn wir das nächste Mal allein sind."

„Gut. Da wir nun einmal in der Stadt sind – möchtest du noch irgendwo anders hin? Oder sollen wir nach Hause fahren?", fragte Martha, während sie die Zügel in die Hand nahm und den Buggy vom Parkplatz lenkte.

„Lass uns kurz an der Bäckerei anhalten", schlug Ruth vor. „Ich lade dich zu einem Zitronendonut ein."

Martha leckte sich die Lippen. „Mhm, das klingt gut."

Anna und Cleon fuhren im Buggy über die hügelige Straße nach Berlin. „Als wir neulich zusammen Fahrrad gefahren sind", sagte Anna, „wollte ich mit dir über etwas sprechen, doch wir wurden von Ruth und Sadie unterbrochen."

Er sah zu ihr herüber und lächelte. „Worüber wolltest du sprechen?"

Sie atmete tief durch und versuchte, ihre Nerven zu beruhigen. „Ich habe eine Tante, die aus Holmes County weggezogen und nie zurückgekommen ist."

„Welche Tante?"

„Sie heißt Rosemary, sie ist die Schwester meines Vaters."

Cleon runzelte die Stirn. „Ich habe nie gehört, dass dein *Daed* diese Schwester erwähnt hätte. Ich dachte, er hätte nur Brüder."

„Ich glaube, Dad hat dir gegenüber tatsächlich nie erwähnt, dass er eine Schwester hat. Er spricht ganz selten von Tante Rosemary – und wenn, dann nur mit Bedauern."

„Warum?"

„Man hat mir erzählt, dass sie sich in einen Englischen verliebt und vor etwa dreißig Jahren den amischen Lebensstil aufgegeben hat."

„Ich verstehe."

„In all den Jahren ist sie nicht ein einziges Mal zu Besuch gekommen und hat auch nie Kontakt mit ihrer Familie aufgenommen."

Cleon schaute geradeaus, während er das Pferd antrieb.

„Die ganze Familie meines *Daeds* wurde durch diese Geschichte verletzt – Dad am allermeisten. Ich glaube, er hat ihr nie verziehen, dass sie fortgegangen ist."

„Ich kann ihn verstehen. Es war sicherlich schwer zu akzeptieren, dass seine Schwester den amischen Glauben und Lebenswandel aufgegeben hat."

Anna spürte ein Pochen in ihren Schläfen, und sie drehte den Kopf zur Seite, damit Cleon ihre Tränen nicht sehen konnte.

Eine Weile fuhren sie schweigend weiter. Nur das stetige Klappern der Pferdehufe und hin und wieder das Geräusch eines vorbeifahrenden Autos durchbrachen die Stille. Anna hasste es, ihr Geheimnis zu hüten und Cleon nicht die Wahrheit zu sagen, doch wenn er so dachte wie ihr Dad und ihre Tante für ihre Heirat mit einem Englischen verurteilte, dann würde nichts Gutes dabei herauskommen, wenn sie ihm ihre Vergangenheit enthüllte. Womöglich würde er die Hochzeit absagen, und Anna liebte Cleon viel zu sehr, um ihre Beziehung zu gefährden. Es war das Beste, ihr schmerzliches Geheimnis weiter für sich zu behalten. Sie konnte nur hoffen, dass kein anderer ihr Geheimnis lüften würde.

Kapitel 16

Anna konnte kaum glauben, dass ihr Hochzeitstag nun endlich gekommen war. Während sie am Küchentisch saß und eine Tasse Tee trank, dachte sie noch einmal über den gestrigen Tag nach. Mehrere amische Freunde und Verwandte, von denen einige während des Hochzeitsessens bedienen würden, waren schon früh gekommen und hatten bei den Vorbereitungen geholfen. Die Sitzbänke für die Gäste wurden von überall aus der Nachbarschaft zum Haus der Hostettlers gebracht, denn sie würden für die Hochzeit mehr Sitzplätze benötigen als sonntags für den Gottesdienst. Ein Teil der Möbel wurde aus ihrem Haus getragen, um Platz zu schaffen, und in Nebengebäuden untergebracht.

Viele Helferinnen hatten die Brathähnchen, die als Hochzeitsessen serviert werden sollten, und Berge anderer Köstlichkeiten zubereitet. Tante Clara, die älteste Schwester ihrer Mutter, konnte hervorragend backen und hatte mehrere Bleche Donuts zubereitet. Andere Frauen hatten verschiedene Sorten Gebäck hergestellt, und drei riesige verzierte Torten waren in der Bäckerei, in der Ruth arbeitete, gekauft worden.

„*Guder mariye*, glückliche Braut“, sagte Ruth, als sie mit einem breiten Lächeln die Küche betrat. „Du siehst aus, als wärst du auf einem anderen Stern.“

„Guten Morgen“, erwiderte Anna. „Ich habe nur über gestern nachgedacht und über all die Hilfe, die wir für heute bekommen haben.“

„Ja, es hat alles gut geklappt.“ Ruth zog sich einen Stuhl heran und blickte ihre Schwester prüfend an. „Wie fühlst du dich heute Morgen? Bist du *naerfich*?“

„Ja, ein bisschen nervös bin ich schon“, gab Anna zu.

„Ich glaube, ich werde auch nervös sein, wenn ich eines Tages heirate.“ Ruth setzte sich neben Anna und griff nach der Teekanne auf dem Tisch. „Cleon ist ein guter Mann, und ich bin froh, dass ihr beide hier wohnen werdet, bis euer eigenes Haus fertig ist.“

Anna nickte. „Wenigstens ist unser neues Haus ganz in der Nähe, sodass es für Cleon nicht allzu schwierig ist, neben all seiner Arbeit mit den Bienen und auf Dads Farm daran weiterzubauen.“

„Man sieht, dass er dich liebt, und ihr beide werdet bestimmt eine glückliche Ehe führen.“

„Ich hoffe, dass wir so glücklich werden wie Mom und Dad in all den Jahren.“

„Ich glaube, einer der Gründe für das Gelingen ihrer Ehe ist der, dass sie in so vielen Dingen übereinstimmen.“ Ruth nahm sich eine der leeren Tassen, die neben der Teekanne standen, und goss sich Tee ein. „Mom hat mir einmal gesagt, dass neben der Liebe zum Partner die Aufrichtigkeit das Wichtigste in einer Ehe ist.“

„Aufrichtigkeit?“, wiederholte Anna, während sie spürte, wie sich ihr Magen verknotete. Jahre des Bedauerns machten ihr das Herz schwer, und eine Stimme flüsterte ihr zu, dass sie nicht würdig war, Cleon zu heiraten – nicht würdig, seine Kinder zur Welt zu bringen.

„Mom hat mir erzählt, dass sie ab dem Moment, als sie und Papa ein Liebespaar wurden, sich selbst das Versprechen gegeben hat, ihn niemals absichtlich zu belügen oder etwas vor ihm zu verbergen.“

Anna stöhnte innerlich. Sie war im Begriff, ihre Ehe mit einem Geheimnis zu beginnen, das zwischen ihr und Cleon stand – einem Geheimnis, das seine Gefühle für sie völlig verändern und auch ihre Beziehung zu ihren Eltern und Schwestern zerstören könnte.

Sie stellte ihre leere Tasse ins Spülbecken und spähte zum Küchenfenster hinaus. Es war ein eisig kalter Dezembertag, doch wenigstens lag kein Schnee. Ihr Magen verkrampfte sich, als sie sah, dass bereits mehrere Buggys im Hof standen. Auch einige ihrer englischen Freunde und Nachbarn waren gekommen – mehrere Autos und Lieferwagen parkten ebenfalls vor dem Haus. Der Bischof und einige Kirchendiener würden bald eintreffen und dann würde auch schon der Traugottesdienst beginnen.

Es war zu spät, Cleon ihr Geheimnis zu offenbaren. Das musste bis nach der Hochzeit warten, wenn überhaupt.

Anna hatte das Bedürfnis, sich abzulenken, und konzentrierte sich auf die sechs Teenager, die als „Stallknechte" bekannt waren und deren Aufgabe es war, die Pferde auszuspannen und zu versorgen. In den nächsten Stunden würden diese jungen Burschen alle Hände voll zu tun haben, und am Nachmittag würden sie sich darum kümmern, dass die Pferde ausreichend gefüttert und getränkt wurden.

„Was machst du denn hier in der Küche?", fragte Dad. Er stellte sich hinter Anna und legte ihr die Hand auf die Schulter.

„Oh, ich beobachte nur, was draußen vor sich geht."

Er gluckste. „Ja, da draußen ist einiges los. Der Bischof wird in Kürze eintreffen, also solltest du langsam nach nebenan gehen und dich fertig machen, meinst du nicht?"

Anna nickte und lächelte, obwohl sie immer noch ein nervöses Flattern in der Magengrube spürte. Sie sehnte sich danach, Cleons Frau zu werden, doch sie konnte ihre Befürchtungen und Sorgen nicht abschütteln.

„Ich bin froh, dass ihr beide in der Nähe wohnen werdet", sagte Dad. „Es wäre schwer für deine *Mamm*, wenn ihr weiter wegziehen würdet."

Anna fragte sich, ob er auf ihre *Rumschpringe*-Zeit anspielte. Sie wusste, wie sehr es ihre Eltern verletzt hatte, als sie damals nach Cincinnati gezogen war und jeglichen Kontakt abgebrochen hatte. Als sie zwei Jahre später ohne ein Wort der Erklärung nach Hause zurückgekehrt war, hatten sie keine Fragen gestellt, sondern sie mit offenen Armen aufgenommen. Seit jenem Tag hatte Anna versucht, die perfekte Tochter zu sein, immer zu Hause mitzuhelfen und die Regeln der Kirche zu befolgen.

Nun brauchte sie nur noch eine gute Ehefrau für Cleon zu sein und alles wäre in Ordnung.

Anna sah an ihrem dunkelblauen Kleid hinunter, das mit einem weißen Umhang und einer weißen Schürze geschmückt war. Sie saß steif auf ihrem Stuhl und fühlte sich zunehmend nervös. Die meisten Gäste waren bereits eingetroffen, darunter zwei weitere Kirchendiener, doch Bischof King ließ auf sich warten. Anna begann, sich Sorgen zu machen. Wenn ihm nun etwas zugestoßen war? Vielleicht hatte jemand den Bischof und seine Familie auf dem Weg hierher aufgehalten?

Ihre Gedanken richteten sich auf Gary. Würde er so tief sinken, ihre Hochzeit mit Cleon zu boykottieren? Wusste er überhaupt, dass heute ihr Hochzeitstag war? Als Reporter war es ihm womöglich gelungen, diese Information aus irgendeinem Mitglied ihrer Gemeinschaft herauszulocken.

„Ich denke, ich werde mein Pferd und meinen Buggy nehmen und sehen, wo der Bischof bleibt", sagte Diakon Byler und ging auf die Tür zu.

„Ich komme mit", sagte Mose Troyer, einer der Kirchendiener.

Anna sah zu Cleon hinüber, der aufrecht auf der anderen Seite des Raums stand – er trug ein weißes Hemd, eine schwarze Hose und eine dazu passende Weste und ein Jackett.

War er wohl genauso nervös wie sie? Hatte er geheime Gedanken wie sie? Sein Gesichtsausdruck gab nichts preis.

Wenn sie ihm von ihrer ersten Ehe und allen damit verbundenen Folgen erzählt hätte, hätte er ihr dann vergeben? Sie liebte Cleon, aber spielte es wirklich eine Rolle, dass nur sie wusste, was während ihrer *Rumschpringe*-Zeit geschehen war? Es war doch alles lange vorbei. Sollte man nicht die Vergangenheit ruhen lassen?

Anna biss ihre Zähne so fest zusammen, dass ihr Kiefer knirschte. Wenn sie doch nur aufhören könnte, ständig darüber nachzugrübeln! Sie musste sich zusammenreißen, sonst würde sie den ganzen Tag ruinieren.

Da die Hochzeit erst beginnen konnte, wenn der Bischof eingetroffen war, standen die Leute von ihren Stühlen auf. Einige Frauen gingen in die Küche, andere saßen in Grüppchen herum, und die meisten Männer gingen nach draußen, um sich die Füße zu vertreten.

Eine halbe Stunde später war der Bischof mit seiner Familie schließlich da. Ein kaputtes Wagenrad hatte ihn aufgehalten.

Anna atmete erleichtert auf. Endlich konnte die Trauung beginnen.

Die Zeremonie, die einem gewöhnlichen Sonntagsgottesdienst ähnelte, begann mit einem Lied aus dem Liederbuch der Amischen, dem *Ausbund*. Anna fühlte sich während des Liedes entspannt, doch als der Moment des Traugespräches näher rückte, das sie und Cleon mit dem Bischof und anderen Kirchendienern führen würden, wurde sie zunehmend ängstlich und nervös.

Als die Gemeinde die dritte Strophe des Liedes anstimmte, standen die Kirchendiener auf und gingen die Treppe zu einem Zimmer im zweiten Stock hinauf, das für das Traugespräch hergerichtet worden war. Anna und Cleon folgten ihnen, während ihre Begleiter – Annas Schwestern und zwei von Cleons Brüdern – mit den übrigen Hochzeitsgästen unten warteten.

Anna saß steif auf ihrem Stuhl und spielte mit einem Zipfel ihrer Schürze, als sie den Ermahnungen und Anweisungen des Bischofs für die Ehe lauschte.

Während des Traugesprächs wurden mehrere Bibeltexte zitiert und Bischof King hielt einen langen Vortrag über die Bedeutung einer guten Kommunikation in der Ehe. Er betonte auch nachdrücklich, wie wichtig Vertrauen und Respekt für ein Leben zu zweit waren. Er erinnerte das Paar daran, dass für die Angehörigen ihres Glaubens eine Scheidung nicht infrage kam, und hob hervor, wie wichtig es sei, eventuell auftretende Probleme in ihrer Ehe gemeinsam zu bewältigen.

Als Cleon und Anna kurz darauf in den unteren Raum zurückkehrten, stimmte die Gemeinde ein weiteres Lied an. Die Kirchendiener kehrten während der Schlussstrophe in den Raum zurück. Mose Troyer hielt nun eine kurze Ansprache, gefolgt von einigen Augenblicken stillen Gebets. Dann stand der Bischof auf und begann mit der Predigt.

Anna sah zu Cleon hinüber. Der lächelte sie an, was ihre Nerven beruhigte und ihr die Sicherheit gab, nach der sie sich so verzweifelt sehnte.

Schließlich forderte der Bischof Braut und Bräutigam auf, sich vor ihn hinzustellen. „Bruder", sagte Bischof King und schaute Cleon an, „willst du diese junge Frau, unsere Schwester, zur Frau nehmen, und versprichst du, sie nicht zu verlassen, bis dass der Tod euch scheide? Glaubst du, dass dies vom Herrn kommt und dass du durch Glauben und Gebete bis hierhin gekommen bist?"

Ohne Zögern lächelte Cleon Anna zu und antwortete: „*Jah.*"

Dann wandte sich der Bischof an Anna: „Willst du, Schwester, diesen jungen Mann, unseren Bruder, zum Mann nehmen, und versprichst du, ihn nicht zu verlassen, bis dass der Tod euch scheide? Glaubst du, dass dies vom Herrn kommt und dass du durch Glauben und Gebete bis hierhin gelangt bist?"

„*Jah.*"

Der Bischof wandte sich erneut an Cleon. „Da du bekannt hast, diese unsere Schwester zur Frau nehmen zu wollen: Versprichst du, ihr treu zu sein und für sie zu sorgen, wenn sie von Ungemach, Kummer, Krankheit oder Schwäche heimgesucht wird, wie es sich für einen gottesfürchtigen, christlichen Ehemann gehört?"

„*Jah.*"

Der Bischof stellte Anna dieselbe Frage und auch sie antwortete mit Ja. Dann nahm er Annas Hand und legte sie in Cleons Hand, bevor er ihre beiden Hände mit seinen eigenen umschloss. „Der Gott Abrahams, Isaaks und Jakobs sei mit euch beiden und segne euch und sei euch gnädig. Ich wünsche euch Gottes reichen Segen für einen guten Beginn, und möget ihr bis zu eurem gesegneten Ende beieinanderbleiben. Im Namen Jesu Christi, unseres Herrn, Amen."

Nach der Segnung beugten Anna, Cleon und Bischof King ihre Knie zum Gebet. Mit den Worten „Geht zusammen im Namen des Herrn. Ihr seid nun Mann und Frau" beendete der Bischof die Trauzeremonie.

Anna und Cleon kehrten zu ihren Plätzen zurück. Es folgten Segenswünsche für das Brautpaar, und der Bischof forderte die Gemeinde auf, sich hinzuknien, während er ein Gebet aus dem Gebetsbuch vorlas. Die Gemeinde stand wieder auf und ein letztes Lied beendete den Gottesdienst.

Anna atmete tief durch und blinzelte, als Tränen der Freude in ihr aufstiegen. Schon bald würde das Hochzeitsfest beginnen und damit ihr neues Leben als Mrs Schrock. Vielleicht konnte sie nun endlich ihre Vergangenheit hinter sich lassen.

Während mehrere Männer die Tische für das Hochzeitsmahl aufstellten, dachte Cleon darüber nach, mit welch einem ernsten Gesichtsausdruck seine Braut während des Ehegelübdes auf die traditionellen Fragen des Bischofs geantwortet hatte. Anna hatte das Gelübde sehr ernst genommen, und für ihn war das die Bestätigung dafür, dass zwischen ihnen alles so war, wie es sein sollte.

Als alle Tische aufgestellt und gedeckt waren, setzte ein ununterbrochener Strom von Speisen ein, die von der behelfsmäßig im Keller eingerichteten Küche in das Wohnzimmer und die Küche transportiert wurden, wo die Gäste saßen. Das Essen begann mit dem Hauptgang aus Grillhähnchen, *Bread Filling* und Stampfkartoffeln. Außerdem wurden Rahmsellerie – ein traditionelles Hochzeitsgericht – und Krautsalat serviert, danach Apfelmus, Pasteten, Donuts, Obstsalat, Pudding, Brot, Butter, Götterspeise und Kaffee.

Als das Brautpaar Platz genommen hatte, machte Anna ihren Mann auf die Selleriestauden aufmerksam, die so auf den Tischen arrangiert waren, dass sie wie Blumengestecke aussahen. Mehrere Blumengebinde, die Ruth hergestellt hatte, schmückten ebenfalls die Tische.

„Alles ist wunderschön", sagte Cleon und lehnte sich zu seiner Frau hinüber. „Du und deine Familie, ihr habt euch wirklich Mühe gegeben, alles für unseren besonderen Tag herzurichten."

„Deine *Mamm* und deine Schwester haben die Kerzen auch sehr schön arrangiert." Anna berührte die Tischdecke, die den traditionellen Ecktisch schmückte, an dem das Brautpaar saß. „Diese Decke stammt aus meiner Aussteuertruhe und zwei der drei Hochzeitstorten wurden von Freunden beigesteuert."

Er lächelte und leckte sich über die Lippen. „Sie sehen wirklich köstlich aus."

„Der aufwändigste Kuchen stammt aus der Bäckerei, in der Ruth arbeitet", sagte sie. „Hast du gesehen, was darauf geschrieben steht?"

Cleon las die Worte laut vor. „*Bescht winsche* – Beste Wünsche für Anna Cleon." Er nahm ihre Hand und drückte sie sanft. „Ich hoffe, dass wir immer so glücklich sein werden wie in diesem Moment."

Tränen brannten in ihren Augen. „*Jah*, das hoffe ich auch."

Kapitel 17

Anna konnte kaum glauben, dass sie und Cleon nun schon seit mehr als zwei Monaten verheiratet waren. Während sie an einem Samstagnachmittag vor dem Spülbecken stand und Kartoffeln für den Eintopf schälte, den sie für das Abendessen vorbereitete, dachte sie darüber nach, wie sich die Dinge seit ihrem Hochzeitstag entwickelt hatten. Sie und Cleon genossen das

Eheleben und kamen gut im Haus ihrer Familie zurecht, doch Anna freute sich bereits auf den Tag, an dem ihr eigenes Haus fertig war und sie dort einziehen konnten.

Im Dezember und Januar hatte es mehrere Tage lang geschneit, und Cleon hatte sich dann und wann eine kleine Pause von seinen Honiglieferungen und seiner Arbeit an dem Haus gegönnt, um mit Anna auszuspannen. Sie hatten im Schnee getobt, waren Schlitten gefahren, hatten am Kamin gesessen und heiße Schokolade geschlürft und mit der restlichen Familie Gesellschaftsspiele gespielt.

Anna war glücklicher, als sie je zu träumen gewagt hätte, und sie war dankbar, dass ihre Familie keine weiteren Angriffe mehr erlebt hatte. Sie war sicher, dass es daran lag, dass Gary Walker aus Holmes County fortgegangen war. Esther hatte ihr erzählt, dass Gary in das Restaurant gekommen war, in dem Anna gearbeitet hatte. Er hatte Esther mitgeteilt, dass er auf dem Weg nach Lancaster County, Pennsylvania, war, um Artikel über die dort lebenden Amischen zu schreiben. Anna hoffte inständig, dass Gary nie wieder einen Fuß in diese Gegend setzen würde.

Wenn jetzt noch ihr Haus fertig wurde, wäre alles nahezu perfekt. Es machte Anna zwar nicht wirklich etwas aus, mit ihrer Familie zusammenzuleben, aber es war doch nicht mit einem eigenen Haushalt zu vergleichen. Anna wartete ungeduldig darauf, ihre Hochzeitsgeschenke und die Sachen, die in ihrer Aussteuertruhe lagen, in ihrem neuen Heim zum Einsatz zu bringen. Cleon hatte vor einigen Tagen gesagt, er hoffe, dass das Haus innerhalb weniger Monate fertig wäre, doch er hatte in letzter Zeit immer mehr mit seinen Honiglieferungen zu tun, sodass entsprechend weniger Zeit für die Arbeiten an ihrem eigenen Heim blieb.

Anna hätte liebend gern selbst mit Hand angelegt, denn sie hatte ihren Job im Restaurant nach der Hochzeit aufgegeben. Sie kannte sich jedoch nicht besonders gut mit handwerklichen Dingen aus, und Cleon hatte ihr außerdem unmissverständlich zu verstehen gegeben, dass der Bau des Hauses seine Aufgabe war. Sie musste also Geduld haben. Aber die Tatsache, dass er beim Bau von den anderen Familienmitgliedern tatkräftig unterstützt wurde, darunter auch von Annas Vater, machte sie zuversichtlich, dass ihre eigenen vier Wände bald fertig sein würden.

Sie spähte zum Küchenfenster hinaus und stellte fest, dass der Himmel trostlos und grau aussah. Zudem war die Temperatur kräftig gesunken, sodass sie mit weiterem Schneefall rechnen mussten.

Anna war gerade mit dem Kartoffelschälen fertig, als sie ein Klopfen an der Haustür hörte. *Wie seltsam. Kaum jemand, den wir kennen, benutzt die Vordertür.*

Sie ging aus der Küche hinaus durch den Flur und öffnete die Haustür. Ein groß gewachsener Mann mittleren Alters mit einer dunkelgrünen Jacke und Ohrenschützern stand auf der Veranda. Er hielt ein kleines Mädchen an der Hand, dessen dunkelbraunes Haar zu einem Pferdeschwanz gebunden war. Die Kleine trug Jeans und eine bauschige, pinkfarbene Jacke mit Kapuze. Sie sah Anna mit ihren hellblauen Augen fragend an.

„Kann ich Ihnen helfen?“, fragte Anna. Sie nahm an, der Mann wolle nach dem Weg fragen, wie es gelegentlich englische Touristen taten.

Er räusperte sich. Sekunden verstrichen, in denen sie sich wortlos ansahen. „Anna Davis?“

Ihr Mund wurde trocken. Sie sah sich um und war erleichtert, als sie niemanden in der Nähe sehen konnte. Man hatte sie nicht mehr mit diesem Namen angesprochen, seit …

„Ist dies das Haus der Familie Hostettler?“

Sie konnte nur wortlos nicken. Wer war dieser Mann und woher kannte er ihren Namen aus erster Ehe?

„Sind Sie Anna?“

Sie nickte erneut und betrachtete ihn genauer. Möglicherweise waren sie sich schon einmal begegnet, aber sie war sich nicht sicher. War er vielleicht einer ihrer ehemaligen Kunden in dem Restaurant, in dem sie gearbeitet hatte, oder der Inhaber eines englischen Ladens in der Stadt? Doch woher kannte er ihren früheren Namen?

Anna schaute erneut auf das kleine Mädchen. Sie war sich sicher, die Kleine nie zuvor gesehen zu haben, aber irgendwie kam sie ihr trotzdem vertraut vor. „Sind … sind wir uns schon einmal begegnet?“, fragte sie, wobei sie erneut den Mann ansah.

Er nickte. „Ein einziges Mal – bei der Beerdigung meines Sohnes.“

Annas Herz klopfte so heftig in ihrer Brust, dass sie sich gegen den Türpfosten lehnen musste. Der Mann war Erics Vater, Carl Davis. Sie sah auf das kleine Mädchen an seiner Seite und spürte, wie sie eine Gänsehaut bekam.

„Dies ist Ihre Tochter.“ Carl berührte die Schulter des Kindes. „Grace, das ist deine Mutter. Wie ich dir erklärt habe, wirst du ab jetzt bei ihr leben.“

Anna hatte das Gefühl, gleich ohnmächtig zu werden.

Sie lehnte sich schwer gegen die Tür und wusste nicht, was sie sagen oder tun sollte. Nur gut, dass ihr langer Rock ihre Knie verbarg, denn sie zitterten so heftig, dass sie sich kaum aufrecht halten konnte. Sie hätte nie damit gerechnet, Grace jemals wiederzusehen, und schon gar nicht auf ihrer Türschwelle.

„Wie haben Sie mich gefunden? Wo waren Sie all die Jahre? Warum sind Sie jetzt hier?“ Annas Kopf dröhnte vor lauter Fragen. Sie wusste kaum, wo sie beginnen sollte.

„Können wir hereinkommen?“ Carl wies auf Grace. „Sie ist müde von der langen Reise und es ist kalt draußen.“

„Ja, natürlich.“ Anna hielt ihnen die Tür auf und führte sie mit zitternden Knien ins Wohnzimmer.

Carl nahm seine Ohrenschützer ab und setzte sich aufs Sofa. Er nahm Grace auf den Schoß. Anna setzte sich in den Schaukelstuhl ihnen gegenüber. Sie spürte den tiefen Wunsch in sich, das kleine Mädchen in die Arme zu nehmen und ihr süßes Gesicht zu küssen. Doch Grace sah völlig verwirrt aus, und sie wollte sie daher nicht noch mehr erschrecken oder durcheinanderbringen.

„Bevor ich Ihre Fragen beantworte“, sagte Carl, wobei er Grace die Jacke auszog und das Mädchen dann zu sich herumdrehte, sodass sie ihren Kopf an seine Brust lehnen konnte, „muss ich ein paar Dinge erklären.“

Anna nickte. Sie konnte die Augen keinen Moment lang von Grace abwenden – diesem kostbaren kleinen Mädchen, das sie vor vier Jahren hatte zurücklassen müssen.

„Als Eric Sie heiratete, ohne uns zur Hochzeit einzuladen, war meine Frau am Boden zerstört.“

„Wo ist Bonnie?“

„Dazu komme ich gleich.“ Carl lehnte sich zur Seite und legte Grace auf das Sofa. Ihre geschlossenen Augen und ihr gleichmäßiger Atem verrieten Anna, dass sie eingeschlafen war. „Als Eric schließlich anrief und uns mitteilte, dass er nach Cincinnati gezogen war und geheiratet hatte, bestand Bonnie darauf, dass er ihr alles erzählte, was er über Sie wusste – woher Sie kamen, wo Sie aufgewachsen waren und warum Sie ihn dazu gebracht haben, mit ihm durchzubrennen und uns von der Hochzeit auszuschließen.“

„Aber … aber ich habe ihn nicht dazu gebracht“, stotterte Anna. „Es war Erics Idee durchzubrennen und meine Eltern wurden auch nicht zur Hochzeit eingeladen.“ Sie starrte auf ihre Hände, die fest verschlungen in ihrem Schoß lagen. „Meine Familie weiß nicht, dass ich mit Ihrem Sohn verheiratet war und dass wir …“ Sie brach ab. „Erzählen Sie erst weiter.“

„Eric erzählte uns kurz nach Ihrer Hochzeit, dass Sie im amischen Glauben erzogen wurden und in Holmes County, zwischen Berlin und Charm, gelebt hatten. Er erwähnte auch Ihren Nachnamen Hostettler und dass Sie Ihren Glauben aufgegeben hätten, um ihn zu heiraten.“

„Ich war damals noch nicht getauft und auch nicht Mitglied der Gemeinde.“

„Ich verstehe. Nun, da ich Ihren Familiennamen und Ihren ungefähren Wohnort kannte, ist es mir gelungen, Sie ausfindig zu machen.“

Anna spürte einen Kloß in der Kehle. „Ich habe versucht, mit Ihnen Kontakt aufzunehmen, nachdem Sie mit Grace fortgegangen sind, aber Ihr Telefon war abgemeldet. Ich habe auch mehrere Briefe geschrieben, aber sie sind alle mit dem Vermerk ‚Unbekannt verzogen' zurückgekommen."

„Bonnie fand, es sei besser, wenn Sie keinen Kontakt zu Grace hätten." Carl rutschte auf dem Sofa herum. „Wir zogen deshalb von Michigan nach Nevada, wo wir ein paar Freunde hatten, und hinterließen keine Folgeadresse."

„Und warum sind Sie jetzt hier, nachdem Sie mich viereinhalb Jahre völlig ignoriert haben?"

„Bonnie ist ein paar Tage nach Weihnachten an einem Herzinfarkt gestorben."

„Das … das tut mir leid." Anna hatte Erics Familie bei der Beerdigung kennengelernt und eine spontane Abneigung gegen seine Mutter verspürt, doch es war trotzdem keine erfreuliche Nachricht für sie, dass diese Frau nun tot war.

„Ich habe selbst in letzter Zeit mit gesundheitlichen Problemen zu kämpfen, und mir ist klar geworden, dass ich mich nicht allein um Grace kümmern kann." Carl fuhr sich mit der Zunge über die Lippe und verzog das Gesicht. „Sie sollen wissen, dass ich kein gutes Gefühl dabei hatte, Ihnen das Baby wegzunehmen. Es war Bonnies Idee. Sie meinte, wir könnten Grace ein besseres Zuhause bieten."

Das ist zu wenig und zu spät. Warum haben Sie sich nicht damals gegen Ihre Frau durchgesetzt? Warum haben Sie mich nicht finanziell unterstützt, statt mir mein Kind wegzunehmen?

Anna massierte mit den Fingerspitzen ihre Schläfen. „Ich war so jung … und ich wusste, dass ich nicht ohne Hilfe für das Baby sorgen konnte. Ich war in Trauer um meinen Mann, und ich wusste damals einfach nicht, was für Grace und mich das Beste war." Sie hielt inne und atmete tief durch, um ihre Nerven zu beruhigen. „Ich wollte mein kleines Mädchen mitnehmen und nach Hause zurückkehren, aber ich hatte Angst, dass meine Familie mich verstoßen würde."

Erics Vater öffnete den Mund, als ob er etwas erwidern wollte, doch sie sprach schnell weiter. „Seit dem Tag, an dem Sie mit Grace fortgingen, habe ich Schuldgefühle, weil ich meine Tochter nicht selbst aufziehe und weil ich nicht den Mut hatte, meiner Familie von meiner Ehe und meinem Baby zu erzählen. Ich schämte mich, ihnen gegenüber einzugestehen, dass ich meine Rechte als Mutter aufgegeben habe, und da ich dachte, ich würde Grace nie wiedersehen, habe ich beschlossen, niemandem von meiner Ehe und meinem Kind zu erzählen."

Er sah sich im Zimmer um. „Wo ist Ihre Familie jetzt?"

„Mein Vater arbeitet in seiner Tischlerei, Mom besucht eine Freundin und meine beiden Schwestern sind in der Stadt zum Einkaufen."

Carl beugte sich vor. „Wie ich schon sagte, kann ich mich nicht mehr um Grace kümmern, deshalb habe ich sie hierhergebracht. Sie sind ihre Mutter und hätten sich in den letzten vier Jahren um sie kümmern sollen, nicht ich und meine Frau."

Anna schloss die Augen, als die Erinnerung an Erics Beerdigung und alles, was danach passiert war, in ihr hochstieg. Es war damals schon schlimm genug gewesen, mit Erics Tod fertig zu werden, doch als seine Eltern zur Beerdigung erschienen und Grace mitnahmen, war Annas Welt regelrecht in sich zusammengebrochen.

Sie erinnerte sich daran, wie Bonnie darauf gedrängt hatte, Grace ihr und ihrem Mann zu überlassen, weil sie dem Kind angeblich ein besseres Leben bieten konnten als Anna. Als Anna sich weigerte, drohte Bonnie, einen Anwalt einzuschalten, weil sie beweisen wollte, dass Anna als Mutter untauglich wäre und nicht zufriedenstellend für das Kind sorgen könnte. Bonnie und Carl versprachen ihr, dass sie Grace so oft besuchen könnte, wie sie wollte. Doch dazu war es nie gekommen, weil Erics Eltern umgezogen waren, und Anna hatte schließlich jede Hoffnung aufgegeben, ihre Tochter je wiederzusehen.

Mit einem Mal traf Anna die Realität der Situation mit ganzer Wucht. Erics Vater bot ihr nun die Möglichkeit, Grace aufzuziehen – genau das zu tun, was sie von Anfang an hätte tun sollen. Doch das Kind kannte Anna nicht und es würde für sie beide nicht einfach werden. Dazu kam, dass Anna nun das Geheimnis lüften musste, das sie so sorgfältig vor ihrer Familie und vor Cleon verborgen hatte. Wie würden sie wohl auf diese Nachricht reagieren?

Anna stand auf und kniete sich vor das Sofa auf den Boden. Sie streckte die Hand aus, um die gerötete Wange ihrer Tochter zu streicheln. „Oh, Grace. Ich habe dich nie vergessen." Sie schluchzte. „Ich habe auch nie aufgehört, dich zu lieben."

Carl räusperte sich. „Sind Sie bereit, Grace zu nehmen? Ansonsten müsste ich andere Vorkehrungen treffen."

Andere Vorkehrungen? Anna hatte Grace einmal losgelassen, und allein der Gedanke, sie erneut zu verlieren, war ihr unerträglich. Ungeachtet der möglichen Reaktion ihrer Familie wusste sie, was sie zu tun hatte. „Ich glaube, Gott gibt mir eine zweite Chance", murmelte sie.

„Heißt das, Grace kann bleiben?"

Sie nickte. „Ich werde sie nie wieder gehen lassen."

„Das hatte ich gehofft." Carl stand auf. „Ich habe ein paar von Graces Wintersachen eingepackt, ihr Koffer ist in meinem Mietwagen. Ich hole ihre Sachen und fahre weg, bevor sie aufwacht." Er blickte lächelnd auf seine Enkeltochter herab und Tränen stiegen ihm in die Augen. „Es ist besser so."

Anna wollte aufstehen, doch er bedeutete ihr, sitzen zu bleiben. „Ich finde allein nach draußen. Ich hole nur schnell ihren Koffer und dann fahre ich sofort zum Flughafen."

Während der folgenden Stunde saß Anna auf dem Boden vor dem Sofa und betrachtete ihre schlafende Tochter, voller Dank, dass Gott ihr die Chance gab, wieder mit ihrem Kind vereint zu sein.

Als die Hintertür ins Schloss fiel, sprang Anna auf. Sie hörte die unverkennbaren Schritte ihres Vaters in der Küche und verkrampfte sich innerlich. Nun würde ihr Geheimnis gelüftet werden. Sie konnte die Wahrheit nicht mehr verstecken.

Kapitel 18

„Ist jemand zu Hause?“, rief Dad.

Annas Herz setzte einen Moment lang aus. Sie durfte nicht zulassen, dass ihr Vater Grace zu Gesicht bekam, ohne dass sie ihm vorher alles erklärt hatte. Die Schuldgefühle legten sich wie ein Netz um sie, aus dem sie sich nicht befreien konnte. Wenn sie doch nur die Vergangenheit ungeschehen machen könnte! Wie sehr wünschte sie nun, sie hätte ihrer Familie nicht die Wahrheit verschwiegen.

„Anna, bist du da?“

Sie sprang auf, lief aus dem Zimmer und stieß im Flur vor der Küchentür mit ihm zusammen.

„Ich dachte mir, dass du hier bist, aber ich weiß nicht, ob deine *Mamm* und deine Schwestern schon zu Hause sind“, sagte Dad.

„Nein, und ich rechne auch nicht vor dem Abendessen mit ihnen.“ Anna ergriff seinen Arm. „Dad, wir müssen miteinander reden.“

„Gern, ich habe Zeit für eine kleine Pause. Ich wollte nur schnell noch meine Thermoskanne auffüllen.“ Er nickte in Richtung Wohnzimmer. „Sollen wir uns dorthin setzen?“

Sie schüttelte den Kopf und unterdrückte mühsam die aufkommende Panik. „Lass uns in die Küche gehen. Ich mache dir ein Glas Ziegenmilch fertig und wir können uns an den Tisch setzen.“

„Klingt gut.“

Anna folgte ihrem Vater durch den Flur. In der Küche angekommen, zog er seinen Stuhl von der Stirnseite des Tisches weg und setzte sich. Er streckte die Arme über seinen Kopf. „Mir war bis jetzt gar nicht bewusst, wie müde ich bin. Ich habe in letzter Zeit zu viele Überstunden gemacht.“

Anna nahm zwei Gläser vom Regal und goss Milch ein.

Als sie ihrem Vater das Glas reichte, runzelte er die Stirn.

„Deine Hände zittern ja. Ist irgendetwas nicht in Ordnung? Ich hoffe, es hat nicht schon wieder einen Einbruch gegeben?“

Sie schüttelte den Kopf und ließ sich auf den Stuhl fallen. „Wir hatten vorhin einen Besucher hier – einen Englischen mit einem kleinen Mädchen.“

Er trank einen Schluck und wischte seinen Mund mit dem Handrücken ab. „Oh. Kamen sie mit dem Wagen?“

„Ja.“

„Ich wundere mich, dass ich nichts gehört habe. Andererseits säge und hämmere ich die meiste Zeit, sodass ich kaum hören kann, was draußen vor sich geht.“ Er nahm erneut einen Schluck. „Wer waren die englischen Besucher?“

Annas Kehle fühlte sich so trocken und geschwollen an, dass sie kaum schlucken konnte. Sie nippte an ihrer Milch und hustete heftig, als die kühle Flüssigkeit in die Luftröhre gelangte.

„Geht es wieder?“ Dad sprang auf und klopfte ihr auf den Rücken.

Sie hustete und spuckte und hatte sich schließlich wieder so weit unter Kontrolle, dass sie sprechen konnte. „Es … es gibt da etwas, was ich dir sagen muss.“

„Was ist los, Anna? Dein Gesicht ist so weiß wie die Milch.“

„Du solltest dich besser wieder hinsetzen. Was ich dir zu sagen habe, dürfte ein ziemlicher Schock für dich sein.“

„Du machst mir Angst, Anna.“ Er ließ sich langsam auf den Stuhl sinken und stöhnte. „Ist deiner Mutter oder einer deiner Schwestern etwas zugestoßen?“

Sie schüttelte den Kopf. Tränen verschleierten ihren Blick. „Der Mann, der vorhin hier war, heißt Carl Davis. Als ich bei den Englischen lebte, habe ich seinen Sohn Eric geheiratet.“

Dad bewegte sich nicht und starrte Anna mit einem seltsamen Blick an. „Soll das ein Scherz sein? Du bist mit Cleon verheiratet, erinnerst du dich?”

„Es ist kein Scherz. Eric wurde bei einem Autounfall getötet und ich kehrte kurz nach seiner Beerdigung nach Holmes County zurück.“

Romans Augenbrauen zogen sich zusammen und verschwanden beinahe in den Falten seiner Stirn. „Weiß Cleon davon?"

Sie schüttelte den Kopf.

„Warum hast du bis heute nichts gesagt?"

Anna schnappte nach Luft. „Ich hatte Angst, du würdest es nicht verstehen."

Er öffnete den Mund, um etwas zu erwidern, doch sie hob die Hand, um ihn daran zu hindern. „Es gibt noch mehr zu sagen. Ich trage seit viereinhalb Jahren noch ein anderes Geheimnis mit mir herum."

Annas Vater sah sie durchdringend an.

Sie blickte zur Tür, die in den Flur führte. „In unserem Wohnzimmer schläft ein kleines Mädchen auf dem Sofa. Sie heißt Grace und sie … sie ist meine Tochter."

Dads Mund blieb offen stehen und seine Augen verengten sich zu Schlitzen. „Deine was?"

„Grace ist meine kleine Tochter. Sie war erst sechs Monate alt, als ihr Vater starb. Erics Eltern haben mir die Kleine weggenommen und sind fortgezogen." Sie hielt sich krampfhaft an der Tischkante fest. „Ich konnte sie weder per Telefon noch per E-Mail erreichen, und schließlich wurde mir klar, dass ich zu meiner Familie zurückkehren musste und nicht länger allein in der englischen Welt leben konnte."

Alle Farbe wich aus dem Gesicht ihres Vaters und er schüttelte langsam den Kopf.

„Ich weiß, dass es falsch war, dies alles vor dir und Mom geheim zu halten." Anna berührte seinen Arm. „Ich habe mich so dafür geschämt, dass ich mein Baby im Stich gelassen hatte, und ich dachte, ich würde Grace nie mehr wiedersehen, und ich –"

„Du bist genau wie deine Tante Rosemary, weißt du das?" Dad schlug mit der Faust auf einen Stapel Servietten, die auf dem Tisch lagen. „Wie konntest du so etwas tun, Anna? Es ist schon schlimm genug, dass du fortgelaufen bist und einen Englischen geheiratet hast, aber wie konntest du nur dein eigen Fleisch und Blut im Stich lassen?"

„Ich … ich wollte das nicht, aber Erics Mutter war so gemein und hartnäckig. Sie war nicht von ihrer Meinung abzubringen, dass es Grace bei ihnen besser gehen würde, und sie hat damit gedroht, einen Anwalt einzuschalten, um zu beweisen, dass ich nicht in der Lage wäre, Grace selbst aufzuziehen."

„Und, warst du wirklich nicht dazu in der Lage?"

Ihre Blicke trafen sich und seine Frage brachte sie beinahe vollends aus der Fassung. „Ich war so jung, und ich hatte nie eine andere Arbeit getan, als in einem Restaurant zu bedienen. Ich wusste, dass ich nicht genug verdienen würde, um Grace und mich über Wasser zu halten, und ich dachte …"

„Du hättest hierherkommen und uns um Hilfe bitten können. Dir muss doch klar gewesen sein, dass wir dich und deine Tochter niemals im Stich gelassen hätte. Wenn Rosemary nach Hause gekommen wäre, hätten wir sie auch willkommen geheißen."

Nach dieser scharfen Zurechtweisung ihres Vaters herrschte Schweigen im Raum, und die Tränen, die Anna so lange mühsam unterdrückt hatte, liefen nun ungehindert über ihre Wangen. Sie konnte nicht verstehen, warum ihr Vater dem unbekannten Einbrecher vergeben konnte, aber nicht bereit war, seiner eigenen Schwester und seiner Tochter zu verzeihen. „Du hast allen Grund, wütend auf mich zu sein", sagte sie schluchzend. „Aber niemand könnte mir mehr Vorwürfe machen als ich selbst."

Ihr Vater starrte weiter vor sich hin und Anna sah sich genötigt weiterzusprechen.

„Erics Mutter ist gestorben, und seinem Vater geht es auch nicht sehr gut, also brachte Carl Grace zu mir und bat mich, sie großzuziehen."

Dad riss die Augen auf und trommelte mit den Fingern auf den Tisch. „Wo ist dieser Mann jetzt?"

„Er fuhr weg, als Grace eingeschlafen war. Er meinte, es wäre besser so."

„Ich verstehe."

„Möchtest … möchtest du deine Enkelin sehen?"

Er schüttelte den Kopf. „Ich brauche Zeit, um über alles nachzudenken. Ich muss erst mal verarbeiten, dass du deine *Mamm* und deinen *Daed* die ganze Zeit belogen hast – und ich will versuchen zu verstehen, warum du in die Fußstapfen deiner Tante getreten bist."

„Ich weiß, dass es falsch war, euch die Wahrheit zu verschweigen, aber ich …" Anna biss sich auf die Lippe, um den Tränen Einhalt zu gebieten, und schob ihren Stuhl vom Tisch zurück. Sie wollte nur noch Grace in die Arme nehmen und ihr versprechen, sie niemals wieder allein zu lassen.

Anna lief aus der Küche und eilte ins Wohnzimmer. Sie ließ sich auf den Boden vor dem Sofa sinken, auf dem ihre Tochter immer noch friedlich schlief. Ihr Herz hämmerte vor Wut und Reue. *Nie hätte ich zulassen dürfen, dass Erics Eltern mir mein Kind wegnehmen, egal, womit sie mir drohten. Ich hätte unsere Sachen packen und mein Baby mit mir hierherbringen sollen, ohne über die Folgen nachzudenken. Alles wäre besser gelaufen, wenn ich Mom und Dad gleich die Wahrheit gesagt hätte. Und ich hätte auch Cleon von Eric und Grace erzählen sollen.*

Erneut musste sie schluchzen. All ihr Bedauern würde nichts ändern – sie musste einen Weg finden, mit der neuen Situation fertig zu werden. Wenn ihr Vater doch nur ein wenig Verständnis gezeigt oder sie unterstützt hätte, anstatt sie mit Tante Rosemary zu vergleichen, die Anna nie kennengelernt hatte. Würde Cleon genauso reagieren, wenn sie ihm die Wahrheit erzählte?

Sie blickte zur Tür, die in den Flur führte. Sollte sie in die Küche zurückkehren und mit ihrem Vater reden? Wäre es sinnvoll, ihm die Dinge noch einmal besser zu erklären?

Grace regte sich und Anna hielt den Atem an. Sie ahnte, dass ihre kleine Tochter gleich aufwachen würde.

Mit einem Mal setzte sich das Kind auf, jammerte und schaute sich um. „Opi? Wo ist Opi?", fragte es mit dünner, piepsiger Stimme.

Anna suchte nach Worten, die der Wahrheit entsprachen.

„Dein Großvater ist nach Hause gefahren, aber ich bin sicher, er wird irgendwann zurückkommen, um dich zu besuchen."

Graces Augen wurden immer größer. „Opi ist ohne mich weggefahren?"

Anna nickte. „Er möchte, dass du ab jetzt bei mir lebst, weil er sich nicht mehr richtig um dich kümmern kann." Sie rückte näher an das Kind heran und streckte ihm die Hand entgegen. „Ich bin deine Mutter. Dein Großvater hat gesagt, dass er dir von mir erzählt hat."

Grace krabbelte vom Sofa und rannte zur Haustür. „Komm zurück, Poppy! Komm zurück!"

Anna eilte hinter ihrer Tochter her und nahm sie in die Arme. „Es wird alles gut. Bei mir bist du in Sicherheit."

Roman saß am Küchentisch und versuchte, das Gehörte zu verarbeiten. Er fühlte sich betrogen und konnte nicht verstehen, warum Anna aus alledem so ein Geheimnis gemacht hatte – aus ihrer ersten Ehe, dem Baby und der Tatsache, dass sie ihr Kind anderen Leuten überlassen hatte. Er war nun ein *Grossdaadi* und seine *Grossdochder* schlief im Wohnzimmer nebenan.

Seine Schultern sackten nach vorn und sein Kopf sank in seine Hände. Diese Nachrichten würden seine gesamte Familie verändern. Und wie stand es mit Annas Ehemann? Wie würde Cleon mit alldem umgehen?

Seine Gedanken mündeten in ein stilles Gebet. *Lieber Gott, haben wir mit den Einbrüchen in den letzten Monaten nicht schon genug durchgemacht? Müssen wir nun auch noch mit der Scham fertig werden, von unserer Tochter hintergangen worden zu sein?*

Die Hintertür wurde geöffnet und wieder geschlossen. Das Geräusch unterbrach Romans Gebet. Er hob den Kopf und ein paar Sekunden später sah er seine Frau in die Küche kommen.

„Wie geht's?", fragte Judith mit einem freundlichen Lächeln.

Er stöhnte. „Mir geht es nicht besonders gut. Eigentlich verlief mein Tag ganz gut, bis ich nach Hause kam."

Judith blieb erschrocken stehen. „Hat es wieder einen Einbruch gegeben?"

„Nein, keinen Einbruch. Aber wir haben ein anderes Problem."

„Was ist los? Du siehst so *uffriehrisch* aus."

„Ich bin völlig durcheinander und du solltest dich besser auch hinsetzen." Er wies auf den Stuhl, der ihm gegenüber stand. „Was ich dir zu sagen habe, ist ziemlich *schauderhaft*."

Judith ließ sich auf den Stuhl fallen, ihre Augen waren voller Fragen. „Du machst mir Angst. Bitte sag mir, was dich so aufgebracht hat."

„Wir haben eine *Grossdochder*."

Judith blinzelte, während sie die Worte ihres Mannes zu verdauen versuchte. „Ist Anna schwanger? Ist es das, was du mir sagen willst?"

Er schüttelte den Kopf. „Ich spreche nicht über eine Enkeltochter, die wir vielleicht eines Tages haben werden. Ich spreche über eine, die wir bereits haben."

Judith runzelte die Stirn. „Was sagst du da, Roman? Wir haben doch noch keine Enkelkinder."

„Oh doch, wir haben eines. Das Kind schläft nebenan auf der Wohnzimmercouch."

Judiths Anspannung ließ nach und sie kniff ihren Mann in den Arm. „Du hast schon immer gern Witze gemacht, nicht wahr?"

Sein Gesicht verfinsterte sich, als er sich nach vorn beugte. „Ich mache keinen Witz. In unserem Wohnzimmer ist wirklich ein kleines Mädchen und es ist Annas Tochter."

Judith saß steif auf ihrem Stuhl, ihr Mund stand offen. „Was?"

„Es ist die Wahrheit. Anna war während ihrer Zeit bei den Englischen verheiratet und hat dort ein kleines Mädchen zur Welt gebracht."

„Aber wie ist das möglich?"

„Sie war verheiratet und …"

Judith hob die Hand. „Das macht keinen Sinn, Roman. Wenn Anna schon verheiratet ist, wie konnte sie dann Cleon heiraten?"

„Ihr erster Mann ist tot. Anna sagt, er sei bei einem Verkehrsunfall ums Leben gekommen." Roman strich sich über die Haare und zog eine Grimasse. „Die Eltern ihres Mannes haben dann auf seiner Beerdigung Annas Baby mitgenommen, um es aufzuziehen."

Als Judith versuchte, diese Informationen zu begreifen, begann ihr Kopf zu pochen. In den letzten viereinhalb Jahren hatte Anna nie etwas davon verlauten lassen, dass sie verheiratet gewesen war – und dass sie ein Kind zur Welt gebracht hatte. „Warum sollte sie so etwas tun, Roman? Warum sollte unsere Tochter akzeptieren, dass jemand anderes ihr Kind aufzieht?"

Er zuckte die Schultern. „Sie sagt, sie sei jung und verängstigt gewesen und habe sich nicht imstande gefühlt, allein für das Kind zu sorgen."

„Sie hätte doch nach Hause kommen können und wir hätten ihr geholfen."

Roman umklammerte die Tischkante so fest, dass seine Knöchel weiß wurden. „Anna sagt, sie hatte Angst davor, dass wir sie nicht verstehen würden." Er schüttelte langsam den Kopf. „Sie hat recht – ich verstehe sie nicht. Ich glaube, sie hat die Gene meiner Schwester geerbt."

„Was redest du da?"

„Als Anna mir die Geschichte erzählte, kam der ganze Schmerz wieder hoch, den meine Familie durchgemacht hat, als meine Schwester unseren Glauben aufgeben hat. Rosemary hat alles noch schlimmer gemacht, indem sie dann einen Englischen heiratete, der sie endgültig von ihrer Familie entfremdete." Er schloss die Augen. „Meiner *Mamm* hat das beinahe das Herz gebrochen."

Judith starrte auf einen Fleck auf der Tischdecke und bemühte sich um eine einigermaßen feste Stimme. „Du kannst das, was unsere Tochter getan hat, nicht mit dem Verhalten deiner Schwester vergleichen. Rosemary hat ihr Zuhause verlassen und ist nie wieder zurückgekehrt und hat auch keinen Versuch unternommen, Verbindung zu ihrer Familie aufzunehmen oder sie zu besuchen." Sie schluckte mehrmals. „Anna ist wenigstens nach Hause gekommen und hat sich der Gemeinde angeschlossen und ..."

Roman riss die Augen auf und schlug heftig mit der Faust auf den Tisch, wobei er fast zwei Gläser vom Tisch gestoßen hätte. „Sie hat uns die ganze Zeit angelogen, Judith! Unsere Tochter hat ihre Ehe mit einem Englischen und ihre Mutterschaft geheim gehalten, und ich bezweifle, dass Anna uns jemals die Wahrheit gesagt hätte, wenn ihr Schwiegervater nicht aufgetaucht wäre und ihre Tochter gebracht hätte."

„Ist ... ist der Mann noch da?"

Er schüttelte den Kopf. „Anna sagt, dass er weggefahren sei, als das kleine Mädchen auf dem Sofa eingeschlafen ist."

Judith schob ihren Stuhl nach hinten und stand auf.

„Wohin gehst du?"

„Ich möchte meine Enkelin sehen. Möchtest du nicht mitkommen?"

Tiefe Furchen erschienen auf seiner Stirn und er seufzte tief. „Ich möchte sie schon kennenlernen, aber ich weiß nicht, ob ich es kann."

„Natürlich kannst du." Sie hielt ihm die Hand hin. „Du kannst nicht den ganzen Abend hier sitzen und grübeln. Was geschehen ist, kann nicht mehr rückgängig gemacht werden. Jetzt müssen wir uns um unsere Enkeltochter kümmern."

„Aber ... was soll ich dem Kind sagen – oder Anna?"

Judith zuckte die Schultern. „Ich weiß es nicht. Die Worte werden schon im rechten Moment kommen – mir hoffentlich auch." Sie ging auf die Tür zu. „Kommst du jetzt oder nicht?"

Er stöhnte und stand auf.

Grace wand sich aus Annas Umarmung und zog am Türknauf. „Lass mich los! Ich will nach Hause! Ich will zu Opi!“

Bevor Anna reagieren konnte, kamen ihre Eltern in das Zimmer. „Was ist los? Was soll dieser Lärm?“, fragte Mom besorgt.

„Oh, Mom, ich habe alles falsch gemacht.“ Anna zeigte mit dem Kopf auf Grace, die ihren kleinen Körper gegen die Tür presste und vom Kopf bis zu den Füßen zitterte. „Das ist meine Tochter, Grace, und …“

„Ich weiß bereits Bescheid. Dein Vater hat mir alles erzählt.“ Mom kniete sich vor Grace nieder und wischte ihre tränennassen Wangen trocken. „Ich bin deine Großmutter, Grace.“

„Großmutter ist fortgegangen und wird nie mehr wiederkommen. Opi hat das gesagt.“

„Ich bin deine andere Großmutter – Großmutter Hostettler.“ Sie zeigte auf Annas Vater. „Und das ist Opa Hostettler.“

„Opi ist nach Hause gefahren! Er … er kommt nie mehr zurück.“

„Das stimmt nicht“, warf Anna schnell ein. „Ich bin sicher, er wird dir Briefe schreiben und dich besuchen, sooft er kann.“

Graces Unterlippe zitterte. Immer noch strömten Tränen über ihre Wangen. Der Kummer, den Anna im Gesicht des kleinen Mädchens sah, brach ihr fast das Herz. Doch sie wusste nicht, was sie sagen oder tun sollte, um die Situation zu entspannen – für sie und für Grace.

Mom stand auf und nahm Grace bei der Hand. „Komm, wir gehen in die Küche, dort gibt es Kekse und Milch. Hast du Lust darauf?“

„Hast du auch Schokoladenkekse?“, fragte die Kleine mit hoffnungsvollem Blick. Es war das erste Anzeichen dafür, dass sie sich langsam beruhigte, und Anna fühlte sich erleichtert.

„Ich habe Schokoladen- und Erdnussbutterkekse“, sagte Mom lächelnd.

Grace schniefte und nickte.

Mom berührte Annas Schulter, die sich durch diese Geste getröstet fühlte. „Wenn wir Gott vertrauen, wird er uns auch durch diese Situation hindurchhelfen, so wie er es in der Zeit der Einbrüche getan hat."

Als Mom und Grace den Raum verlassen hatten, schaute Anna ihrem Vater in die Augen. Ihr Magen verkrampfte sich. „Es tut mir leid, dass ich dir die Wahrheit verschwiegen habe. Ich weiß, dass du sehr enttäuscht von mir bist."

„Ja, das stimmt, ich bin enttäuscht und fühle mich mehr als nur ein bisschen *verhuddelt*."

„Wir sind alle verwirrt, Grace am meisten."

Er nickte kurz und ging zur Tür. „Luke ist nicht mehr in der Tischlerei, aber ich werde noch eine Weile arbeiten." Mit diesen Worten ging er aus dem Haus.

„Du bist furchtbar still, seit wir die Stadt hinter uns gelassen haben", sagte Martha zu Ruth, als ihr Buggy nur noch wenige Hundert Meter von ihrem Zuhause entfernt war.

„Ich habe nur nachgedacht."

„Worüber?"

„Über Luke. Er benimmt sich seit einigen Monaten ziemlich seltsam, und ich finde, dass er zunehmend angespannt und manchmal sogar unfreundlich zu mir ist. Ich frage mich, ob er wohl Schluss machen will, aber ich hatte bisher nicht den Mut, ihn darauf anzusprechen."

Martha schnalzte mit der Zunge und trieb das Pferd an. Ihr Magen knurrte, und sie konnte es kaum erwarten, nach Hause zu kommen und zu essen. „Wenn Luke mein Freund wäre, würde ich ihn fragen, warum er sich so benimmt. Wenn ihm wirklich etwas an dir liegt, sollte er dir ehrlich sagen, was ihn belastet."

Ruth seufzte. „Ich habe schon ein paar Mal versucht, mit ihm über sein seltsames Verhalten zu sprechen, aber jedes Mal wechselt er schnell das Thema."

Sie fuhren auf den Hof ihres Elternhauses, und Martha war froh, den Buggy ihrer Mutter neben der Scheune zu sehen. Wahrscheinlich war sie damit beschäftigt, das Abendessen vorzubereiten. Marthas Magen knurrte erneut, als sie an das leckere Essen dachte, das bald auf dem Tisch stehen würde.

„Ich helfe dir, das Pferd zu versorgen“, bot Ruth an. „Dann sind wir schneller im Haus und können Mom und Anna beim Vorbereiten des Abendessens helfen.“

„*Danki*, gute Idee.“

Nachdem das Pferd abgerieben und in den Stall gebracht worden war, gingen Martha und Ruth auf das Haus zu. Sie öffneten die Hintertür, und Martha war enttäuscht, dass keine leckeren Düfte aus der Küche kamen. „Wahrscheinlich sind Mom und Anna doch noch nicht zu Hause“, sagte sie. „Sonst würde es schon nach Essen riechen.“

„Vielleicht gibt es ja heute Abend nur Sandwiches“, meinte Ruth.

„Ja, das könnte auch sein.“

Als sie wenige Sekunden später die Küche betraten, blieben sie überrascht stehen. Mom saß mit einem kleinen englischen Mädchen am Tisch. Sie hatten jeder ein Glas Milch vor sich stehen und das Kind knabberte an einem Keks.

„Nanu, was ist denn hier los?“, fragte Martha ihre Mutter. „Wer ist deine kleine Freundin?“

Mom schaute hoch und lächelte, doch das Kind aß weiter und sah Martha und Ruth nur flüchtig an. „Das ist Grace. Sie wird ab heute bei uns wohnen.“

„Aber nur, bis Opi zurückkommt“, sagte das Kind mit vollem Mund.

Martha sah zu Ruth, die nur die Schultern zuckte. Sie wandte sich wieder an Mom. „Wer ist Opi und woher kommt Grace?“

Mom nickte in Richtung Tür, die in den Flur führte. „Anna ist mit eurem *Daed* im Wohnzimmer. Sie kann euch am besten alles erklären.“

Kapitel 19

Als Cleon die Straße zu den Hostettlers hinunterfuhr, warf er einen flüchtigen Blick auf die Pappschachtel auf dem Sitz neben ihm. Darin befanden sich sechs Gläser Kleehonig. Er hatte diese Woche ein paar Gläser übrig und wollte sie mit seiner Schwiegerfamilie teilen, um sich dafür zu bedanken, dass er und Anna bei ihnen wohnen konnten, während ihr Haus im Bau war.

Hinter Cleons Buggy ertönte eine Hupe. Er schaute über die Schulter nach hinten und sah mehrere Autos. Sofort lenkte er sein Pferd an den Straßenrand, um sie vorbeifahren zu lassen. Als die Autos ihn überholt hatten, lenkte er den Buggy wieder auf die Straße und hielt das Pferd zum Traben an.

„Hoffentlich bleibt es weiterhin so ruhig", murmelte Cleon bei dem Gedanken an die Hostettlers. Er war froh, dass es keine neuen Übergriffe auf ihr Eigentum gegeben hatte, und hoffte, dass der Störenfried kein weiteres Mal zuschlagen würde.

Kurz darauf erreichte er Romans Scheune, sprang vom Buggy herunter und band sein Pferd am Balken an. Er nahm den Karton mit dem Honig vom Beifahrersitz und steuerte auf die Hintertür zu. Als er die Küche betrat, sah er Judith mit einem kleinen englischen Mädchen am Tisch sitzen.

„Hallo! Ich habe dir Honig mitgebracht", sagte er und deutete mit dem Kopf auf den Karton in seinen Händen.

„Das ist sehr nett von dir." Judith sah rasch über ihre Schulter und räusperte sich mehrmals.

Er stellte den Karton auf die Anrichte neben der Tür. „Ich wusste nicht, dass du Gesellschaft hast. Draußen stand kein Auto."

„Nein … nun …" Judith runzelte die Stirn. „Ich glaube, du solltest mit Anna sprechen."

Cleon fragte sich, warum er mit Anna darüber sprechen sollte, dass draußen kein Auto stand, doch er freute sich darauf, sie zu sehen, und nickte. „Wo ist sie?"

„Im Wohnzimmer."

„Okay." Cleon lächelte das kleine Mädchen am Tisch an, doch es schaute ihm nicht in die Augen. Er verließ die Küche und wunderte sich über Judiths seltsames Verhalten.

„Ich wünschte, du hättest uns früher eingeweiht", sagte Ruth und griff nach Annas Hand.

Martha nickte nachdenklich. „Wir hätten dir doch helfen können."

Anna hatte Tränen in den Augen. „Ich weiß, wie wichtig Mom ihre Kinder sind, und ich hatte Angst, sie würde nicht verstehen, warum ich mein Kind anderen Leuten gegeben habe. Ich schämte mich dafür und dachte, wenn niemand mein Geheimnis kennt, wäre es leichter, mit der Schuld fertig zu werden." Sie schniefte. „Dads Reaktion bestätigt mir meine Befürchtungen. Er trauert immer noch wegen seiner Schwester und jetzt ist er auch mir böse."

„Ich glaube, es wäre wirklich einfacher für dich gewesen, mit der Situation zurechtzukommen, wenn du von deiner Familie unterstützt worden wärst", sagte Ruth.

Anna schluckte. „Ich bin mir da nicht so sicher. Ihr hättet sehen sollen, wie aufgebracht Dad war. Ich glaube, er und Mom sind mir böse, dass ich sie darum betrogen habe, ihre Enkelin früher kennen zu lernen." Sie hielt kurz inne. „Ich habe mich selbst betrogen – und auch Grace. Meine kleine Tochter sieht in mir eine Fremde, und ich habe keine Ahnung, ob irgendwann wieder alles in Ordnung kommt – für jeden von uns."

„Du musst deiner Tochter Zeit lassen, sich an alles zu gewöhnen. Wir werden dir helfen, wo wir können. Das stimmt doch, oder?", fragte Martha ihre Schwester Ruth, die zwischen ihnen saß.

Ruth nickte. „Natürlich werden wir das."

„Ich frage mich ..." Anna zwang sich, ihre Gedanken zu Ende zu führen. „Ich frage mich, wie die Kirchendiener und die anderen Mitglieder unserer Gemeinschaft wohl reagieren werden."

„Du warst doch noch nicht Mitglied der Kirche – während deiner *Rumschpringe*-Zeit und als du den Englischen geheiratet hast. Deshalb wirst du auch nicht aus der Gemeinschaft ausgeschlossen werden", meinte Martha.

„Das stimmt", sagte Ruth. „Du warst legal verheiratet, dein Mann ist gestorben, du bist nach Hause zurückgekehrt und bist dann der amischen Gemeinde beigetreten."

„Aber ich habe meine Tochter im Stich gelassen und meine erste Ehe verschwiegen. Wenn ich mir nicht selbst vergeben kann, wie soll ich dann von den anderen erwarten, dass sie mir vergeben?" Anna stöhnte. „Und was ist mit Cleon? Wie wird er die Neuigkeiten aufnehmen?"

„Welche Neuigkeiten, Anna?"

Anna zuckte zusammen, als sie die Stimme ihres Mannes hörte, und als sie ihn hereinkommen sah, setzte ihr Herz ein paar Schläge lang aus. „Cleon. Ich … ich wusste nicht, dass du zu Hause bist."

„Ich bin durch die Hintertür gekommen, um deiner Mutter Honig in die Küche zu bringen. Sie sagte mir, du wärst hier."

Annas Kehle fühlte sich so rau an, dass sie kaum schlucken konnte. Hatte Cleon Grace gesehen? Hatte Mom ihm die ganze Geschichte erzählt? Sah er deshalb so verwirrt aus?

Ruth stand auf und nahm Marthas Hand. „Wir sollten in die Küche gehen und Mom helfen, das Abendessen vorzubereiten."

„Ja, gute Idee." Martha lächelte Anna ermutigend zu. Die beiden Schwestern verließen den Raum.

Sobald sie allein waren, setzte sich Cleon neben Anna auf das Sofa. „Am Küchentisch saß ein kleines englisches Mädchen, aber es sah nicht so aus, als ob es eines der Nachbarkinder wäre."

„Hat Mom dir die Kleine nicht vorgestellt?"

Er schüttelte den Kopf.

„Dann werde ich es dir wohl erklären müssen."

„Was willst du mir erklären? Ist sie eine Freundin der Familie?"

„Nein, äh ..."

„Wo sind ihre Eltern?"

Anna schloss die Augen und betete um die richtigen Worte. Als sie die Augen öffnete, starrte Cleon sie beunruhigt an.

„Anna, was ist los? Du siehst völlig aufgelöst aus."

„Das kleine Mädchen heißt Grace", flüsterte sie. „Ich bin ihre Mutter."

Cleon runzelte die Stirn. „Wie bitte?"

„Grace ist meine Tochter."

„Machst du Witze?"

Sie schüttelte den Kopf und versuchte, die aufkommenden Tränen zurückzuhalten. Ihr Herz klopfte wild.

„Ich verstehe das nicht. Wie kann ein englisches Mädchen deine Tochter sein?"

„Während meiner *Rumschpringe*-Zeit, bevor du mit deiner Familie nach Holmes County kamst, zog ich mit ein paar amischen Freundinnen nach Cincinnati, um die englische Welt zu erkunden. Während dieser Zeit arbeitete ich als Bedienung in einem Restaurant, und ich ... nun, ich ging mit einem englischen Mann aus." Sie schluckte heftig. „Es war dieser Reporter, der eine Zeit lang hier in der Stadt war und Fragen gestellt hat, um Artikel über die Amischen zu schreiben."

„Du hast diesen Reporter geheiratet?" Cleon wurde blass, seine Stimme klang ein wenig schrill.

Anna schüttelte heftig den Kopf. „Nein, ich habe mich von ihm getrennt, weil er mich behandelt hat, als würde ich ihm gehören."

„Wer ist dann der Vater des kleinen Mädchens?"

„Eric Davis. Er war einer von Gary Walkers Freunden, und wir waren schon bald nach meiner Trennung von Gary zusammen."

„Du hast also diesen Eric geheiratet?"

Sie nickte. Der Kloß in ihrer Kehle war so groß, dass sie nicht weitersprechen konnte.

„Wusste deine Familie darüber Bescheid?“

Anna schüttelte den Kopf. „Ich habe niemandem erzählt, was ich während jener Zeit getan habe. Sie wussten nichts von meiner Ehe und von meinem Baby.“ Sie wartete Cleons Reaktion ab. Dieser saß regungslos da und starrte wortlos vor sich hin. „Ein Jahr nach der Hochzeit kam Grace zur Welt und sechs Monate später kam mein Mann bei einem Verkehrsunfall ums Leben.“

In Cleons Gesicht zuckte ein Muskel. „Wo war deine Tochter die ganze Zeit?“

„Als Eric starb, nahmen seine Eltern Grace direkt nach der Beerdigung mit.“ Annas Stimme zitterte. „Bonnie, Erics Mutter, sagte, ich wäre als Mutter völlig ungeeignet. Sie drohte mir, einen Anwalt einzuschalten, wenn ich ihnen Grace nicht freiwillig überließ.“ Sie schnappte nach Luft. „Bonnie redete mir ein, sie und Carl könnten Grace ein besseres Leben bieten.“

Cleon blickte sie nachdenklich an. „Also hast du dein Kind im Stich gelassen, weil deine Schwiegereltern es so wollten?“

Sie schniefte und wischte die Tränen von ihren Wangen. „Ich war total durcheinander, und ich hatte Angst, wirklich nicht angemessen für die Kleine sorgen zu können. Ich hatte Angst, meine Familie würde mich nicht wieder aufnehmen, wenn ich mit einem Kind zurückkäme.“

„Und deine Tochter hat die ganze Zeit über in Cincinnati gelebt?“

Anna schüttelte den Kopf. „Erics Familie lebte damals in Michigan, und kurz nachdem sie Grace mitgenommen hatten, änderte ich meine Meinung. Ich wollte sie zurückhaben und mit ihr hierherkommen. Ich hoffte, meine Familie würde uns aufnehmen.“

„Warum hast du es dann nicht getan?“

„Ich habe versucht, mit meinen Schwiegereltern Kontakt aufzunehmen, aber ihr Telefon war abgemeldet. Die Briefe, die ich ihnen schrieb, kamen mit dem Vermerk ‚Unbekannt verzogen' zurück."

„Was hast du dann getan?"

„Ich bin nach Hause zurückgekehrt, aber ich schämte mich und fürchtete die Reaktion meiner Familie, deshalb habe ich alles bis jetzt verschwiegen."

Er nickte kurz. „Auch mir hast du alles verschwiegen – dem Mann, den du lieben und dem du vertrauen wolltest."

„Ich hatte Angst, du würdest mich vielleicht nicht verstehen und mich nicht heiraten wollen."

„Ich dachte, unsere Beziehung wäre auf gegenseitigem Vertrauen aufgebaut." Er starrte auf den Boden und schüttelte langsam den Kopf. „Darin habe ich mich wohl geirrt."

„Es tut mir so leid. Ich wollte dich nicht anlügen, aber ..."

Er hob den Blick und sah sie mit kalten Augen an. „Aber du hast mich nicht genug geliebt, um mir gegenüber ehrlich zu sein? Ist es das, was du sagen wolltest?"

„Nein. Ich liebe dich, und als Gary in der Stadt auftauchte, habe ich erneut darüber nachgedacht, ob ich das Geheimnis um meine frühere Ehe und meine Tochter lüften sollte." Sie schluchzte. „Ich nahm mir vor, dir alles zu sagen, aber ich schaffte es einfach nicht."

„Warum nicht?"

„Als ich dir von meiner Tante erzählte, die den amischen Glauben aufgegeben hat, sagtest du, du könntest die Enttäuschung meines Vaters verstehen. Also nahm ich an, du würdest auf mein Bekenntnis genauso reagieren wie Dad damals, als er erfuhr, dass seine Schwester einen Englischen geheiratet hat."

Cleons Gesicht wurde dunkelrot. „Also hättest du mir niemals die Wahrheit gesagt?"

„Ich weiß es nicht."

Er stand auf und ging zur Tür, dann drehte er sich noch einmal um und sah ihr in die Augen. „Ich will nicht mehr darüber reden. Ich brauche Zeit, um darüber nachzudenken, wie es jetzt weitergeht."

Anna war versucht, sich in seine Arme zu werfen, ihn anzuflehen, bei ihr zu bleiben und über alles zu sprechen, doch sie kannte Cleon gut genug, um zu wissen, dass er allein sein musste, um mit seinen Gefühlen fertig zu werden. Vielleicht würden sie in ein paar Stunden erneut über alles sprechen können. Vielleicht würde er dann bereit sein, ihr zu vergeben …

Kapitel 20

Während Martha und Ruth ihrer Mutter bei der Zubereitung des Abendessens zur Hand gingen, konnte Martha nicht den Blick von der kleinen Grace wenden. Diese hatte ihre Kekse aufgegessen und ihre Milch ausgetrunken und saß mit im Schoß gefalteten Händen am Tisch. Sie sah so verloren aus wie ein ausgesetzter Welpe.

Plötzlich hatte Martha eine Idee. „Was hältst du davon, wenn ich Grace mit in die Scheune nehme, um ihr die Welpen zu zeigen?“, flüsterte sie ihrer Mutter ins Ohr.

Mom nickte. „Das ist eine gute Idee. Ruth und ich können auch allein weitermachen. Wir brauchen bestimmt noch eine halbe Stunde, sodass du genug Zeit hast, mit Grace in die Scheune zu gehen. Und wenn du draußen deinen *Daed* siehst, sag ihm bitte, dass wir in ungefähr einer halben Stunde essen.“

„Okay.“ Martha ging zum Tisch hinüber und beugte sich so weit hinunter, dass sie mit Grace auf Augenhöhe war. „Hättest du Lust, mit mir in die Scheune zu gehen und ein paar niedliche Hundebabys anzugucken?“

Zunächst schüttelte Grace den Kopf, doch dann kletterte sie von ihrem Stuhl herunter. „Darf ich sie auf den Arm nehmen?“

„Natürlich.“ Martha streckte ihr die Hand entgegen. „Wir sind rechtzeitig zum Abendessen zurück“, rief sie ihrer Mutter zu und ging mit dem kleinen Mädchen nach draußen.

Vor der Scheune rief sie nach ihrem *Daed*, doch da er keine Antwort gab, nahm sie an, dass er in seiner Tischlerei war. Sie hielt Grace an der Hand und führte sie zu einer der Boxen, in der sie die drei verbliebenen Welpen untergebracht hatte. Sie waren schon bald nach der Geburt zu groß für die Schachtel geworden und brauchten Platz, um herumzulaufen. Dad hatte begonnen, einen Hundezwinger zu bauen, doch er war noch nicht ganz fertig.

Grace kniete im Stroh und hielt einen der schlafenden Welpen im Arm. Die Kleine war schlank und biegsam und hatte eine leichte Himmelfahrtsnase. Sie erinnerte Martha in mancherlei Hinsicht an Anna.

Sie spürte einen Klumpen in ihrer Kehle, als sie daran denken musste, wie viel ihre Schwester versäumt hatte – sie hatte die gesamten ersten Jahres ihres Kindes nicht miterlebt – die ersten Worte, die ersten Schritte, den ersten Zahn. Es fühlte sich eigenartig an, plötzlich Tante zu sein.

Sie kniete sich neben Grace und nahm einen anderen Welpen auf den Arm. „Sie sind wirklich süß, nicht wahr?"

Grace nickte und streichelte den pelzigen Kopf des Welpen. „Wieso trägst du so ein langes Kleid?", fragte sie und legte den Kopf auf die Seite.

„Weil meine Familie und ich zu den Amischen gehören, und wir glauben, dass Frauen einfache, lange Kleider tragen sollten, nicht Hosen wie Männer."

Grace blinzelte. „Opi hat gesagt, dass ihr anders angezogen seid als wir."

„Das stimmt, und deine Mutter wird dir bald ein paar lange Kleider nähen; dann wirst du auch so aussehen wie wir."

Grace schüttelte den Kopf. „Ich will nicht wie ihr aussehen. Ich will nach Hause gehen, zu Opi."

Martha tätschelte liebevoll Graces Schulter und fragte sich, wie die Kleine mit all den Veränderungen zurechtkommen würde, die noch auf sie zukamen.

Roman war gerade dabei, die Gaslampen in seiner Tischlerei herunterzudrehen, als die Tür geöffnet wurde und Bischof Noah King eintrat. Er hielt eine Zeitschrift in der Hand, seine Lippen waren zusammengepresst.

„Wie geht's?“, fragte Roman. „Was führt dich so spät am Tag zu mir?“

„Ich komme nicht wegen deines Geschäfts, sondern wegen einer anderen Sache“, erwiderte Noah mit einem kurzen Nicken.

„Worum geht es?“

„Hier. Sieh dir das an.“ Noah hielt die Zeitschrift hoch und wedelte damit in der Luft. „Wie kommt es, dass du zugelassen hast, dass ein Reporter einen Artikel über die Einbrüche bei euch geschrieben hat? Nun weiß jeder im Land darüber Bescheid und alle werden kommen und deine Tochter anstarren.“

„Wie bitte?“ Roman trat näher an den Bischof heran und blinzelte. „Was steht da genau, und von welcher Tochter sprichst du?“

Noah schnaubte und gab ihm die Zeitschrift. „Sieh es dir selbst an.“

Romans Blick fiel auf ein Foto von Anna, die neben einem Buggy stand, offenbar in Berlin, denn er konnte die Apotheke und den Buchladen im Hintergrund erkennen. Seine Hände zitterten, als er den Artikel las, der über die Einbrüche berichtete. „Ich habe keine Ahnung, wie der Reporter dieses Foto von Anna machen konnte und woher er all diese Angaben hat. Und warum kommt der Artikel jetzt, nach beinahe drei Monaten heraus?“

„Du weißt also nicht, wer ihm die Informationen gegeben hat?“

„Natürlich nicht. Denkst du etwa, ich hätte das alles freiwillig weitergegeben?“

Der Bischof zuckte die Schultern. „Ich dachte, es wäre vielleicht Anna selbst gewesen, denn schließlich hat sie den Mann dieses Foto machen lassen.“

Roman schüttelte heftig den Kopf. „Ich bin ganz sicher, dass niemand aus meiner Familie irgendwelche Reporter informiert hat, und sie hat sich ganz bestimmt nicht freiwillig für ein Foto hergegeben."

„Wie kam es dann zu diesem Artikel und zu diesem Bild?" Noah schnalzte hörbar mit der Zunge.

„Ich habe keine Ahnung. Jemand außerhalb der Familie muss von den Einbrüchen erzählt haben, aber es war ganz sicher nicht Anna. Ich bin auch sicher, dass sie sich nicht freiwillig hat fotografieren lassen." Roman gab Noah die Zeitschrift zurück. „Wie bist du an diese Zeitschrift gekommen?"

„Einer meiner englischen Nachbarn hat sie abonniert und mir diese Ausgabe geliehen." Noah zupfte mehrmals an seinem Bart. „Ich hoffe nur, dass dies nicht zu weiteren Übergriffen auf euch oder andere Mitglieder unserer Gemeinschaft führt."

Roman runzelte die Stirn. „Hältst du das für wahrscheinlich?"

„Nun, derjenige, der diese Einbrüche verübt hat, könnte den Artikel in die Hände bekommen und es erneut versuchen, weil er diese Art von Publicity sucht. Oder jemand anderes wird dadurch inspiriert, das Gleiche zu tun." Noah zeigte erneut auf die Zeitschrift. „In dem Artikel steht, dass der Sheriff nicht benachrichtigt wurde, also könnte vielleicht manch einer auf die Idee kommen, dass er tun kann, wozu immer er Lust hat, ohne mit einer Strafe rechnen zu müssen."

„Meinst du, ich hätte den Sheriff benachrichtigen sollen?"

„*Nee*. Ich meine damit nur, dass dieser Artikel eine üble Sache ist."

Roman schüttelte langsam den Kopf. „Ich hätte nicht gedacht, dass es heute noch schlimmer kommen könnte, aber man soll ja niemals nie sagen."

„Wie meinst du das? Gab es einen neuen Einbruch?"

„Nein, es ist etwas anderes. Meine älteste Tochter hat viereinhalb Jahre lang ein Geheimnis gehütet, das uns jetzt alle völlig durcheinanderbringt."

Noahs Augenbrauen zogen sich zusammen. „Welches Geheimnis?“

Roman atmete tief durch. Dann zog er den Stuhl von seinem Schreibtisch weg, stellte einen weiteren daneben und bedeutete Noah, sich zu setzen. „Nimm Platz, ich werde dir alles in Ruhe erzählen.“

„Wo ist Grace?“, fragte Anna. Sie war in die Küche geeilt und hoffte, in der Nähe ihrer kleinen Tochter Trost zu finden.

„Sie ist mit Martha in die Scheune gegangen, um die Welpen anzuschauen.“ Mom drehte sich vom Herd weg, wo sie gerade Bohnen in einen Topf schnippelte. „Wo ist Cleon? Ist er noch im Wohnzimmer?“

Anna zuckte zusammen. „Er ist weg.“

„Weg? Wohin?“

„Ich – ich weiß nicht. Er sagte nur, er müsse raus, und ist aus dem Haus gelaufen.“

„Hast du ihm von Grace erzählt?“, fragte Ruth, die gerade mit dem Tischdecken beschäftigt war.

Anna nickte und lehnte sich haltsuchend gegen den Küchenschrank. „Er … er hat die Neuigkeiten gar nicht gut aufgenommen.“ Mit einem kindlichen Aufschrei rannte sie durch die Küche und verbarg ihr Gesicht an der Brust ihrer Mutter. „Oh, Mom, ich habe Angst, dass zwischen mir und Cleon nun alles kaputt ist. Es tut mir so furchtbar leid, dass ich euch allen die Wahrheit verschwiegen habe. Wenn ich doch nur die Vergangenheit ungeschehen machen könnte! Wenn das möglich wäre, würde ich niemals zulassen, dass Erics Eltern mir mein Kind wegnehmen. Ich hätte Grace selbst aufziehen sollen, egal, wie schwierig es geworden wäre.“

Mom streichelte sanft Annas Schultern und wiegte sie dabei tröstend hin und her, wie früher, als sie noch klein gewesen war. „Es wird alles gut, du wirst sehen. Wir werden das gemeinsam durchstehen.“

„Aber du hast nicht Cleons Gesicht gesehen, als ich ihm alles erzählt habe. Er sah so wütend und verletzt aus."

„Ich bin sicher, irgendwann wird Cleon verstehen, dass du dein Geheimnis nicht für dich behalten hast, um ihm wehzutun", meldete sich Ruth zu Wort.

Anna ging einen Schritt zurück und putzte sich die Nase. „Nein, ich habe ihn nicht absichtlich verletzt, aber das heißt noch lange nicht, dass er mir je vergeben wird."

„Cleon liebt dich, Anna, und ich bin sicher, dass er dir nicht lange böse sein wird. Wenn er der Mann ist, der er zu sein scheint, dann wird er dir nicht nur vergeben, wie die Bibel uns lehrt, sondern er wird dir auch helfen, Grace aufzuziehen."

Annas Versuch zu lächeln scheiterte kläglich. Sie war so glücklich, Grace wieder bei sich zu haben, doch gleichzeitig hatte sie das Gefühl, dass ihr Leben nie wieder in Ordnung kommen würde.

„Komm, setz dich, ich mache dir eine Tasse Tee", schlug ihre Mutter vor.

Anna nickte wie betäubt und zog sich einen Stuhl heran. Sie hatte sich gerade gesetzt, als die Hintertür aufging und ihr Vater in die Küche kam, gefolgt von Bischof King. Ihr Herz klopfte wild. Hatte Dad dem Bischof von Grace erzählt? War er gekommen, um sie dafür zu tadeln, dass sie ein solches Geheimnis gehütet hatte?

„*Gutn owed*, Anna", sagte der Bischof, während er auf den Tisch zukam.

„Guten Abend, Bischof King."

„Ich bin zu deinem Vater in die Tischlerei gekommen, um mit ihm über einen Zeitungsartikel zu sprechen, in dem dein Foto abgebildet ist."

Dad trat einen Schritt näher und wedelte mit einer Zeitschrift. „Hast du dich für dieses Foto in Pose geworfen?", fragte er anklagend. Er knallte die Zeitschrift auf den Tisch. Anna schnappte nach Luft.

„Ich … ich habe mich nicht fotografieren lassen. Der Reporter hat ohne meine Erlaubnis einen Schnappschuss gemacht.“ Sie schluckte heftig. „Ich hatte keine Ahnung, dass er ihn für einen Artikel verwenden würde.“

„Viele Leute fotografieren uns Amische, ohne uns um Erlaubnis zu bitten. Die Reporter sind die schlimmsten.“ Der Bischof nahm sich einen Stuhl und setzte sich neben Anna. „Dein *Daed* hat mir erzählt, dass du eine Tochter hast, deren Existenz du bis heute geheim gehalten hast. Ich bin hierhergekommen, weil ich mir dachte, dass du vielleicht darüber sprechen möchtest.“

Anna nickte, während sich Scham und Bedauern wie ein schwerer Mantel um sie legten. „Ich …ich weiß, dass es falsch war, ein solches Geheimnis zu hüten, aber ich hatte solche Angst, dass meine Familie die Heirat mit einem Englischen nicht akzeptieren würde. Ich hatte auch Angst vor ihrer Reaktion darauf, dass ich nach dem Tod meines Mannes seinen Eltern erlaubt habe, mein Kind aufzuziehen.“

Annas Mutter kam auf sie zu und legte ihr die Hand auf die Schulter, als ob sie sie trösten wollte. Doch ihr Vater stand mit verschränkten Armen an den Schrank auf der anderen Seite der Küche gelehnt.

„Es wäre viel besser gewesen, wenn du von Anfang an reinen Tisch gemacht hättest“, sagte der Bischof, „doch was geschehen ist, ist geschehen und lässt sich nicht mehr ändern.“ Er berührte Annas Arm. „Du warst noch kein Mitglied der Kirche, als dies alles passiert ist, also brauchst du kein öffentliches Bekenntnis abzulegen. Ich hoffe aber, dass du aus deinen Fehlern gelernt hast und nie wieder lügen oder Geheimnisse hüten wirst.“

„Nein. Ganz bestimmt nicht.“ Annas Augen füllten sich mit Tränen. „Ich hoffe nur auf die Unterstützung meiner Familie. Es wird nicht leicht sein, meine Tochter an ein ganz neues Leben zu gewöhnen.“

„Ich bin sicher, dass deine Familie dir helfen wird, und wenn du seelsorgerlichen Rat brauchst, kannst du dich jederzeit an mich oder andere Diener der Kirche wenden.“

Dad schwieg, doch Mom tätschelte erneut Annas Schulter. Wenn es ihr doch nur gelingen würde, zu Cleon durchzudringen – dann könnte sie sicher wieder Hoffnung für die Zukunft fassen.

Cleon hatte die letzte Viertelstunde auf dem Boden von seinem und Annas künftigen Wohnzimmer verbracht und über Annas Geheimnis nachgedacht. Was sollte er nun tun? Er fühlte sich verraten, gedemütigt und völlig durcheinander. Wie hatte sie nur ihre erste Ehe vor ihm geheim halten können? Und was sollte er davon halten, dass sie ihr Kind anderen Leuten anvertraut hatte? Welche Mutter würde ihr Kind aufgeben und es vor ihrer Familie und dem Mann, den sie liebte, geheim halten?

Er ließ eine Handvoll Sägespäne durch seine Finger rieseln. *Wenn sie mir nur alles erzählt hätte, bevor wir geheiratet haben.* Er stöhnte auf, als ihm die Wahrheit mit aller Macht bewusst wurde. Wenn Anna ihm alles erzählt hätte, dann hätte er sie wahrscheinlich nicht geheiratet. Es war nicht seine Aufgabe, das Kind eines anderen Mannes aufzuziehen – schon gar nicht das Kind eines Mannes, der ihren Glauben nicht teilte.

Er stand auf und lief vom Fenster zum Kamin und vom Kamin zurück zum Fenster, immer hin und her. Er hatte große Lust, einfach vor diesem Problem davonzulaufen. Aber wohin sollte er gehen? Zurück zu seiner Familie? Was würde er ihnen sagen? Dass seine Frau ein Kind hatte, dessen Existenz sie bis jetzt verschwiegen hatte, und dass er sich betrogen fühlte und nicht wusste, ob er ihr jemals vergeben konnte? Cleon wusste, dass eine Scheidung nicht infrage kam, also musste er einen Weg finden, mit dieser Enttäuschung fertig zu werden. Aber das würde alles andere als leicht sein.

Die Tür ging auf. Er drehte sich um und Anna betrat das Zimmer. Ihr Gesicht war gerötet und ihre Augen sahen völlig verweint aus. Unter anderen Umständen hätte er sie tröstend in den Arm genommen.

„Ich hatte gehofft, dich hier zu finden", sagte sie und ging auf ihn zu.

Er wich zurück.

„Wir müssen miteinander reden."

„Ich dachte, wir hätten bereits über alles gesprochen, was es zu sagen gibt."

Sie streckte ihm ihre Hand hin. „Ich möchte, dass du verstehst, warum ich dir die Wahrheit über Grace verschwiegen habe."

„Es ist mir egal, warum du das getan hast. Offensichtlich liebst du mich nicht genug, um aufrichtig zu sein."

„Das ist nicht wahr. Ich liebe dich, Cleon." Annas Stimme brach und sie musste erneut die Tränen von ihren Wangen wischen. „Ich … ich hatte Angst vor deiner Reaktion, und so, wie es aussieht, hatte ich wohl recht damit."

Cleon schüttelte den Kopf. „Ich reagiere so, weil du diese Sache vor mir geheim gehalten hast."

„Soll das heißen, dass du nicht darüber wütend bist, dass ich schon einmal verheiratet war und eine Tochter habe?"

Er wandte sich ab. „Ich bin sehr aufgebracht und ich kann jetzt nicht darüber reden."

„Aber wir müssen darüber reden. Wir müssen …"

„Ich möchte allein sein." Er ging auf die Tür zu und öffnete sie. „Ich werde die Nacht hier verbringen, du kannst also zu deiner Familie zurückkehren – und zu deiner Tochter."

„Cleon, bitte …"

Erneut schüttelte er den Kopf. „Ich will jetzt nicht darüber reden. Bitte geh."

Anna schluchzte, drehte sich um und lief aus dem Zimmer.

Kapitel 21

Es fiel Anna schwer, sich am nächsten Morgen für den Gottesdienst zurechtzumachen, aber sie wusste, dass ihr keine Wahl blieb. Als sie sich am Abend zuvor mit Grace ins Bett gelegt hatte, war das Kind erst nach langem Weinen und Schluchzen eingeschlafen. Cleon hatte seine Absicht offenbar wahr gemacht und in ihrem noch unfertigen Haus geschlafen, jedenfalls war er nicht zurückgekehrt.

„Grace, steh auf. Wir müssen uns anziehen und für den Kirchgang fertig machen."

Anna beugte sich über das kleine Mädchen und schüttelte es sanft an den Schultern.

Grace stöhnte, öffnete jedoch nicht die Augen.

„Komm, wir müssen aufstehen und frühstücken."

Schließlich öffnete Grace die Augen. Sie waren rot und geschwollen. „Opi. Ich will zu Opi", murmelte sie.

„Ich weiß, aber dein Opi ist nach Hause gefahren. Er ist krank und kann sich nicht mehr um dich kümmern, deshalb hat er dich zu mir gebracht."

Am Abend zuvor hatte Anna vor dem Schlafengehen versucht, Grace zu erklären, dass sie sie nach dem Tod ihres Vaters ihren Großeltern anvertraut hatte, weil sie selbst noch zu jung gewesen war. Grace hatte sie mit einem Ausdruck der Verwirrung angesehen, der Anna klargemacht hatte, dass das kleine Mädchen nicht alles begriff. Sie hoffte, dass sie mit der Zeit und mit viel Geduld die Zuneigung ihrer Tochter gewinnen würde.

Anna öffnete Graces Koffer. Carl hatte jede Menge Winterkleidung eingepackt – mehrere Jeans, Pullis, Blusen, Unterwäsche, ein Paar Turnschuhe, Snowboots, weiße Lederschuhe, Pantoffeln, ein Nachthemd und zwei hübsche Kleider – nichts, was ein amisches Mädchen beim Kirchgang tragen könnte. *Aber sie ist ja nicht wirklich eine Amische. Sie wird eine Weile brauchen, um sich wie eine der Unsrigen zu fühlen.*

„Grace, ich glaube, deine Grandma ist dabei, Pfannkuchen fürs Frühstück zu machen. Komm, wir gehen schnell nach unten."

Grace schlug sich die Bettdecke über den Kopf. „Grandma ist fortgegangen. Opi hat es mir gesagt."

Anna schlug vorsichtig die Bettdecke zurück. „Ich habe meine Mutter gemeint, Grandma Hostettler."

Grace lag einfach nur da und schaute mit tränenblinden Augen an die Decke.

Anna wollte ihre Tochter in die Arme nehmen und sie trösten, doch als sie das letzte Nacht versucht hatte, war Grace regelrecht hysterisch geworden. Hilflos stand Anna vor ihrer kleinen Tochter. Als es klopfte, eilte Anna zur Tür, in der Hoffnung, es wäre Cleon. Doch es war Martha, die im Flur stand.

„Ich wollte fragen, ob Grace mir vielleicht helfen will, Heidi und Fritz zu füttern", sagte Martha und spähte an Anna vorbei ins Zimmer.

Grace schoss aus dem Bett, bevor Anna antworten konnte. „Darf ich wieder einen kleinen Hund auf den Arm nehmen?" Ihr pinkfarbenes Flanellnachthemd ging ihr bis zu den Knien, sodass ihre nackten Beine und Füße zu sehen waren. Ihr braunes Haar hing ihr wirr um den Kopf. Doch zum ersten Mal sah Anna einen Hoffnungsschimmer in den Augen ihrer Tochter.

Martha beugte sich zu Grace hinunter. „Sobald wir die Hunde gefüttert haben, darfst du einen Welpen auf den Arm nehmen."

„Ich komme!" Grace wollte zur Tür rennen, doch Anna fasste sie am Arm. „Du kannst nicht so nach draußen gehen. Es ist kalt und wir müssen dich erst anziehen."

Grace drehte sich um, machte eilig ihren Koffer auf und nahm eine Jeans und einen Rollkragenpullover heraus.

Während sie sich anzog, sprach Anna mit Martha im Flur. „Ich habe die Kleider durchgesehen, die Graces Großvater für sie eingepackt hat, und es ist nichts dabei, was sie in der Kirche tragen könnte. Ich wünschte, ich hätte noch ein paar von den

Kleidern, die ich als Kind getragen habe, aber nach mir hat sie Ruth angehabt und manchmal sogar noch du."

Martha dachte einen Moment lang nach. „Meine Kinderkleider habe ich nicht mehr. Als ich aus ihnen herausgewachsen war, hat Mom sie einer unserer jüngeren Cousinen gegeben."

„Ich fürchte, dass sie mit ihrer modernen Kleidung mit zum Gottesdienst kommen muss", sagte Anna, „aber morgen werde ich ihr sofort ein paar amische Kleider nähen."

Als Cleon die Küche der Hostettlers betrat, stellte er fest, dass alle schon gefrühstückt hatten und Anna mit ihrer Mutter das Geschirr abwusch. Anna drehte sich um, um ihn anzusehen. Sie hatte dunkle Ränder unter den Augen. Offenbar hatte sie nicht besser geschlafen als er. Cleon hatte sich auf dem Boden des noch unfertigen Wohnzimmers hingelegt. Zum Glück hatte er dort immer einen Schlafsack liegen, für den Fall, dass er spätabends noch arbeitete und danach dort schlafen wollte. Abgesehen davon, dass der Boden hart und unbequem war, stand ihm als einzige Wärmequelle der steinerne Kamin zur Verfügung, den er vor einigen Wochen fertiggestellt hatte.

Cleon hatte Stunde um Stunde wach gelegen. Immer wieder grübelte er nach und wendete das Problem von allen Seiten. Als er schließlich doch irgendwann eingeschlafen war, war sein Schlaf so tief, dass er länger als gewöhnlich schlief. Doch heute war Sonntag, und er musste im Haus von Mose und Salome Esh zum Predigtgottesdienst erscheinen, also blieb ihm nichts anderes übrig, als ins Haus der Hostettlers zu kommen, um sich zu waschen und anzuziehen. Außerdem war er sehr hungrig.

„Wir haben schon gefrühstückt, aber ich mache dir gern etwas", bot Judith an, ohne zu fragen, wie er die Nacht verbracht hatte. Warum hatte nicht Anna vorgeschlagen, ihm sein Frühstück zu machen? Sie war schließlich seine Frau.

„Ich möchte nur etwas Kaffee und Toast, aber das kann ich schon selbst erledigen", murmelte er.

Judith zuckte die Schultern und wandte sich wieder dem Geschirr zu. Anna schwieg. War sie verärgert, weil er die Nacht in ihrem neuen Haus verbracht hatte? Nun, er war wohl derjenige, der allen Grund hatte, verärgert zu sein – nicht sie. Wenn sie ihn nicht so furchtbar enttäuscht hätte, wären sie beide letzte Nacht warm und gemütlich in ihrem Bett eingeschlafen.

Cleon spähte umher. „Wo sind die anderen?“ Er wollte vor allem wissen, wo Annas englisches Kind war. Er hatte ihre Tochter am Abend nur ganz kurz gesehen und konnte sich noch nicht einmal erinnern, ob man ihm ihren Namen gesagt hatte.

„Roman ist in der Scheune, um die Pferde anzuspannen, Ruth ist oben und zieht sich um, und Martha hilft Grace, sich für den Kirchgang fertig zu machen.“

Cleon griff sich in den Bart, den er sich seit der Hochzeit wachsen ließ, und ging langsam zum Herd. Er hatte keine Ahnung, wie er zum Gottesdienst gehen und so tun sollte, als ob alles in Ordnung wäre, während seine Welt kopfstand. Doch er hatte keine annehmbare Entschuldigung, um zu Hause zu bleiben. Also würde er das Richtige tun und mit seiner Frau und deren Tochter zur Kirche fahren. Doch niemand konnte ihn dazu zwingen, es gern zu tun.

Der Weg zur Kirche schien kein Ende zu nehmen, was nicht daran lag, dass das Haus der Eshs weit entfernt gewesen wäre. Ihr Haus befand sich nur wenige Kilometer vom Grundstück der Hostettlers entfernt, doch die Spannung zwischen Anna und Cleon sorgte dafür, dass Anna die Fahrt doppelt so lang vorkam wie unter normalen Umständen. Ihr Mann sah unverwandt geradeaus, während er ihren Buggy die Straße hinunterlenkte. Er sagte kein Wort. Abgesehen von einigen tiefen Seufzern und ein paar Schluchzern war auch Grace still.

Anna wusste nicht, was sie den anderen Mitgliedern ihrer Gemeinschaft sagen sollte. Sie wussten ja bisher nichts von Graces Existenz, und sie fragte sich, wie sie Grace aufnehmen würden – und wie Grace auf die anderen reagieren würde. Als sie auf das Grundstück der Eshs fuhren, kletterte Anna rasch vom Buggy und half Grace hinunter. Sie zwang sich zu lächeln, nahm die Hand ihrer Tochter und ging mit ihr auf eine Gruppe von Frauen zu, die vor der Veranda standen und mit Salome Esh plauderten.

„Nanu, wer ist denn dieses kleine Mädchen?", fragte Salome.

„Sie … sie ist meine Tochter."

„Deine was?" Salome stand mit offenem Mund da, und einige der anderen Frauen sahen Anna an, als ob sie den Verstand verloren hätte.

Anna musste den anderen erklären, was es mit Grace auf sich hatte, doch sie wollte es nicht vor den Ohren des Kindes tun. Erleichtert entdeckte sie Ruth und Martha, die mit ein paar jüngeren Frauen ins Gespräch vertieft waren. „Entschuldigt mich einen Moment", sagte sie und ging mit Grace auf ihre Schwestern zu. „Könntet ihr beide bis zum Beginn des Gottesdienstes auf Grace aufpassen?", flüsterte sie Ruth ins Ohr.

„Findest du nicht, dass sie lieber bei dir bleiben sollte?"

Anna schüttelte den Kopf. „Ich will erst Salome und den anderen Frauen erklären, wer sie ist."

„Sie kann mit mir kommen", sagte Martha. „Ich werde sie Esta Wengerd und einigen anderen Kindern vorstellen, die ungefähr so alt sind wie sie."

Anna seufzte vor Erleichterung. Wenigstens ein Problem war gelöst.

Kapitel 22

Als Anna im Flur vor der geöffneten Tür zu Marthas Zimmer stand und ihre schlafende Tochter betrachtete, spürte sie einen Kloß in der Kehle. Grace war nun seit fast zwei Wochen bei ihnen, doch sie hatte Anna noch immer nicht als ihre Mutter akzeptiert. Das Kind sah sie kaum an und redete nur mit ihr, wenn Anna sie zuvor angesprochen hatte. Nur Martha wurde von dem kleinen Mädchen akzeptiert; sie schlief sogar in Marthas Zimmer und verbrachte jede freie Minute in der Scheune mit Heidi und den Welpen.

Grace fragte nach wie vor nach ihrem Großvater Davis und beschwerte sich immer wieder darüber, dass sie nicht fernsehen konnte und keine Jeans, sondern die langen Kleider tragen musste, die Anna für sie genäht hatte. Doch während des Gottesdienstes am Vortag hatte sie sich schon besser zurechtgefunden als noch zwei Wochen zuvor. Sie war weniger auf den harten Bänken herumgerutscht und hatte nach dem Mittagessen sogar mit ihrer neuen Freundin Esta und einigen anderen Kindern auf der Wiese herumgetollt.

Anna war erleichtert, dass die anderen Frauen in der Gemeinde freundlich und verständnisvoll auf ihre Erklärung reagiert hatten. Wie sehr wünschte sie sich, dass auch ihr Vater und ihr Ehemann die Situation so akzeptieren könnten!

Sie seufzte tief. Es war so unfair, dass ausgerechnet die beiden Männer, die sie am meisten liebte, so unerbittlich waren, nicht bereit, ihr zu vergeben. Und es schien auch ungerecht, dass sie immer noch auf die Annahme und Liebe ihrer Tochter verzichten musste. Ihr einziger Trost bestand darin, dass Grace tatsächlich hier bei ihr war und weniger häufig nach ihrem Großvater Davis fragte. Irgendwann würde sie sich vielleicht an ihre neue Umgebung gewöhnen und Anna lieben lernen. Und vielleicht würden Cleon und Dad eines Tages mit Gottes Hilfe in der Lage sein, ihr zu verzeihen.

In den beiden vergangenen Wochen war Cleon auf Distanz geblieben. Er hatte verbissen an dem Haus weitergearbeitet, obwohl es ihm unter den gegebenen Umständen keine Freude mehr machte. Nachts hatte er auf einer Matratze im Wohnzimmer ihres künfigen Hauses geschlafen.

Als Anna ein paar Minuten später die Treppe hinunterging,

traf sie auf Ruth, die gerade durch die Hintertür hereingekommen war.

„Müsstest du nicht längst auf dem Weg zur Arbeit sein?“, fragte sie ihre Schwester.

„Ich wollte gerade losfahren, als Cleon mich kurz aufhielt.“ Ruth übergab Anna einen Briefumschlag. „Er bat mich, dir dies hier zu geben.“

„Was ist das?“

„Ich weiß es nicht. Er sagte, er sei auf dem Weg in die Stadt, und fragte mich, ob ich dir den Umschlag geben könnte.“

Annas Herz machte einen Satz. Vielleicht hatte Cleon ihr vergeben. Vielleicht wollte er die Dinge zwischen ihnen in Ordnung bringen.

„Nun, ich muss los, sonst komme ich zu spät.“ Ruth umarmte Anna und eilte hinaus.

Anna stand in der Tür und beobachtete, wie Ruth den Buggy die Auffahrt hinunterlenkte. Dann setzte sie sich aufs Sofa und öffnete Cleons Brief.

Hallo, Anna,
ich habe die beiden letzten Wochen damit zugebracht, über unsere Beziehung nachzudenken. Immer wieder habe ich mich gefragt, warum du mir nicht genug vertraut hast, um mir von deiner ersten Ehe und von Grace zu erzählen. Ich weiß nicht, wie ich reagiert hätte, wenn ich die Wahrheit schon früher erfahren hätte, aber ich weiß, wie ich mich jetzt fühle: betrogen, verletzt und wütend. Ich brauche mehr Zeit, um alles zu verarbeiten, und ich kann das nicht hier tun, wo ich dich täglich sehe.

Ich habe die Möglichkeit, meine Honiglieferungen auf einige Orte in Pennsylvania auszudehnen, also habe ich beschlossen, mit dem Bus dorthin zu fahren. Ivan wird sich während meiner Abwesenheit um alles kümmern, und ich werde Gelegenheit haben, in Ruhe über uns nachzudenken.

Cleon

Anna schluchzte, während sie den Brief zusammenknüllte. Und wenn Cleon nun nicht mehr zurückkam? Was, wenn …

„Was ist los, Anna? Warum weinst du?“

Anna sah zu ihrer Mutter hoch, die neben ihr stand und besorgt die Augenbrauen zusammenzog.

Sie begann unter Schluchzen, von Cleons Brief zu erzählen. „Ich fürchte, ich habe ihn vertrieben, und mein Leben ist für immer zerstört. Es gibt nichts Gutes mehr für mich.“

Mom setzte sich aufs Sofa und nahm Anna in den Arm. „Gott hat deine Tochter zurückgebracht, das ist doch etwas Gutes, oder?“

Anna nickte.

„Und als der Bischof am Abend, als Grace hier ankam, bei uns war, hat er dir tröstende und mutmachende Worte gesagt, stimmt's?“

Sie nickte erneut.

„Die Leute unserer Gemeinschaft haben Grace freundlich behandelt und versucht, ihr das Gefühl zu geben, dass sie willkommen ist, nicht wahr?“

„Jah.“

„Und was Cleon betrifft, so musst du Gott vertrauen. Ich bin sicher, dass sich dein Mann irgendwann mit dir aussöhnen wird.“

„Ich … ich hoffe es“, schniefte Anna. „Grace ist zwar wieder bei mir, aber sie akzeptiert mich nicht als ihre Mutter. Ich habe den Eindruck, dass sie überhaupt nichts mit mir zu tun haben will.“

„Sie braucht Zeit, um sich an ihre neue Lebenssituation zu gewöhnen und dich besser kennenzulernen.“

Anna griff nach der Schachtel mit Taschentüchern, die auf dem Beistelltisch stand. Sie tupfte sich die Augen ab und putzte sich die Nase. „Damit werden aber die Probleme zwischen Cleon und mir nicht gelöst. Ich habe Angst davor, dass er möglicherweise die Amisch-Gemeinschaft verlassen wird, um in der englischen Welt ein neues Leben zu beginnen – ohne mich.“

„Das ist doch völlig abwegig. Cleon würde niemals den Glauben aufgeben oder einen Ausschluss aus der Gemeinschaft riskieren, indem er sich zu etwas so Undenkbarem wie einer Scheidung entschließt." Mom tätschelte sanft Annas Rücken. „Er hat einen starken Glauben, und ich bin davon überzeugt, dass er dich tief in seinem Herzen wirklich liebt. Gib ihm ein wenig Zeit, um alles zu verarbeiten, und du wirst sehen, dass er bald wieder zu Hause ist."

Anna stöhnte. „Dad ist mir ebenfalls böse. Nicht nur wegen des Geheimnisses, das ich vor euch allen gehütet habe, sondern auch wegen dieses Zeitungsartikels von Gary Walker."

Mom schüttelte den Kopf. „Aber daran trägst du doch gar keine Schuld!"

„Ich habe Gary von den Einbrüchen erzählt. Ich dachte, er hätte es längst vergessen, weil er nach Pennsylvania gegangen ist, um dort Geschichten über die Amischen zu schreiben."

„Ich verstehe."

„Ich war völlig überrascht, als diese Story herauskam, und als Dad uns von dem Artikel und dem Foto erzählte, das der Bischof ihm gezeigt hat, hielt ich es für das Beste zuzugeben, dass ich mit diesem Reporter gesprochen habe." Sie putzte sich erneut die Nase.

„Aber es standen doch Einzelheiten in dem Artikel, die du dem Reporter gegenüber nie erwähnt hast, oder?"

Anna nickte. „Das stimmt. Aber wenn Gary selbst die Einbrüche verübt hat, kannte er natürlich alle Details."

„Oder jemand hat ihm davon erzählt."

„Aber wer?"

Mom zuckte die Schultern. „Ich habe keine Ahnung. Aber es gab noch andere in unserer Gemeinschaft, die über die Einbrüche Bescheid wussten. Einer von ihnen könnte mit dem Reporter gesprochen und ihm die Details verraten haben, die du ausgelassen hast."

„Kann sein. Ich weiß nur eines: Wenn man eine so wichtige Entscheidung trifft wie ich, als ich meine kleine Tochter Erics

Eltern überließ, dann wird das Leben mehrerer Personen dadurch für immer verändert." Anna schüttelte langsam den Kopf. „Genau das passiert, wenn Leute nicht über die Folgen nachdenken, die ihre Entscheidungen für andere Menschen nach sich ziehen. Wenn ich gewusst hätte, dass mein Geheimnis meine Familie so stark beeinträchtigen würde, hätte ich alles von vornherein anders gemacht."

„So ist das Leben – wir lernen aus unseren Fehlern und wachsen daran."

„Und hoffen, dass wir sie nicht erneut machen", murmelte Anna.

„Wir sollten uns nicht aufs Hoffen beschränken. Wir müssen Gott bitten, uns in allen unseren Entscheidungen zu lenken."

Anna nickte. Sie wusste, dass Mom recht hatte. Wenn sie damals nach Gottes Willen gefragt hätte, würde sie sich heute nicht in einem solchen Chaos befinden.

„Martha ist mit deinem *Daed* nach Kidron gefahren, um sich ein Beagle-Pärchen anzusehen. Wie wäre es, wenn wir beide uns einen Fahrer suchen würden, um ins Einkaufzentrum in Millersburg zu fahren und ein Paar Schuhe für deine Tochter zu kaufen?"

Anna schüttelte den Kopf. „Ich habe keine Lust, irgendwohin zu fahren, Mom. Warum fährst du nicht mit Grace? So könnt ihr euch besser kennenlernen."

„Ich glaube kaum, dass es dir helfen wird, zu Hause zu bleiben und vor dich hin zu brüten. Bitte komm mit."

„Nein, lieber nicht."

Mom zuckte die Schultern. „Gut. Vielleicht brauchst du doch ein wenig Zeit für dich allein."

Kurz darauf waren Judith und Grace im Auto von Donna Larson auf dem Weg nach Millersburg. Sobald sie das Einkaufszentrum betraten, zeigte Grace auf das mechanische Pferd: „Ich möchte darauf reiten."

Judith drückte sanft Graces Hand. „Vielleicht nachher, wenn wir hinausgehen."

Sie hatte gehofft, dass dieser Ausflug für sie und Grace eine Gelegenheit sein würde, einander näherzukommen – wie Anna gesagt hatte.

„Ich will aber jetzt reiten."

„Nein, wir gehen erst einkaufen." Judith griff nach einem Einkaufswagen, nahm Grace auf den Arm und setzte sie in den Wagen.

„Ich will keine neuen Schuhe. Lass mich raus. Ich will hier raus!"

„Du wirst schnell müde werden. Es ist besser, wenn du im Wagen sitzen bleibst."

Grace rümpfte ihr Näschen und verschränkte die Arme vor der Brust.

Judith seufzte und steuerte auf die Schuhabteilung zu. Grace brauchte ein Paar robuste, schlichte Schuhe. Vor Kurzem waren sie im Laden ihres Freundes Abe Wengerd gewesen, doch sie hatten keine Schuhe in Graces Größe gefunden.

Wenig später fand Judith ein Paar schwarze Schuhe, die Grace auch passten, und schickte sich gerade an, einen weiteren Einkauf zu erledigen, als Grace rief: „Ich will diese Schuhe nicht! Sie sind hässlich. Ich werde sie nicht anziehen!"

Judith atmete tief durch und betete um Geduld. „Ich weiß, dass du diese Schuhe nicht magst und dich darüber ärgerst. Und ich weiß auch, dass es schwer für dich ist, plötzlich mit Menschen zusammenzuleben, die dir fremd sind. Trotzdem: Solche Ausbrüche werde ich nicht dulden, Grace." Sie beugte sich zu dem kleinen Mädchen hinunter. „Verstehst du mich?"

Grace nickte, sagte jedoch nichts. Sie saß still wie eine Statue da und starrte mit verschränkten Armen vor sich hin.

Judith biss die Zähne zusammen und schob den Einkaufswagen weiter. Nachdem sie ihre restlichen Einkäufe erledigt hatte, ging sie zur Kasse und bezahlte. Dann schob sie den Wagen zur Tür. Doch kaum hatte sie den Kassenbereich verlassen, als Grace zu schreien anfing: „Pferdchen! Pferdchen! Ich will auf dem Pferdchen reiten!"

„Schsch. Ich habe dir doch schon gesagt, dass du nicht schreien sollst." Judith fragte sich, was die anderen Kunden wohl dachten, wenn sie ein nach amischer Weise gekleidetes Kind mit einem solchen Betragen sahen. Bei den Amischen wurde man schon als ganz kleines Kind dazu erzogen, sich in der Öffentlichkeit ordentlich zu benehmen. Aber natürlich konnte keiner dieser Leute, die Grace jetzt anstarrten, wissen, dass sie nicht bei den Amischen aufgewachsen war. Wie anders wäre alles gewesen, wenn das kleine Mädchen nach seiner Geburt in ihrer Familie großgeworden wäre!

Plötzlich ging ein ohrenbetäubendes Heulen los und Grace fing an zu schreien. Judith blieb vor der Tür stehen, in der Annahme, dass eine der Diebstahlsicherungen von irgendeinem Artikel versehentlich nicht entfernt worden war. Nur Sekunden später lief einer der Angestellten des Einkaufszentrums auf sie zu und verlangte, ihren Kassenbon und ihre Einkäufe zu sehen. Die ganze Zeit über schrie Grace, dass sie auf das Pferd wollte, wodurch Judith noch verlegener und gestresster war.

Als der Angestellte nichts entdecken konnte, wandte er sich an Judith und sagte: „Ich würde gern Ihre Handtasche sehen."

Judith runzelte die Stirn. „Wozu? Ich habe sie nicht hier gekauft. Es ist ein Geschenk meiner Schwester aus Indiana, und ich hatte sie bei mir, als ich diesen Laden betrat."

„Unsere Scanner sind dazu da, Diebstahlsicherungen auf Waren zu erkennen, die diesen Laden verlassen", sagte der Angestellte. „Nun, lassen Sie mich Ihre Tasche sehen oder soll ich meinen Vorgesetzten rufen?"

Judiths Schläfen begannen zu pochen, und als Graces Schreie immer lauter wurden, hätte sie am liebsten selbst geschrien. Sie biss die Zähne zusammen und reichte dem Angestellten ihre Tasche.

Er öffnete sie, suchte ein paar Sekunden in ihr herum und sagte schließlich: „Ich habe das Problem gefunden." Er hielt einen Metallstreifen hoch. „Er war am Reißverschluss Ihrer Tasche befestigt und wurde wahrscheinlich übersehen, als Ihre

Schwester die Tasche gekauft hat. Da Ihre persönlichen Gegenstände darin sind, gehört sie offensichtlich Ihnen."

Judith seufzte erleichtert und wie durch ein Wunder hörte auch Graces Geschrei auf.

„Es tut mir leid, dass Sie Unannehmlichkeiten hatten", sagte der Angestellte mit einem unsicheren Lächeln. „So etwas kommt nicht oft vor, aber wir müssen es überprüfen, wenn Alarm ausgelöst wird."

„Ja, das verstehe ich." Mit wackeligen Beinen schob Judith den Wagen zum Ausgang und spähte angestrengt nach Donnas Wagen, der auf sie warten sollte. Doch noch bevor sie draußen war, stellte sich Grace im Einkaufswagen auf und brüllte erneut: „Pferdchen! Bitte, Grandma."

Judith hielt an und drückte das Mädchen an sich. Etwas Gutes hatte dieser anstrengende Einkauf doch mit sich gebracht: Grace hatte sie „Grandma" genannt. Und vielleicht würde sie Anna schon bald „Mama" nennen. Oh, sie hoffte es so sehr.

„Grace schläft", sagte Martha, als sie am Abend die Küche betrat.

Anna schaute von dem Brief hoch, den sie gerade schrieb, und runzelte die Stirn. „Ich habe versucht, sie heute in meinem Zimmer hinzulegen, aber sie hat geschrien und wollte unbedingt wieder in deinem Zimmer schlafen. Ich fürchte, sie wird mich nie als ihre Mutter akzeptieren."

Mom, die mit Anna am Küchentisch saß, schüttelte den Kopf. „Ich glaube, da irrst du dich. Ich habe bisher noch nichts gesagt, weil ich nicht wollte, dass Grace sich vor uns allen am Abendbrottisch schämt, aber heute Nachmittag, als wir das Einkaufszentrum verließen, hat sie mich ‚Grandma' genannt."

Anna legte ihren Füller zur Seite und nahm ihre Teetasse in die Hand. „Ich bin froh, das zu hören, aber dass Grace dich als *Grossmudder* akzeptiert und Martha als ihre *Aendi*, heißt noch lange nicht, dass sie auch mich irgendwann akzeptieren wird."

Martha nahm sich einen Stuhl und setzte sich neben Anna. „Du darfst nicht vergessen, dass die einzige Mutter, die Grace je gekannt hat, Grandma Davis war. Nun, da die arme Frau tot ist und ihr Grandpa sie hiergelassen hat, bei Leuten, die sie nie zuvor gesehen hat, weiß das arme kleine Ding überhaupt nicht mehr, wohin sie gehört und wem sie vertrauen kann."

„Ich denke, deine Schwester hat recht", sagte Mom mit einem Nicken. „Du musst dich darum bemühen, ganz allmählich Graces Vertrauen zu gewinnen. Wenn du so viel Zeit wie möglich mit ihr verbringst, dann wird sie lernen, dir zu vertrauen, und irgendwann wird sie dich dann auch Mama nennen."

Martha goss sich eine Tasse Tee ein. „Der einzige Grund, warum Grace mich akzeptiert, sind die *Hundlin*. Sie liebt es, mit ihnen zu spielen, wir haben also ein gemeinsames Interesse."

„Da wir gerade von den Welpen sprechen", sagte Anna, „wie ist es dir mit Dad in Kidron ergangen? Hast du irgendwelche Hunde gesehen, die dir gefallen?"

Martha nickte und ihre blauen Augen glänzten. „Ich habe ein Beagle-Pärchen für die Zucht gefunden. Der Rüde heißt Bo und die Hündin Flo."

„Klingt eher nach Zwillingen als nach einem Pärchen."

Martha gluckste. „Ich glaube, Grace wird die Beagles genauso mögen wie Heidi, Fritz und die Welpen."

Tränen liefen über Annas Wangen. „Es tut mir so weh, dass Grace dich akzeptiert und mich nicht."

Mom berührte Annas Arm. „Wenn du etwas findest, wofür sich Grace interessiert, dann wird es vielleicht klappen."

„Ja, vielleicht. Es sieht ja ohnehin so aus, als würde ich meine freie Zeit nicht mehr mit Cleon verbringen." Anna unterdrückte ein Schluchzen. „Er hat Ruth heute Morgen einen Brief für mich gegeben und es sind keine guten Neuigkeiten."

„Was steht denn drin?", fragte Martha.

„Cleon ist mit dem Bus nach Pennsylvania gefahren, um dort geschäftliche Kontakte zu knüpfen."

„Er wird nicht lange fortbleiben", sagte ihre Schwester.

„Das glaube ich auch", warf ihre Mutter ein. „Cleon wird schneller zurück sein, als du denkst."

„Ihr wisst doch, dass er die letzten beiden Wochen auf dem Fußboden in unserem noch unfertigen Haus geschlafen hat, weil er so aufgebracht war, dass ich ihm nicht früher von Eric und Grace erzählt habe. Ich fürchte, er ist vor allem deswegen fortgefahren, nicht wegen der Geschäfte." Sie spürte eine Welle der Hoffnungslosigkeit in sich hochsteigen.

„Ich weiß, dass er in eurem Haus geschlafen hat", sagte Martha, „aber ich dachte, es läge daran, dass er spätabends und frühmorgens in eurem gemeinsamen Heim werkeln wollte. Ich bin gar nicht auf den Gedanken gekommen, dass er das getan hat, um nicht bei dir zu sein."

„Cleon sagt, dass er Zeit braucht, um alles zu verarbeiten. Hier, wo er mich und Grace ständig sieht, ist das wahrscheinlich auch nicht möglich."

„Oh, Anna, es tut mir so leid. Warum hast du nicht schon früher darüber gesprochen?"

Anna schniefte, griff nach der Serviette und putzte sich die Nase. „Ich habe Mom heute Morgen von Cleons Brief erzählt. Euch anderen gegenüber habe ich nichts erwähnt, weil ich nicht wollte, dass Grace etwas davon mitbekommt."

Martha legte ihre Hand auf Annas Rücken und streichelte sie sanft. „Vielleicht ist es gut, dass Cleon für eine Weile fort ist. So kannst du mehr Zeit mit Grace verbringen. Wenn er erst einmal in Ruhe über alles nachgedacht hat, wird ihm bestimmt klar werden, dass sein Platz hier bei dir ist."

„Ich hoffe, du behältst recht." Anna stand auf und ging auf den Flur zu.

„Wohin gehst du?", fragte Mom.

„Nach oben. Ich will nach Grace sehen."

„Ich habe dir doch gesagt, dass sie schläft."

„Ich will nur sicher sein, dass alles in Ordnung ist."

„Kommst du danach noch mal runter? Es gibt Popcorn und heißen Apfelmost", rief Mom ihr hinterher. „Dein *Daed* wird sich auch zu uns setzen, wenn er mit seiner Arbeit in der Scheune fertig ist."

Anna nickte kurz und eilte aus dem Zimmer.

Kapitel 23

„Ich bin schon eine ganze Weile nicht mehr mit dir im Buggy gefahren", sagte Ruth, während sie mit Luke in seinem offenen Buggy die Straße hinunterfuhr. Es war ein kühler, windiger Abend, und sie war froh über die Steppdecke, die sie sich um die Beine gewickelt hatte.

Luke sah zu ihr herüber und lächelte. „Ich freue mich, dass du heute Abend Zeit für mich hast."

„Ja, ich auch."

„Dein *Daed* hat erzählt, dass es bei euch zu Hause ziemlich hektisch zugeht, seit Annas Tochter bei euch ist."

Sie nickte. „Deshalb konnte ich dich auch in letzter Zeit nicht so häufig sehen. Ich wollte jeden Abend zu Hause sein, um Grace besser kennenzulernen und Anna zur Seite zu stehen. Es war schon ein ziemlich großer Schock für sie, so plötzlich mit ihrer Tochter konfrontiert zu werden."

„Das kann ich mir vorstellen."

„Grace fragt fast jeden Tag nach ihrem anderen Grandpa. Sie will wissen, wann er zurückkommt."

„Aber er wird nicht kommen, oder?"

„Vielleicht für einen Besuch." Ruth seufzte. „Grace scheint sich an manches zu gewöhnen, aber es fällt ihr wirklich schwer, auf die Dinge des modernen Lebens zu verzichten, an die sie gewöhnt war. Und sie hat Anna bisher noch nicht als ihre Mutter akzeptiert."

„Das kommt bestimmt noch mit der Zeit."

„Hoffentlich." Sie hob den Kopf und betrachtete den sternklaren Himmel. Die Sterne wirkten so hell und so nah, dass sie den Eindruck hatte, sie bräuchte nur die Hand auszustrecken, um sie zu berühren.

„Dein *Daed* hat erzählt, dass es keine neuen Einbrüche mehr bei euch gegeben hat, aber er hat Angst, dass es wegen dieses Zeitungsartikels wieder welche geben könnte."

„Ich glaube, Dad macht sich mehr Gedanken darüber, dass die Amischen in dieser Gegend ins Licht der Öffentlichkeit gezerrt werden könnten, als darüber, wer hinter diesen Einbrüchen stecken könnte."

„Vielleicht ist es am besten, wenn er es nicht herausfindet."

„Wie meinst du das?"

„Wenn jemand aus eurer Familie beginnen würde, herumzuschnüffeln und Detektiv zu spielen, dann würde er sich womöglich in Gefahr begeben."

Ruth blinzelte und spürte die Angst wie eine kalte Hand nach sich greifen. Sie wusste, dass Anna versucht hatte herauszufinden, ob der englische Reporter für die Einbrüche verantwortlich war, doch nach ihren letzten Informationen war Gary fortgegangen, und Anna konnte ihm keine Fragen mehr stellen, ohne sich in Gefahr zu begeben.

„Dein *Daed* ist ein Dickkopf, das weiß ich aus eigener Erfahrung", sagte Luke. „Wir sind schon häufig wegen meiner Arbeitsweise aneinandergeraten; er will einfach nicht auf mich hören, wenn ich ihm etwas Neues, das ich gern ausprobieren möchte, zeigen will. Er hat sich oft über mich geärgert, weil ich zu spät zur Arbeit kam oder länger wegen einer Lieferung fortblieb, als ihm lieb war. Einmal hat er sogar meinen Lohn gekürzt, weil er mich dafür verantwortlich gemacht hat, dass ein paar Schränke vom Wagen fielen und kaputtgegangen sind." Er grunzte. „Ich frage mich, ob ich mich nicht nach einem anderen Job umsehen sollte."

„Hat dir jemand einen besseren Job angeboten?"

„Noch nicht, aber ich bin sehr geschickt mit meinen Händen, und ich bin sicher, dass ich jemanden finden könnte, der mich als Schreiner anstellen würde."

Ruth gefiel der Gedanke, dass Luke die Anstellung bei ihrem Vater aufgeben könnte, ganz und gar nicht. Wenn er sich jedoch dazu entschließen sollte, konnte sie nichts dagegen tun. „Komm, lass uns über etwas anderes reden. Wir wollten doch einen schönen Abend miteinander verbringen. Über die Arbeit meines Vaters zu sprechen ist nicht besonders erbaulich."

Luke nahm ihre Hand. „Du hast recht. Dein *Daed* ist auch nicht gerade mein Lieblingsthema."

Sie wurde rot. „Ich habe nicht gesagt, dass …"

Er ließ ihre Hand los und legte den Arm um ihre Schultern. „Um noch mal auf diesen Reporter zurückzukommen – hast du eine Ahnung, wer ihm die Informationen gegeben haben könnte, die er für seinen Artikel verwendet hat, oder wie er an Annas Foto gekommen ist?"

Sie zuckte die Schultern. „Anna hat ihm ein paar Dinge erzählt, aber sie hat sich niemals freiwillig fotografieren lassen. Er hat es ohne ihre Zustimmung getan. Sie glaubt, dass er die übrigen Informationen von einem Mitglied unserer Gemeinschaft bekommen hat."

„Von wem zum Beispiel?"

„Ich weiß es nicht."

„Wer hat denn über die Einbrüche Bescheid gewusst?"

Ruth schürzte die Lippen. „Warte mal – Dad hat Bischof King und einigen amischen Nachbarn davon erzählt. Anna hat es Cleon erzählt, und ich habe es einer englischen Nachbarin gegenüber erwähnt, als sie in unsere Bäckerei kam." Sie sah Luke an. „Und natürlich wusstest du Bescheid."

„Ich habe nie mit diesem Reporter gesprochen, und ich hoffe, dass du mich nicht beschuldigst." Lukes Stimme wurde etwas lauter, und er schnalzte heftig mit den Zügeln, sodass das Pferd noch schneller trabte. „Los, Junge, beweg dich."

„Ich habe dich nicht beschuldigt."

„Es hörte sich aber ganz danach an."

„Du hast mich gefragt, wer über die Einbrüche Bescheid wusste, und ich habe geantwortet."

Er runzelte die Stirn. „Nun ja, ich hatte irgendwie den Eindruck, dass du mir nicht vertraust."

„Natürlich vertraue ich dir." Ruth schauderte innerlich, als die Worte von ihren Lippen kamen. In letzter Zeit hatte sie sich immer ein wenig unwohl gefühlt, wenn sie mit Luke zusammen war. Sie wusste nicht, ob es mangelndes Vertrauen oder einfach Verwirrung war, weil er sich ein paar Mal so seltsam benommen hatte. Es wirkte fast so, als ob er etwas zu verbergen hatte, aber sie konnte sich nicht vorstellen, was das sein könnte.

Sie musste an den Tag zurückdenken, als sie und Sadie sich mit Toby und Luke zum Picknick treffen wollten und Luke sich verspätet hatte, ohne zu erklären, warum. Sie dachte auch an jenen Morgen, als sie mit Martha in der Stadt war und Luke im Gespräch mit ein paar englischen Burschen überrascht hatte. Auch damals hatte er sich seltsam benommen und sie den anderen noch nicht einmal vorgestellt.

„Ich würde gern etwas wissen", sagte sie, wobei sie all ihren Mut zusammennahm.

„Was denn?"

„Vor ein paar Monaten, als Martha und ich in Berlin waren und dich mit ein paar englischen Burschen gesehen haben, da wirktest du irgendwie nervös. Und du hast dich so benommen, als ob du mich kaum kennen würdest."

Er runzelte die Stirn. „Ich weiß nicht, wovon du sprichst. Ich kann mich nicht an diesen Vorfall erinnern. Ich bin sicher, dass ich nicht nervös war oder gesagt habe, ich würde dich nicht kennen."

„Du hast dich *benommen*, als ob du mich kaum kennen würdest."

Er nahm den Arm von ihrer Schulter und schnalzte erneut mit den Zügeln. „Ich war wohl gerade ziemlich beschäftigt und du hast vermutlich meine Unterhaltung unterbrochen."

Ruth schaute weg. Sie hatte das Gefühl, jemand hätte ihr einen Eimer kaltes Wasser ins Gesicht geschüttet. Tränen traten in ihre Augen, sodass sie die vorbeiziehende Landschaft nur noch verschwommen wahrnahm. „Luke, könntest du nicht ein bisschen langsamer fahren? Die Straße könnte glatt sein, und es macht mich *naerfich*, wenn du so schnell fährst."

„Ich bin ein guter Fahrer. Es gibt keinen Grund, nervös zu sein."

„Auf dieser Straße hat es schon genug Unfälle gegeben, und so, wie du fährst, könnten wir auch einen bauen."

„Du bist wie deine Schwester Anna, weißt du das?"

„Was willst du damit sagen?"

„Ihr macht euch beide zu viele Sorgen."

Ruth verschränkte die Arme und presste die Lippen zusammen. Am liebsten hätte sie Luke gesagt, er solle den Buggy wenden und sie nach Hause fahren. Wenn er noch einmal so etwas Unfreundliches sagen sollte, würde sie genau das tun.

Die nächsten Kilometer schwiegen sie; dann nahm Luke ihre Hand und drückte sie. „Es tut mir leid, dass ich dich so angeblafft habe. Ich weiß, dass die meisten Frauen dazu neigen, sich ständig Sorgen zu machen – meine *Mamm* am allermeisten."

„Ich bin sonst eigentlich gar nicht so", räumte Ruth ein. „Aber als diese Einbrüche begannen, habe ich auf einmal angefangen, mir über alles Mögliche Sorgen zu machen."

„Das ist wohl verständlich."

Ruth befeuchtete ihre Lippen und beschloss, das Thema von vorhin noch einmal anzusprechen. „Darf ich dich fragen, worüber du an diesem Tag mit den englischen Burschen gesprochen hast?"

Er starrte sie mit einem so seltsamen Ausdruck an, dass sie ein Frösteln verspürte. „Ich kann es kaum glauben, dass du mich auf etwas ansprichst, das schon Monate zurückliegt."

„Ich wollte schon früher mit dir darüber sprechen, aber jedes Mal, wenn ich es versucht habe, hast du das Thema gewechselt."

Er zuckte die Schultern.

„Also frage ich dich jetzt und ich würde wirklich gern eine Antwort bekommen."

„Ich möchte lieber nicht darüber sprechen."

„Warum? Hast du etwas zu verbergen?"

Lukes Gesicht wurde dunkelrot. „Ich habe nichts zu verbergen."

„Warum willst du mir dann nicht sagen, worüber ihr gesprochen habt?"

„Weil es nicht wichtig ist."

„Und was war an diesem Tag am Teich, als wir uns mit Sadie und Toby getroffen haben?"

„Was ist damit?"

„Warum hast du dich so seltsam benommen und gesagt, du wärst zu spät gekommen, weil du im Wald angehalten hast? Warum warst du wirklich zu spät da?"

Er ließ das Pferd langsamer traben und gab einen Ächzlaut von sich. „Versprichst du mir, dass du niemandem etwas sagen wirst?"

Sie nickte, obwohl ihr bei diesem Versprechen nicht ganz wohl war. Wenn Luke nun etwas angestellt hatte? Wenn sie darüber Bescheid wusste und schwieg, tat sie dann nicht auch etwas Unrechtes?

„Wenn du es unbedingt wissen willst: Ich habe mir letzten Sommer ein Auto gekauft, und ich habe es im Wald versteckt, damit meine Familie nichts davon mitbekommt."

Ruth presste die Lippen aufeinander. Also war es Lukes Wagen, den sie mit Sadie im Wald gesehen hatte!

„Hey, schau mich nicht so an", sagte er mit spielerisch erhobenem Finger. „Ich bin noch immer in der *Rumschpringe*-Phase. Ich habe das Recht, mir ein Auto zu kaufen, wenn mir danach ist."

„Wenn du das in Ordnung findest, warum versteckst du es dann vor deiner Familie?"

Luke starrte vor sich hin und zuckte die Schultern.

„Hast du vor, den amischen Glauben aufzugeben?", wagte Ruth zu fragen. Sie musste wissen, was er vorhatte, denn ihre Beziehung wäre direkt davon betroffen.

Er zuckte erneut die Schultern.

„Luke, würdest du mir bitte meine Frage beantworten?"

„Ich weiß es noch nicht."

Ruth lehnte sich gegen den Sitz und schloss die Augen. Der bisherige Abend war furchtbar gelaufen und es würde wohl kaum besser werden. „Ich möchte jetzt gern nach Hause fahren", murmelte sie.

„Wie du willst." Er bedeutete dem Pferd mit den Zügeln zu wenden.

Den Rest des Weges legten sie schweigend zurück. Als sie auf den Hof von Ruths Eltern fuhren, drehte sie sich zu ihm und sagte: „Ich denke, es ist das Beste, wenn wir uns nicht mehr treffen."

Er zog die Augenbrauen hoch. „Was ist denn nun los?"

„Wenn ich dir nicht wichtig genug bin, um meine Fragen zu beantworten, dann …"

„Ich habe deine Fragen beantwortet. Nun ja, die meisten jedenfalls."

„Wenn du beschließen solltest, dass du in der englischen Welt leben willst, dann müssen wir uns trennen, denn ich würde nie den amischen Glauben aufgeben."

Ein Muskel in seinem Gesicht zuckte und er sah zur Seite. „Vielleicht hast du recht. Vielleicht sollten wir getrennte Wege gehen, bevor jemand verletzt wird."

„Ja, das denke ich auch. *Gut Nacht*, Luke."

„Gute Nacht."

Ruth stieg vom Buggy auf den mit Reif bedeckten Rasen und zitterte. Erst als sie die hintere Veranda erreicht hatte, ließ sie ihren Tränen freien Lauf. Es war ein Fehler gewesen, mit jemandem wie Luke zusammen zu sein, und sie war beinahe erleichtert, dass es vorbei war.

Anna zog sich einen Stuhl an den Küchentisch, an dem bereits Martha und ihre Eltern saßen. Dad las *The Budget*, Mom die neueste Ausgabe des *Country Magazine* und Martha löste ein Kreuzworträtsel. Eine Schale Popcorn stand auf dem Tisch und jeder der drei hatte eine Tasse warmen Apfelmost vor sich stehen.

„Hat Grace geschlafen, als du nach ihr gesehen hast?", fragte Martha.

Anna nickte und seufzte müde. „Ich wünschte, sie würde in meinem Zimmer schlafen. Grace, meine eigene Tochter, mein eigen Fleisch und Blut, will so wenig wie möglich mit mir zu tun haben. Sie redet mehr mit ihrer neuen Freundin Esta als mit mir."

Sie blinzelte und versuchte krampfhaft, die Tränen zurückzuhalten. Sie hatte schon genug Tränen geweint, seit das kleine Mädchen bei ihnen war – nicht nur, weil Grace sie nicht als Mutter akzeptierte, sondern auch, weil Cleon nicht mehr mit ihr redete und weil sie Scham und Reue empfand.

„Es wird mit der Zeit besser werden – du wirst sehen", sagte Mom verständnisvoll.

„Ich glaube nicht, dass überhaupt irgendetwas jemals besser werden wird." Annas Kopf schmerzte, sie war emotional völlig ausgelaugt und ein Gefühl der Verzweiflung drohte sie zu ersticken. „Ich ... ich habe Angst, dass Cleon nie mehr zurückkommt."

Dad schaute hoch. „Warum sagst du so etwas? Hast du etwas Neues von ihm gehört?"

„Ich habe heute Morgen einen Brief bekommen."

„Und, was steht drin?"

„Er hat beschlossen, noch einige Zeit in Pennsylvania zu bleiben und seine Kontakte dort zu vertiefen und ein richtiges Handelsnetz für seinen Honig aufzubauen."

„Das hört sich plausibel an", warf Martha ein. „Jetzt gibt es ja auch nicht viel zu tun, weil die Bienen Winterruhe halten."

„Aber wenn Cleon nun nicht mehr zurückkommt? Was, wenn ..."

„Er wird zurückkommen. Er versucht nur, sein Geschäft zu

erweitern, um besser für Grace und dich sorgen zu können", sagte Mom.

Anna schüttelte den Kopf, während die Tränen über ihre Wangen liefen. Nun konnte sie sie nicht mehr zurückhalten.

Mom tätschelte Annas Rücken. „Es tut mir leid, dass du so traurig bist."

„Cleon wäre vielleicht nicht fortgefahren, wenn du von Anfang an ehrlich gewesen wärst." Dads Stuhl kratzte über den Fußboden, als er ihn vom Tisch wegzog. „Sollte dein Mann wirklich nicht mehr zurückkommen, dann wäre das deine Schuld."

Anna zitterte, als die scharfen Worte ihres Vaters sie wie ein Messerstich trafen, doch sie wusste, dass er recht hatte.

„Roman, du bist zu hart." Mom legte ihre Zeitschrift zur Seite und stellte sich neben ihn ans Spülbecken, wo er gerade seine leere Tasse abgestellt hatte.

Er stöhnte. „Seit Monaten ist nichts mehr richtig in Ordnung. Weder hier zu Hause noch in meinem Geschäft. Neulich, als ich in der Stadt war, sah ich Steven Bates in der Apotheke, und er hat mich behandelt, als wäre ich Luft. Er ist immer noch wegen der kaputten Schränke verärgert, und es würde mich nicht wundern, wenn er anderen davon erzählt hätte, sodass ich noch weitere Kunden verliere werde."

„Dafür kann ich nichts", sagte Anna mit tränenerstickter Stimme, „aber ich weiß, dass ich verantwortlich bin für das, was zwischen Cleon und mir und auch zwischen mir und Grace geschieht."

Martha lächelte Anna mitfühlend an. „Niemand von uns kann irgendetwas tun, um die Dinge mit Cleon ins Lot zu bringen, aber wir können beten, dass er bald nach Hause kommt. Und wir können alle dafür sorgen, dass sich Grace bei uns wohlfühlt."

Mom nickte und wandte sich an Dad. „Du hast immer so viel in deiner Tischlerei zu tun, aber könntest du nicht dann und wann ein bisschen Zeit mit deiner Enkeltochter verbringen?"

Er zuckte die Schultern und zog an seinem Bart. „Ja, das könnte ich schon. Ich wollte ein paar Walnüsse knacken, da könnte ich Grace mitnehmen und ihr zeigen, wie man das macht."

„Gute Idee", sagte Mom mit einem hoffnungsvollen Lächeln. „Was meinst du, Anna?"

Anna nickte, doch der Kloß in ihrer Kehle schwoll noch mehr an. „Ich habe einfach noch nichts gefunden, was ich mit ihr tun könnte."

„Es wird dir bestimmt etwas einfallen. Vielleicht könntest du ja …"

Martha wurde unterbrochen, als Ruth in den Raum kam. Ihre Mundwinkel hingen nach unten und ihre Augen schwammen in Tränen.

„Was ist los?", fragte Mom und eilte auf sie zu. „Hast du geweint?"

Ruth öffnete den Mund, doch es kam nur ein Schluchzen heraus.

Dad trat an sie heran und griff nach ihrem Arm. „Was ist passiert? Gab es einen neuen Angriff?"

Sie schüttelte den Kopf. „Nein, es ist … es ist Luke."

„Was ist mit ihm? Hat er dir etwas angetan?" Dads Stimme zitterte und eine Ader an seinem Hals pochte.

„Er ist nicht aufrichtig zu mir, und ich fürchte, dass er den amischen Glauben aufgeben wird, und ich … ich habe mit ihm Schluss gemacht." Ruth schluchzte und rannte aus dem Zimmer.

Anna stöhnte. Offenbar war sie nicht die Einzige in der Familie, die Probleme hatte.

Kapitel 24

„Ich will aber keine Walnüsse knacken", jammerte Grace, als Roman am Samstagmorgen mit ihr in seine Tischlerei ging. „Ich will fernsehen."

„Wir haben keinen Fernseher, Grace, das weißt du doch." Er sah sie an und runzelte die Stirn. Seit Grace da war, hatte sie fast nichts anderes getan als zu schmollen, zu klagen und nach ihrem Opi zu fragen. Doch am schlimmsten war es, mit anzusehen, wie sich das plötzliche Auftauchen des Kindes auf Anna und ihre Beziehung zu Cleon ausgewirkt hatte.

Roman verzog das Gesicht. Er fühlte sich im Grunde genauso verletzt und betrogen wie Cleon. Wenn Anna ihnen doch nur früher alles erzählt hätte, gleich als sie nach der *Rumschpringe*-Zeit in die Familie zurückgekehrt war. Wenn sie damals von Graces Existenz gewusst hätten, dann hätten sie Anna helfen können, ihre Tochter zurückzugewinnen. Ganz bestimmt hätten sie sie unterstützt.

Hättest du sie wirklich unterstützt oder hättest du sie vor allem verurteilt?, meldete sich eine leise Stimme in seinem Kopf.

Sehr wahrscheinlich hätte er die Nachricht von ihrer Ehe und die Tatsache, dass Anna ihr Kind weggegeben hatte, nicht gut aufgenommen. Die ganze Sache erinnerte ihn zunehmend an seine abtrünnige Schwester. Hatte Rosemary sich vor der Reaktion ihrer Familie gefürchtet, als sie den englischen Lebensstil annahm, oder waren ihre Angehörigen ihr so gleichgültig, dass sie nie wieder Kontakt mit ihnen aufgenommen hatte? Hatte sie Kinder? Lebte sie überhaupt noch? Es war zu befürchten, dass er niemals eine Antwort auf diese Fragen bekommen würde.

„Warum ist hier so viel Holz?"

Graces kindliche Frage riss Roman aus seinen Grübeleien. „Hier arbeite ich. Ich stelle Dinge aus Holz her."

Sie zuckte ihre schmalen Schultern und spazierte langsam durch den Raum, als ob sie alles genau studieren müsste.

„Komm, wir setzen uns an meine Werkbank." Roman zog einen Stuhl für Grace heran und hob sie auf den Sitz. Dann holte er ein paar Walnüsse aus einem sackleinenen Beutel und nahm einen Hammer in die Hand. „Meiner Meinung nach ist dies die beste Methode, um eine Walnuss zu öffnen." Krack! Der Hammer sauste nieder und spaltete die Walnuss in zwei Teile. „Jetzt bist du dran." Er reichte Grace den Hammer, doch sie starrte auf die zerbrochene Walnuss, und ihre Augen füllten sich mit Tränen.

„Du hast sie getötet!"

„Nein, Grace, sie ist …"

„Sie ist tot, wie meine Grandma."

„Deine Grandma ist nicht tot; sie ist drüben im Haus, wahrscheinlich kocht sie gerade das Mittagessen."

„Grandma ist tot und Opi ist weggefahren." Tränen liefen in kleinen Rinnsalen über ihre Wangen.

Roman sah sich hilflos im Raum um. Er wünschte, Judith oder Martha wären jetzt hier. Sie hatten offenbar mehr Geschick, wenn es darum ging, das Kind zu beruhigen.

„Gut, wir lassen die Walnüsse erst mal liegen", meinte er dann. „Du kannst dich an den Schreibtisch setzen, während ich arbeite."

Graces Augenbrauen zogen sich zusammen und ihre Unterlippe schob sich schmollend nach vorn. „Ich will nicht. Es gefällt mir hier nicht."

„Gut! Du kannst ins Haus zurückgehen und ich mache in der Zwischenzeit eine Besorgung." Roman legte den Hammer zur Seite und nahm Graces Hand. So viel zu seinem Vorhaben, Grace besser kennenzulernen.

Judith war gerade dabei, die letzten paar Löffel Apfelmus in Einmachgläser zu füllen, als sie ein Klopfen an der Haustür hörte. *Wie seltsam. Alle, die wir kennen, benutzen normalerweise die Hintertür.*

„Martha, könntest du mal nachsehen?", rief sie. Dann erinnerte sie sich, dass Martha in die Scheune gegangen war, um nach ihren Hunden zu schauen. Anna war oben und ruhte sich aus.

Seufzend trocknete Judith ihre Hände an einem Tuch ab, ging durchs Wohnzimmer und öffnete die Haustür. Ein Englischer stand auf der Veranda. Im ersten Moment erkannte sie ihn nicht, doch dann erinnerte sie sich, ihn in Romans Laden gesehen zu haben, wo er davon gesprochen hatte, ihr Grundstück kaufen zu wollen.

„Kann ich Ihnen helfen?", fragte sie und kam auf die Veranda.

„Ich hoffe es." Er lächelte sie schief an. „Falls Sie sich nicht erinnern sollten, mein Name ist Bill Collins, und ich war vor einigen Monaten hier, um mit Ihrem Mann über einen möglichen Kauf Ihres Grundstücks zu sprechen."

Sie nickte kurz. „Ja, ich erinnere mich."

„Wenn Sie einen Augenblick Zeit haben, würde ich gern mit Ihnen reden."

„Nun, ich war gerade mit dem Abfüllen von Apfelmus beschäftigt."

„Kein Problem. Ich kann warten."

Judith nahm an, der Mann würde sich auf einen der Rohrstühle auf der Veranda setzen, und ging ins Haus zurück, wobei sie die Tür nicht ganz schloss. Als sie die Küche betrat, hörte sie die Stimme des Mannes. Sie drehte sich herum und war überrascht, den Bauunternehmer plötzlich auf der Türschwelle stehen zu sehen.

„Ich hoffe, Sie und Ihr Mann haben mein Kaufangebot überdacht", sagte er, wobei er sich gegen die Küchenanrichte lehnte und die Arme verschränkte.

„Haben Sie denn noch einmal mit meinem Mann gesprochen?"

Mr Collins schüttelte den Kopf. „Ich wollte zuerst mit Ihnen reden."

Sie runzelte die Stirn. „Wenn es zu einem Verkauf käme, würde ohnehin mein Mann entscheiden, aber ich bin sicher, dass er seine Meinung nicht geändert hat.“

„Ich bin bereit, Ihnen einen angemessenen Preis für das Grundstück zu zahlen.“

„Mag sein. Aber wir wollen weder verkaufen noch umziehen.“

Er grunzte. „Geld regiert die Welt, und ich bin es nicht gewohnt, ein Nein zu akzeptieren.“

Sie öffnete den Mund, um etwas zu entgegnen, als es erneut an der Haustür klopfte. „Entschuldigen Sie mich.“

„Klar, kein Problem.“

Der Mann stand da, als hätte er nicht die Absicht zu gehen, also eilte Judith zur Haustür und nahm sich vor, ihn zum Gehen aufzufordern, sobald sie den neuen Besucher begrüßt hatte.

Überrascht sah sie einen weiteren Mann auf ihrer Veranda stehen und verzog das Gesicht, als sie den Reporter erkannte, mit dem sie sich einige Monate zuvor unterhalten hatte.

„Darf ich Ihnen ein paar Fragen stellen?“, sagt er und holte einen Notizblock und einen Kugelschreiber aus seiner Jackentasche.

„Sie haben bereits einen Zeitungsartikel über die Einbrüche bei uns geschrieben. Reicht Ihnen das nicht?“ Judith war selbst erstaunt über ihre harschen Worte und den kühlen Klang ihrer Stimme. Normalerweise war sie Fremden gegenüber freundlicher – auch wenn es neugierige Leute waren, die Informationen über die Amischen haben wollten.

„Ich habe in Pennsylvania an ein paar anderen Artikeln gearbeitet, aber jetzt bin ich wieder in Ohio, um die Einbruchgeschichte fortzusetzen. Ich würde gern wissen, ob es weitere Übergriffe gab.“

„Ich möchte nicht darüber sprechen.“

„Wie sieht es mit der Polizei aus? Hat sie schon eine Ahnung, wer hinter den Einbrüchen stecken könnte?“

„Wir haben den Sheriff nicht benachrichtigt.“

„Darf ich fragen, warum nicht?“

Judith öffnete den Mund, um zu antworten, als sie an ihr Apfelmus dachte. Außerdem war da noch dieser entschlossene Bauunternehmer in ihrer Küche. „Entschuldigen Sie mich bitte, ich muss mich dringend um etwas in der Küche kümmern.“ Sie ließ ihn auf der Veranda stehen und eilte in die Küche. Mr Collins stand immer noch am selben Platz.

„Wie ich schon sagte“, begann er, während er ihr durch den Raum folgte, „würde ich gern die Einzelheiten meines Angebots mit Ihnen besprechen.“

„Dies ist nicht der richtige Ort dafür, und wenn Sie irgendetwas zu sagen haben, dann müssen Sie sich an meinen Mann wenden.“ Sie nickte zum Fenster hinüber. „Er ist heute Morgen in der Tischlerei, dort werden Sie ihn sicher antreffen.“

Er schaute kurz auf seine Armbanduhr und ging dann auf die Hintertür zu. „Ich habe in einer halben Stunde einen Termin, daher kann ich jetzt nicht mit Ihrem Mann reden.“ Er gab ihr eine Visitenkarte, die er aus seiner Jackentasche gezogen hatte. „Wenn Sie eine Chance sehen, Ihren Mann zu überzeugen, würde ich Ihnen empfehlen, sie zu nutzen.“ Damit ging er aus dem Haus.

Judith schüttelte den Kopf, legte die Karte auf die Anrichte und ging auf den Herd zu. Das Wasser im Topf kochte beinahe, also stellte sie die Apfelmusgläser hinein, schloss den Deckel und überprüfte das Druckventil. Als sie sich vom Herd wegdrehte, fuhr ihr der Schreck in die Glieder: Der Reporter stand in der Küchentür.

„Haben Sie mich erschreckt! Ich dachte, Sie wären längst fort.“

Er zeigte auf den Notizblock in seiner Hand. „Ich habe noch keine Antworten bekommen.“

Sie stöhnte verärgert auf. „Ich habe Ihnen nichts mehr zu sagen.“

„Sie haben mir noch nicht gesagt, warum Sie den Sheriff nicht benachrichtigt haben.“

„Wir vertrauen auf Gottes Schutz und überlassen es ihm, über die zu richten, die uns Schaden zugefügt haben."

„Wollen Sie damit sagen, dass Sie auch dann keine Anzeige erstatten würden, wenn Sie wüssten, wer der Täter ist?" Sein Kugelschreiber flog mit rasender Geschwindigkeit über das Papier.

„So ist es." Sie wies mit dem Kopf auf den Herd. „Wenn Sie mich jetzt entschuldigen ..."

In dem Moment ging die Hintertür auf und die kleine Grace stürzte herein.

„Schon zurück?" Judith war erstaunt, dass die beiden in so kurzer Zeit Walnüsse geknackt hatten.

„Grandpa hat eine Walnuss getötet, und dann ist er böse geworden und hat mich hierher geschickt."

Judith spähte zur Hintertür. Sie konnte Roman nicht sehen. „Wo ist dein Grandpa, Grace?"

„Er ist irgendwohin gegangen." Ihr Kinn zitterte. „Er ist nicht wie Opi."

Judiths Sorge wuchs. Sie musste mit ihrem Mann sprechen und herausfinden, was zwischen ihm und Grace vorgefallen war, und sie musste ihm auch von dem aufdringlichen Bauunternehmer und dem leidigen Reporter erzählen. Nach kurzem Zögern öffnete sie die Hintertür und rannte auf die Veranda. Sie sah Roman mit dem Buggy um die Scheune biegen und rannte die Auffahrt hinunter, wobei sie winkte und seinen Namen rief.

Er brachte das Pferd zum Stehen und lehnte sich aus dem Buggy. „Was ist los, Judith? Ich habe es eilig."

„Was ist mit Grace passiert und wohin fährst du jetzt?"

„Hat sie es dir nicht gesagt?"

Judith fröstelte und ging auf den Buggy zu. „Sie sagte, du wärst böse geworden und würdest wegfahren."

„Mehr nicht?"

„Nein. Ach ja, sie sagte, du hättest eine Nuss getötet."

Roman verzog das Gesicht. „Sie hat die ganze Zeit nur gejammert und geklagt. Als ich die erste Walnuss knackte, begann sie zu heulen. Dann erwähnte sie ihren anderen Grandpa und sagte, sie wolle nach Hause.“ Seine Nase zuckte und seine Stirn legte sich in Falten. „Ich dachte mir, solange sie wie ein verwundetes Tier herumjault, werde ich wohl nicht viel ausrichten. Also habe ich sie ins Haus zurückgeschickt.“

„Ich verstehe. Und wohin fährst du nun?“

„Ich fahre in die Stadt, um ein paar Dinge für meinen Laden zu besorgen. Ist das in Ordnung?“

„Natürlich, aber du solltest wissen, dass dieser Mr Collins vor ein paar Minuten hier war.“

„Was wollte er?“

„Er wollte mich dazu bewegen, dich zum Verkauf unseres Grundstücks zu überreden.“

„Was hast du ihm gesagt?“

„Dass er darüber mit dir sprechen muss und dass ich sicher bin, dass du deine Meinung nicht geändert hast.“

„Das hast du richtig gemacht. Sollte er mich noch einmal darauf ansprechen, werde ich ihm das Gleiche sagen wie den Larsons: Ich will nicht verkaufen, egal, wie viel Geld man mir bietet.“ Roman nahm die Zügel in die Hand. „Ich mache mich jetzt auf den Weg.“

Bevor sie noch etwas sagen konnte, fuhr er los und lenkte den Buggy die Auffahrt hinunter.

Judith pustete auf ihre kalt gewordenen Hände und rieb sie an ihren Armen warm. Bald würde es Frühling werden, aber es war noch zu kalt, um ohne Schal oder Jacke draußen zu stehen. *Ich gehe am besten wieder ins Haus und sehe nach Grace*. Plötzlich wurde ihr bewusst, dass sie das Kind mit einem Fremden allein gelassen hatte. *Was habe ich mir nur dabei gedacht? Ich hätte Anna rufen sollen, bevor ich nach draußen gerannt bin*. Sie beschleunigte ängstlich ihre Schritte.

Sie rannte die Stufen zur Veranda hinauf und wollte gerade die Tür öffnen, als Gary heraustrat. Sie zuckte zurück und hätte beinahe das Gleichgewicht verloren.

„Es tut mir leid, dass ich Sie erschreckt habe. Ich muss gehen.“ Er eilte die Stufen hinunter und auf die Auffahrt zu. Sie konnte kein Auto entdecken. Dabei war er doch sicher nicht den ganzen Weg aus der Stadt bis hierhin zu Fuß gegangen.

Sie griff nach der Klinke und wollte gerade die Tür öffnen, als eine gewaltige Explosion das Haus erschütterte. Scheiben gingen zu Bruch.

Judiths Herz klopfte, als sie in die Küche rannte. „Grace!"

Kapitel 25

Das Zittern des Bodens neben ihrem Bett weckte Anna, und das ohrenbetäubende Dröhnen machte ihr bewusst, dass etwas Schreckliches passiert sein musste. Sie sprang aus dem Bett und lief mit nackten Füßen aus dem Zimmer. An der Treppe wäre sie beinahe mit Martha zusammengestoßen, die gerade ins Haus gerannt kam.

„Anna, was ist passiert? Es hörte sich so an, als sei irgendetwas in die Luft geflogen. Ich habe es bis in die Scheune gehört."

Zitternd schüttelte Anna den Kopf. „Ich … ich weiß nicht. Ich war oben in meinem Zimmer und habe ein furchtbares Geräusch gehört. Mein Bett hat gewackelt, die Scheiben haben geklirrt und die Wände gezittert." Sie sah zur Küche. „Glaubst du …"

Martha rannte auf die Küchentür zu, Anna folgte ihr auf dem Fuß. Ihre Mutter kniete auf dem Fußboden neben dem Tisch und hielt Grace in den Armen. Auf der anderen Seite des Tisches lagen mehrere zerbrochene Gefäße und überall waren Apfelmusspritzer zu sehen.

Annas Herz pochte, als sie auf ihre Mutter zulief. „Was ist passiert? Ist Grace verletzt? Geht es dir gut, Mom?"

„Der Druckmesser hat wohl nicht richtig funktioniert. Der Dampfkochtopf ist explodiert, als ich draußen auf der Veranda war." Moms Stimme zitterte. „Grace hat sich sehr erschreckt, aber sie scheint unverletzt zu sein." Sie zeigte auf die Glassplitter auf der anderen Seite des Tisches. „Wir können dankbar sein, dass die Splitter nicht bis auf diese Seite des Tisches geflogen sind."

„Dad hat doch erst vor ein paar Wochen einen neuen Druckmesser installiert", sagte Martha. Sie bahnte sich einen Weg durch das Durcheinander und ging zum Herd. „Seltsam, dass er nicht richtig funktioniert hat."

Anna streckte die Hand nach Grace aus, doch die Kleine rührte sich nicht vom Fleck. Sie klammerte sich an Mom und weinte herzzerreißend.

„Das habe ich nun davon, dass ich den Herd nicht beaufsichtigt habe und nach draußen gegangen bin", sagte Mom mit Tränen in den Augen. „Dieser Reporter mit seinen vielen Fragen hat mich ganz verrückt gemacht, und dann kam Grace und sagte, ihr *Grossdaadi* sei böse mit ihr und würde fortfahren …"

Anna war sofort alarmiert. „Reporter? Welcher Reporter?"

„Der Bursche, der mir damals in der Stadt Fragen gestellt hat, als wir Einkäufe für dein Hochzeitskleid gemacht haben." Mom richtete sich auf und hielt Grace fest. „Zuerst kam dieser Bauunternehmer und ist mir bis in die Küche gefolgt. Dann tauchte der Reporter auf, und kaum war der Bauunternehmer verschwunden, kam er auch in meine Küche. Als dann noch Grace ins Haus gerannt kam und sagte, dass *Daed* wegfahren wolle, bin ich hinausgelaufen, um zu sehen, was los war."

„Ich dachte, Gary hätte Holmes County den Rücken gekehrt."

„Er sagte, er sei zurückgekommen und wolle eine Fortsetzung der Einbruchsgeschichte schreiben." Mom spähte zur Tür. „Ohne nachzudenken, habe ich ihn mit Grace in der Küche gelassen, aber er kam aus dem Haus, bevor der Kochtopf explodierte."

Anna knirschte so heftig mit den Zähnen, dass ihr Kiefer schmerzte. Konnte Gary etwas mit der Explosion zu tun haben? Hatte er womöglich an dem Topf herumgefummelt, während Mom draußen war? Sie sah auf ihre Tochter, die sich immer noch an Moms Rock klammerte und weinte. Dann ging sie schnell zur Tür.

„Wohin gehst du?“, rief Mom hinter ihr her.

„Nach draußen. Ich werde versuchen, Gary zu finden.“

„Nicht ohne mich.“ Martha holte Anna an der Tür ein. „Wenn du diesen neugierigen Reporter findest, solltest du nicht mit ihm allein sein.“

Anna lächelte ihre Schwester dankbar an. „Ich bin froh, dass du mitkommst.“

Während Martha hinter Anna die Stufen der Veranda hinunterging, rasten die Gedanken wie wild durch ihren Kopf. Wenn ihre Schwester nun recht hatte und der Reporter für die Einbrüche und die anderen Übergriffe verantwortlich war? Wenn sie es dem Sheriff nicht melden oder beweisen konnten, dass er es war, wie würden sie ihn dann je stoppen können?

„Ich sehe keine Spur von einem Auto.“ Anna deutete auf die Auffahrt. „Das bedeutet wohl, dass er bereits auf und davon ist.“

„Vielleicht, aber lass uns trotzdem bis vor zur Straße gehen. Er könnte sein Auto ja in der Nähe geparkt haben“, sagte Martha.

„Ja, in Ordnung.“

Sie liefen die Auffahrt hinunter, und als sie den Briefkasten am Straßenrand erreichten, sahen sie Gary mit einer auf sie gerichteten Kamera auf der anderen Straßenseite stehen. Anna drehte den Kopf weg, doch Martha ging entschlossen über die Straße, bis sie Gary gegenüberstand. „Was tun Sie hier eigentlich?“

„Ich schieße nur ein paar Fotos für den Artikel, den ich schreiben werde.“

„Schlagen Sie sich das aus dem Kopf.“

Garys Augen weiteten sich. Offenbar war er nicht darauf vorbereitet, eine amische Frau so harsch reden zu hören.

Anna kam hinzu. „Was … was tust du hier, Gary?“

„Ich bin wieder in der Gegend, weil ich noch ein oder zwei Storys schreiben will." Er nickte ihr zu. „Ich wollte sehen, ob es noch weitere Übergriffe bei Ihnen gegeben hat."

Martha stemmte die Hände in die Hüften und starrte ihn an. „Haben Sie an dem Dampfkochtopf meiner Mutter herumgefummelt?"

„Natürlich nicht. Wieso fragen Sie?"

„Er ist explodiert, nur wenige Sekunden, nachdem Sie das Haus verlassen haben. Und es war niemand anderes in der Küche …"

Er hob die Hand. „Ich hoffe, Sie unterstellen mir nicht, dass ich irgendetwas damit zu tun habe."

„Meine Tochter war in der Küche, als der Topf in die Luft flog." Anna ging noch näher auf ihn zu.

Seine Augenbrauen zogen sich zusammen. „Deine Tochter? Das kleine Mädchen mit dem weinerlichen Gesicht ist deine Tochter?"

Anna nickte. „Jetzt kennst du mein Geheimnis und du hast nun nichts mehr gegen mich in der Hand."

Er kratzte sich am Kopf. „Von welchem Geheimnis redest du?"

Martha mischte sich ein. „Grace. Sie redet von Grace."

„So?" Gary sah Anna an, dann Martha, dann wieder Anna. „Ihr redet in Rätseln. Ich habe keine Ahnung, um welche Geheimnisse es geht."

„Es geht um meine Ehe mit Eric und unsere gemeinsame Tochter."

„Ich wusste nicht, dass ihr ein Kind hattet."

„Du hast gesagt, du wüsstest über unsere Hochzeit Bescheid."

„Ja, darüber wusste ich Bescheid."

„Nachdem ich mit dir Schluss gemacht und begonnen hatte, mit Eric auszugehen, hast du gedroht, dich zu rächen."

Er zuckte die Schultern. „Männer sagen und tun eine Menge, wenn sie um eine Frau kämpfen."

„Es ist doch seltsam, dass wir nie irgendwelche Schwierigkeiten hatten, bevor Sie in Holmes County aufgetaucht sind“, warf Martha ein. „Und da Sie alle möglichen Fragen gestellt und Anna belästigt haben, sind Sie unser Hauptverdächtiger.“

Gary legte den Kopf zurück und lachte. „Hauptverdächtiger? Wofür haltet ihr euch – für die Miss Marples der Amischen?“

„Für wen?“

„Egal.“ Gary sah erneut Anna an. „Du und deine kleine Schwester – ihr leidet unter Verfolgungswahn. Ihr habt überhaupt keinen Beweis dafür, dass ich etwas anderes bin als ein Reporter, der seinen Job macht.“ Er zeigte auf seine Kamera. „Könnt ihr euch wirklich vorstellen, ich wäre dumm genug, die Gelegenheit zu verspielen, eine gute Story an eine große Zeitung zu verkaufen?“

Anna öffnete den Mund, doch er schnitt ihr das Wort ab. „Wie gesagt, ich bin wieder in dieser Gegend, um noch mehr Informationen über die Amischen zu sammeln, und ich werde wahrscheinlich ein paar Artikel über die Vorkommnisse hier schreiben. Ob es euch passt oder nicht, ich werde so lange in Holmes County bleiben, wie es mir gefällt.“

Anna wurde blass; sie zitterte am ganzen Körper. Martha hatte den Eindruck, dass es weder ihr noch Anna guttun würde, noch weiter mit dem Englischen zu reden, also nahm sie ihre Schwester am Arm und zog sie in Richtung des Hauses. „Komm, Anna, wir gehen.“

„Sag mal, Anna, hast du diesen amischen Mann wirklich geheiratet?“, rief Gary hinter ihr her.

Sie nickte zaghaft.

Martha schaute noch einmal kurz über die Schulter zurück und sah, wie Gary auf sein Auto zuging, das am Straßenrand geparkt war. Eines wusste sie ganz sicher: Wenn dieser Mann für das verantwortlich war, was man ihnen angetan hatte, dann würde Gott sich zu seiner Zeit mit ihm befassen.

Kapitel 26

In den darauffolgenden Tagen gab Anna sich jede erdenkliche Mühe, Zeit mit Grace zu verbringen. Sie backten gemeinsam Kekse und brachten sie zu den Wengerds, damit Grace mit Esta spielen konnte, während Anna und Alma sich unterhielten. Am nächsten Morgen half Grace Anna beim Füttern der Küken im Hühnerstall. Dann saß Anna in einem Korbstuhl auf der hinteren Veranda und beobachtete, wie ihre Tochter mit Heidis ungestümen Welpen auf dem Rasen herumtollte.

Grace schien ihr neues Leben in Ohio langsam zu akzeptieren – und auch Anna nach und nach als ihre Mutter anzunehmen.

„Danke, Herr", murmelte sie, während sie einen Schluck Tee aus ihrer Tasse nahm. Sie schloss die Augen und atmete tief durch. *Segne meinen Mann, Herr, und bring ihn bald zu mir zurück.*

„Schläfst du?"

Anna fuhr beim Klang der tiefen Stimme ihres Vaters hoch und sah ihm ins Gesicht. „Ich habe zugesehen, wie Grace mit Heidis Welpen spielt."

Dad setzte sich auf den Stuhl an ihrer Seite und stellte seine Kaffeetasse auf den kleinen Tisch vor ihnen. „Du siehst ihr also mit geschlossenen Augen zu?"

Anna lächelte. „Nun, ich habe gerade mit Gott gesprochen."

„Ah, das ist gut. Ich habe das in letzter Zeit auch sehr oft getan."

„Wegen der Übergriffe auf unsere Familie?"

Er zuckte die Schultern. „Es ist jetzt schon eine Weile ruhig. Ich glaube, das haben wir hinter uns."

„Und was ist mit dem Dampfkochtopf, der neulich explodiert ist?"

„Das war schlicht und einfach ein Unfall."

„Ein Unfall?" Anna traute ihren Ohren nicht.

„Der Druckmesser hat wahrscheinlich nicht funktioniert oder aber das Ventil war kaputt."

„Du hattest doch den Druckmesser erst durch einen neuen ersetzt, warum sollte er nicht funktioniert haben?"

„Vielleicht ist es passiert, weil deine *Mamm* den Topf zu lange auf dem Herd stehen ließ und der Topf überhitzt war."

Sie berührte seinen Arm. „Ich bin sicher, dass es kein Unfall war, genauso wenig wie die anderen Dinge, die uns zugestoßen sind."

„Ich weiß, dass du diesen Reporter hinter allem vermutest, aber ich bin sicher, dass er nichts damit zu tun hat. Was zuvor passiert ist, wurde vermutlich von ein paar englischen Rowdys angezettelt, auf deren Konto wohl auch andere üble Streiche in unserer Gemeinschaft gehen."

„Ich bin immer noch davon überzeugt, dass Gary der Verantwortliche ist, aber da ich keine Beweise habe, kann ich nichts dagegen tun." Sie seufzte. „Ich bin nur froh, dass niemand verletzt wurde, als der Dampfkochtopf explodiert ist. Es würde mir das Herz brechen, wenn Grace etwas zustoßen würde."

„Gott hat deine *Mamm* und deine *Dochder* beschützt, daran besteht kein Zweifel." Er lächelte, doch sie sah ihm an, dass er sich mehr Sorgen machte, als er zugeben wollte. „Es ist sinnlos, diese oder jene Person zu verdächtigen. All das ist reine Spekulation."

„Das stimmt, aber …"

„Nur Gott kennt die Wahrheit und er wird zu seiner Zeit und auf seine Weise handeln. Du wirst sehen." Er lehnte sich zurück und nahm einen Schluck Kaffee.

Anna schalt sich innerlich dafür, dass sie Gary so hartnäckig verdächtigte, aber der Gedanke daran, was Grace hätte zustoßen können, wenn sie bei der Explosion auf der anderen Seite des Tisches gesessen hätte, ließ sie erschaudern. *Danke, Herr, dass du mein kleines Mädchen beschützt hast.*

Dad ging auf Cleons und Annas neues Haus zu. „Da Cleons

Brüder mir in den letzten Wochen so viel geholfen haben, gehe ich davon aus, dass wir das Haus fertig haben, wenn Cleon zurückkehrt."

Sie starrte auf die Umrisse des zweistöckigen Gebäudes, das hinter dem Haus ihrer Familie stand – das Haus, von dem sie gehofft hatte, es würde ein glückliches Heim für sie und Cleon werden. „Ich bin dankbar für all die Arbeit, die du in dieses Haus gesteckt hast, und wenn es fertig ist, werde ich dort mit Grace einziehen. Was Cleon betrifft, bin ich mir nicht so sicher."

Dad runzelte die Stirn. „Was willst du damit sagen? Es ist auch Cleons Zuhause, und wenn er von seiner Geschäftsreise zurück ist, wird er sich freuen, ein fertiges Haus vorzufinden."

Anna knabberte an ihrer Unterlippe, während sie sich bemühte, ihre Gedanken in Worte zu fassen. „Ich … nun … ich bin nicht sicher, ob Cleon jemals zurückkehren wird. Sein letzter Brief hat mir gezeigt, wie verletzt er immer noch ist. Er hat auch etwas darin erwähnt, das mich befürchten lässt, er könnte den amischen Glauben aufgeben."

„Was genau hat er denn geschrieben?"

„Dass er immer noch durcheinander ist und sich fragt, ob er nicht etwas anderes aus seinem Leben machen soll als das, was er bisher geplant hat."

„Das könnte sich auf sein Honiggeschäft beziehen. Vielleicht hat er Probleme damit, genug Kunden zu finden, und denkt darüber nach, eine andere Arbeit aufzunehmen." Dad zeigte auf seine Tischlerei. „Cleon verfügt über sehr gute Fertigkeiten als Schreiner. Vielleicht könnte er bei mir arbeiten."

„Du hast doch schon Luke, Dad, und du hast doch gar nicht genug Arbeit, um noch einen zusätzlichen Mann zu beschäftigen, oder?"

Er zuckte die Schultern. „Man weiß nie, was die Zukunft bereithält."

Anna spürte plötzlich eine Welle der Übelkeit in sich hochkommen und schlang die Arme um ihren Körper. In letzter Zeit hatte sie sich oft etwas schwindelig und schlapp gefühlt, doch sie hatte es darauf geschoben, dass sie nur sehr wenig gegessen hatte, seit Cleon fortgefahren war. Es könnte auch mit ihrem Stress oder einer beginnenden Grippe zusammenhängen.

Dad legte ihr die Hand auf die Schulter. „Mach dir nicht so viele Sorgen. Bete einfach und leg die Situation in Gottes Hand."

Anna hielt die Augen geschlossen und bemühte sich, die Übelkeit zu überwinden. Dad hatte gut reden; schließlich war es nicht sein Ehepartner, der fort war.

„Sagen Sie, gehören Sie zu den Amischen?"

Cleon wandte sich zu dem englischen Mann mittleren Alters, der im Bus neben ihm saß, und nickte. „Ja, ich bin ein Amischer."

„Das dachte ich mir, wegen Ihrer Kleidung. Und nach Ihrem Bart zu urteilen, sind Sie wohl frisch verheiratet."

Cleon berührte unwillkürlich seinen allmählich wachsenden Bart. „Ja, ich bin verheiratet."

„Ich auch. Schon seit zwanzig Jahren, und wir haben drei Kinder, zwei Jungen und ein Mädchen. Und Sie?"

„Ich bin erst seit ein paar Monaten verheiratet." Cleon beschloss, nichts von Grace zu erzählen. Sie war Annas Kind, nicht seines. Möglicherweise würden er und Anna niemals Kinder bekommen.

„Woher kommen Sie?"

„Ich lebe in Ohio, zwischen Berlin und Charm."

„Holmes County, nicht wahr?"

„Ja."

„Ich habe gehört, das sei die größte amische Siedlung in den Vereinigten Staaten."

Cleon nickte.

„Was machen Sie in Pennsylvania?"

„Ich bin geschäftlich hier."

Der Mann sah Cleon aufmerksam an. „Sind Sie Farmer?"

Cleon schüttelte den Kopf. „Ich habe eine Bienenzucht und verkaufe Honig, außerdem stellen wir Wachskerzen her."

„Aha. Dann waren Sie wahrscheinlich auf der Suche nach neuen Kunden?"

„Genau."

„Ich bin in der gleichen Situation. Ich verkaufe Lebensversicherungen." Der Mann streckte seine Hand aus. „Mein Name ist Lew Carter und ich arbeite für …"

„Ich möchte nicht unhöflich sein, aber ich habe keinen Bedarf für eine Lebensversicherung."

Der Mann sah ihn erstaunt an. „Wenn Sie eine Familie haben, dann sollten Sie Vorkehrungen für den Fall treffen, dass Ihnen etwas zustößt."

„Wir Amischen schließen keine Versicherungen ab. Wir tragen selbst Sorge für uns." Cleon wandte sich von dem Mann ab und sah zum Fenster hinaus. Vielleicht war es an der Zeit, seine Geschäfte hier zu einem Ende zu bringen und sich seiner Verantwortung zu Hause zu stellen.

Kapitel 27

„Der Gottesdienst war heute sehr schön, nicht wahr?", fragte Mom, als sie sich nach hinten umdrehte. Sie lächelte Anna an. Die Hostettler-Familie war gerade auf dem Heimweg; Dad, Mom und Martha saßen vorn im Buggy, Anna, Ruth und Grace hinten.

Anna nickte zustimmend. Doch in Wirklichkeit hatte sie kaum ein Wort von der Predigt mitbekommen. Sie hatte die ganze Zeit gegen Übelkeit kämpfen müssen.

„Es war nicht leicht für mich, Luke in der Kirche zu sehen", flüsterte Ruth Anna zu.

„Das kann ich mir vorstellen. Hat er nach dem Gottesdienst mit dir gesprochen?"

„Er hat nicht einmal ansatzweise in meine Richtung geschaut.“ Ruth seufzte. „Wahrscheinlich ist es besser so, da er ja offenbar nicht bereit ist, mir gegenüber offen zu sein und alles mit mir zu teilen.“

„Luke ist am Freitag wieder zu spät zur Arbeit erschienen. Habe ich das schon erwähnt?“, fragte Dad.

Ruth sah erstaunt aus, doch Anna wunderte sich nicht darüber, dass ihr Vater ihre Unterhaltung mitgehört hatte.

„Hat er denn seine Verspätung begründet?“, fragte Martha.

„Er hat irgendetwas von einer Besorgung gemurmelt, die länger gedauert hätte als erwartet.“

„Hast du ihm das abgenommen?“, fragte Ruth.

Dad zuckte die Schultern. „Ich weiß nicht, was ich diesem Burschen glauben soll. Auf jeden Fall hat er seinen eigenen Kopf. Ich glaube, er hält sich für kompetenter als mich, wenn es um Schreinerarbeiten geht.“

„Wahrscheinlich will er nur seine Ideen mit dir teilen“, warf Martha ein.

Bei diesen Worten, mit denen sie Luke irgendwie in Schutz zu nehmen versuchte, kam Anna der Gedanke, dass sich Martha vielleicht für Ruths ehemaligen Freund interessierte.

„Als Luke am Freitag schließlich zur Arbeit erschien, rochen seine Kleider nach Rauch.“ Dad schüttelte den Kopf. „Ich hoffe, dass er keinen Unsinn anstellt und während seiner *Rumschpringe*-Phase anfängt zu rauchen.“

„Hast du ihn danach gefragt?“, wollte Mom wissen.

„Nein. Ich finde nicht, dass mir das zusteht.“

Ruths Wangen färbten sich rot und sie musste sich ein paar Mal räuspern. „Ich … äh … ich glaube, er macht eine Menge Dinge, die er nicht tun sollte.“

„Woher weißt du das?“, fragte Dad.

„Nun ja, er hat einen …“ Sie brachte den Satz nicht zu Ende. „Egal. Ich sollte nichts sagen.“

Dad trieb das Pferd, das auf dem letzten Hügel langsamer geworden war, zu einer schnelleren Gangart an. „Nun, ganz gleich, was Luke während seiner *Rumschpringe*-Zeit tut, mich interessiert vor allem seine Arbeit. Ich habe letzte Woche beschlossen, dass ich ihn entlassen werde, sollte er noch einmal zu spät kommen, und ich hätte genau das am Freitagmorgen tun sollen."

„Und warum hast du es nicht getan, Roman?"

Dad tätschelte Moms Arm. „Ich dachte mir, du würdest mich dazu überreden wollen, dem Jungen eine letzte Chance zu geben."

Sie gluckste. „Du kennst mich eben gut."

Anna lehnte sich gegen den Sitz und versuchte sich zu entspannen. Sie und Grace würden am nächsten Morgen in ihr neues Haus ziehen – ohne Cleon. Sie zitterte. Die ganze Warterei und die Frage, ob Cleon je wieder nach Hause kommen würde, hatten allmählich ein richtiges Nervenbündel aus ihr gemacht. Kein Wunder, dass ihr Magen rebellierte und sie so oft Übelkeit verspürte. Allein wegen Grace nahm sie sich zusammen, so gut sie konnte.

Sie nahm die Hand ihrer Tochter und Grace lächelte sie an. *Danke, Herr. Danke, dass du mir meine Tochter zurückgeschenkt hast.*

„Müssen wir wirklich gehen?", fragte Grace, als Anna einen Stapel Wäsche in eine Kiste packte, die sie in ihr neues Haus hinüberbringen würde. „Mir gefällt es hier."

Anna lächelte und nickte. „Ich weiß, aber in dem neuen Haus hast du ein eigenes Zimmer. Ist das nicht schön?"

Grace schob ihre Unterlippe vor. „Aber ich werde Tante Martha vermissen."

„Sie ist ja nicht weit weg. Sie wird oft zu uns kommen, und wir werden sie und den Rest der Familie auch oft besuchen."

Grace runzelte die Stirn. „Opi ist noch nie gekommen um mich zu besuchen. Dabei hat er es versprochen."

„Das liegt daran, dass er weit weg wohnt, und es geht ihm

nicht gut." Anna drückte sanft Graces Arm. „Er schreibt dir doch Briefe."

Grace starrte auf den Boden. „Er fehlt mir."

„Ich weiß." Anna nahm Grace in den Arm, doch das kleine Mädchen blieb reglos stehen. Ein Schritt nach vorn und wieder ein Schritt zurück. Wenn es Anna doch nur gelingen könnte, heute Morgen ein Lächeln auf das Gesicht ihrer Tochter zu zaubern.

Annas Blick fiel auf ihre Zedernholztruhe. Die gesichtslose Puppe! Warum hatte sie nicht schon früher daran gedacht?

Sie eilte durch das Zimmer, öffnete den Deckel der Truhe und fischte die Puppe heraus. „Sieh mal, was ich gefunden habe, Grace."

„Was ist das?" Graces Augen weiteten sich, und Anna freute sich, das Interesse der Kleinen geweckt zu haben.

„Das ist die Puppe, die ich für dich gemacht habe, als du ein Baby warst."

Grace runzelte die Stirn. „Sie hat keinen Mund. Und keine Nase und keine Augen." Sie schüttelte den Kopf. „Das ist keine Puppe."

Anna kniete sich neben Grace auf den Boden und wiegte die Puppe in ihren Armen. „Es ist schwer zu erklären, aber die Amischen machen ihre Puppen ohne Gesichter."

„Warum?"

„Es hat mit einem Vers aus der Bibel zu tun, in dem es heißt, dass wir uns kein Bildnis machen sollen."

Grace legte den Kopf zur Seite und blinzelte. Offenbar hatte sie keine Ahnung, wovon Anna gerade sprach.

„Es macht Spaß, so zu tun als ob, findest du nicht, Grace?"

Sie nickte. „Letzten Sonntag nach dem Gottesdienst haben Esta, ich und noch ein paar Kinder so getan, als ob wir Pferde wären, die Buggys ziehen."

„Dann lass uns so tun, als ob diese Puppe ein Gesicht hätte." Sie blickte ihre Tochter an, um ihre Reaktion zu sehen, doch Graces Gesicht blieb ausdruckslos.

Anna machte einen neuen Versuch. „Wir könnten der Puppe einen Namen geben."

Immer noch keine Reaktion.

„Was hältst du davon, wenn wir sie Sarah nennen?"

„Den Namen mag ich nicht."

„Wie wär's mit Phoebe? Als ich klein war, hatte ich eine Freundin mit diesem Namen, aber sie ist nach Wisconsin gezogen."

Grace schüttelte den Kopf.

Anna seufzte. „Wie möchtest du die Puppe denn nennen?"

„Martha."

Anna nickte. „Gut, sie soll Martha heißen." Sie berührte das Gesicht der Puppe. „Lass uns so tun, als ob Martha Augen hätte. Welche Farbe sollen sie haben?"

„Blau. Wie Tante Marthas Augen."

„In Ordnung. Und ihre Haare?"

„Tante Martha hat braune Haare."

„Stimmt." Sie legte Grace die Puppe in den Arm. „Möchtest du sie halten?"

Grace drückte die Puppe an ihre Brust. „Ich mag die Puppe ohne Gesicht."

Anna lächelte. Sie hatte ihre Tochter noch nicht ganz für sich gewonnen, aber sie machte jeden Tag kleine Fortschritte. Und heute konnte sie sehen, wie Grace die Puppe an sich drückte, die Anna für sie gemacht hatte, als sie ein Baby war.

Kapitel 28

Roman war gerade dabei, einen Stuhl abzuschleifen, als Luke den Laden betrat. Roman schaute hoch und runzelte die Stirn. „Du bist schon wieder zu spät, Junge. Was ist denn mit dir los?"

Luke blieb neben der Tür stehen, als ob er Angst hätte, näher zu kommen. Fürchtete er sich vor einer erneuten Zurechtweisung, oder hatte er gar Angst, Roman könnte ihn feuern? Das hatte er sich ja wirklich für den Fall vorgenommen, dass Luke erneut ohne Entschuldigung zu spät käme.

„Wie kommt es, dass du wieder zu spät dran bist, und warum kommst du nicht herein?“

Luke scharrte mit der Schuhspitze im Sägemehl herum und schaute auf den Boden. „Ich ... äh ... ich bin zu spät, weil ich noch etwas zu erledigen hatte.“

Roman legte sein Schmirgelpapier zur Seite und richtete sich auf. „Ich habe dich schon mehrmals gewarnt, dass ich dich entlassen muss, wenn du ständig zu spät kommst.“

Luke sah auf. „Willst du damit sagen, dass ich gefeuert bin?“

Roman nickte.

Luke scharrte nervös mit den Füßen. „Ich weiß, dass wir nicht immer in allem einer Meinung sind, aber ...“

„Das stimmt allerdings.“ Roman ging auf Luke zu und der Geruch von Zigarettenrauch stieg in seine Nase. Entweder hatte Luke angefangen zu rauchen, wie Roman schon vermutet hatte, oder er hing mit jemandem herum, der es tat.

Lukes Augenbrauen zogen sich zusammen. „Du hast doch im Moment sehr viel zu tun. Wenn ich nicht mehr komme, wird es schwierig für dich.“

„Das ist mein Problem. Ich komme schon zurecht, bis ich jemand anderes finde.“

Luke zuckte die Schultern. „Ich denke, du wirst es bereuen, mich gefeuert zu haben.“ Er nahm eine Sonnenbrille aus seiner Hemdtasche, drehte sich auf dem Absatz um und ging zur Tür.

Roman grunzte nur und machte sich wieder an seine Arbeit.

„Was ist denn hier passiert?“, murmelte Judith, als sie über die Wiese lief, um ihre zum Trocknen aufgehängte Wäsche zu begutachten. Die Wäscheleine hing herunter und sämtliche Kleidungsstücke lagen auf dem Boden verstreut. Zuerst dachte sie, dass die Handtücher, die sie aufgehängt hatte, möglicherweise zu schwer gewesen waren, doch nach einer kurzen Prüfung stellte sie fest, dass jemand die Leine zerschnitten hatte. „Wer macht denn so etwas?"

Sie bückte sich, um eines von Romans Hemden aufzuheben, als sie nur ein paar Meter entfernt eine Sonnenbrille auf dem Boden liegen sah. Niemand in ihrer Familie trug eine solche Brille, und ihr Herz begann zu pochen, als ihr klar wurde, dass derjenige, der die Leine zerschnitten hatte, vermutlich die Sonnenbrille dabei verloren hatte.

Sie hob die Brille zusammen mit einem schmutzigen Hemd auf und eilte in Romans Tischlerei. Er stand über seine Werkbank gebeugt und war dabei, die Beine eines Lehnstuhls abzuschleifen. „Es gab wieder einen Zwischenfall", japste sie.

Er lief auf sie zu. „Was ist passiert? Wurde jemand verletzt?"

Sie schüttelte den Kopf und hielt sein verschmutztes Hemd hoch. „Jemand hat meine Wäscheleine zerschnitten und nun muss ich alles noch einmal waschen."

„Du meine Güte, es ist nur eine kaputte Wäscheleine, und du bist so aufgeregt?"

„Die Leine ist nicht von allein entzweigerissen. Ich habe es mir genau angesehen und sie wurde ganz offensichtlich zerschnitten." Sie zeigte ihm die Sonnenbrille. „Diese Brille habe ich auf dem Boden in der Nähe der Wäschestücke gefunden."

Er nahm die Sonnenbrille in die Hand. „Sie sieht so aus wie die, die Luke vorhin aus seiner Hemdtasche geholt hat. Er hat sie aufgesetzt, als er meinen Laden verließ."

Judith spähte umher. „Wohin ist er gegangen?"

Roman zuckte die Schultern. „Keine Ahnung. Ich habe ihn entlassen."

„Warum?"

„Er ist heute wieder zu spät gekommen und langsam bin ich es leid. Dieser Bursche hat mich oft genug geärgert – ständig kommt er zu spät und ständig diskutiert er und will die Dinge anders machen als ich. Außerdem bin ich davon überzeugt, dass er geraucht hat."

Judiths Augen weiteten sich. „Er schien doch so ein netter junger Mann zu sein."

„Der äußere Schein kann trügen." Er runzelte die Stirn. „Ich frage mich, ob dieser *ab im Kopp* derjenige ist, der in unser Haus und in meinen Laden eingebrochen ist. Dieser verrückte Bursche hatte sicherlich die Gelegenheit dazu."

„Ach, Roman, das glaube ich nicht."

„Luke ist der Gemeinde bisher nicht beigetreten, und ich habe gehört, dass er mit ein paar englischen Rowdys gesehen wurde. Man kann nie wissen, welche üblen Streiche auf sein Konto gehen."

Judith schüttelte langsam den Kopf. „Was uns zugestoßen ist, war mehr als ein übler Streich, und warum sollte er ausgerechnet uns all das antun?"

Er zuckte die Schultern. „Ich bin mir nicht sicher, aber es könnte mit seiner Trennung von Ruth zusammenhängen, oder aber er ist wütend auf mich, weil wir so oft aneinandergeraten sind. Jetzt, wo ich ihn gefeuert habe, wollte er sich vielleicht rächen und hat deine Wäscheleine zerschnitten."

Sie sank auf einen Stuhl und stöhnte. „Möge Gott uns allen beistehen."

Kapitel 29

„Ich bin froh, dass du heute Morgen Zeit hast, mit Grace und mir einkaufen zu gehen", sagte Anna zu Martha, als sie in ihrem Buggy nach Berlin fuhren. „Es ist ein schöner, klarer Tag, und ich dachte mir, dass es uns guttun würde, ein bisschen frische Luft zu schnappen und Zeit miteinander zu verbringen." Sie spähte über ihre Schulter nach hinten, wo Grace auf dem Rücksitz schlief. In ihrem Arm hielt sie die gesichtslose Puppe. „Grace hat sich noch nicht voll und ganz eingelebt, aber wir beide verstehen uns immer besser."

„Das freut mich."

„Sie mag die Puppe, die ich für sie gemacht habe, als sie ein *Boppli* war. Sie trägt sie ständig bei sich."

Martha lächelte. „Wenn Cleon erst zurück ist, werdet ihr eine richtige Familie sein."

Anna wurde plötzlich mit voller Wucht von einer Welle der Übelkeit getroffen. Es war nicht gut, so zu reagieren – sie hatte alle Hände voll zu tun und versuchte mit aller Kraft, eine gute Mutter zu sein und auf Gott zu vertrauen, damit er die Dinge wieder ins Lot brachte.

„Geht es dir gut?" Martha berührte Annas Arm. „Du bist ganz blass und deine Hände zittern."

„Alles in Ordnung. Ich bin nur sehr müde."

„Soll ich die Zügel in die Hand nehmen?"

Anna schüttelte den Kopf. „Nein, es geht schon."

„Bist du sicher?"

Anna wollte gerade antworten, als etwas mit einem schmatzenden Geräusch an die vordere Scheibe klatschte.

„Was war das?" Martha lehnte sich nach vorn und nahm den roten Matsch in Augenschein.

„Sieht aus wie eine Tomate."

Platsch! Platsch! Zwei weitere Tomaten trafen den Buggy.

„Das ist doch nicht zu fassen!" Martha zeigte auf den Straßenrand. „Fahr bitte an den Rand, ja?"

„Warum?"

„Ich will wissen, wer diese Tomaten geworfen hat."

„Wahrscheinlich ein paar Kinder, die auf Streiche aus sind."

Anna zog die Zügel an und lenkte den Buggy zum Straßenrand. Sie wusste, dass Martha keine Ruhe geben würde. Sie sah sich um. „Ich kann niemanden sehen und du?"

„Da drüben!" Martha zeigte auf eine Baumgruppe auf der anderen Straßenseite. „Ich glaube, ich habe einen Kopf zwischen den Bäumen gesehen."

Anna reckte den Hals. „Ich sehe niemanden."

„Er hat sich hinter diesem Baum versteckt."

„Wie sah er aus?“

„Ich weiß nicht genau. Ich glaube, er trägt eine Baseball-Kappe.“ Martha öffnete die Tür des Buggys.

„Wohin gehst du?“

„Auf die andere Seite. Ich will sehen, was los ist.“

Anna langte über den Sitz und griff nach dem Arm ihrer Schwester. „Bist du verrückt? Vielleicht sind noch mehr Gestalten im Wald. Du könntest verletzt werden.“

„Ich will nur mit ihnen sprechen.“

„Glaubst du wirklich, dass jemand, der gemein genug ist, um uns mit Tomaten zu bewerfen, auf dich hören wird?“

„Vielleicht.“ Martha presste die Lippen zusammen. „Glaubst du, dass derjenige, der den Stein durch unser Küchenfenster geworfen hat und auf dessen Konto die Einbrüche gehen, auch die Tomaten geworfen hat?“

Anna sah nach hinten und war erleichtert, dass Grace immer noch schlief. Es wäre sicher nicht gut, wenn Grace dieses Gespräch mithörte. Es könnte ihr Angst machen. „Ich glaube kaum, dass es dieselbe Person ist, aber wir sollten uns auf keinen Fall in irgendeine Gefahr begeben.“ Sie griff nach den Zügeln und lenkte den Buggy wieder auf die Straße. „Lass uns unsere Einkäufe erledigen und danach Mama beim Putzen helfen.“

Martha nickte. „Hoffentlich hat Ruth auf dem Heimweg von der Arbeit heute Nachmittag keine Probleme.“

Anna schüttelte den Kopf. „Wer auch immer diese Tomaten geworfen hat, wird dann längst über alle Berge sein.“

Den ganzen Vormittag über fiel es Roman schwer, seiner Arbeit nachzugehen. Er musste ständig daran denken, dass er Luke heute Morgen gefeuert hatte. Auch die zerschnittene Wäscheleine spukte ihm im Kopf herum. Vielleicht hatte er sich ja in seiner Annahme geirrt, ein paar englische Rowdys könnten die Einbrüche verübt haben. Vielleicht hatte Luke all diese Dinge getan, weil er wütend auf Roman war?

Er machte sich auch Sorgen um Judith, die nach dem Vorfall mit der Wäscheleine extrem aufgebracht war. *Wenn ich doch nur etwas tun könnte, um die Situation für uns alle wieder erträglicher zu machen*, dachte er, während er einen Rest Beize von einem Stuhl wischte. Es war nicht fair, dass ihr Leben zu einem solchen Chaos geworden war. Er fragte sich, ob seine Gebete überhaupt zu Gott durchdrangen. Wenn ja, warum antwortete er dann nicht? *Vielleicht sollte ich mich an unseren Bischof wenden und alles mit ihm besprechen. Ja, genau das werde ich tun.*

Anna lenkte den Buggy in die mit Schotter bedeckte Auffahrt. „Sieh mal, Mom hängt Wäsche auf", sagte Martha, als sie ihre Mutter im Garten entdeckte. „Komisch – sie hat das doch heute Morgen schon getan, als wir losfuhren."

„Vielleicht hat sie danach noch etwas anderes gewaschen", meinte Anna, als sie das Pferd nahe der Scheune zum Stehen brachte.

Grace setzte sich auf und gähnte. „Sind wir zu Hause? Ich habe Hunger."

„Ja, wir sind zu Hause", antwortete Anna. „Wir essen, sobald wir unsere Einkäufe ausgepackt haben."

„Und wir müssen das Pferd noch auf die Koppel bringen", fügte Martha hinzu.

Die zwei Schwestern und Grace liefen zu ihrer Mutter hinüber. „Wie kommt es, dass du um diese Zeit immer noch Wäsche aufhängst?", erkundigte Martha sich. „Ich dachte, du wärst fertig damit."

Mom runzelte die Stirn. „Ich musste alles noch einmal waschen. Jemand hat die Leine durchgeschnitten. Unsere Wäsche lag überall verstreut auf dem Boden."

„Wie furchtbar! Wer macht denn so etwas?"

Mom zeigte auf den Boden. „Ich habe ganz in der Nähe eine Sonnenbrille gefunden; euer *Daed* meint, sie würde Luke gehören."

Anna machte aufgeregt einen Schritt nach vorn. „Wie sieht sie aus?“

„Sie hat einen Metallrahmen und blaue Gläser.“

„Gary hat auch so eine Sonnenbrille. Er trug sie an dem Tag, als der Dampfkochtopf explodierte.“

„Dann könnte es also auch Gary gewesen sein.“ Martha runzelte die Stirn. „Jemand hat auf dem Weg nach Berlin Tomaten auf unseren Buggy geworfen. Ich frage mich …“

Mom wies auf Grace, die mit ängstlichem Gesicht neben Anna stand. „Lasst uns später darüber reden.“

Anna nickte und nahm ihre Tochter bei der Hand. „Komm mit ins Haus, Grace. Du kannst mir helfen, ein paar Sandwiches fertig zu machen.“

„Können wir Erdnussbutter und Honig darauftun?“

„Ja, sicher. Wir haben jede Menge Honig.“

„Ich sehe nur kurz nach meinen Hunden und dann helfe ich euch“, rief Martha den beiden hinterher.

„Ja, in Ordnung.“

Als Martha sich der Scheune näherte, hörte sie ein Jaulen. Es klang nach Fritz, doch es kam nicht aus dem Hundezwinger, den Dad gebaut hatte. Es hörte sich an, als käme das Jaulen von der anderen Seite des Hauses.

Da war es wieder!

Sie eilte ums Haus herum und blieb abrupt stehen, als sie Fritz sah. Er war an einen Baum gebunden; das Seil war so um seinen Hals und die linke Vorderpfote geschlungen, dass die Pfote in der Luft hing. Der Wassernapf des armen Tieres war so hingestellt, dass der Hund ihn nicht erreichen konnte.

Martha schrie auf und rannte zu ihrem Hund. „Oh, Fritz, du armer Kerl! Wer hat dir das angetan?“

Der Hund winselte herzzerreißend, und Marthas Finger zitterten, als sie den Knoten löste und das Seil entfernte. „Wer immer dafür verantwortlich ist – diesmal ist er zu weit gegangen. Dad muss den Sheriff benachrichtigen!“

Es war Zeit fürs Mittagessen. Roman war gerade dabei, das Schild mit der Aufschrift „Geschlossen“ im Fenster seines Ladens aufzuhängen, als Martha angerannt kam. Sie hielt Fritz in ihren Armen. Ihr Gesicht war hochrot und verschwitzt. „Was ist los?“

„Es ist Fritz“, japste sie. „Ich habe ihn auf der anderen Hausseite gefunden.“

„Wie ist er dorthin gekommen? Ich dachte, er wäre mit den anderen Hunden im Zwinger.“

„Als ich heute Morgen mit Anna und Grace aufgebrochen bin, waren alle Hunde in der Hütte, aber vorhin habe ich Fritz an einen Baum angebunden gefunden – und zwar so, dass eine Vorderpfote hochstand.“ Sie hielt kurz inne, um Luft zu schnappen. „Und jemand hat seinen Wassernapf so hingestellt, dass er nicht herankam.“

Roman presste die Lippen zusammen und schüttelte den Kopf. „Die Wäscheleine deiner *Mamm* zu zerschneiden ist eine Sache, aber ein Tier zu quälen, das geht zu weit!“

Hoffnung keimte in Martha auf. „Wirst du jetzt den Sheriff benachrichtigen?“

Er schüttelte den Kopf. „Wir können nicht beweisen, wer dahintersteckt, und selbst wenn …“

„Du weißt bestimmt, dass Anna diesen englischen Reporter verdächtigt, dass er sich an ihr rächen will, weil sie mit ihm Schluss gemacht hat, bevor sie Graces *Daed* geheiratet hat.“

Er stieß einen langen Atemzug aus und schüttelte nachdenklich den Kopf. „Ich denke, sie irrt sich. Ich habe eher Luke im Verdacht.“

„Aber Luke macht so einen netten Eindruck. Ich kann mir nicht vorstellen, dass er so etwas Gemeines tun könnte.“ Martha sah auf den zitternden Hund in ihren Armen. „Warum sollte er einen meiner Hunde quälen oder all die anderen schlimmen Dinge tun?“

„Du weißt ja, dass Luke und ich häufig aneinandergeraten sind. Er mag es nicht, wenn man ihm Anweisungen gibt, und als ich ihn heute Morgen gefeuert habe, war er vielleicht wütend genug, um sich zu rächen."

„Du … du hast ihn gefeuert?"

Roman nickte. „Es gefällt mir überhaupt nicht, jemanden aus unserer Gemeinschaft zu verdächtigen, aber deine *Mamm* hat heute Morgen auf dem Rasen eine Sonnenbrille gefunden, die aussieht wie Lukes Brille."

„Anna sagt, der Reporter habe auch so eine Sonnenbrille."

Roman zuckte die Schultern. „Mag sein. Aber erinnere dich nur an den Tag, als der Stein durch unser Küchenfenster flog. Hast du damals nicht Lukes Hut in der Nähe der Scheune gefunden?"

Sie nickte.

„Es spricht also einiges dafür, dass er der Schuldige ist."

„Ja, es sieht so aus. Aber wenn Luke mit den englischen Rowdys herumhängt, mit denen Ruth und ich ihn einmal gesehen haben, dann hält er das alles vielleicht einfach nur für einen Spaß."

Romans Augenbrauen zogen sich zusammen. „Es ist kein Spaß, das Eigentum anderer Leute mutwillig zu beschädigen, Werkzeug zu stehlen oder ein Tier zu quälen."

Martha streichelte das seidige Fell ihres Hundes. „Er ist nicht verletzt. Nur verängstigt – das ist alles."

Roman grunzte. „Ja, aber wenn du ihn später gefunden hättest, wäre es ihm vielleicht sehr schlecht gegangen."

„Das stimmt. Ich bin auch richtig wütend darüber. Und trotzdem bin ich nicht davon überzeugt, dass Luke dahintersteckt."

„Wir können dieses Problem nicht jetzt und hier lösen, also bring Fritz zurück in den Zwinger, und dann lass uns gemeinsam Mittag essen. Sollte Luke kommen und nach seiner Sonnenbrille fragen, werde ich ihm ein paar Fragen stellen, und vielleicht sehen wir dann die Sache ein bisschen klarer. Ansonsten werde ich ihn zu Hause aufsuchen."

Kapitel 30

Martha schritt vor ihrem Hundezwinger hin und her. Alle paar Minuten blieb sie stehen, um Heidi und ihre verbliebenen drei Welpen beim Herumtollen auf dem von Maschendrahtzaun umgezäunten Betonboden zu betrachten. Sie hatte in mehreren Zeitungen eine Anzeige aufgegeben, darunter *The Budget*, in der Hoffnung, auch die restlichen Welpen zu verkaufen. Bisher hatte sie einen weiblichen Welpen an Ray und Donna Larson und einen männlichen Welpen an einen amischen Mann in der Nähe von Sugarcreek verkauft. Flo, die Beagle-Hündin, war bisher noch nicht trächtig geworden, doch Martha hoffte, dass es bald so weit sein würde.

Vielleicht sollte ich nach dem Mittagessen zu den Larsons gehen und sehen, wie es dem Welpen geht. Dann hätte ich eine Gelegenheit, mit Donna zu reden und herauszufinden, ob Ray irgendetwas Verdächtiges gesehen oder gehört hat.

„Ich habe euch alle zum Mittagessen eingeladen", rief Anna von der Scheunentür her. „Es ist fertig, ihr könnt also kommen."

„Ja, in Ordnung." Martha warf einen letzten Blick auf die Hunde und eilte zu ihr. „Hat Dad dir von Fritz erzählt?"

Anna nickte grimmig. „Er kam vor ein paar Minuten mit Mom bei uns vorbei und hat mir die ganze Geschichte erzählt." Sie berührte Marthas Arm. „Es tut mir leid, was passiert ist, aber zum Glück ist der Hund nicht verletzt."

„Dad verdächtigt Luke, aber ich glaube nicht, dass er es war."

„Ich auch nicht. Ich habe die ganze Zeit gesagt, dass vermutlich Gary hinter all den schrecklichen Dingen steckt, die uns zugestoßen sind." Anna kaute an ihrer Lippe und starrte auf den Boden. „Mit meiner ersten Ehe und all dem Chaos, das daraus entstanden ist, sieht es allerdings anders aus – das war allein mein Fehler."

Martha legte den Arm um die Hüfte ihrer Schwester und gemeinsam gingen sie den Weg zu Annas Haus hinauf. „Du hast einen Fehler gemacht, als du Cleon die Wahrheit verschwiegen hast, aber deshalb hat er nicht das Recht, auf ewig unversöhnlich zu bleiben."

„Vielleicht nicht, aber ich hätte es ihm früher sagen sollen, nicht erst, nachdem Grace bei uns aufgetaucht ist."

„Niemand ist vollkommen, Anna. Wir machen alle Fehler."

„In dieser Disziplin scheine ich wohl besonders gut zu sein." Anna hielt plötzlich an und atmete heftig ein. Ihr Gesicht war blass und dunkle Ringe zeichneten sich unter ihren Augen ab.

„Was ist los? Fühlst du dich *grank*?"

„Ich glaube nicht, dass ich krank bin. Aber ich hatte in den letzten Wochen oft mit Übelkeit zu kämpfen."

„Hat deine Monatsblutung ausgesetzt?"

Anna nickte nüchtern.

„Sieht so aus, als ob du schwanger wärst."

„Ich … ich fürchte, das könnte sein."

„Deshalb musst du aber nicht so ein trübes Gesicht machen. Wenn du ein *Boppli* erwartest, sind das doch gute Neuigkeiten!"

„Normalerweise schon, aber derzeit ist alles so *verhuddelt*."

„Ja, es ist wirklich einiges durcheinander hier. Deshalb will ich heute Nachmittag auch zu den Larsons gehen. Vielleicht wissen sie etwas."

„Warum sollten sie etwas wissen? Du glaubst doch sicher nicht, dass diese netten Leute uns irgendetwas antun würden?"

Martha schüttelte den Kopf. „Natürlich nicht, aber ich denke mir, dass Ray mit seinem Fernglas, mit dem er oft Vögel beobachtet, etwas gesehen haben könnte. Vielleicht hat auch Donna etwas von den Leuten aufgeschnappt, die sie in ihrem Wagen mitnimmt."

„Es würde mir viel besser gehen, wenn diese Übergriffe endlich aufhören würden", sagte Anna, „aber mein Problem mit Cleon wäre dann trotzdem nicht gelöst."

„Hast du etwas Neues von ihm gehört?"

„Nicht seit jenem Brief, in dem er schrieb, dass er noch mehr Kunden für seinen Honig sucht und nicht weiß, wann er nach Hause kommen wird."

„Dann kannst du ihm wohl nicht schreiben und ihm sagen, dass du schwanger bist."

„Ich war ja noch gar nicht beim Arzt, also weiß ich nicht sicher, ob ich wirklich schwanger bin. Die Übelkeit könnte auch mit dem Stress zu tun haben." Anna blieb stehen, als sie an den Stufen zu ihrer hinteren Veranda ankamen. „Bitte sag den anderen nichts davon. Wenn ich bis Ende der Woche immer noch diese Übelkeit habe, dann werde ich zum Arzt gehen."

„Versprochen?"

Anna nickte kurz.

Als Cleon den Laden verließ, den er in der Hoffnung auf neue Geschäftsabschlüsse betreten hatte, sah er ein englisches Mädchen auf dem Bürgersteig neben seiner Mutter herhüpfen. Das Kind erinnerte ihn an Annas kleine Tochter, die ungefähr im gleichen Alter war. Seit dem Tag, als Grace plötzlich im Hause der Hostettlers aufgetaucht war, hatte er sich kaum bemüht, sie näher kennenzulernen, aber das Kind hatte ihm auch nicht gerade viel Interesse entgegengebracht.

Ein heftiges Schuldgefühl kam mit einem Mal in ihm hoch. Grace war zwar nicht sein Kind, aber sie brauchte einen Vater. Ihr eigener Vater war gestorben, als sie noch ein Baby war, und ihr Großvater – der einzige Vater, den sie je gekannt hatte – hatte sie bei Fremden zurückgelassen. Cleon war sich nicht sicher, ob Grace ihn je als Vater akzeptieren würde, und er hatte auch keine Ahnung, ob er sich mit dieser Rolle anfreunden könnte.

Er wandte den Blick von dem kleinen englischen Mädchen ab und sah zu einer in der Nähe stehenden Telefonzelle hinüber. Seine Familie hatte eine Telefonzelle vor dem Haus, weil

Mom mit ihrem Mahlzeitenservice für Touristen darauf angewiesen war. Er beschloss, seine Familie anzurufen und ihnen mitzuteilen, dass er sich bald auf den Heimweg machen würde.

Cleon betrat die Zelle und wählte die Nummer seiner Mutter. Es war Ivans Stimme, die am anderen Ende erklang. „Cleon, gut, dass du anrufst. Ich habe schlechte Neuigkeiten."

„Ist Anna etwas zugestoßen? Hat es wieder Angriffe auf die Hostettlers gegeben?"

„Davon weiß ich nichts, aber hier gab es einen."

„Was ist passiert?"

Ivan räusperte sich mehrmals. „Deine Bienenstöcke – sie sind nicht mehr da."

„Nicht mehr da? Wie meinst du das?"

„Jemand hat sie zerstört."

Cleons Knie gaben nach, und er musste sich an der Tür der Telefonzelle festhalten, um nicht umzukippen. „Alle?"

„Ja. Jeder einzelne wurde verbrannt. Es sind nur noch ein paar Haufen Asche übrig."

„Wann … wann ist das passiert?"

„Ich weiß es nicht. Ich habe mich ein paar Tage lang nicht darum gekümmert. Als ich heute früher mit der Feldarbeit fertig war, wollte ich nach den Bienenstöcken sehen. Dabei habe ich das Desaster entdeckt. Ein paar Bienen flogen ziellos herum, aber die meisten sind wohl in den Stöcken verbrannt."

Cleon stöhnte. Ohne Bienenstöcke konnte er keinen Honig mehr herstellen, das war klar. Dann würde ihm nur noch übrig bleiben, seinem Vater bei der Feldarbeit zu helfen, die er so gern aufgegeben hätte.

„Ich kann mir einfach nicht erklären, wer dir so etwas antun sollte, und vor allem, warum."

„Es könnten ein paar Jugendliche gewesen sein, die auf Streiche aus waren. Oder aber jemand hat etwas gegen mich."

„Komm schon, Cleon. Wer sollte etwas gegen dich haben?"

„Ich … ich weiß es nicht."

„Ich bin sicher, Anna wird froh sein, dich zu sehen."

Cleon zuckte zusammen. Trotz seiner Enttäuschung vermisste er sie – und das, was sie gehabt hatten. Er wusste, dass er sie durch sein Fortgehen verletzt hatte, aber auch sie hatte ihn verletzt, und er fragte sich, ob er ihr je wieder vertrauen konnte.

Als ihre Familie nach dem Mittagessen das Haus wieder verlassen hatte, beschloss Anna, ihre kleine Tochter zu einem Mittagsschlaf zu bewegen.

„Soll ich dir wirklich nicht helfen?", fragte sie Martha, die am Spülbecken stand und das Geschirr abtrocknete.

„Nein, geh ruhig nach oben." Martha winkte mit ihrer nassen Hand. „Du solltest dich selbst ein bisschen hinlegen. Du siehst noch schlechter aus als vor dem Essen."

„Ich bin wirklich müde, und es wird mir guttun, mich auszuruhen." Anna ging auf die Tür zu. „Bis später, Martha."

Kurz darauf hatte Anna Grace ins Bett gebracht und ging anschließend in ihr eigenes Schlafzimmer auf der anderen Seite des Flurs. Es war seltsam, in diesem Haus zu leben – dem Heim, das Cleon zu bauen begonnen hatte, als sie verlobt waren, und in dem sie eigentlich zusammen leben sollten.

Tränen liefen über ihre Wangen und fielen auf ihren Quilt. *Lieber Herr, es tut mir so leid, was ich meiner Familie und Cleon angetan habe. Bitte bring mir meinen Mann wieder zurück, damit ich alles in Ordnung bringen kann.*

Kapitel 31

„Du meine Güte, bei euch ist es ja ganz schön schmutzig!" Martha schnalzte mit der Zunge, während sie die unappetitlichen Rückstände beseitigte, die sich auf dem Betonboden des Hundezwingers angesammelt hatten.

Heidi und ihre Welpen flitzten in einem Teil des Zwingers hin und her, Fritz befand sich auf der anderen Seite der Trennwand, die in der Mitte hochgezogen war. Bo und Flo waren in einem weiteren Teil des geräumigen Zwingers untergebracht, den Martha auch mit einer Trennwand versehen würde, sobald sich bei Flo Nachwuchs ankündigte. Dad hatte den Zwinger an der Rückseite der Scheune angebaut und mit einer kleinen Tür versehen, die den Hunden Auslauf im Freien ermöglichte.

Martha musste an Pünktchen denken, den Welpen, den Donna und Ray ihr abgekauft hatten. Als sie neulich bei den Larsons vorbeigeschaut hatte, war sie erfreut zu sehen, wie gut der kleine Hund sich entwickelte und sich an sein neues Zuhause gewöhnt hatte.

Während ihres Besuchs hatte sie Donna und Ray auch von den jüngsten Übergriffen auf ihre Familie berichtet. Sie waren schockiert und versprachen ihr, die Augen offen zu halten, wenn sie fremde, verdächtige Personen in der Nähe bemerken sollten. Außerdem wollte Ray den Sheriff benachrichtigen.

Martha war erleichtert darüber, doch sie würde Schwierigkeiten mit ihrem Vater bekommen, wenn er auf die Idee kam, dass sie etwas mit der Sache zu tun hatte. Hoffentlich würden die Larsons nichts von ihrem Besuch erzählen.

Als Anna die Arztpraxis verließ, pochte ihr Herz vor Aufregung. Ihr Verdacht hatte sich bestätigt – sie war tatsächlich schwanger. Einerseits freute sie sich darüber, Cleons Baby auszutragen, andererseits fragte sie sich besorgt, wie sie mit einem weiteren Kind zurechtkommen würde, jetzt, wo ihr Leben so durcheinandergeraten war.

Der Geruch von Pferden stieg ihr in die Nase und sie schaute unwillkürlich zur Seite. Zwei Buggys warteten an der Ampel, die Pferde scharrten ungeduldig mit den Hufen. Ein Stück weiter entfernt hupte ein Auto, und ein englischer Junge, der neben seiner Mutter auf dem Bürgersteig herging, musste niesen. Alles um sie herum schien so normal zu sein wie eh und je – während ihre eigene kleine Welt kopfstand.

Als sie sich ihrem Buggy näherte, den sie vor der Arztpraxis abgestellt hatte, entdeckte sie Gary auf der anderen Straßenseite. *Oh nein, nicht schon wieder. Wie lange will der Kerl hier noch rumhängen?* Er betrat gerade das Restaurant, in dem sie zuvor gearbeitet hatte. Jedes Mal, wenn sie ihn sah, flammte die Vergangenheit wieder in ihr auf, und sie bekam Bauchschmerzen bei dem Gedanken, dass er hinter den Anschlägen stecken könnte. Sollte sie ihn erneut mit ihrem Verdacht konfrontieren und ihn bitten, sie endlich in Ruhe zu lassen?

Sie schüttelte den Kopf. Es hatte keinen Sinn. Bisher hatte er alle Beschuldigungen strikt zurückgewiesen. Vielleicht bereitete es ihm Vergnügen zu wissen, dass ihre Familie in Angst lebte. Sie sollte ihn besser ignorieren – dann würde er vielleicht irgendwann verschwinden.

Roman hatte gerade damit begonnen, einen Haufen Sägespäne aufzufegen, als John Peterson seinen Laden betrat.

„Was kann ich für dich tun, John?", fragte er und stellte seinen Besen in eine Ecke.

John kam auf Roman zu und fuhr sich mit den Fingern durchs Haar. „Du … äh … du hast sicherlich gehört, dass Luke Friesen jetzt bei mir arbeitet."

„Ja, ich habe davon gehört."

„Nun, ich wollte nur sichergehen, dass es dir nichts ausmacht."

Roman lehnte sich gegen die Werkbank und verschränkte die Arme vor der Brust. „Natürlich nicht. Du hast ihn ja schließlich nicht abgeworben. Er kam zu dir, weil ich ihn entlassen habe."

John blinzelte. „Tatsächlich? Ich dachte …" Er schüttelte den Kopf. „Luke sagte, ihr hättet ein paar Meinungsverschiedenheiten gehabt, und er hätte sich daraufhin entschlossen, bei jemandem zu arbeiten, der modernere Geräte benutzt."

„Was hast du dazu gesagt?“

„Was sollte ich sagen? Ich würde nicht auf die Elektrizität und die modernen Geräte verzichten wollen, mit denen ich arbeite.“ Er sah sich um. „Was nicht heißt, dass deine Arbeit von minderer Qualität ist.“

„Ich hoffe, dass du und Luke gut miteinander klarkommt“, sagte Roman mit einem Achselzucken. Er wollte es nicht aussprechen, doch er war sich ziemlich sicher, dass Luke nicht mehr als ein paar Wochen bei John bleiben würde.

„Luke scheint ein kluger Bursche zu sein, und nach dem zu urteilen, was ich bisher gesehen habe, arbeitet er anständig.“

Roman grunzte. „Er hat seinen eigenen Kopf und ich muss dich warnen: Er kommt oft zu spät zur Arbeit. So war es jedenfalls bei mir.“

„Danke für den Tipp. Ich werde ein Auge auf ihn haben“, entgegnete John.

Roman spähte zu der Sonnenbrille hinüber, die er auf ein Regal gelegt hatte – die Brille, die Judith neulich auf dem Boden nahe dem Wäscheplatz gefunden hatte. Er hätte jetzt am liebsten ein Wort darüber verloren, dass Luke möglicherweise etwas mit den Anschlägen zu tun haben könnte, doch er schwieg, da er keine Beweise in der Hand hatte. Wenn die Brille wirklich Luke gehörte, war es wohl das Beste, abzuwarten und ihn selbst danach zu fragen.

John ging auf die Tür zu. „Ich muss zurück in den Laden. Ich habe Luke mit der Arbeit an einer Reihe von Schränken für Dave Rawlings allein gelassen, und ich will sichergehen, dass er die richtige Menge Beize verwendet.“

„Alles klar. Danke für deinen Besuch.“ Als John die Tür hinter sich schloss, griff Roman erneut nach dem Besen und fegte ein paar Mal kräftig über den Boden. Dann hatte ihm also Dave, einer seiner treuesten Kunden, den Rücken gekehrt. Konnte es sein, dass Luke einen Teil seiner Kunden abzuwerben und sie John zuzuspielen versuchte, indem er irgendwelche Unwahrheiten über ihn verbreitete?

Roman griff nach einem Kehrblech und fegte den Haufen Sägespäne auf. Er musste an das Gespräch denken, das er neulich mit dem Bischof geführt hatte. *Ich muss aufhören zu grübeln und mein Vertrauen ganz auf Gott setzen, wie Bischof King mir geraten hat.*

„Ich bin froh, dass du wieder da bist. Ich wusste wirklich nicht, was ich tun sollte."

Cleon verzog das Gesicht. Er und Ivan standen auf der Lichtung, auf der einst seine Bienenstöcke gestanden hatten. „Kein einziger ist übrig geblieben, nicht wahr?"

„Nein, und es tut mir sehr leid." Ivan schüttelte den Kopf. „Ich wollte nicht alles noch schlimmer machen und dir alle Details am Telefon erzählen, aber die Hütte, in der du deine Ausrüstung aufbewahrt hast, ist auch verbrannt."

Cleon gab ein Schnauben von sich. In letzter Zeit schien sich alles gegen ihn verschworen zu haben. „Du kannst nichts dafür. Es hätte auch passieren können, wenn ich hier gewesen wäre. Man kann nicht ständig ein Auge auf die Bienenstöcke haben."

Ivan berührte Cleons Schulter. „Hast du Anna schon davon erzählt?"

Cleon schüttelte den Kopf. „Als ich in Dover aus dem Bus gestiegen bin, habe ich eine Mitfahrgelegenheit gefunden bis direkt hierhin."

„Anna wird sich freuen, dass du wieder da bist. Sie sah schrecklich *mied* und *bedauerlich* aus, als ich sie vor ein paar Wochen in der Kirche gesehen habe."

Cleon zuckte die Schultern. Sie war nicht die Einzige, die sich müde und traurig fühlte. Als er von ihrem Geheimnis erfuhr, war das für ihn, als ob ein wütender Stier in seinen Magen gerannt wäre. Nun waren auch noch seine Bienenstöcke zerstört und mit ihnen auch seine Zukunftspläne.

„Dann wirst du bald nach Hause gehen?"

Cleon zuckte zusammen. Versuchte sein Bruder, ihm Schuldgefühle einzureden, weil er so lange fort gewesen war? Hatte er nicht mitbekommen, wie es zwischen ihm und Anna stand?

„Das muss ich wohl. Schließlich habe ich keinen anderen Ort, wo ich hingehen kann."

Ivan öffnete den Mund, um etwas zu erwidern, doch Cleon schnitt ihm das Wort ab. „Ich werde mit Annas *Daed* reden. Vielleicht kann er mich in seiner Tischlerei einstellen. Auch wenn ich nicht der beste Schreiner der Welt bin – ich kann ihm bestimmt nützlich sein."

„Klingt gut." Ivan machte eine Handbewegung in Richtung des offenen Feldes, das vor ihnen lag. „Hast du vor, neue Bienenstöcke aufzustellen?"

„Ich weiß nicht. Vielleicht." Cleon seufzte. „Das hängt davon ab, wie die Dinge stehen, wenn ich mit Roman geredet habe. Ich brauche Geld, um neue Bienen und Stöcke zu kaufen, ganz abgesehen von der ganzen Ausrüstung, die mit zerstört wurde."

„Ich bin sicher, Dad würde dir Geld leihen ..."

Cleon hob die Hand, um seinen Bruder zu unterbrechen. „Ich möchte ohne Dads Hilfe zurechtkommen." Er deutete mit dem Kopf zum Haus der Familie. „Ich werde mein Pferd anspannen und zu den Hostettlers fahren. Besser, ich bringe es gleich hinter mich."

Ivan hob seine Augenbrauen, doch er sagte nichts. Er wusste sicher, dass Cleon es nicht eilig hatte, Anna zu sehen.

Kapitel 32

Cleons Schritte hallten auf den Holzdielen wider, als er die Veranda der Hostettlers betrat. Vor dem Wiedersehen mit Anna graute ihm mehr, als ihm vor dem Anblick der verbrannten Bienenstöcke gegraut hatte. Es war schon schlimm genug, seinen

Job zu verlieren; aber es würde noch schlimmer sein, mit einer Frau zusammenzuleben, der er nicht vertrauen konnte.

Als er die Küche betrat, saß Annas Tochter mit einer Tafel und einem Stift am Küchentisch. Sie sah hoch und starrte ihn irritiert an, überrascht von der Unterbrechung.

„Hallo, Grace", sagte er. „Ist deine Mutter zu Hause?"

Das Kind kniff seine blauen Augen zusammen.

Cleon ging an den Tisch und setzte sich auf einen Stuhl neben Grace. „Ich muss mit deiner *Mamm* reden – ich meine, mit deiner Mutter."

„Ich weiß, was *Mamm* bedeutet, und sie schläft in ihrem Zimmer."

Er runzelte die Stirn. Warum schlief Anna mitten am Tag? „Ist sie krank?"

Grace zuckte die Schultern.

„Ich werde mal nachsehen." Cleons Stuhl kratzte über den Boden, als er ihn zurückschob. Auf dem Weg nach oben zu Annas Zimmer hoffte er, dass er die richtigen Worte finden würde.

Noch auf der Treppe sah er, dass die Tür offen stand. Er trat zögernd ins Zimmer und war überrascht, Anna nicht vorzufinden. Überhaupt war es im ganzen Haus so still und er hatte bisher niemanden außer Grace gesehen. Es konnte doch nicht sein, dass man die Kleine ganz allein gelassen hatte!?

Er eilte die Stufen wieder hinunter und war fast in der Küche angelangt, als die Hintertür aufging und Martha hereinkam.

„Cleon! Seit wann bist du zurück? Weiß Anna, dass du hier bist?"

Er schüttelte den Kopf. „Ich habe sie noch nicht gesehen. Ich bin gerade eben vom Haus meiner Familie hergekommen. Ich wollte zuerst nachsehen, was von meinen Bienenstöcken übrig geblieben ist."

Martha runzelte die Stirn. „Wie meinst du das?"

„Sie sind alle verbrannt worden."

„Ach du meine Güte! Wann ist das passiert?"

„Vor ein paar Tagen, laut Ivan. Alle Bienenstöcke und die gesamte Ausrüstung wurden zerstört, und das bedeutet, dass ich keine Arbeit mehr habe."

„Das tut mir sehr leid. Anna wird es auch leidtun, aber sie wird sich auch sehr freuen, dass du wieder da bist."

Er wies mit dem Kopf auf die Küchentür. „Grace sagte, ihre Mutter hätte sich hingelegt. Aber Anna ist nicht in ihrem Zimmer."

„Sie ist in eurem neuen Haus. Sie und Grace sind letzte Woche dort eingezogen."

Cleon legte den Kopf schief. „Aber es ist doch noch gar nicht fertig – jedenfalls nicht so, dass man schon darin leben könnte."

„Doch. Deine Brüder sind unserem *Daed* zur Hand gegangen." Martha lächelte. „Sie wussten nicht, wie lange du fort sein würdest, und sie dachten, es wäre eine schöne Überraschung für dich."

„Das ist es allerdings!"

„Und deine Rückkehr wird für meine Schwester ebenfalls eine schöne Überraschung sein. Warum gehst du nicht hinüber und begrüßt sie?"

Er nickte und ging zur Tür. „Ja, das werde ich wohl tun."

Anna lag auf dem Bett und warf sich unruhig hin und her. Immer wieder kamen Wellen der Übelkeit hoch und gleichzeitig musste sie pausenlos über ihre Vergangenheit nachdenken. Sie wünschte, sie wäre damals während ihrer *Rumschpringe*-Zeit nie von zu Hause fortgegangen. Doch andererseits – wenn sie Eric nicht geheiratet hätte, würde es Anna heute nicht geben.

Sie schluchzte und rieb sich die feuchte Nase. Es hatte keinen Zweck, über das Vergangene nachzugrübeln. Sie musste sich jetzt auf die Zukunft konzentrieren – mit Grace und mit dem Baby, das sie in sich trug. Am Abend zuvor hatte sie ihrer Familie erzählt, dass sie schwanger war, und alle schienen sich zu freuen. Wenn Cleon nur bald wiederkommen und genauso reagieren würde …

Die Tür ging mit einem leisen Knarzen auf. Sie dachte, es wäre Grace, wischte sich über die Augen und setzte sich auf. Ein Schreck fuhr ihr in alle Glieder, als sie ihren Mann auf der Türschwelle stehen sah. Sie kroch aus dem Bett und lief auf ihn zu, doch wie groß war ihre Enttäuschung, als er zurückwich.

Anna hielt ihre Arme steif an den Körper gepresst. „Hast du neue Kunden gefunden?"

Er nickte. „Leider kann ich ihren Bestellungen nicht mehr nachkommen."

„Warum nicht?"

„Die Bienenstöcke, die Bienen und meine ganze Ausrüstung sind zerstört – verbrannt. Es ist nichts übrig."

„Was?" Anna traute ihren Ohren nicht. Wie kam es, dass sie bisher noch nichts davon gehört hatte?

„Ivan sagt, es sieht so aus, als ob jemand absichtlich ein Feuer gelegt hätte." Er seufzte. „Das war das Letzte, was ich jetzt gebrauchen konnte."

„Und was wirst du nun tun?"

„Keine Ahnung. Ich werde mich wohl nach einem anderen Job umsehen müssen. Es wird einige Zeit dauern, bis ich genügend neue Bienenstöcke anschaffen und wieder Honig verkaufen kann." Cleon wirkte erschöpft und ausgebrannt. „Ausgerechnet jetzt, wo ich begonnen hatte, mit der Bienenzucht meinen Lebensunterhalt zu verdienen."

Anna ging zögernd auf ihn zu. Sie wollte ihn trösten und ihm sagen, wie leid ihr das tat, doch sie hatte Angst vor einer Zurückweisung. „Es tut mir leid, Cleon. Alles tut mir leid."

Seine breiten Schultern zuckten. „Ja, so ist das Leben nun mal, nicht wahr? Man glaubt, dass man seinen Weg gefunden hat und dabei ist, glücklich zu werden, und mit einem Mal stürzt alles zusammen wie ein Kartenhaus."

Anna war sicher, dass er damit ihre zerrüttete Beziehung meinte. Sie befeuchtete die Lippen mit der Zungenspitze und beschloss, das Thema zu wechseln. „Warst du überrascht, das Haus fertig vorzufinden?“

Er nickte. „Ich hatte nicht damit gerechnet, dass jemand in meiner Abwesenheit daran weiterarbeiten würde.“

„Mein *Daed* und deine *Bruders* wollten dich überraschen, und sie dachten, es wäre gut, wenn Grace und ich baldmöglich in das neue Haus ziehen könnten.“

„Es sieht schön aus. Sie haben gute Arbeit geleistet.“ Sein Blick wanderte durch den Raum. „Alles, was mit dem Zimmerhandwerk zu tun hat, kann nur gut werden, wenn dein *Daed* seine Hand im Spiel hat.“

„Das, was du vorher geleistet hast, war aber auch sehr gut.“

„Ja, es war in Ordnung, denke ich.“

Eine plötzliche Schwäche zwang Anna, sich hinzusetzen. Sie zog zwei Stühle heran. „Cleon, wir müssen über uns reden.“

„Es gibt nichts zu bereden“, sagte er mit einer wegwerfenden Handbewegung. „Du hast mir die Wahrheit verschwiegen, so einfach ist das.“

„Ganz so einfach ist es nicht. Es gibt noch mehr, was ich dir gern erklären würde.“

„Es ist ein bisschen spät für Erklärungen, findest du nicht?“

Anna suchte nach der richtigen Antwort. Sollte sie jetzt die Gründe aufzählen, die sie dazu bewogen hatten, so lange ihr Geheimnis zu hüten, oder sollte sie Cleon bitten, ihr zu vergeben – oder sollte sie vorschlagen, die Vergangenheit ruhen zu lassen und ab jetzt nach vorn zu schauen?

Doch bevor sie die Möglichkeit hatte, etwas zu erwidern, ergriff Cleon das Wort. „Während meiner Geschäftsreise habe ich viel nachgedacht.“

Hoffnung keimte in ihr auf. Cleon war nach Hause gekommen, das war ein gutes Zeichen. Sie presste eine Hand auf ihren Bauch und fragte sich, ob sie ihm von dem Kind erzählen sollte, das sie in sich trug – dem Kind, das sie in Liebe gezeugt hatten. „Cleon, ich …“

„Bitte lass mich zu Ende sprechen.“

Sie blickte zu Boden.

„Nachdem ich lange nachgedacht hatte, wurde mir klar, dass ich eine Verpflichtung habe – dir, aber auch Grace gegenüber."

„Heißt das …"

„Es heißt, dass ich zurückgekommen bin und für euch sorgen werde. Aber ich werde in einem anderen Zimmer schlafen."

„Dann soll unsere Ehe also nur noch auf dem Papier bestehen? Ist es das, was du mir sagen willst?" Anna verschluckte sich fast an den Worten.

Er nickte.

„Gibt es irgendetwas, was ich tun oder sagen kann, um dich umzustimmen?"

„Nein, es sei denn, du könntest die Vergangenheit ungeschehen machen."

„Du weißt genau, dass das nicht möglich ist." Anna ballte die Hände zu Fäusten, während Verzweiflung von ihr Besitz ergriff. Cleon war nach Hause gekommen, aber er hatte ihr nicht vergeben. Sie würden im selben Haus leben, aber nicht das Bett teilen. Er war der Vater ihres ungeborenen Kindes, aber sie konnte es ihm nicht einmal sagen. Nicht jetzt. Dies war nicht der richtige Zeitpunkt.

„Ich gehe jetzt zum Laden deines *Daeds*", sagte Cleon. „Ich will mit ihm darüber sprechen, ob ich eventuell bei ihm arbeiten kann."

Anna nickte. Als Cleon das Zimmer verließ, ging sie zum Fenster und zog den Vorhang zur Seite. *Was soll ich tun, Herr? Cleon und ich waren einander so nah, und jetzt ist es, als ob wir Fremde wären. Ich kann ihm meine Schwangerschaft nicht ewig verschweigen. Früher oder später muss er es erfahren.*

Sie kniff die Augen zusammen, als die Tränen in ihr aufstiegen. Cleon war also nicht bereit, ihr zu vergeben. Würde ihre Welt nie mehr in Ordnung kommen?

Kapitel 33

Ruth hatte gerade einen Biskuitkuchen in die Auslage gestellt, als Martin Gingerich den Laden betrat.

„Ich habe gehört, dass du letzte Woche einen Job bei Abe Wengerd begonnen hast", sagte sie, als er auf die Theke zukam.

„Ja, stimmt. Ich glaube, es wird mir gefallen, Pferdegeschirr herzustellen und zu reparieren. Ich habe den Geruch von Leder schon immer gemocht." Ein breites Lächeln zog sich über sein Gesicht, als er auf das Gebäck in der Auslage zeigte. „Was du hier täglich vor der Nase hast, riecht allerdings noch viel besser."

„Ja, es riecht so gut, dass ich ständig Hunger habe, wenn ich hier arbeite."

„Das kann ich verstehen. Und ich bin übrigens auch gerade sehr hungrig."

„Möchtest du etwas probieren?"

Er schüttelte den Kopf. „Lieber nicht. Meine *Mamm* hat für heute Abend Krautwickel vorbereitet, und sie wäre schwer enttäuscht, wenn ich nicht mindestens fünf Stück davon verschlinge."

Ruth gluckste. Sie konnte sich kaum vorstellen, dass jemand so viele Krautwickel auf einmal verdrücken konnte. Wenn Martins Mutter so große Krautwickel machte wie ihre eigene Mutter, dann würde sie nur mit Mühe zwei davon schaffen.

„Was kann ich dann für dich tun?"

„Eigentlich bin ich nicht in die Bäckerei gekommen, um etwas zu kaufen."

„Sondern?"

„Nun ..." Martins Stimme versagte und er starrte mit hochrotem Kopf auf den Boden. Schließlich sah er hoch, wobei er den Blick jedoch starr auf die Backwaren in der Auslage gerichtet hielt. „Ich ... äh ... ich habe gehört, dass du ..." Er machte eine Pause und wischte sich den Schweiß von der Stirn.

„Was hast du gehört?"
„Nun, dass du und Luke nicht mehr zusammen seid."
„Das stimmt."
„Darf ich fragen, warum?"
Eigentlich hatte sie keine Lust, darauf zu antworten und über Luke und ihr Misstrauen ihm gegenüber zu sprechen.
„Wenn du es nicht sagen willst, kann ich das verstehen. Es ist nur so … Ich habe ein paar Dinge gehört und …"
„Was hast du gehört?"
„Ich habe gehört, dass er mit ein paar englischen Burschen herumhängt, und mein *Daed* glaubt, dass er an der Kuhsache bei Bischof King beteiligt war." Er sah ihr in die Augen. „Ich dachte, dass du vielleicht auch davon gehört und deshalb mit ihm Schluss gemacht hast."
Ruth schluckte. Sollte sie Martin von ihrem Verdacht erzählen? Sie kannte ihn seit ihrer frühen Kindheit, doch sie war nie besonders eng mit ihm befreundet gewesen. Sie hatte keine Ahnung, wie er reagieren würde; möglicherweise würde er das, was sie ihm anvertraute, nicht für sich behalten.
„Wenn du nicht darüber reden willst, lasse ich dich damit auch in Ruhe." Martins nussbraune Augen zeigten Mitgefühl.
Sie nickte. *„Danki*. Es ist mir lieber so."
Martin zuckte die Schultern. „Nun, ich bin auch nicht wirklich gekommen, um herauszufinden, warum ihr Schluss gemacht habt." Er fuhr sich mit den Fingern durch sein dichtes, kurz geschnittenes Haar.
„Weshalb dann?"
„Am Samstagabend treffen sich bei uns ein paar junge Leute. Wir werden jede Menge Spiele machen und meine *Mamm* wird für Getränke und Knabberzeug sorgen."
„Das klingt gut."
„Ich wollte fragen, ob du kommen möchtest. Deine Schwester Martha ist natürlich auch eingeladen."
Ruths erster Impuls war, die Einladung abzulehnen, denn seit sie sich von Luke getrennt hatte, verspürte sie keine Lust

mehr, sich zu amüsieren – ganz abgesehen von dem Stress, den die Ereignisse zu Hause in ihr verursachten. Doch als sie länger darüber nachdachte, kam sie zu dem Schluss, dass es ihr und Martha guttun würde, einen lustigen Abend mit Gleichaltrigen zu verbringen. „Ich werde heute Abend mit Martha sprechen."

„Prima. Bis Samstag also, hoffe ich." Martin zögerte, drehte sich dann jedoch um und ging aus dem Laden.

Ruth lächelte, als sich die Tür hinter ihm schloss. Zum ersten Mal seit Langem spürte sie so etwas wie Vorfreude.

Nachdem Cleon hinausgegangen war, um mit Anna zu sprechen, beschloss Martha, Grace mit in die Scheune zu nehmen. Mom war Alma Wengerd besuchen gegangen und würde nicht so bald zurückkommen. Also würde Martha die meiste Zeit des Tages auf Grace aufpassen müssen.

„Darf ich mit den Welpen spielen?", fragte Grace, als sie sich dem Hundezwinger näherten.

„Ja, natürlich."

Grace grinste sie an. „Am liebsten mag ich Rose."

„Rose?"

„Diesen hier." Sie waren inzwischen am Zwinger angekommen und Grace zeigte auf den schwächsten Welpen des Wurfs, den bisher niemand haben wollte.

Martha lächelte und tätschelte Graces Kopf. „Würdest du Rose gern für dich behalten?"

„Meinst du das im Ernst?" Graces blaue Augen leuchteten hell auf.

„Wenn deine *Mamm* einverstanden ist."

„Glaubst du, Mama wird mir erlauben, Rose in unserem neuen Haus zu halten?"

Martha freute sich, dass Grace von Anna als *Mama* sprach. Sie hatte sie wohl schließlich doch als Mutter akzeptiert. „Du kannst sie heute nach dem Abendessen fragen. Einverstanden?"

Graces Lächeln erstarb. „Wird dieser Mann mit uns essen?"

„Welcher Mann?"

„Der Mann, der heute in unser Haus kam."

Martha nickte. „Ich denke, Cleon wird dabei sein. Er war eine Zeit lang auf Geschäftsreise, aber sein Zuhause ist hier, bei dir und deiner *Mamm*."

Grace streckte das Kinn vor. „Ich mag ihn nicht. Ich will nicht, dass er hierbleibt."

Martha wollte gerade etwas erwidern, als sie hörte, wie sich die Scheunentür öffnete und wieder ins Schloss fiel. Sie drehte sich um und sah Anna mit hängenden Schultern auf sie zukommen. Martha begriff, dass die Dinge zwischen Cleon und ihrer Schwester nicht zum Besten standen.

„Ich werde Rosi aus dem Zwinger holen, dann kannst du dich dort hinsetzen und mit ihr spielen, okay?", sagte Martha und führte Grace zu einem Strohballen.

„Okay."

Als die Kleine sich hingesetzt hatte, ging Martha ihrer Schwester entgegen. „Ich will nur schnell einen Welpen aus dem Zwinger holen, damit Grace mit ihm spielen kann. Dann hab ich Zeit für dich."

Anna nickte.

„Wir treffen uns gleich in der Sattelkammer."

Anna sah zu ihrer Tochter hinüber. „Deine Tante und ich werden uns ein bisschen unterhalten, aber wir sind bald wieder da." Sie berührte sanft Graces Schulter. „Du bleibst brav in der Scheune, okay?"

„Ja, mach ich."

Martha eilte zur Sattelkammer und sah, wie Anna mit hängendem Kopf auf einem Stuhl saß. „Warum bist du so traurig?"

Anna hob den Kopf. „Cleon ist wieder da."

„Ich weiß." Martha legte ihrer Schwester den Arm um die Schulter. „Hat er mit dir gesprochen?"

„Ja. Es waren eher schlechte Neuigkeiten."

„Meinst du seine verbrannten Bienenstöcke?"

Anna nickte. „Er hat gesagt, dass er zu Dad in die Tischlerei gehen will, um zu sehen, ob er vielleicht dort arbeiten kann."

„Ich dachte, er würde seiner Familie bei der Feldarbeit helfen."

„Das hat er noch nie besonders gern getan. Ich glaube, es würde ihm besser gefallen, in Dads Tischlerei zu arbeiten."

„Was hat Cleon zu dem Baby gesagt?"

„Ich … ich habe ihm nichts davon erzählt."

„Du hast ihm nicht gesagt, dass du schwanger bist?"

„Nein."

„Warum nicht?"

„Er hat mir deutlich zu verstehen gegeben, dass er nur aus Pflichtgefühl bei mir bleibt." Anna atmete zitternd aus. „Cleon und ich werden künftig in getrennten Zimmern schlafen. Er wird nur noch auf dem Papier mein Ehemann sein."

Martha wusste, dass Cleon wegen Annas Geheimnis sehr aufgebracht war, doch sie hätte nicht gedacht, dass er immer noch derart verbittert war. Sie massierte Annas Schultern und ihren Nacken; ihre Muskeln waren ganz verspannt. „Was wirst du jetzt tun?"

„Ich kann nichts tun."

„Du könntest Cleon sagen, dass du mit seinem Baby schwanger bist. Möglicherweise würde er dann alles in einem anderen Licht sehen."

„Es könnte auch sein, dass er sich dann noch mehr zurückzieht – als hätte ich ihm absichtlich eine Falle gestellt."

Martha runzelte die Stirn. „Das ist *lecherich*. Du kannst doch nicht geplant haben, schwanger zu werden."

„Für dich sieht es vielleicht lächerlich aus", entgegnete Anna. „Aber Cleon ist tief verletzt und bitter gegen mich. Er könnte glauben, dass ich zu allem fähig bin."

Martha sah Anna in die Augen. „Du kannst deine Schwangerschaft nicht ewig vor ihm verbergen. Man wird es bald sehen können."

„Ich weiß."

„Und außerdem hast du uns bereits davon erzählt. Wenn du es Cleon nicht sagst und er findet es dann auf anderem Weg heraus, dann wird er dich beschuldigen, schon wieder etwas vor ihm geheim gehalten zu haben. Das willst du doch sicher nicht, oder?"

Anna schüttelte den Kopf und erneut stiegen Tränen in ihren Augen auf. „Ich werde es ihm heute Abend sagen, wenn Grace im Bett ist."

Kapitel 34

Roman wollte gerade seinen Laden schließen, als ein Kunde hereinkam. Zumindest dachte er, es sei ein Kunde, bis er aufsah und Cleon auf der Türschwelle stehen sah.

„Cleon! Schön, dich zu sehen! Seit wann bist du zurück?"

„Seit heute Morgen."

Roman runzelte die Stirn. „Heute Morgen? So lange schon?"

Cleon nickte. „Ich war zuerst auf der Farm meiner Eltern, um meine zerstörten Bienenstöcke in Augenschein zu nehmen."

„Was ist mit deinen Bienenstöcken?"

„Jemand hat sie verbrannt. Es ist kein einziger übrig."

„Es tut mir sehr leid, das zu hören. Hast du eine Ahnung, wer dahinterstecken könnte?"

Cleon schüttelte den Kopf. „Ivan glaubt, dass es ein paar englische Rowdys waren." Er kam auf Romans Schreibtisch zu. „Da ich keine Bienenstöcke, keine Bienen und keine Ausrüstung mehr habe, bin ich nun arbeitslos."

„Aber der Frühling steht vor der Tür und du wirst deinem *Daed* wieder auf den Feldern helfen, oder?"

Cleon fuhr sich mit den Fingern durch den Bart. „Ich habe noch nie gern auf dem Feld gearbeitet. Ich würde lieber etwas anderes machen.“ Er trat noch näher zu Roman heran. „Ich weiß, dass ich kein brillanter Schreiner bin, aber ich kann anständig mit Hammer und Säge umgehen. Meinst du, du könntest ein Paar zusätzliche Hände in deiner Tischlerei gebrauchen?“

„Nun, ich könnte tatsächlich Hilfe gebrauchen. Ich musste Luke entlassen, weil er häufig zu spät kam. Er arbeitet jetzt für John Peterson.“ Roman nickte nachdenklich. „Nach der Arbeit zu urteilen, die du an eurem neuen Haus geleistet hast, würde ich weit mehr als einen Lehrling bekommen, wenn ich dich einstellen würde.“

Cleon schüttelte den Kopf. „Ich kann wohl kaum all die Arbeit am Haus mir allein zuschreiben. Du und meine Brüder, ihr habt mir von Beginn an geholfen, und Anna sagte mir heute, ihr hättet während meiner Abwesenheit den Rest fertiggestellt. Ich bin sehr dankbar für all diese Unterstützung.“

„Ich dachte, dass du und Anna gern in eurem eigenen Haus wohnen würdet, bevor das *Boppli* zur Welt kommt.“

Cleons Augenbrauen zogen sich zusammen. „*Boppli*? Von welchem *Boppli* redest du?“

„Anna hat es dir doch bestimmt gesagt.“

„Was soll sie mir gesagt haben?“

„Dass sie schwanger ist.“

Cleons Gesicht wurde rot und ein Muskel in seinem Gesicht zuckte. „Ich war gerade erst bei ihr und sie hat kein Wort darüber verloren.“

Roman wischte sich den Schweiß von der Stirn. Anscheinend hatte Anna ihre Lektion in Sachen Offenheit immer noch nicht gelernt. „Es tut mir leid, dass du es von mir erfahren hast. Sie hätte es dir selbst sagen sollen.“

„Allerdings.“ Cleon grunzte. „Sie scheint ein besonderes Talent dafür zu haben, Geheimnisse zu hüten, also brauche ich mich wohl nicht zu wundern, dass sie auch das vor mir verschwiegen hat.“

„Vielleicht wollte sie den richtigen Zeitpunkt abwarten.“

„Den richtigen Zeitpunkt? Und wann wäre das?“ Cleon verschränkte die Arme vor der Brust.

Roman zuckte die Schultern. Er wollte seine Tochter verteidigen, doch in Wirklichkeit hatte er ihr die Sache mit Eric und Grace selbst noch nicht vergeben. Er konnte es Cleon nicht verübeln, dass er sich ärgerte.

Cleon öffnete den Mund, als ob er noch etwas sagen wollte, als die Ladentür aufging und Luke hereinkam.

„Ich hoffe, du kommst nicht, um deinen Job wiederzubekommen“, sagte Roman gereizt. Er wies auf Cleon. „Ich habe bereits Ersatz gefunden.“

Luke wurde rot und schüttelte den Kopf. „Ich bin gekommen, um zu sehen, ob ich meine Sonnenbrille hier vergessen habe. Ich glaube, ich hatte sie an dem Tag bei mir, als du mich entlassen hast …“

„Nun, es wurde auch Zeit. Warum kommst du erst jetzt?“

„Wie bitte?“

„Egal.“ Roman wies auf das Regal an der gegenüberliegenden Wand, auf dem die Sonnenbrille lag. „Sie ist dort drüben. Meine Frau hat sie auf dem Boden bei der Wäscheleine gefunden, die offenbar jemand am gleichen Tag zerschnitten hat.“ Er sah Luke aus zusammengekniffenen Augen an. „Du weißt wohl nicht zufällig etwas darüber, Junge?“

Lukes Gesicht wurde noch roter. „Beschuldigst du mich etwa, die Wäscheleine deiner Frau zerschnitten zu haben?“

Roman zuckte die Schultern. „Ich beschuldige dich nicht, ich habe nur eine Frage gestellt.“

Lukes Augen verengten sich zu Schlitzen. „Warum sollte ich so etwas tun?“

„Keine Ahnung. Warum hat jemand Cleons Bienenstöcke zerstört, ist in unser Haus eingebrochen und hat Werkzeug aus meinem Laden gestohlen?“

Cleon wurde blass. „Du glaubst doch nicht im Ernst, dass jemand aus unserer Gemeinschaft etwas mit diesen Dingen zu tun hat?“

„Ich weiß nicht, was ich noch glauben soll, und es sind ja auch noch andere Dinge vorgefallen."

„Wovon sprichst du?"

Roman sah seinen Schwiegersohn an, dann blickte er zu Luke. „Vielleicht solltest du ihn fragen."

In Lukes Augen glomm Ärger auf. „Was soll er mich fragen? Ob ich weiß, was noch für Übergriffe stattgefunden haben, oder ob ich etwas damit zu tun habe?"

„Beides."

„Ich wusste nur von den Einbrüchen hier im Laden und in eurem Haus. Und ich wusste von dem Stein, den man durchs Küchenfenster geworfen hat. Ich weiß nicht, wer das alles getan hat, aber …"

In dem Moment betrat Jack Osborn, der Sheriff des Landkreises, den Laden.

Roman schob seinen Stuhl nach hinten und stand auf. „Es tut mir leid, Jack, aber der Schaukelstuhl für deine Frau ist noch nicht fertig."

„Deswegen bin ich nicht hier." Jack blickte im Raum herum, als ob er etwas suchte. „Ich habe vor ein paar Tagen einen Anruf von einem eurer englischen Nachbarn erhalten. Er hat mir erzählt, dass ihr in letzter Zeit Probleme hattet. Ich wollte schon früher kommen, aber zwei meiner Männer sind krank geworden, und deshalb konnte ich mich nur um ganz dringende Angelegenheiten kümmern."

Bevor Roman antworten konnte, eilte Luke an das Regal und griff nach seiner Sonnenbrille. „Ich habe noch etwas zu erledigen." Er rannte durch die Tür, als sei eine Meute Jagdhunde hinter ihm her.

Jack öffnete seine Jacke und nahm einen Notizblock und einen Kugelschreiber aus seiner Jackentasche. „Nun, warum erzählst du mir nicht, was hier vorgegangen ist, Roman?"

„Ja, in Ordnung." Roman setzte sich wieder, und Cleon nahm sich einen der Holzstühle, die neben der Werkbank standen.

Mehrere Minuten lang schilderte Roman die Einzelheiten der Übergriffe und Sheriff Osborn schrieb alles auf.

„Mein Schwiegersohn hier hat erst kürzlich seine Bienenstöcke verbrannt vorgefunden. Ich glaube, dass derjenige, der uns Schaden zugefügt hat, auch für diese Sache verantwortlich ist“, schloss Roman.

Jack lehnte sich vor und legte beide Hände auf Romans Schreibtisch. „Hast du den Eindruck, dass es jemand konkret auf deine Familie abgesehen hat?“

Roman zupfte ein paar Mal an seinem Ohrläppchen. „Zuerst dachte ich, es müssten englische Rowdys gewesen sein, aber jetzt bin ich mir nicht mehr so sicher.“

Jack zog seine Augenbrauen hoch und sah Roman fragend an. „Ich weiß, dass ihr Amischen keine strafrechtliche Verfolgung des Täters wollt, aber du hättest mich wenigstens über die Vorfälle hier informieren können. Dann hätte ich Nachforschungen betreiben und möglicherweise die Schuldigen zur Strecke bringen können.“

„Gott ist der einzige Richter, den wir brauchen. Er weiß, wer das alles getan hat, und wenn er diese Person zur Verantwortung ziehen will, wird er es tun – zu seiner Zeit.“

Jack sah zu Cleon hinüber, als ob er von ihm Unterstützung erhoffte, doch Cleon schwieg. Schließlich steckte Jack seinen Notizblock wieder ein. „Es ist eure Angelegenheit. Aber ihr sollt wissen, dass ich in nächster Zeit die Augen offen halten werde. Wenn es weitere Vorfälle geben sollte, möchte ich gern darüber informiert werden. Es ist schon mehr als einmal vorgekommen, dass solche Anschläge auf amische Gemeinschaften nur verübt worden sind, weil ihr anders seid. Das kann ich nicht tolerieren.“

„Uns gefällt das auch nicht. Ob wir aber diese Vorfälle anzeigen, hängt von unserem Bischof und von der Art der Angriffe ab.“

Jack zuckte die Schultern und ging zur Tür. „Sag mir Bescheid, wenn der Schaukelstuhl fertig ist“, rief er im Gehen.

„Ja, das werde ich tun."

Die Tür fiel zu und Roman stützte stöhnend seinen Kopf in die Hände. „Ich würde gern wissen, wer von unseren englischen Nachbarn den Sheriff angerufen hat, und vor allem, wer von den Übergriffen erzählt hat."

Cleon schüttelte den Kopf. „Könnte es jemand aus eurer Familie getan haben?"

„Schon möglich. Könntest du mir einen Gefallen tun?"

„Welchen?"

„Sag nichts davon, dass der Sheriff heute hier war und dass er künftig die Augen offen halten will."

„Warum nicht?"

„Ich möchte nicht, dass meine Familie den Eindruck hat, sie stünde unter Beobachtung, und sie sollen auch nicht denken, ich hätte den Sheriff benachrichtigt."

„Ich werde nichts sagen, bevor du es selber zur Sprache bringst."

„Vielen Dank." Roman schob seinen Stuhl zurück. „Lass uns jetzt nach Hause gehen und sehen, ob das Abendessen fertig ist. Anna und Grace haben, als du fort warst, fast alle Mahlzeiten mit uns zusammen gegessen, deshalb nehme ich an, dass wir heute Abend alle bei uns im Haus essen werden."

Cleon nickte.

„Wenn du morgen früh in den Laden kommen willst, werde ich dir Werkzeug geben und zeigen, was zu tun ist."

„Ich werde pünktlich da sein."

Während des Abendessens herrschte eine spürbare Spannung zwischen Anna und Cleon, und Anna hatte überdies den Eindruck, dass zwischen Cleon und Dad etwas vor sich ging. Es war, als ob sie etwas wüssten und beschlossen hätten, es nicht mit dem Rest der Familie zu teilen. Sie hätte am liebsten nachgefragt, beschloss dann aber, Cleon später darauf anzusprechen – wenn sie die Gelegenheit dazu haben würde.

Als Anna mit Grace in ihr Haus hinüberging und sie zum Schlafengehen fertig machte, war sie selbst so müde, dass sie sich am liebsten auch gleich hingelegt hätte. Doch vorher musste sie Cleon sagen, dass sie schwanger war.

Sie zog dem Mädchen das Nachthemd über den Kopf und schlug die Bettdecke zurück. „Hopp, ab ins Bett mit dir."

„Tante Martha sagt, ich darf einen Welpen für mich behalten", sagte Grace, während sie sich in ihr Kissen kuschelte.

„Bist du sicher?" Anna wusste, dass ihre Schwester versuchte, eine Hundezucht aufzubauen, und sie würde kein Geld verdienen, wenn sie die kleinen Hunde einfach so verschenkte.

Grace nickte und ihre blauen Augen wirkten ganz ernst. „Sie sagt, ich darf Rose haben, wenn du einverstanden bist, Mama."

Anna streichelte den Arm ihrer Tochter und genoss die Weichheit ihrer Haut. Es tat so gut, sie „Mama" sagen zu hören. Sie waren einander von Tag zu Tag nähergekommen, und Anna lag alles daran, diese Nähe aufrechtzuerhalten. Sie lächelte. „Du darfst den Welpen haben – unter einer Bedingung."

„Was ist eine *Bedingung*?"

„Es bedeutet, dass du versprechen musst, dich um den kleinen Hund zu kümmern."

Graces Augen strahlten. „Das werde ich. Ich habe Tante Martha mit den Welpen geholfen, seit ich hier wohne."

Anna beugte sich über ihre Tochter und küsste ihre Stirn. „In Ordnung. Dann gehört Rose dir."

Grace lächelte zufrieden und Anna ging leise aus dem Zimmer. Als sie Cleon zuletzt gesehen hatte, hatte er im Wohnzimmer gesessen und war in die aktuelle Ausgabe von *The Budget* vertieft gewesen.

Cleon wusste, dass er vor dem Zubettgehen noch mit Anna sprechen musste. Er verließ das Wohnzimmer, stieg die Treppe hinauf und war fast oben angekommen, als er beinahe mit ihr zusammenstieß.

Sie legte erschrocken die Hand auf den Mund. „Oh! Hast du mich erschreckt! Ich … ich wollte gerade herunterkommen, um mit dir zu reden.“

Er nickte. „Du hast recht. Wir müssen miteinander sprechen. Lass uns ins Wohnzimmer gehen, damit Grace uns nicht hört.“

Dort angekommen setzte sich Cleon aufs Sofa, Anna daneben in den Schaukelstuhl. Als Cleon aus Holmes County weggefahren war, hatte es noch keine Möbel im Haus gegeben. Offenbar hatte Annas Vater während seiner Abwesenheit dafür gesorgt.

„Ich weiß, dass du schwanger bist“, eröffnete Cleon das Gespräch und hörte, wie Anna gleichzeitig sagte: „Ich bin schwanger.“

Annas Mund blieb offen stehen. „Du weißt es?“

Er nickte.

„Wer hat es dir gesagt?“

„Spielt das eine Rolle? Fest steht, dass *du* es mir nicht gesagt hast, und ich wüsste gern, warum.“

„Ich … ich hatte Angst, du könntest mir vorwerfen, ich wäre vorsätzlich schwanger geworden, damit du bei mir bleiben musst.“

Cleon schüttelte langsam den Kopf. „Das ist lächerlich. Wie solltest du vorsätzlich schwanger geworden sein? Wir benutzen schließlich keine Verhütungsmittel.“

Sie sah auf den Boden. „Ich weiß, aber ich habe davon gehört, dass manche Frauen versuchen, die Dinge rund um ihren Zyklus zeitlich abzustimmen und …“

Er hob die Hand, um sie zu unterbrechen. „Ich weiß, dass du nicht vorsätzlich schwanger geworden bist, und unter normalen Umständen würde ich mich darauf freuen, Vater zu werden.“

„Aber jetzt nicht? Ist es das, was du sagen willst?“ Annas Kinn zitterte und ihre Augen füllten sich mit Tränen. Er machte keine Anstalten, sie zu trösten.

„Es ist alles so *verhuddelt* im Moment, und ich weiß nicht, ob ich überhaupt irgendetwas fühle.“

„Es tut mir leid, dass ich dich so verwirrt habe."

„Du erwartest von mir, ich soll dir vergeben, dass du deine Tochter so lange vor mir geheim gehalten hast, und doch verheimlichst du mir schon wieder etwas. Das ergibt doch keinen Sinn."

„Ich … ich hatte zuerst Angst, dass du mich verlassen würdest, und dann, dass du aus den falschen Gründen bei mir bleiben würdest."

Er verzog das Gesicht. „Ich habe dir doch heute Morgen gesagt, dass ich für dich und Grace sorgen werde."

„Ich weiß, aber …"

„Bevor du nicht gelernt hast, mir gegenüber offen und ehrlich zu sein, sehe ich keine Chance für eine echte Ehe, Anna."

„Willst du damit sagen, dass du unserer Ehe nicht noch eine Chance geben wirst? Dazu gehören immer zwei, wie du weißt."

Cleon zuckte zusammen. Was hatte er da gesagt? „Ich werde morgen früh bei deinem Vater mit der Arbeit beginnen, also gehe ich jetzt besser ins Bett." Er stand auf und eilte aus dem Zimmer. Wenn er jetzt bei Anna blieb, würde er Dinge sagen, die er am nächsten Morgen bereuen würde.

Kapitel 35

Als Anna am nächsten Morgen wach wurde, fühlte sie sich wie gerädert. Neben der morgendlichen Übelkeit, mit der sie seit Wochen kämpfte, hatte sie Kopfschmerzen, und ihre Hände zitterten so sehr, dass sie beim Eieraufschlagen Schalenstücke in die Schüssel fallen ließ. Wenn Cleon ihr doch nur vergeben könnte! Und wenn er wenigstens ein bisschen Freude über das Baby zeigen würde, das sie erwartete …

Kurz nach ihrer Trauung hatten Anna und Cleon begonnen, über die Kinder zu reden, die sie eines Tages haben würden.

Cleon hatte gesagt, dass er sich eine große Familie wünschte, und Anna hatte sich auf den Tag gefreut, an dem sie wieder ein Baby im Arm halten würde – und nicht befürchten müsste, dass man es ihr wegnahm. Nun würde sie dieses Baby bekommen, und sie hatte ihre fünfjährige Tochter, aber sie fürchtete, dass sie ihren Mann nie mehr zurückgewinnen könnte.

Ein Klopfen an der Hintertür unterbrach ihre Gedanken. Sie trocknete ihre Hände ab und ging zur Tür. Es war Martha.

„Warum bist du nicht hereingekommen, statt erst zu klopfen?"

„Ich … ich wollte sichergehen, dass ich allein mit dir sprechen kann."

Als Anna sah, wie blass ihre Schwester war, machte sie sich sofort Sorgen. „Fühlst du dich heute Morgen *grank*?"

Martha schüttelte den Kopf. „Nein, aber furchtbar traurig."

Annas Herz begann, wie wild zu klopfen. „Gab es wieder einen Anschlag?"

„Ich weiß nicht genau." Martha kam näher und senkte ihre Stimme zu einem Flüstern. „Wo ist Grace? Ich will nicht, dass sie zuhört – jedenfalls jetzt noch nicht."

„Sie liegt noch im Bett. Ich wollte sie erst wecken, wenn das Frühstück fertig ist." Anna zeigte auf ein paar Korbstühle, die auf der Veranda standen. „Komm, setzen wir uns."

Als sich beide hingesetzt hatten, lehnte sich Martha nach vorn und rieb sich über die Stirn. „Rose ist tot."

„Rose?"

„Der Welpe, den ich Grace versprochen habe."

„Sie hat mich gestern Abend gefragt, ob sie ihn haben darf, aber ich hatte seinen Namen vergessen." Anna berührte Marthas Arm. „Was ist passiert? Wie ist der kleine Hund gestorben?"

„Ich weiß es nicht genau. Als ich heute Morgen in die Scheune kam, um die Hunde zu füttern, standen beide Türen des Zwingers offen. Die Hunde liefen draußen auf der Wiese herum." Martha machte eine Pause. „Außer Rose; sie war tot."

Anna schlug sich die Hand vor den Mund.

„Ich weiß nicht, wie ich es Grace beibringen soll. Sie mochte diesen Welpen sehr und hat sich darauf gefreut, ihn ganz für sich zu haben."

„Aber ich bin ihre *Mamm*. Es ist meine Aufgabe, es ihr zu sagen."

„Ich bin traurig, einen meiner Hunde verloren zu haben, aber ich hoffe vor allem, dass dieser Vorfall das, was sich zwischen dir und Grace entwickelt hat, nicht beeinträchtigt."

„Ja, das hoffe ich auch. Hast du eine Ahnung, warum der Welpe gestorben ist oder wie die Hunde aus dem Zwinger gekommen sind?"

„Sie sind hinausgelaufen, weil die Türen offen standen. Rose ist möglicherweise auf einen Heuballen neben der Scheune geklettert und heruntergefallen."

„Glaubst du, jemand hat das absichtlich getan? Ich meine … die Hunde aus dem Zwinger gelassen und … und den Welpen getötet?"

„Ich hoffe nicht."

„Wie kommt es dann, dass die Türen offen standen?"

„Keine Ahnung. Vielleicht habe ich gestern Abend vergessen, den Riegel vorzuschieben."

„Aber du bist doch immer so umsichtig mit solchen Dingen."

„Stimmt, aber in letzter Zeit ging mir so vieles im Kopf herum, und es könnte schon sein, dass ich weniger aufmerksam war als üblich." Martha seufzte. „Bist du sicher, dass ich nicht mit Grace sprechen soll?"

„Nein, ich werde das nach dem Frühstück tun."

„Ich werde den Welpen jetzt begraben." Sie seufzte erneut. „Ich will nicht, dass Grace ihn so sieht."

„Nein, das wäre keine gute Idee." Als Anna aufstand, spürte sie eine Welle heftiger Übelkeit und drückte die Hand auf ihren Bauch.

„Ist alles in Ordnung mit dir?"

„Ja, es geht schon. Es ist nur die morgendliche Übelkeit."

„Wie hat Cleon reagiert, als du ihm von dem *Boppli* erzählt hast?“

Anna rieb sich mit den Händen über die kalten Arme und zitterte, obwohl der Frühlingsmorgen schon recht warm war. „Er wusste es bereits.“

„Er hat es vermutet, meinst du.“

„Ich nehme an, Cleon hat es erfahren, als er zu Dad in den Laden ging, um ihn nach Arbeit zu fragen.“

„Dad hat Cleon von deiner Schwangerschaft erzählt?“

Anna nickte. „Er dachte bestimmt, dass Cleon schon Bescheid wusste. Er ging wohl davon aus, dass ich es ihm gesagt hatte. Nun glaubt Cleon, dass ich ihm absichtlich ein weiteres Geheimnis vorenthalten habe, und ...“ Anna konnte nicht weitersprechen.

„Hast du ihm nicht erklärt, warum du es ihm nicht direkt gesagt hast, und dass du vorhattest, es ihm gestern Abend zu erzählen?“

„Ich habe es versucht, aber Cleon hat kein Vertrauen mehr zu mir, und er ...“

„Und was, Anna?“

Anna brauchte ein paar Sekunden, um sich wieder zu fassen. Sie wischte sich die Tränen von den Wangen. „Cleon hat sich überhaupt nicht über die Nachricht gefreut, dass wir ein Baby bekommen. Ich ... ich glaube, er will gar nicht Vater sein. Jedenfalls nicht der Vater *meiner* Kinder.“

Martha sah sie ungläubig an und schüttelte langsam den Kopf. „Ich hätte nicht gedacht, dass es noch schlimmer kommen könnte.“

„Ich auch nicht. Ich frage mich, ob Gott sich überhaupt darum kümmert, dass wir alle so traurig und durcheinander sind.“

Anna konnte sich nicht länger beherrschen. Sie legte ihren Kopf auf Marthas Schulter und schluchzte hemmungslos.

Als Cleon die Küche betrat, war er überrascht, niemanden vorzufinden. Als er vorhin wach geworden war, hatte er Kaffeeduft gerochen, also musste Anna wohl schon auf sein. Er hatte sich die ganze Nacht über unruhig hin und her gewälzt und sehnte sich nach einer Tasse Kaffee, um wieder Ordnung in seinen wirren Kopf zu bekommen.

Er sah die Kaffeekanne neben dem Herd stehen und war gerade dabei, eine Tasse aus dem Regal zu nehmen, als er eine Schüssel mit Eiern entdeckte. Anna musste also in der Nähe sein. Vielleicht war sie zur Toilette gegangen.

Cleon goss sich etwas Kaffee ein und wollte gerade trinken, als er jemanden die Treppe herunterkommen hörte. Ein paar Sekunden später kam Grace in die Küche. Sie trug ein langes, baumwollenes Nachthemd.

„Wo ist Mama?“, fragte sie. Sie rieb sich die Augen und blickte sich um.

„Ich weiß nicht. Sie war schon mal in der Küche, denn sie hat begonnen, das Frühstück vorzubereiten.“ Cleon zeigte auf die Kaffeekanne und die Eier. „Als ich nach unten kam, war sie nicht da, und ich weiß nicht, wo sie jetzt ist.“

Grace schlurfte auf den Tisch zu und kletterte auf einen Stuhl. „Ich habe Hunger. Ich möchte jetzt essen, damit ich nachher mit Rose spielen kann.“

„Wer ist Rose?“

„Mein neuer Hund. Tante Martha hat gesagt, ich darf ihn haben, wenn Mama einverstanden ist.“ Grace nickte. „Gestern Abend hat sie gesagt, dass sie einverstanden ist.“

Cleon lehnte sich gegen die Anrichte und betrachtete das Kind. Ihr langes braunes Haar hing in dicken Locken herunter. Er musste an Annas blondes Haar denken. In ihrer Hochzeitsnacht hatte sie es geöffnet und er hatte es gebürstet. Er spürte sein Herz schlagen, als er daran dachte, wie weich sich ihre Haut bei der Berührung angefühlt hatte und wie sein Herz in jener Nacht vor Liebe zu ihr beinahe geborsten war. Er litt unter der Enttäuschung, die sie ihm bereitet hatte. Gehörte zu wahrer Liebe nicht Aufrichtigkeit? Hatte sie ihn jemals wirklich geliebt?

„Gehst du Mama holen, damit wir essen können?"

Cleon kehrte aus seinen Gedanken zurück. „Äh, ich sehe mal nach, ob sie draußen ist." Er lief zur Hintertür, die gerade in diesem Moment aufging. Anna kam herein. Ihr Gesicht war weiß wie ein Laken, ihre Augen rot und geschwollen. Hatte sie seinetwegen geweint oder war etwas anderes passiert?

Er ging auf sie zu. „Was ist los? Hast du geweint?"

„Ich ... ich kann jetzt nicht darüber sprechen." Sie sah zu Grace hinüber. „Wir sollten erst frühstücken."

Cleon zuckte die Schultern. Wenn sie nicht über ihren Kummer sprechen wollte, konnte er nichts dagegen tun. Er setzte sich an den Tisch.

Grace sah ihre Mutter an. „Ich habe Hunger."

Anna nickte und eilte zum Herd. „Ich bin gleich so weit."

„Können wir dann zu Rose gehen?"

Anna schüttelte den Kopf.

„Du hast gesagt, ich darf sie haben." Grace schob die Unterlippe vor. „Ich will sie jetzt sehen."

„Du musst erst frühstücken. Wenn du dein Rührei aufgegessen hast, können wir über Rose sprechen."

„Ich will sie jetzt sehen."

„Deine *Mamm* hat gesagt: nach dem Frühstück", sagte Cleon, bevor Anna antworten konnte. „Hör jetzt auf zu jammern und bleib still sitzen, bis das Frühstück auf dem Tisch steht."

Anna starrte Cleon an. „Du brauchst nicht mit ihr zu schimpfen."

„Das habe ich auch nicht."

„Doch, das hast du." Grace zeigte auf Cleon. „Dein Gesicht ist ganz rot."

In Cleons Gesicht zuckte ein Muskel. Er überlegte, ob er noch etwas sagen sollte, beschloss dann jedoch, dass es Annas Sache war, die Frechheit des Kindes zu ignorieren und die Konsequenzen zu tragen.

Grace hüpfte von ihrem Stuhl und rannte zur Hintertür.

„Wohin gehst du?“, rief Anna hinter ihr her.

„Ich will zu Rose.“

„Nein. Du kannst jetzt nicht zu ihr.“ Anna eilte quer durch die Küche, doch Grace hatte bereits die Tür geöffnet. „Grace, komm zurück!“ Sie griff nach Graces Arm und zog sie zurück ins Haus.

„Ich will Rose sehen!“, schrie Grace und versuchte, sich aus dem Griff ihrer Mutter zu befreien.

Annas Schultern zitterten, doch sie hielt Grace fest. Cleon fragte sich, ob er eingreifen und versuchen sollte, das Kind zu beruhigen, oder ob es besser war, Anna allein mit der Situation fertig werden zu lassen.

„Grace, hör mir zu.“ Anna kniete sich vor ihr nieder und schlang die Arme um das Kind. Sie hielt es fest umschlungen, bis es sich beruhigt hatte. „Rose ist tot. Tante Martha hat den kleinen Hund heute Morgen tot vorgefunden.“

Grace schluchzte auf und stieß Anna von sich. „Rose kann nicht tot sein!“

„Es tut mir leid, Grace. Vielleicht kann Tante Martha dir einen anderen Welpen schenken, wenn Flo welche zur Welt bringt.“ Anna streckte die Hand aus, um die Tränen von Graces Gesicht zu wischen, doch das Kind riss die Tür auf und stürmte aus dem Haus.

Anna lief hinterher. Cleon war zu benommen, um zu reagieren.

Kapitel 36

Die nächsten Tage waren schwierig. Grace trauerte um den Welpen und Anna versuchte, mit ihrem anhaltenden Gefühlschaos fertig zu werden. Ihre Beziehung zu Grace hatte einen Rückschlag erlitten und ihr Verhältnis zu Cleon war angespannt und förmlich. Dazu lastete die Sorge um die Sicherheit ihrer Familie schwer auf ihren Schultern.

Wenn sie nur endlich herausfinden könnte, wer für die Vorfälle verantwortlich war! Sie wünschte sich nichts sehnlicher, als dass ihr Leben wieder ins Lot käme.

Anna starrte aus dem Küchenfenster auf die Äste, die im Wind hin und her schwangen. Cleon war zur Tischlerei gegangen, um zu arbeiten, und Grace war oben in ihrem Zimmer. Anna hatte vor, heute zu den Wengerds zu gehen, damit Grace mit ihrer Freundin Esta spielen konnte und so von dem Verlust des Welpen abgelenkt würde, doch Grace hatte keine Lust dazu.

Die Ruhe und Stille im Haus war normalerweise eine Wohltat für Anna, doch heute Morgen hatte sie das Gefühl, darin zu ersticken. Sie wäre am liebsten nach draußen gerannt, um ihren Kummer hinauszuschreien. Stattdessen griff sie nach dem Scheuerpulver und rieb die Bratpfanne sauber. *Ich muss mich beschäftigen. Wenn ich meine Hände und meinen Kopf beschäftige, dann habe ich keine Zeit, über meine Probleme nachzudenken.*

Als die Tür aufging, drehte Anna sich um. Es war ihre Mutter, die ein grau-weißes Kätzchen im Arm hielt. „Wie geht es dir heute Morgen?"

„Mein Magen hat sich ein bisschen beruhigt, ansonsten ist alles unverändert."

„Hat sich Grace immer noch nicht über den Tod des Welpen hinweggetröstet?"

Anna schüttelte den Kopf. „Sie hat noch nicht einmal Lust, ihre Freundin Esta zu besuchen."

„Das tut mir leid." Mom zeigte auf das Kätzchen, das sich in ihren Armen wand. „Martha hat Grace einen anderen Welpen angeboten, den sie aber nicht wollte, und da dachte ich, sie würde sich vielleicht für eines von Callies Kätzchen interessieren."

„Martha sollte ohnehin ihre Welpen nicht verschenken. Sie wird nie eine echte Zucht aufbauen können, wenn sie kein

Geld verdient." Anna sah Richtung Flur. „Grace ist oben in ihrem Zimmer. Du kannst ihr gern das Kätzchen anbieten, aber ich bezweifle, dass sie es annehmen wird."

„Nun, ein Versuch lohnt sich allemal." Mom ging auf die Flurtür zu, blieb dann jedoch stehen. „Dein *Daed* sagt, Cleon arbeitet sehr gut in der Tischlerei."

„Das freut mich zu hören." Anna wandte sich wieder ihrem Abwasch zu und dachte, ihre Mutter sei bereits auf dem Weg zu Grace, als sie bemerkte, dass Mom plötzlich neben ihr am Spülbecken stand.

„Du siehst traurig aus, Anna. Neben Graces Trauer um den Welpen gibt es noch etwas anderes, das dir zu schaffen macht, habe ich recht? Wie läuft es zwischen dir und Cleon?"

Anna spürte einen so dicken Kloß in ihrer Kehle, dass sie nicht antworten konnte. Sie schüttelte stumm den Kopf, während Tränen über ihre Wangen liefen.

Mom setzte das Kätzchen auf den Boden und nahm Anna in die Arme. „Kann ich irgendetwas für dich tun?"

Anna schluckte mehrmals. „Ich fürchte, niemand kann wirklich etwas tun. Cleon vertraut mir nicht mehr. Wir schlafen nach wie vor in getrennten Schlafzimmern."

„Aber er weiß von dem *Boppli*, oder?"

„Ja."

„Und trotzdem stehen die Dinge so, wie sie sind?"

„Leider ja. Dad hat ihm von der Schwangerschaft erzählt, bevor ich Gelegenheit dazu hatte, und Cleon glaubt nun, ich hätte die Schwangerschaft vor ihm geheim halten wollen." Sie atmete tief ein. „Ich glaube, was ihm besonders zu schaffen macht, ist die Tatsache, dass ich schon einmal verheiratet war. Offenbar kann er es nicht ertragen, dass ich bereits mit einem anderen Mann ein Kind hatte."

„Ach was." Mom machte eine wegwerfende Handbewegung. „Das ist doch lächerlich. Wir kennen viele Witwen, die wieder geheiratet haben, und ihre neuen Ehemänner schlafen nicht in separaten Zimmern oder benehmen sich, als ob ihre Frau etwas

Falsches getan hätte, weil sie zuvor mit einem anderen Mann verheiratet war."

Anna trocknete sich die Hände. „Wenn ich die Witwe eines amischen Mannes wäre, hätte Cleon wahrscheinlich kein Problem damit. Ich denke, was ihn wirklich zutiefst stört, ist die Tatsache, dass ich mit einem Englischen verheiratet war."

„Hat er das so gesagt?"

„Nun, nicht mit genau diesen Worten, aber ich habe das aus dem, was er gesagt hat, herausgehört." Anna starrte auf den Boden. „Es fällt ihm schwer zu vergeben."

„Dann muss er mehr in seiner Bibel lesen und die Dinge in die Praxis umsetzen, die er im Gottesdienst hört." Mom wies mit dem Kopf auf Annas Elternhaus. „Um ehrlich zu sein, dein Vater hat das gleiche Problem mit seiner Schwester. Da es ein heikles Thema für ihn ist, versuche ich, Verständnis zu haben und seine Gefühle nicht zu hinterfragen." Sie tätschelte Annas Arm. „Ich kann dir nur raten, deine Beziehung zu Cleon in Gottes Hand zu legen."

„Ich werde versuchen, eine bessere Ehefrau zu sein. Wenn Cleon sieht, wie sehr ich ihn liebe, wird er vielleicht die Kraft finden, mir zu vergeben."

„Ich bete dafür, dass es so kommt." Mom beugte sich herab und nahm das Kätzchen wieder auf den Arm. „Ich geh jetzt nach oben. Mal sehen, was Grace zu diesem süßen kleinen Wollknäuel hier sagt."

Anna lächelte trotz ihres Kummers. „Es ist wirklich süß, und ich hoffe, dass Grace das auch findet."

„Ich bin wirklich froh, dich eingestellt zu haben. Du warst mir in den letzten Tagen eine große Hilfe."

Cleon, der gerade einen Lehnstuhl abschmirgelte, sah lächelnd zu seinem Schwiegervater hoch. „Ich mag diese Arbeit."

„Ich weiß, dass es egoistisch von mir ist", fuhr Roman fort,

„aber mir würde es gut passen, wenn du den Plan, die Bienenzucht wiederaufzunehmen, fallen lassen würdest, um dauerhaft hier bei mir zu arbeiten. Ich habe keine Söhne und muss das Geschäft irgendwann jemandem überlassen. Du bist wesentlich zuverlässiger als mein vorheriger Mitarbeiter."

„Ich frage mich, wie es Luke an seinem neuen Arbeitsplatz ergeht. Hast du von John irgendwelche Klagen gehört?", fragte Cleon, ohne auf Romans Vorschlag, später einmal die Tischlerei zu übernehmen, einzugehen. Er wollte nicht zu weit vorausplanen, und wenn er auch nicht mehr daran dachte, ausschließlich von der Imkerei zu leben, hatte er doch vor, wenigstens auf Teilzeitbasis Bienenzucht zu betreiben und Honig zu verkaufen.

Roman spitzte die Lippen. „John kam vor ein paar Tagen hier vorbei und sagte, er sei mit Lukes Arbeit zufrieden, aber ich wette, dass das nicht lange so bleiben wird – wenn dieser Faulpelz erst ein paar Mal zu spät zur Arbeit erscheint, wird John seine Meinung sehr schnell ändern." Er zuckte die Schultern. „Aber ich denke, es steht mir nicht zu, ihn zu verurteilen."

Cleon zuckte zusammen, als wäre er von einer seiner Bienen gestochen worden. War diese Bemerkung auf ihn gemünzt? Wusste Annas Vater, dass Cleon seiner Frau noch immer nicht vergeben hatte? Versuchte Roman unterschwellig, ihm Schuldgefühle zu vermitteln?

Cleon rieb das Schmirgelpapier mit heftigen Bewegungen über die Stuhllehne und verzog das Gesicht. *Roman versteht nicht, was ich fühle. Er kann sich nicht vorstellen, wie sehr ich mir wünsche, ich könnte Holmes County hinter mir lassen und müsste nie mehr zurückblicken.*

Ruth lächelte, als ihre jüngere Schwester die Bäckerei betrat. „Ich wusste gar nicht, dass du heute in die Stadt fahren wolltest", sagte sie, als Martha auf die Theke zukam.

„Donna Larson hat mich heute Morgen nach Sugarcreek mitgenommen. So konnte ich bei *The Budget* vorbeigehen und eine weitere Anzeige für Heidis übrige Welpen aufgeben. Danach sind wir nach Berlin gefahren."

„Es tut mir so leid, dass du neulich diesen kleinen Welpen verloren hast."

Martha runzelte die Stirn. „Ich würde zu gern wissen, wie genau das passiert ist und ob es ein Unfall war oder nicht."

Ruth lehnte sich über die Theke. „Wer würde denn einen niedlichen Welpen töten?"

„Schwer zu sagen. Doch wenn das auf das Konto der Person geht, die auch die anderen Anschläge verübt hat, dann kann es wohl nur jemand sein, der ein bisschen *ab im Kopp* ist."

„Ja, allerdings, es muss wohl jemand sein, der ziemlich durchgeknallt ist. Ich hoffe nur, dass es niemand ist, den wir kennen."

Martha sah sich im Raum um und flüsterte: „Denkst du an Luke?"

Ruth nickte. „Dad sagt, die Sonnenbrille, die Mom in der Nähe der Wäscheleine gefunden hat, gehört Luke."

„Woher weiß er das?"

„Luke kam neulich in Dads Laden, um die Brille zu holen."

Martha zuckte die Schultern. „Dann war es also wirklich seine Brille. Das beweist aber noch nicht, dass er auch die Leine zerschnitten hat. Er könnte die Brille auch verloren haben, als er zu seinem Buggy ging."

„*Jah*, kann sein." Ruth wollte nicht unbedingt das Schlechteste von Luke denken, aber er hatte sich in den letzten Monaten nun wirklich seltsam benommen. Dad hatte mehrfach von Auseinandersetzungen mit Luke im Laden erzählt, und sie konnte sich durchaus vorstellen, dass er einen gewissen Groll hegte. Aber konnte er wirklich so gemeine Dinge getan und sogar einen von Marthas Welpen getötet haben? Es war zu schlimm, um es wirklich in Betracht zu ziehen.

„Willst du immer noch am Samstag mit Martin zu dem Treffen gehen, zu dem er uns eingeladen hat?", fragte Martha.

Ruth sah sie verblüfft an. „Ich gehe nicht mit Martin dorthin.

Er hat mich nur gefragt, ob ich kommen wolle, und dass er hofft, mich dort zu sehen."

„Was hast du ihm gesagt?"

„Dass ich versuchen würde zu kommen."

„Und was hat er darauf erwidert?"

„Er sagte, er würde sich darauf freuen, mich am Samstag zu sehen."

Martha kicherte. „Klingt für mich nach einem Rendezvous."

„Das ist es aber nicht."

„Na, wenn du es sagst." Martha zwinkerte Ruth zu. „Martin ist zwar schüchtern, aber er ist auch sehr pfiffig. Du solltest dich gut mit ihm stellen."

„Nun geh schon", sagte Ruth und machte eine wedelnde Bewegung mit der Hand. „Du solltest dir lieber auch vornehmen zu kommen. Du verbringst viel zu viel Zeit mit deinen Hunden. Es würde dir guttun, mal rauszukommen und dich zu amüsieren."

Martha rümpfte die Nase. „Es macht mir Spaß, mich um die Hunde zu kümmern."

„Ja, sicher, aber du solltest auch mit anderen jungen Leuten Kontakt haben." Ruth lächelte. „Dabei fällt mir ein: Dieses Wochenende ist predigtfreier Sonntag. Da könnten wir doch mal wieder am Teich picknicken."

„Gute Idee. Wir könnten auch Grace mitnehmen. Sie ist so traurig, seit ihr Welpe gestorben ist. Sie wollte noch nicht einmal das Kätzchen haben, das Mom ihr schenken wollte. Vielleicht kann ein Picknick am Teich sie wieder auf andere Gedanken bringen." Martha lächelte. „Und es würde auch Anna und Cleon guttun, ein wenig Zeit zu zweit zu verbringen."

„In Ordnung. Dann gehen wir am Samstagabend zum Jugendtreffen und verbringen den Sonntagnachmittag am Teich. Vielleicht wird es uns danach wieder besser gehen."

Kapitel 37

„Wie war euer Jugendtreffen gestern Abend?“, fragte Roman und sah seine beiden Töchter an, die links neben ihm am Küchentisch saßen.

„Es war ganz gut“, antwortete Martha und griff nach einer Scheibe Toast.

Ruth sagte nichts, sondern saß nur mit verträumtem Gesichtsausdruck da.

„Und wie steht’s mit dir, Ruth? Hat es dir gefallen?“

„Ja, wir hatten viel Spaß.“

Martha kicherte. „Ruth ist verliebt.“

Judith zog verblüfft ihre Augenbrauen hoch und Roman fragte Ruth mit gerunzelter Stirn: „Hat Luke sich dort sehen lassen? Seid ihr etwa wieder zusammen?“

Ruth schüttelte den Kopf. „Nein, Dad. Luke war nicht da, und wir sind auch nicht zusammen.“

Er atmete so heftig aus, dass er dabei eine Haarlocke von seiner Stirn wegpustete. „Da bin ich aber erleichtert. Meiner Meinung nach kann man diesem Burschen nicht trauen.“

Martha kniff die Augen zusammen. „Ich bin sicher, dass Luke nicht hinter den Anschlägen steckt. Das passt einfach nicht zu ihm.“

„Nun ja, der äußere Schein kann manchmal trügen.“

Judith lehnte sich über den Tisch. „Wenn du nicht mit Luke zusammen bist, von wem spricht Martha dann?“

Ruth sah zur Decke hoch. „Ich bin nicht verliebt, Mom. Ich habe Martin gestern Abend ein bisschen besser kennengelernt, das ist alles.“

„Martin Gingerich?“

„Ja.“

„Ich habe neulich mit Abe Wengerd gesprochen. Er hat Martin vor Kurzem als Lehrling eingestellt“, entgegnete Roman nachdenklich.

Ruth nickte. „Das hat er mir erzählt. Er sagt, er arbeitet gern mit Leder."

„Ihr hättet sehen sollen, wie Martin Ruth angesehen hat", warf Martha ein. „Wenn je ein Mann verliebt war, dann ganz sicher er."

Ruth stieß ihrer Schwester den Ellbogen in die Seite. „Martin ist nicht mehr in mich verliebt als ich in ihn. Wir sind nur dabei, uns besser kennenzulernen."

„Nun ja, wenigstens hat Martin eine Entscheidung gefällt und ist der Gemeinde beigetreten. Das kann man von Luke leider nicht sagen, der meines Erachtens schon viel zu alt ist, um noch so unentschieden umherzustreifen", grummelte Roman.

Martha öffnete den Mund, um etwas zu erwidern, doch er hob die Hand. „Genug zu Luke. Lasst uns zu Ende frühstücken und überlegen, was wir mit diesem Tag anfangen."

„Da heute predigtfreier Sonntag ist, fände ich es schön, ein paar Leute einzuladen", sagte Judith.

„Martha und ich wollten Grace mit zu einem Picknick nehmen", warf Ruth ein.

„Wir dachten, dass es sie von ihrem Kummer über den Welpen ablenken könnte", fügte Martha hinzu.

„Außerdem können Anna und Cleon dann ein wenig Zeit miteinander verbringen."

„Das ist eine gute Idee", stimmte Judith zu. „Die beiden haben wirklich einiges zu besprechen. Wenn Grace nicht dabei ist, ist es sicherlich einfacher für sie."

Roman schluckte ein wenig Kaffee herunter und sagte: „Wenn Anna Cleon nicht angelogen hätte, gäbe es jetzt kein Problem."

„Sie hat nicht wirklich gelogen, Roman. Sie hat nur ihre frühere Ehe und die Existenz ihrer Tochter verschwiegen."

Er grunzte. „Cleon hat mir gesagt, dass sie ihm auch ihre Schwangerschaft verschwiegen hat."

Judith zuckte die Schultern und die beiden Mädchen starrten auf ihren Teller.

Roman nahm eine weitere Scheibe Toast und bestrich sie mit Apfelbutter. „Wir sollten nicht länger über Annas und Cleons Probleme reden, sondern in Ruhe zu Ende frühstücken."

Anna lief zwischen dem Spülbecken und dem Küchentisch hin und her. Sie wartete darauf, dass Cleon nach unten kam. Er war schon auf gewesen, um eine Tasse Kaffee zu trinken, hatte sich dann jedoch wieder hingelegt, mit der Begründung, er habe Kopfschmerzen. Also hatte Anna das Frühstück für Grace zubereitet und sie mit Ruth und Martha zum Picknickausflug an den Teich geschickt. Sie hoffte, dass ihre Tochter einen schönen Tag verbringen und wieder auf andere Gedanken kommen würde. Wenn doch auch sie selbst wieder Mut schöpfen könnte!

Als sie Schritte auf der Treppe hörte, drehte Anna sich um und sah Cleon in die Küche kommen. „Ist dein Kopfweh verschwunden?"

Er nickte und streckte gähnend die Arme über den Kopf. „Ich weiß nicht, wann ich zuletzt so schlimme Kopfschmerzen hatte. Ein paar zusätzliche Stunden Schlaf haben mich wieder davon befreit, Gott sei Dank."

„Das freut mich." Sie wies auf den Tisch. „Wenn du dich setzen willst, werde ich dir etwas zu essen machen."

Er sah zu der Uhr an der Wand und zog einen Stuhl unter dem Tisch hervor. „Es ist schon zu spät, um noch ausgiebig zu frühstücken. Ich möchte eigentlich nur eine Tasse Kaffee und ein paar Scheiben von dem Zwieback, den wir gestern Abend gegessen haben."

Anna ging zur Anrichte, um die Kaffeekanne und das Gebäck zu holen.

Sie stellte ihm beides zusammen mit einem kleinen Fässchen Butter auf den Tisch. „Brauchst du sonst noch etwas?"

Er schüttelte den Kopf.

„Ruth und Martha haben Grace zu einem Picknick mitgenommen. Sie fahren zum Teich."

Keine Antwort.

Anna zog einen Stuhl heran und setzte sich neben Cleon. „Ich dachte, wir beide könnten den Tag gemeinsam verbringen. Wir könnten spazieren gehen oder auf der Veranda sitzen und uns unterhalten." Sie betrachtete sein Gesicht in der Hoffnung, seine Gedanken erraten zu können. Doch sein Gesicht blieb völlig ausdruckslos.

Er zerbrach einen Zwieback in zwei Hälften und bestrich beide mit Butter. „Ich wollte heute zum Haus meiner Eltern fahren und meine Familie besuchen", murmelte er. „Ich würde gern mit Ivan sprechen und vielleicht neue Bienenstöcke besorgen."

„Ich könnte mitkommen. Ich war schon lange nicht mehr zu Besuch bei euch."

„Ich möchte lieber allein fahren."

Anna verlor allen Mut. Ein Dutzend Antworten kamen ihr in den Sinn, doch sie schaffte es nicht, sie in Worte zu kleiden.

„Vielleicht kannst du den Tag mit deiner Familie verbringen", schlug er vor.

Sie wagte es nicht, etwas zu erwidern, weil sie sonst die Beherrschung verloren und geweint hätte, also starrte sie auf einen Fleck auf der Tischdecke, bis ihr Blick vor Tränen verschwamm. Was war das für eine Ehe, in der die Partner in getrennten Zimmern schliefen und kaum miteinander sprachen? Cleon hatte ihr unmissverständlich klargemacht, dass er nicht mit ihr allein sein wollte. Ihre Ehe bestand nur noch auf dem Papier, genau wie Cleon es gesagt hatte, als er nach Hause gekommen war.

Die mittlerweile vertraute Übelkeit stieg plötzlich in ihr hoch, und da sie die Mauer des Schweigens zwischen ihnen nicht mehr ertrug, stieß sie ihren Stuhl zurück und stand auf. Eines stand fest: Nur Gott allein konnte ihre zerbrochene Ehe heilen.

Cleon saß am Küchentisch, starrte in seine leere Tasse und grübelte. Tief in seinem Herzen wusste er, dass er Anna noch immer liebte, aber er fühlte sich wie versteinert, unfähig, sich ihr gegenüber wie ein normaler Ehemann zu benehmen. Wenn er sich nur von der Erinnerung an ihr unaufrichtiges Verhalten befreien könnte! Wie gern würde er alles, was zwischen ihnen vorgefallen war, ausradieren und ganz neu beginnen, wie am Tag ihrer ersten Begegnung. Hätte sich Anna wohl anders verhalten, wenn sie gewusst hätte, wie sich die Dinge zwischen ihnen entwickeln würden? Er lehnte sich in seinem Stuhl zurück und verschränkte die Hände hinter dem Kopf. Er starrte auf die kleinen Risse in der Zimmerdecke. Die Gaslampe über seinem Kopf zischte leise, und er sah eine Fliege, die in einem Spinnennetz gefangen war.

So fühle ich mich, dachte er niedergeschlagen. *Wie eine Fliege in der Falle.*

Cleon erinnerte sich an die Worte seines Großvaters, der immer gesagt hatte, dass das Glück weniger davon abhängt, was das Leben einem Menschen beschert, sondern viel mehr davon, wie man mit den Dingen umgeht, die einem widerfahren.

Schuld lag schwer wie Blei auf Cleons Brust und seine Nackenmuskeln verspannten sich. Es war ungesund, so angespannt zu sein, aber jedes Mal, wenn er über seine Enttäuschung wegen Anna nachdachte, kam es ihm vor, als würde sein Herz entzweigerissen. Eigentlich sollte er ihr vergeben, das wusste er. Aber würde er die Kraft finden, sich mit der Vergangenheit – Annas Vergangenheit – auszusöhnen und sich auf eine Zukunft mit Anna, Grace und dem Baby einzulassen? Würde er genug Liebe in seinem Herzen haben, um ihrer Tochter ein Vater zu sein?

Kapitel 38

„Was für ein herrlicher Tag für ein Picknick", sagte Ruth, während sie mit Martha einen Quilt unter dem Blätterdach eines Ahornbaums ausbreitete. „Der Teich sieht heute so klar aus. Er ist fast so blau wie der Himmel. Ich bin froh, dass es wieder Frühling ist, und noch mehr freue ich mich auf den Sommer."

Martha nickte und sah zu Grace hinüber, die mit verschränkten Armen und mürrischem Gesichtsausdruck dastand. Die meisten Kinder hätten sich über einen solchen Ausflug gefreut, doch Grace trauerte immer noch um ihren Welpen. Nichts schien ihren Schmerz wirklich zu lindern. Vielleicht würde es heute anders werden. Vielleicht würde etwas passieren, was Graces Lachen wieder hervorzaubern konnte.

„Ich dachte, wir könnten ein bisschen im Wald spazieren gehen." Martha berührte Graces Schulter. „Sollen wir erst essen oder erst spazieren gehen?"

Grace rümpfte ihr Näschen. „Ich habe aber keinen Hunger."

Ruth stellte den Picknickkorb auf die Decke und nahm Graces Hand. „Gut, dann gehen wir drei jetzt ein bisschen spazieren, und wenn wir zurückkommen, gibt es etwas Leckeres." Ruth lächelte. Beim Gedanken an die Köstlichkeiten in ihrem Picknickkorb lief ihr das Wasser im Mund zusammen. „Bis dahin hast du bestimmt auch Hunger."

Grace schwieg, sträubte sich jedoch nicht und ging mit den beiden los.

Martha blieb noch einmal kurz stehen und drehte sich zur Picknickdecke um. „Was machen wir mit dem Korb? Können wir ihn unbeaufsichtigt hierlassen oder sollen wir ihn im Buggy verstauen?"

„Lass ihn ruhig dort stehen", sagte Ruth. „Es ist niemand in der Nähe und wir bleiben ja nicht lange fort. Unter dem Baum ist er im kühlen Schatten und gut aufgehoben."

Martha zuckte die Schultern und setzte sich wieder in Bewegung. Wenn sie nicht aufpasste, würde sie wie ihre älteste Schwester werden und sich über alles und jedes Sorgen machen.

Als Cleon zum Haus seiner Eltern ging, kämpfte er mit Schuldgefühlen. Er hatte Annas Angebot, ihn zu begleiten, abgelehnt, obwohl er wusste, dass sie so gern Zeit mit ihm verbracht hätte. Er konnte einfach nicht damit umgehen, mit ihr allein zu sein. Sobald sie sich im selben Raum befanden, wurde er nervös, ging in die Defensive und sprach nur noch das Nötigste. Er wusste, dass es falsch war, Gedanken des Misstrauens und der Bitterkeit zu nähren, doch es gelang ihm nicht, seine Gefühle zu kontrollieren, wenn es um Anna ging.

Es war ein ungewöhnlich warmer Frühlingstag. Cleon musste sich zum wiederholten Mal den Schweiß abwischen, der ihm von der Stirn lief und in die Augen tropfte. Er dachte daran, dass er so gern Vater sein wollte; er wünschte sich das schon seit Langem. Eigentlich sollte er sich darüber freuen, dass Anna schwanger war, und die Sache mit den getrennten Schlafzimmern aufgeben.

Du hast es so gewollt, erklang eine Stimme in seinem Kopf.

Er beschleunigte seine Schritte. Am besten dachte er gar nicht mehr über all das nach. Vielleicht würde er sich besser fühlen, wenn er erst einmal mit Ivan gesprochen und entschieden hatte, wie es mit seiner Bienenzucht weitergehen sollte.

Kurze Zeit später erreichte Cleon sein Elternhaus. Seine Mom und sein Dad saßen entspannt in ihren Schaukelstühlen auf der Veranda. Eine der Katzen aus der Scheune saß zu Moms Füßen. Sie war immer so sehr mit ihren verschiedenen Verpflichtungen beschäftigt, dass es richtig guttat, sie einmal so entspannt zu sehen.

Sie lächelte, als Cleon auf die Veranda trat. „Schön, dich zu sehen, Cleon."

„Ja, ich freue mich auch, euch zu sehen."

Sein Vater grunzte. „Wir sehen dich ja nicht mehr so oft, seitdem deine Bienenstöcke fort sind und du für Roman arbeitest."

Cleon setzte sich auf die oberste Stufe und wischte mit dem Handrücken über seine schweißbedeckte Stirn. „Das ist einer der Gründe, warum ich hergekommen bin – ich würde gern mit Ivan über die Bienen sprechen."

„Wie geht es Anna und deiner süßen kleinen Stieftochter?", fragte Mom. „Wie schade, dass sie nicht mitgekommen sind."

„Grace ist heute mit Martha und Ruth zu einem Picknick gefahren."

„Und Anna? Wie kommt es, dass sie dich nicht begleitet hat?"

Cleon zuckte zusammen. Sollte er seiner Familie die Wahrheit über die angespannte Beziehung zu seiner Frau erzählen? Sollte er ihnen sagen, dass sie ein Kind erwartete? Sie würden es früher oder später ohnehin erfahren, und es wäre wohl am besten, wenn sie es von ihm erfuhren.

Er schluckte krampfhaft. „Nun … äh … Anna geht es in letzter Zeit nicht so gut, deshalb dachte ich, ich sollte lieber allein herkommen."

„Was ist los mit ihr? Ist sie *grank*?" Moms Augenbrauen zogen sich sorgenvoll zusammen.

Cleon nahm seinen Strohhut ab und fächelte sich Luft zu. „Anna ist nicht krank. Sie ist … äh … sie ist schwanger."

Mom klatschte in die Hände und sprang beinahe von ihrem Stuhl hoch. „Oh, das ist ja *wunderbaar!*" Sie stieß ihrem Mann den Ellbogen in die Seite. „Hermann, stell dir vor: Unser erstes *Kinskind* ist unterwegs!"

Dad verzog sein Gesicht zu einem breiten Grinsen. „Das ist eine schöne Neuigkeit. Möchtet ihr lieber einen *Buwe* oder ein *Maedel*?", fragte er.

Cleon zuckte die Schultern. „Ich habe noch gar nicht darüber nachgedacht, ob ich lieber einen Jungen oder ein Mädchen hätte. Ich weiß erst seit ein paar Tagen, dass Anna schwanger ist.“ Er setzte sich den Hut wieder auf. „Wo ist Ivan? Ich würde gern mit ihm sprechen.“

„Ich glaube, er ist in der Scheune. Er wollte auf dem Heuboden ein Nickerchen machen.“ Dad gluckste. „Schon als kleines Kind hat er gern im Heu geschlafen.“

„Okay. Ich geh dann mal zu ihm rüber.“ Cleon eilte auf die Scheune zu, ehe seine Eltern das Gespräch über das Baby fortsetzen konnten.

Kurze Zeit später betrat er die Scheune und hob den Kopf, um zum Heuboden aufzusehen. „Bist du da oben, Ivan?“

Keine Antwort.

Cleon legte die Hände trichterförmig vor den Mund und rief: „Ivan!“

Ein gedämpftes Stöhnen ertönte. „Was soll der Krach?“ Ivan spähte über den Rand des Heubodens. „Cleon! Ich wusste nicht, dass du heute vorbeikommen wolltest.“

„Nun ja, da heute predigtfreier Sonntag ist, wollte ich mal wieder meine Familie besuchen.“ Cleon nahm seinen Hut ab. „Ich wollte auch etwas mit dir besprechen.“

„Was denn?“

„Komm doch nach unten, dann können wir uns besser unterhalten und müssen nicht so schreien.“

„Ja, du hast recht.“ Ivan krabbelte aus dem Heu und kletterte die Leiter hinunter. Als seine Füße den Boden berührten, schüttelte er sich wie ein nasser Hund, sodass lauter Halme durch die Gegend flogen.

„Hey, pass doch auf!“ Cleon sprang zurück, konnte jedoch nicht mehr verhindern, dass ein paar Stoppeln auf seinem Hemd landeten. Er strich sie herunter und setzte sich auf einen Strohballen.

„Worüber willst du mit mir reden?“, fragte Ivan, der sich ebenfalls auf einen Strohballen setzte.

„Über die Bienen.“

Ivan griff sich ins Haar, um ein paar hängen gebliebene Halme herauszuziehen. „Was ist damit?“

Cleon steckte sich einen Halm in den Mund und kaute darauf herum, während er überlegte, wie er sich am besten ausdrücken sollte. „Ich möchte meine Bienenzucht gern wiederaufnehmen, aber du weißt ja, dass ich nicht genug Geld habe, um das nötige Material zu kaufen."

Ivan nickte. „Es tut mir immer noch leid, dass du alles verloren hast."

„Ich verdiene ganz gut durch meine Arbeit in Romans Tischlerei, aber es wird eine Weile dauern, bis ich genug Geld zusammenhabe, um wieder mit der Imkerei zu beginnen." Er rieb sich über sein Kinn. „Vor ein paar Tagen habe ich in *The Budget* eine Anzeige gelesen. In Pennsylvania gibt es jemanden, der seine Bienenstöcke und die gesamte Ausrüstung verkaufen möchte. Ich wollte dich fragen, ob du mir Geld leihen könntest, um die Ausrüstung zu kaufen. Vielleicht möchtest du ja sogar diesmal an dem Geschäft beteiligt werden."

Ivans dunkle Augenbrauen zogen sich zusammen. „Ich habe ein bisschen Geld gespart, aber eigentlich wollte ich davon ein neues Pferd für meinen Buggy kaufen."

„Was ist denn mit deinem jetzigen Pferd?"

„Nichts. Es wird nur allmählich alt und langsam."

„Aha, verstehe."

Ivan strich sich über sein glatt rasiertes Kinn. „Nun ja, das kann auch noch eine Weile warten." Er nickte Cleon zu. „Ich möchte nicht wirklich in das Geschäft einsteigen, aber ich bin bereit, dir das Geld zu leihen."

Cleon seufzte erleichtert. Wenn er seine Bienenzucht wiederaufnehmen konnte, dann würde er damit Geld verdienen, und auch die Arbeit in der Tischlerei brachte ihm ja einiges ein. So würde er nicht nur das geborgte Geld in absehbarer Zeit zurückzahlen können, sondern hätte auch genug, um Roman die Kosten für das Bauholz und die anderen Materialien zurückzuzahlen, die dieser gebraucht hatte, um Cleons Haus fertigzustellen. Außerdem würde ihm die Arbeit mit den Bienen eine gute Entschuldigung liefern, nicht zu viel Zeit zu Hause zu verbringen. Er schlug seinem Bruder freundschaftlich auf den Rücken. „Ich bin froh, dass du mir das Geld borgen kannst, und wenn Roman einverstanden ist, dass ich ein paar Tage nicht in seinem Laden arbeite, werde ich bald die Ausrüstung für meine Bienenzucht abholen."

Martha bahnte für Ruth und Grace einen Weg durch das Gehölz. Die Vögel in den Ästen über ihnen zwitscherten, Insekten summten und die Blätter rauschten leise im Wind.

„Sollen wir Verstecken spielen?", fragte Ruth. Sie musste daran denken, wie sehr sie dieses Spiel als Kind geliebt hatte, auch wenn sie traurig war.

„Gute Idee." Martha hielt an. „Ich schließe meine Augen und zähle bis hundert und ihr beide könnt euch verstecken. Diejenige, die ich zuerst finde, muss dann die anderen suchen."

Grace sah zögernd zu Ruth hoch. „Und was passiert, wenn ich mich verirre?"

Ruth beugte sich hinunter und drückte das kleine Mädchen an sich. „Du wirst dich nicht verirren, weil wir beide ganz nahe beieinanderbleiben."

Martha lehnte sich an den nächsten Baum und schloss die Augen. „Eins … zwei … drei … vier …"

Ruth nahm Graces Hand und rannte los, um ein gutes Versteck zu finden. Sie hielten hinter einem Gebüsch, und Ruth bedeutete Grace, sich zu ducken. „Sei schön leise. Martha wird uns nicht so leicht finden, wenn wir ganz still sind."

Grace kicherte und bedeckte schnell den Mund mit ihrer Hand. Ruth kroch hinter sie. Wenn Martha die beiden fand, würde sie zuerst Ruth entdecken. Dann müsste in der nächsten Runde Ruth suchen und Martha konnte sich mit Grace nach einem neuen Versteck umsehen.

„Einhundert!", rief Martha von Weitem. „Ich hoffe, ihr habt euch gut versteckt, denn jetzt komme ich!"

Ruth hielt den Atem an und drückte Graces Hand. Sie musste

an ihre eigene Kindheit denken, als sie mit ihren Schwestern auf dem Grundstück der Familie Verstecken spielte. Oft wurde sie sehr schnell gefunden, weil sie zu viele Geräusche gemacht hatte. Das sollte jetzt nicht passieren.

„Grace! Ruth! Wo seid ihr?“ Marthas Stimme entfernte sich immer mehr und Ruth wiegte sich in Sicherheit – jedenfalls für den Augenblick. Sie entspannte sich ein wenig und wollte gerade etwas in Graces Ohr flüstern, als ihr jemand auf die Schulter tippte. Sie fuhr herum. Martin Gingerich starrte sie an.

„Was macht ihr hier?“, fragte er mit einem schiefen Lächeln. „Sucht ihr nach Ungeziefer?“

Grace kicherte und Ruth legte ihren Finger an die Lippen. „Wir verstecken uns vor Martha.“

Er legte den Kopf zur Seite und sah sie an, als ob sie den Verstand verloren hätte. „Warum das?“

„Wir spielen Verstecken“, sagte Grace, noch bevor Ruth antworten konnte. „Tante Martha muss uns suchen, und wenn du nicht still bist, wird sie uns finden.“

Martin nickte und kniete sich neben sie. „Ich werde nichts mehr sagen.“

Ein paar Minuten lang hockten die drei so hinter dem Gebüsch, bis Martha hinter einem Baum hervorsprang und rief: „Gefunden!“

Als sie Martin entdeckte, stemmte sie die Hände in die Hüften und starrte ihn an. „Wo um alles in der Welt kommst du denn her?“

„Von zu Hause, genau wie ihr.“ Er zwinkerte Grace zu und sah Ruth mit einem gewinnenden Lächeln an. In diesem Moment wurde ihr klar, wie leicht sie sich in diesen Mann verlieben könnte. Martin war ganz anders als Luke. Er war ruhig, höflich und aufmerksam, nicht impulsiv, leichtsinnig oder unbesonnen. Sie war sich sicher, dass Martin vertrauenswürdig war, was man von Luke nicht behaupten konnte.

„Ich weiß nicht, wie es euch geht, aber ich habe einen Bärenhunger“, verkündete Martha. „Lasst uns zum Teich zurückkehren und unser Picknick essen." Sie nickte Martin zu. „Wir haben jede Menge zu essen dabei, du kannst uns also gern Gesellschaft leisten."

„Das ist nett von euch, aber mein Bruder wartet im Buggy an der Weggabelung. Ich bin nur in den Wald gekommen, weil ich eure Rufe gehört habe und dachte, dass vielleicht jemand in Schwierigkeiten steckt." Martin wandte sich Ruth zu und lächelte sie erneut an. „Vielleicht kann ich ein andermal mit euch picknicken."

Ihre Wangen wurden ganz heiß. „Ja, das wäre schön."

„Bis dann also", sagte Martin und eilte davon.

Martha berührte Ruths Arm, als sie zum Teich zurückgingen, und lächelte. „Eins steht fest: Er hat sich zweifellos in dich verguckt!"

Ruth erwiderte nichts.

„Was heißt *verguckt*?", fragte Grace und sah Martha an.

Martha gluckste. „Es bedeutet, dass er seine Augen nicht von ihr lassen kann."

„Wieso will er seine Augen auf ihr haben?"

Martha begann schallend zu lachen und auch Ruth prustete los. Sie hatte sich nicht mehr so unbekümmert fröhlich gefühlt, seit sie klein gewesen war.

Als sie aus dem Dunkel des Gehölzes heraustraten und auf die Lichtung zukamen, die sie als Picknickplatz ausgesucht hatten, schnappte Ruth nach Luft. „Unser Picknickkorb – er ist weg!"

Kapitel 39

„Was um alles in der Welt …?" Martha stemmte die Hände in die Hüften und starrte auf die Steppdecke, auf der sie den Picknickkorb zurückgelassen hatten. „Hat unser Mittagessen Beine bekommen?"

Ruth blinzelte. „Wohl kaum."

„Vielleicht ist ein Tier vorbeigekommen und hat es mitgenommen", sagte Grace, die mit gerunzelter Stirn zu Martha hochsah.

„Ich glaube eher, dass uns irgendein menschliches Wesen einen Streich gespielt hat", sagte Ruth kopfschüttelnd.

„Du glaubst doch nicht, dass es Martin war, oder?"

Ruth schaute Martha an, als ob diese den Verstand verloren hätte. „Martin?"

„Er ist doch ganz plötzlich bei euch im Gehölz aufgetaucht, er könnte also auch den Picknickkorb versteckt haben."

„Ich bin sicher, dass er so etwas niemals tun würde."

„Woher willst du das so genau wissen?"

„Ich weiß es einfach."

„Du hast doch gerade erst begonnen, ihn besser kennenzulernen, das hast du selbst gesagt. Daher kannst du doch nicht wissen, wozu er wirklich fähig ist."

Ruths Augenbrauen zogen sich zusammen. „Es ist ja nicht so, als ob ich ihn gerade zum ersten Mal getroffen hätte. Wir kannten uns schon, als wir noch kleine Kinder waren."

„Wir kennen Luke auch seit unserer Kindheit, und doch hast du selbst gesagt, dass du dir vorstellen kannst, er könnte möglicherweise hinter all den schrecklichen Dingen stecken, die man uns angetan hat."

Ruth zeigte mit dem Kopf auf Grace, die sich mittlerweile auf die Steppdecke gesetzt hatte. „Lass uns nicht darüber reden, okay?"

Martha nickte. „Du hast recht. Wir sollten lieber nach dem Picknickkorb suchen, statt darüber zu spekulieren, wer ihn gestohlen haben könnte." Sie spähte umher. „In welcher Richtung sollen wir zuerst suchen?"

Ruth zuckte die Schultern. „Egal. Ich habe Hunger."

„Ich auch", sagte Grace mit weinerlicher Stimme.

„Dann lasst uns suchen. Fangen wir am besten auf dieser Seite des Teiches an, und wenn wir hier nicht fündig werden, nehmen wir die andere Seite." Martha streckte Grace ihre Hand entgegen und zog sie sanft hoch.

Die drei hatten erst wenige Schritte zurückgelegt, als Martha den Weidenkorb neben einem Haufen Männerkleidung nahe dem Teich entdeckte.

„Da drüben!", rief sie aufgeregt.

Martha kniete sich hin und öffnete den Deckel des Korbes. Es war nichts mehr übrig, abgesehen von ein paar leeren Verpackungen und einer halb vollen Flasche Limonade. „Das darf doch nicht wahr sein", murmelte sie.

„Sieh mal, da drüben!" Ruth zeigte auf den Teich. Mehrere junge Englische trieben in großen Schwimmreifen auf dem Teich. „Ich wette, das sind die Übeltäter."

Martha hielt eine Hand gegen die Sonne und blinzelte. „Ich glaube, einer dieser Burschen war dabei, als wir Luke vor ein paar Monaten auf dem Parkplatz in Berlin gesehen haben. Erinnerst du dich?"

Ruth zuckte die Schultern. „Ich bin mir nicht sicher, sie sind zu weit weg. Aber es ist wohl offensichtlich, dass sie unseren Picknickkorb gestohlen haben, also sollten wir ihnen eine Lektion erteilen."

„Und wie?"

„Nun, wir werden dafür sorgen, dass sie mit wunden Füßen zu Hause ankommen und dass es ihnen ein wenig kalt werden wird." Ruth beugte sich herab, sammelte T-Shirts und Schuhe ein und ging auf den Wald zu.

Martha nahm Graces Hand und folgte ihr. Sie stolperten durchs Gestrüpp und drangen ein Stück tiefer in den Wald vor. Ruth huschte eilig zwischen ein paar Bäumen hin und her und hängte die Schuhe und T-Shirts an den Zweigen auf. Einige Kleidungsstücke versteckte sie unter Büschen und in einem hohlen Baumstumpf. „Das sollte ihnen eine Lehre sein." Sie runzelte kopfschüttelnd die Stirn. „Wenn diese Kerle hier auch für all die Vorfälle bei uns verantwortlich sind, dann werden sie darüber hoffentlich zweimal nachdenken."

Martha stand da, zu perplex, um etwas zu sagen. Es war gar nicht die Art ihrer ansonsten friedfertigen und sanften Schwester, sich so zu verhalten. Es war auch nicht die Art der Amischen und ganz sicher kein gutes Vorbild für Grace. „Bist du sicher, dass du das Richtige getan hast, Ruth?"

Ruth verschränkte die Arme vor der Brust und nickte kurz.

„Wenn diese englischen Burschen wirklich für die Einbrüche und die übrigen Anschläge verantwortlich sind, dann könnten sie auch noch Schlimmeres im Sinn haben, um sich wegen dieser Sache hier zu rächen."

Ruth zuckte die Schultern. „Ich werde ihre Sachen jedenfalls nicht zurückbringen, aber wenn du es tun willst, werde ich dich nicht daran hindern."

Martha sah auf einen schwarz-weißen Turnschuh, der im Ast über ihr baumelte, und schüttelte den Kopf. „Kommt, wir holen unseren Picknickkorb und verschwinden, bevor die Burschen aus dem Wasser kommen."

„Es ist so still hier, wenn alle fort sind, nicht wahr?", sagte Judith zu Roman, der neben ihr auf einem der Korbstühle auf der vorderen Veranda saß.

Er nickte. „Ja. Still und friedlich."

„Ich hoffe, dass Grace mit den beiden Mädchen Spaß hat."

„Ganz bestimmt."

„Ich habe weder Anna noch Cleon gesehen. Hoffentlich genießen sie den Tag miteinander." Sie nahm seine Hand. „Ich genieße jedenfalls diese Momente mit dir allein."

Er lächelte. „Ja, ich auch."

„Nach dem Chaos der letzten Monate tut es richtig gut, endlich wieder einmal zur Ruhe zu kommen."

„Wir wollen hoffen, dass es so ruhig bleibt." Romans Augenbrauen zogen sich zusammen. „Wir wissen immer noch nicht, wer für die Anschläge verantwortlich ist, aber ich bete, dass der oder die Täter begreifen, dass sie etwas Falsches getan haben."

Er kratzte sich am Kinn und fügte hinzu: „Ich nehme an, dass es jemand ist, der sich an mir rächen will."

„An dir? Aber was hast du denn getan, um jemanden derart in Rage zu bringen?"

Roman runzelte die Stirn. „Lass mich überlegen. Steven Bates könnte mir böse sein, weil ich das Geburtstagsgeschenk seiner Frau ruiniert habe. Luke könnte sich rächen, weil ich ihn entlassen habe."

„Anna glaubt immer noch, dass dieser englische Reporter dahintersteckt."

„Ich kann mir nicht vorstellen, dass er sich nach so langer Zeit noch immer nicht beruhigt hat." Er zupfte an seinem Ohrläppchen. „Es könnte auch dieser Bauunternehmer sein, der so entschlossen darauf aus war, mir mein Land abzukaufen."

„Er wirkte tatsächlich sehr entschlossen, aber vermutlich hat er dein Nein schließlich akzeptiert, denn wir haben ja lange nichts mehr von ihm gesehen oder gehört."

„Ich habe vor Kurzem mitbekommen, dass er in der Nähe von Kidron Land gekauft haben soll, also hat er seine penetranten Versuche, uns zu bedrängen, vermutlich aufgegeben."

„Sag mal, ist das nicht Cleon, der da unsere Auffahrt heraufkommt?"

Roman kniff die Augen zusammen und spähte über die Wiese. „Ja, ich glaube, das ist er."

„Wo kommt er nur her und warum ist Anna nicht bei ihm?"

„Sie wird sich hingelegt haben und er hat in der Zwischenzeit sicher allein einen Spaziergang gemacht."

Judith runzelte die Stirn. „Komisch, dass wir nicht gesehen haben, wie er das Haus verlassen hat."

„Vielleicht ist er aufgebrochen, bevor wir uns auf die Veranda gesetzt haben."

„Aber wir sitzen doch schon eine ganze Weile hier."

Roman tätschelte ihren Arm. „Ist das wirklich so wichtig?"

„Ich dachte, die beiden Mädchen hätten Grace vor allem deshalb mit zum Picknicken genommen, damit Anna und

Cleon Zeit für sich allein haben. Sie verbringen wohl kaum Zeit miteinander, wenn sie im Haus schläft und er allein spazieren geht."

Als Cleon das Ende der Auffahrt erreicht hatte, kam er auf ihr Haus zu. Er trat auf die Stufen der Veranda und nickte Roman zu. „Ich … äh … ich würde gern etwas mit dir besprechen."

„Sicher. Worum geht es?"

Cleon sah zu Judith hinüber und scharrte mit den Füßen.

„Ich werde mal ins Haus gehen und einen Krug Eistee holen, dann könnt ihr Männer euch in Ruhe unterhalten", sagte sie und stand auf. „Möchtet ihr was trinken?"

„Danke, ich nicht", beeilte sich Cleon zu sagen.

Roman schüttelte den Kopf. „Jetzt nicht. Vielleicht später."

Judith verschwand im Haus. *Wenn Cleon gewollt hätte, dass ich zuhöre, dann hätte er mich gebeten dazubleiben.*

„Setz dich", sagte Roman und wies auf den Stuhl, auf dem Judith gesessen hatte.

Cleon nahm Platz und räusperte sich.

„Nun, worum geht es?"

„Ich würde gern meine Bienenzucht wiederaufnehmen, und mein Bruder Ivan hat mir angeboten, mir eine entsprechende Summe zu leihen. Ich wollte dich also fragen, ob ich mir ein paar Tage freinehmen kann, damit ich mich um den Kauf der Bienen und der Ausrüstung kümmern kann. In Harrisburg in Pennsylvania wohnt jemand, der, wie ich gehört habe, seine Ausrüstung verkaufen möchte. Ich bin dort ganz in der Nähe aufgewachsen."

„Ich dachte, dass du die Bienenzucht aufgegeben hättest, da du ja bei mir zu arbeiten begonnen hast."

„Ich werde so lange bei dir arbeiten, wie du mich brauchst, aber ich habe meine Arbeit als Imker sehr gerne gemacht und könnte das zusätzliche Geld aus dem Honigverkauf gut gebrauchen, jetzt, wo das Baby unterwegs ist. Ivan wird mir ein wenig zur Hand gehen, und ich könnte mich um die Bienen kümmern, wenn ich nicht in deinem Laden beschäftigt bin."

Romans Augen verengten sich. „Wenn du zwei Beschäftigungen nachgehst, wird dir nicht mehr viel Zeit für deine Frau und deine *Kinner* bleiben."

„Nun, die Bienenzucht nimmt nicht so viel Zeit in Anspruch. Ich glaube, dass ich noch genug Zeit für meine Familie haben werde."

„Was sagt Anna dazu?"

„Sie … äh … sie weiß noch nichts davon."

Roman rieb sich die Nase. „Ich habe nichts dagegen, wenn du dir ein paar Tage freinimmst, aber am Freitag bist du doch ganz sicher wieder hier, oder? Da hat Anna Geburtstag, und sie wäre sehr enttäuscht, wenn du nicht mitfeiern würdest."

Cleon presste die Lippen aufeinander. Er wollte nicht als unaufmerksamer Ehemann dastehen, aber er musste sich die Ausrüstung so schnell wie möglich holen, bevor jemand anderes sie ihm vor der Nase wegschnappte. „Ich kann nicht versprechen, dass ich bis Freitag zurück bin, aber ich will es versuchen."

Kurz nachdem Cleon zu seinen Eltern gegangen war, blieb Anna noch eine Weile untätig sitzen. Dann beschloss sie, sich ein wenig mit ihrer Bibel zu beschäftigen. Sie hatte ihre Zeit mit Gott in den letzten Tagen ziemlich vernachlässigt, und sie wusste, dass Gottes Wort ihr helfen konnte, ihre große Traurigkeit zu überwinden.

Anna machte es sich auf dem Sofa bequem und schlug das Buch Jesaja, Kapitel 50, auf. Als sie bei Vers 7 angekommen war, hatte sie das Gefühl, die Worte würden ihr bis ins Herz dringen. „Aber der Herr, der mächtige Gott, steht auf meiner Seite. Deshalb mache ich mein Gesicht hart wie einen Kieselstein und halte alles aus. Ich weiß, dass ich nicht unterliegen werde."

Tränen liefen ihr über die Wangen und sie schluchzte. Sie musste auf Gottes Hilfe vertrauen und ihr „Gesicht hart wie einen Kieselstein" machen. Sie hatte schwere Fehler begangen, das wusste sie, aber sie brauchte sich nicht länger dafür zu schämen, denn sie hatte Gott um Vergebung gebeten. Auch wenn Cleon ihr nicht vergab – Gott hatte es getan, und dafür war sie dankbar.

Als die Hintertür aufging, wischte Anna schnell ihre Tränen vom Gesicht und setzte sich auf. „Wer ist da?"

„Ich bin's", rief Cleon und kam ins Wohnzimmer.

„War es schön bei deinen Eltern?"

Er nickte. „Allerdings war ich nicht sehr lange dort. Die meiste Zeit habe ich mit Ivan über eine neue Ausrüstung für die Bienenzucht gesprochen."

„Verstehe."

Cleon setzte sich in den Schaukelstuhl ihr gegenüber. „Ich habe eben mit deinem *Daed* darüber gesprochen, dass ich mir ein paar Tage freinehmen möchte."

Sie neigte den Kopf zur Seite und blickte ihn fragend an. „Wozu?"

„Ich habe in *The Budget* gelesen, dass jemand in der Nähe von Harrisburg, Pennsylvania, seine Imkerausrüstung verkaufen will. Er hat eine Menge interessanter Sachen zu einem anständigen Preis angeboten. Ich möchte hinfahren, um sie eventuell zu kaufen."

„Wann wirst du fahren?"

„Morgen früh."

Anna befeuchtete ihre Lippen mit der Zungenspitze. Sie wollte nicht, dass Cleon den Eindruck bekam, dass sie ihm vorschreiben wollte, was er zu tun hatte. Deshalb erwähnte sie nicht, dass sie ihn am Freitag zu ihrem Geburtstag gern dabeihätte. Cleon wusste sehr gut, wann sie Geburtstag hatte. Wenn er dieses Jahr nicht mir ihr feiern wollte, dann würde sie das akzeptieren und das Thema nicht zur Sprache bringen. „Nun … wenn du meinst, dass es das Richtige ist, dann solltest du fahren."

Er nickte und stand auf. „Ich werde jetzt zu den Larsons gehen und fragen, ob Ray mich morgen früh nach Dover bringen kann. Dort könnte ich den Bus nach Pennsylvania nehmen."

Anna sah ihn schweigend an. Schließlich zuckte er die Schultern und verließ den Raum.

Sie seufzte und unterdrückte ein erneutes Schluchzen. *Lieber Herr, gib mir die Kraft, die Ablehnung meines Mannes zu ertragen.*

Kapitel 40

Roman wollte gerade den Laden schließen, um Anna und die übrige Familie zum Abendessen auszuführen, als John Peterson auftauchte.

„Ich bin gerade hier vorbeigefahren und dachte, ich halte mal kurz und schaue, wie es dir geht", sagte John und lehnte sich gegen Romans Schreibtisch.

„Ich habe viel zu tun. Und wie läuft es bei dir?"

„Mir geht es genauso. Anscheinend gibt es immer mehr Kunden in der Gegend, die gute Möbel wollen."

Roman nickte. „Und wie klappt es mit Luke? Kommt er pünktlich zur Arbeit und strengt sich an?"

„Bisher ist alles in Ordnung mit ihm, aber ich bleibe auf jeden Fall wachsam."

„Ich habe diesem jungen Mann mehrere Chancen gegeben, aber sein Job schien ihm nicht wichtig genug zu sein, um sich an meine Anweisungen zu halten." Roman verzog das Gesicht. „Ich bin froh, dass meine Tochter mit ihm Schluss gemacht hat, denn um ehrlich zu sein, traue ich diesem Burschen nicht."

„Bist du es gewohnt, deine Angestellten zu entlassen?"

„Was willst du damit sagen?"

„Ich frage mich nur, ob Luke der Erste war, den du entlassen hast."

Roman zuckte die Schultern. „Im Laufe der Jahre habe ich

vielleicht den einen oder anderen entlassen, aber es lag jedes Mal nur daran, dass sie nicht auf mich hören und ihren eigenen Kopf durchsetzen wollten."

„Luke glaubt, dass du ihn verdächtigst, etwas mit den Einbrüchen bei euch zu tun zu haben."

„Das würde mich jedenfalls nicht wundern." Roman zuckte die Schultern und fuhr sich mit den Fingern durchs Haar. „Martha hat Lukes Hut draußen im Schmutz gefunden, nachdem jemand einen Stein durchs Küchenfenster geworfen hatte. Und Judith hat seine Sonnenbrille in der Nähe der zerschnittenen Wäscheleine aufgelesen."

Johns dunkle Augenbrauen zogen sich zusammen. „Das lässt ihn allerdings verdächtig erscheinen. Danke für die Information. Ich werde ihn jedenfalls noch aufmerksamer beobachten. Ich habe keine Lust, ähnliche Anschläge auf meine Familie zu erleben."

„Solange du ihn in Ruhe lässt, hast du vermutlich nichts zu befürchten. Erst nachdem ich ihn mehrmals für sein Zuspätkommen getadelt und ihm wegen seiner Unachtsamkeit den Lohn gekürzt hatte, fingen die Probleme bei uns an." Roman schüttelte den Kopf. „Auch nachdem Luke aufgehört hatte, für mich zu arbeiten, gab es noch Übergriffe. Möglicherweise will er sich für seine Entlassung rächen."

„Wenn mir irgendetwas Verdächtiges auffällt oder zu Ohren kommt, werde ich dich sofort informieren."

Roman sah zur Wanduhr und stand plötzlich auf. „Entschuldige, aber ich muss jetzt schnell nach Hause, um mich zu waschen und umzuziehen. Heute hat meine älteste Tochter Geburtstag und wir gehen mit ihr ins *Dutchman* in Walnut Creek essen."

John lächelte und wandte sich zum Gehen. „Lass dich nicht aufhalten. Bestell deiner Tochter meine Glückwünsche. Und ich wünsche euch allen einen schönen Abend." Auf dem Weg zur Tür hielt er noch einmal an und runzelte die Stirn. „Ich habe gehört, dass dein Schwiegersohn bei dir arbeitet."

„Ja, das stimmt. Cleon hat vor ein paar Wochen bei mir angefangen, nachdem seine gesamte Imkerausrüstung, die Bienen und die Bienenstöcke während seiner Abwesenheit verbrannt sind.“

„Ich habe davon gehört. Aber wo ist Cleon heute?“

„Er ist nach Pennsylvania gefahren, um vielleicht eine neue Ausrüstung zu kaufen. Er möchte die Bienenzucht wiederaufnehmen. Ich werde also ein paar Tage lang allein arbeiten.“

„Kommt er denn nicht zum Geburtstag seiner Frau zurück?“

„Ich fürchte, nein.“

Johns Gesicht ließ Befremden erkennen, und Roman wünschte, er hätte nichts gesagt. Die Tatsache, dass Cleon aller Wahrscheinlichkeit nach nicht da sein würde, war schon schlimm genug; es brauchte nicht noch schlimmer zu kommen, indem John diese Geschichte weitertrug.

„Nun, ich mach mich mal wieder auf den Weg.“ John hob die Hand zum Gruß. „Bis demnächst, Roman, und lass mich wissen, wenn du irgendetwas brauchst.“

Anna konnte sich nicht richtig auf ihre Geburtstagsfeier freuen, doch ihre Familie hatte darauf bestanden, einen Fahrdienst zu organisieren, um gemeinsam ins Restaurant zu fahren. Sie wollte ihre Eltern nicht enttäuschen. Außerdem war es immer noch besser, mit ihrer Familie auszugehen, als allein mit Grace zu Hause zu sitzen. Anna hatte sich so sehr gewünscht, dass Cleon bei ihr wäre und dass ihre Beziehung allmählich wieder ins Lot käme. Wenn sie nur etwas tun könnte, um sein Vertrauen und seine Liebe zurückzugewinnen!

Als sie in Ray Larsons Wagen saß, wurde ihr plötzlich bewusst, dass sie manchmal auch eine Art Erleichterung verspürte, wenn ihr Mann abwesend war. Wie lange würde das alles noch so weitergehen?

Als Ray auf dem Parkplatz des Restaurants angekommen war, wandte er sich an Annas Vater. „Ich habe ein paar Dinge zu erledigen und ich könnte in zwei, drei Stunden zurück sein und euch wieder mit nach Hause nehmen. Ist das in Ordnung?"

Dad nickte. „Wenn du möchtest, kannst du gern mit uns essen."

„Danke, aber ich werde lieber meine Besorgungen machen, sonst bekomme ich es mit Donna zu tun."

„In Ordnung", sagte Dad und kletterte mit dem Rest der Familie aus dem Wagen.

Anna nahm Graces Hand und folgte den anderen ins Restaurant. Eine lange Schlange vor ihnen wartete gerade auf einen freien Tisch. Grace und Martha liefen sofort auf den Drehständer neben der Kasse zu. Es gab dort eine Menge Postkarten und Bücher über die Amischen, außerdem einige Romane und Kinderbücher. Ein paar englische Besucher, offenbar Touristen, die sich ebenfalls am Bücherständer aufhielten, äußerten sich ganz entzückt darüber, wie süß Grace sei. Normalerweise hätte sich Anna daran nicht gestört, doch heute Abend waren ihre Nerven zum Zerreißen gespannt. Sie widerstand der Versuchung, den Leuten zu sagen, sie sollten aufhören, ihre Tochter anzustarren. Stattdessen setzte sie sich mit im Schoß gefalteten Händen auf eine Bank und hoffte, dass sie bald einen Tisch bekommen würden.

Nach beinahe einer halben Stunde Wartezeit führte man Anna und ihre Familie in den Speisesaal. Sie gaben ihre Bestellung auf, die Kellnerin brachte ihnen Getränke und Brötchen, und Grace sagte, sie müsse zur Toilette.

„Soll ich mit ihr gehen?", fragte Martha.

„Ich gehe schon", sagte Anna. Sie schob ihren Stuhl zurück und nahm Graces Hand.

Als sie kurze Zeit später aus der Damentoilette kamen, stieß Anna mit einem Mann zusammen. Ihr Herz begann, heftig zu klopfen, als sie Gary erkannte.

„Sieh mal an, was für eine angenehme Überraschung", sagte er gedehnt. „Ich habe dich lange nicht mehr gesehen, Anna. Wo hast du dich nur versteckt?"

Anna öffnete den Mund, um etwas zu erwidern, doch bevor sie etwas sagen konnte, sah Grace zu Gary hoch und verkündete, dass ihre Mom heute Geburtstag habe. „Wir sind hier, um zu feiern“, fügte sie hinzu.

In Garys Blick blitzte es auf. Offenbar hatte er Grace erkannt. „Ach ja, ich erinnere mich. Du bist doch das kleine Mädchen, das ich vor einiger Zeit bei den Hostettlers gesehen habe?“

Grace nickte. „Ich heiße Grace und das hier ist meine *Mamm.*“

Anna drückte die Hand ihrer Tochter. „Ich habe dir doch gesagt, dass du nicht mit Fremden reden sollst.“

„Nun komm schon, Annilein. Ich bin wohl kaum ein Fremder – jedenfalls nicht für dich.“ Er sah sie mit einem schiefen Grinsen an, was ihren Ärger nur noch steigerte.

„Ich möchte, dass du zum Tisch zurückgehst“, sagte Anna und schob Grace in Richtung des Tisches ihrer Familie.

„Kommst du nicht mit, Mama?“

„Ich ... äh ... ich muss noch zur Toilette, aber ich komme gleich.“

„Vorhin musstest du doch noch nicht zur Toilette.“

Anna schob Grace erneut nach vorn. „Geh jetzt. Sag Grandpa und Grandma, dass ich gleich komme.“

Gary winkte Grace zu, und sie lächelte ihn kurz an, bevor sie zurück in den Speisesaal lief.

Anna wandte sich wieder Gary zu. „Wie lange bleibst du noch in Holmes County?“

Er rieb sich über sein Kinn und sah sie mit einem seltsamen Ausdruck an. „Das kommt ganz darauf an.“

„Worauf?“

„Darauf, wie viele interessante Storys ich hier noch finde.“

„Bist du sicher, dass du nicht deshalb hierbleibst, weil du Unruhe stiften willst?“

Er gluckste. „Du bist wirklich sehr offen und direkt in letzter Zeit, Anna. Gar nicht wie das schüchterne junge Mädchen, mit dem ich mal zusammen war, so viel steht fest. Wahrscheinlich haben dich die Jahre bei den Englischen so frech werden lassen. Hab ich recht?"

Sie verzog das Gesicht. Dieser Mann hatte wirklich ein Talent dafür, sie innerlich in Aufruhr zu versetzen.

Er verschränkte die Arme vor der Brust und lehnte sich gegen die Wand. „Ich erinnere mich an einen deiner Geburtstage, den wir gemeinsam verbracht haben, Annilein. Wann war das noch mal?"

Anna spähte durch die Tür zum Speiseraum, um sicher zu sein, dass Grace gut am Tisch angekommen war.

„Ich habe eine Idee. Ich könnte doch an deiner kleinen Geburtstagsparty teilnehmen. Und da ich schon mal da bin, könnte ich vielleicht den einen oder anderen aus deiner Familie dazu bringen, mir mehr über die Anschläge bei euch zu erzählen. Ich muss diese Geschichte unbedingt noch ein bisschen aufpeppen, weißt du."

„Du wirst es nicht wagen, mir zu unserem Tisch zu folgen."

„Sollen wir wetten?"

Als er sich tatsächlich in Bewegung setzte, legte sie ihm die Hand auf den Arm. „Was willst du denn noch wissen?"

Seine Augenbrauen wanderten auf und nieder. „Ich möchte wissen, warum du mich für diesen Einfaltspinsel Eric verlassen hast."

„Warum sprichst du so über Eric? Ich dachte, er war dein Freund."

„Das war er auch, bis er dich mir weggeschnappt hat." Gary runzelte die Stirn. „Aber am meisten interessiert mich, warum du die englische Welt aufgegeben hast, um wieder als Amische zu leben." Er zeigte auf ihr langes dunkles Kleid und sah sie von oben bis unten an.

„Nach Erics Tod beschloss ich, zu meinen Wurzeln zurückzukehren, weil ich wusste, dass ich hierher gehöre. Ich hätte nie von zu Hause weggehen sollen."

Er zeigte Richtung Speisesaal. „Ich sehe nur einen einzigen Mann an eurem Tisch. Wo ist dein Ehemann?"

Anna schluckte krampfhaft an dem Kloß in ihrer Kehle. Sie würde Gary gegenüber niemals zugeben, dass ihr Mann es vorzog, sich um seine Bienenzucht zu kümmern, statt ihren Geburtstag mit ihr zu verbringen. „Es geht dich eigentlich nichts an, aber mein Mann ist gerade auf Geschäftsreise. Jetzt entschuldige mich, ich möchte zurück zu meiner Familie."

„Klar, Anna. Lass dich nicht aufhalten." Er kicherte. „Ach ja, und herzlichen Glückwunsch."

„Was ist los?", fragte Ruth und nahm Annas Hand, als sie zum Tisch zurückgekehrt war. „Ist dir wieder übel? Bist du deshalb zur Toilette zurückgegangen?"

Anna schüttelte den Kopf. „Nein, es geht mir gut."

„Bist du sicher?"

Anna nickte.

„Grace hat erzählt, du hättest im Gang mit einem Mann gesprochen", mischte sich Mom ein. „Kennen wir ihn?"

Anna wurde blass und schüttelte den Kopf. „Können wir nicht später darüber reden?"

Ihr Vater nickte. „Anna hat recht. Wir wollen beten, damit wir mit dem Essen beginnen können."

Ihre Köpfe neigten sich zu einem stillen Gebet und dann machte sich jeder über seinen Teller her. Außer Anna. Sie spielte mit dem Stück Hähnchen auf ihrer Gabel.

„Für jemanden, der hungrig hierhergekommen ist, isst du ja nicht gerade sehr viel", kommentierte Dad und griff nach einem Stück Brot, das in einem Korb auf dem Tisch lag. „Bist du traurig, weil Cleon nicht hier ist, um gemeinsam mit uns deinen Geburtstag zu feiern?"

Anna zuckte die Schultern. „Das wäre schön gewesen, aber er hat etwas Wichtiges zu erledigen."

„Wenn er erst wieder seine Bienenzucht betreiben kann, wird das eine gute Sache sein", sagte Mom. „Und für uns ist es auch schön, wieder frischen Honig zu bekommen."

„Ja, das ist wahr." Dad nahm einen Hähnchenschenkel vom Teller und biss kräftig hinein. Im gleichen Augenblick stöhnte er auf.

„Roman, was ist los?" Mom blickte besorgt und berührte seinen Arm.

Dad öffnete den Mund, steckte zwei Finger hinein und holte eine Keramikkrone hervor.

„Oh nein." Mom schnalzte mit der Zunge. „Sieht so aus, als ob du morgen früh zum Zahnarzt müsstest."

„Nein", sagte er mit einem heftigen Kopfschütteln. „Du weißt doch, wie sehr ich es hasse, zum Zahnarzt zu gehen."

„Aber Dad, du kannst doch diesen Zahn nicht so lassen", warf Ruth ein. „Du musst die Krone sofort wieder einsetzen lassen."

„Ich habe ein bisschen Epoxid-Zement im Laden. Der wird es auch tun."

Martha starrte ihn mit offenem Mund an, als ob er den Verstand verloren hätte. „Das kannst du auf keinen Fall tun!"

Er nickte. „Doch. Damit kann ich eine Menge Geld sparen."

Ruth konnte kaum fassen, wie dickköpfig ihr Vater zuweilen war. Sie sah zu Anna hinüber, die schon den ganzen Abend ungewöhnlich still war. Sie starrte auf ihren noch halb vollen Teller, als ob es ihr völlig egal wäre, dass Dad gerade eine Krone verloren hatte. Irgendetwas ging in Anna vor sich, und Ruth hoffte, dass es nichts Besorgniserregendes war.

Kapitel 41

„Ich verstehe nicht, warum du mir hierher folgen musst", sagte Roman zu seiner Frau, als sie nach der Rückkehr vom Restaurant seine Tischlerei betraten.

„Weil ich weiß, was du vorhast, und ich will versuchen, es dir auszureden. Du kannst doch nicht im Ernst versuchen, deine

Krone selbst wieder festzumachen." Sie runzelte die Stirn. „Es wird außerdem ganz bestimmt nicht halten."

„Ich weiß, was ich tue, und wir werden dadurch eine Menge Geld sparen, basta", sagte Roman und zündete eine Gaslampe an.

Judith zog einen Stuhl heran und setzte sich. „Wenn du unbedingt darauf bestehst, dann lass mich dir wenigstens helfen."

Für einen kurzen Moment herrschte Schweigen und Judith wechselte daraufhin das Thema.

„Anna wirkte heute Abend ziemlich traurig, findest du nicht?", sagte sie.

„Sie hat wohl Cleon vermisst", antwortete Roman.

„Ich kann immer noch nicht verstehen, warum er diese Geschäftsreise nicht nach ihrem Geburtstag machen konnte."

„Ich gehe jetzt nach hinten. Könnten wir später darüber sprechen?"

„Ja, sicher."

Roman betrat das Hinterzimmer und drehte eine weitere Gaslampe an. Als er seinen Werkzeugkasten öffnete, um den Epoxid-Zement herauszunehmen, fiel ihm auf, dass mehrere Dinge fehlten. „Wie seltsam."

„Was ist seltsam?"

Roman drehte sich überrascht herum. Judith war ihm gefolgt. „Es fehlen ein paar Dinge aus meinem Werkzeugkasten, unter anderem der Epoxid-Zement."

Judith runzelte die Stirn. „Was fehlt sonst noch?"

„Ein Hammer, ein paar Schraubenzieher, eine Kneifzange und zwei Tuben Zement."

„Vielleicht hast du die Sachen woanders hingelegt und dann vergessen."

„Ich kann mich nicht erinnern, sie irgendwo anders hingelegt zu haben."

Sie schlug die Hand vor den Mund. „Hoffentlich ist nicht wieder jemand in deinen Laden eingebrochen. Ich bin diese Anschläge so leid!"

„Wenn es wirklich wieder ein Anschlag war, dann müssen wir jetzt Ruhe bewahren und weiterhin dem Herrn vertrauen." Er sah sich im Raum um. „Wir wissen nicht, ob die fehlenden Dinge ein Indiz für einen Übergriff sind. Alles andere scheint an seinem Platz zu sein. Die Eingangstür war verschlossen, als wir kamen, also hat sich wohl niemand in unserer Abwesenheit gewaltsam Zutritt verschafft."

„Könnte es sein, dass Cleon sich die Sachen geborgt und vergessen hat, dir Bescheid zu sagen?"

Roman lehnte sich gegen die Werkbank. „Schon möglich. Ich werde ihn fragen, wenn er wieder zurück ist." Er schloss den Werkzeugkasten und drehte die Gasflamme herunter. „Dann werde ich wohl doch zum Zahnarzt müssen, ob ich will oder nicht. Ohne diesen Zement kann ich meine Krone nicht festmachen."

Judith lächelte. „Dann hat die Sache wenigstens ein Gutes gehabt."

Er grunzte und berührte seinen Mund. „Wenn du meinst?"

Als Cleon in einem Vorort von Harrisburg ein Café betrat, bemerkte er einen kleinen Kalender auf der Theke. *Oh nein, heute hat Anna Geburtstag und ich habe ihr noch nicht einmal eine Karte geschickt.*

Er setzte sich an einen Tisch in Fensternähe und dachte über den letzten Geburtstag seiner Frau nach, den er mit ihr verbracht hatte. Vor einem Jahr war er von seiner Schwiegerfamilie zum Abendessen eingeladen worden, und er erinnerte sich noch gut daran, dass es zum Nachtisch hausgemachte Eiscreme gegeben hatte. Anschließend hatten er und Anna den Rest des Abends auf der Veranda verbracht. Sie hatten sich an den Händen gehalten und über ihre gemeinsame Zukunft gesprochen. Cleon war fast bis Mitternacht geblieben und wäre am liebsten gar nicht mehr fortgegangen. Er seufzte. Nun war alles anders geworden, als er es sich ausgemalt hatte.

Cleon fragte sich, wie Anna ihren heutigen Geburtstag wohl verbracht hatte, und als er nach der Speisekarte griff, fühlte er eine Welle der Schuld über sich hinweggehen. Auch wenn er nur der Form halber Annas Ehemann war, hätte er doch wenigstens an ihren Geburtstag denken können.

Cleon musste an einen Vers aus Matthäus 6 denken, den er vorhin in seinem Hotelzimmer gelesen hatte: „Denn wenn ihr den Menschen ihre Verfehlungen vergebt, so wird euch euer himmlischer Vater auch vergeben." Er liebte Anna immer noch, und er musste ihr vergeben, das war ihm deutlich bewusst. Aber wenn er ihr nicht vertrauen konnte, wie konnte er ihr dann völlig vergeben und erneut sein Herz für sie öffnen?

Ich könnte ihr ein Geschenk kaufen, bevor ich nach Hause fahre. Dann kann sie mir wenigstens nicht vorwerfen, ich hätte mich nicht um ihren Geburtstag gekümmert. Und wenn sie sieht, dass ich genug Bienen und eine Imkerausrüstung gekauft habe, um meine Bienenzucht wiederaufnehmen zu können, dann wird ihr vielleicht klar, dass ich meinen Pflichten nachkomme und vorhabe, mich um sie und das Baby zu kümmern.

Cleon spürte einen Kloß in der Kehle und schluckte mehrmals heftig. Gott hatte Anna in sein Leben gestellt, weil er einen Plan hatte. Es war nicht genug, ihr ein Geschenk zu kaufen und sie wissen zu lassen, dass er sich um die materiellen Bedürfnisse der Familie kümmern würde. Das eigentliche Problem war nicht das Geheimnis, das Anna gehütet hatte – es war seine Weigerung, ihr zu vergeben und erneut zu vertrauen.

Wenn er ehrlich war, dann musste er sich jetzt eingestehen, dass er Anna keine Chance gegeben hatte, ihm von dem *Boppli* zu erzählen. Er hatte ihr stattdessen so schwere Vorwürfe gemacht. Cleon spürte, dass er seine verletzten Gefühle an Gott abgeben musste, denn nur Gott konnte die Mauern niederreißen, die er zwischen sich und Anna errichtet hatte.

Als Grace und Anna auf ihr Haus zugingen, erzählte Grace aufgeregt von dem Picknickausflug und auch davon, wie Ruth die Kleidung von ein paar englischen Burschen im Wald versteckt hatte. Anna hörte nur mit halbem Ohr zu. Sie war immer noch aufgebracht darüber, dass sie an ihrem Geburtstag Gary begegnet war. Dazu kam die Traurigkeite darüber, dass sie den Rest des Abends allein mit ihrer Tochter in ihrem Haus verbringen würde – ohne Cleon. Er hatte sich noch nicht einmal die Mühe gemacht, ihr wenigstens eine Karte zu schicken.

„Sieh mal, Mama, jemand hat dir ein Geschenk gebracht", sagte Grace, als sie auf die hintere Veranda gingen.

Anna bückte sich und hob ein kleines Paket auf, das in glattes braunes Papier eingewickelt war. Ob es wohl von Cleon war? Vielleicht hatte er es gekauft, bevor er nach Pennsylvania aufgebrochen war, und jemanden gebeten, es ihr auf die Veranda zu legen?

„Mach es auf! Mach es auf!", rief Grace und hüpfte hin und her.

„Beruhige dich. Ich mache es auf, wenn wir im Haus sind."

Anna stieß die Tür auf und betrat die Küche. Sie legte das Paket auf den Tisch, drehte eine Gaslampe an und zog für sich und Grace einen Stuhl heran.

„Darf ich es aufmachen?", bettelte Grace.

„Ja, sicher, mach nur."

Grace riss das Papier ab, öffnete die Schachtel und kreischte entsetzt auf. „Eine tote Maus, eine tote Maus!"

Anna dachte im ersten Moment, das Kind würde scherzen, griff nach der Schachtel und spähte hinein. „Oh nein! Es ist wirklich eine tote Maus!" Sie schüttelte sich und warf die Schachtel auf den Boden.

Grace begann zu schluchzen und Anna nahm sie in die Arme. „Es ist alles in Ordnung. Ich glaube, jemand hat sich einen Scherz mit deiner Mama erlaubt."

Während Anna still dasaß und Grace hin und her wiegte, spürte sie einen bitteren Geschmack im Mund und schluckte heftig, um ihn zu vertreiben. Wer konnte so etwas Widerliches getan haben? Wer hasste sie so sehr, dass er auf diese Weise ihren Geburtstag verderben wollte?

Sie musste sofort an Gary denken. Bei ihrem Zusammentreffen im Restaurant hatte sie erwähnt, dass heute ihr Geburtstag war. War er hierhergekommen und hatte ihr die tote Maus auf die Türschwelle gelegt?

Kapitel 42

Als Anna am nächsten Morgen wach wurde und aus dem Fenster sah, trommelte der Regen an die Scheibe und ein Blitz durchzuckte den trüben Himmel. Ihr Magen zog sich zusammen, als sie an den vorigen Abend dachte – daran, wie sehr sie Cleon vermisst hatte, wie sie dann so unvermittelt Gary begegnet war und schließlich die tote Maus auf ihrer Veranda gefunden hatte.

Sie ging zu ihrem Bett zurück und ließ sich in die Kissen sinken. Eine Welle der Übelkeit stieg in ihr hoch, ihr Kopf pochte und sie begann zu zittern. Wenn sie es schaffte, sich auf das Positive in ihrem Leben zu konzentrieren, vielleicht würde es ihr dann gelingen, nicht gänzlich den Mut zu verlieren.

„Aber der Herr, der mächtige Gott, steht auf meiner Seite. Deshalb mache ich mein Gesicht hart wie einen Kieselstein und halte alles aus. Ich weiß, dass ich nicht unterliegen werde.“

„Danke, Herr“, flüsterte Anna, „ich brauchte diese Erinnerung daran, dass du mir helfen kannst.“ Sie stand auf und verließ das Zimmer mit neuer Entschlossenheit. Jetzt musste erst einmal das Frühstück vorbereitet werden.

Grace saß bereits am Küchentisch. Sie hatte ein Blatt Papier und einen Bleistift vor sich liegen und ihre gesichtslose Puppe lag in ihrem Schoß. Es war schön zu sehen, dass sich das Mädchen wieder für die Dinge um sie herum interessierte.

„Guten Morgen, meine Kleine." Anna beugte sich herunter, um Grace einen Kuss auf die Stirn zu geben. „Was machst du da?"

„Ich und die Martha-Puppe malen ein Bild für Opi. Wir wollen, dass er uns bald besuchen kommt."

Anna setzte sich neben Grace. „Du vermisst deinen Grandpa Davis immer noch, nicht wahr?"

Grace nickte und ihre Augen füllten sich mit Tränen.

„In dem letzten Brief, den dein Opi geschrieben hat, stand, dass es ihm ein bisschen besser geht, aber dass er immer noch nicht kräftig genug ist, um zu reisen."

„Können wir ihn nicht besuchen?"

„Ich glaube nicht, Grace."

„Warum nicht?"

„Wir haben hier so viel zu tun." Anna presste die Hand auf ihren Magen. „Und mir geht es in letzter Zeit selbst nicht besonders gut, eine lange Reise wäre also keine gute Idee."

Graces Augen wurden ganz groß. „Wirst du auch sterben, wie Grandma Davis und mein Hund?"

„Nein, mein Schatz, ich bin nicht krank. Ich bin schwanger." Anna nahm Graces Hand und drückte sie sanft. „Das bedeutet, dass du in ein paar Monaten eine kleine Schwester oder einen kleinen Bruder zum Spielen haben wirst."

Graces Mund blieb offen stehen. „Du bekommst ein *Boppli*?"

Anna nickte und lächelte. Es gefiel ihr, Grace Pennsylvania-Deutsch reden zu hören.

„Eine Schwester wäre sogar noch besser als ein Hund", sagte Grace strahlend. „Darf ich ihr einen Namen geben?"

„Sollten wir nicht lieber abwarten, bis wir wissen, ob es ein Junge oder ein Mädchen ist?"

Grace kicherte. „Es wäre wohl komisch, wenn ein Junge einen Mädchennamen hätte, oder, Mama?"

„Genau. Wir müssen auch abwarten, welchen Namen der *Daadi* des Babys aussuchen möchte."

Die Kleine runzelte die Stirn. „Wer ist denn der Daddy des Babys?"

„Nun ja, Cleon natürlich. Er ist mein Mann."

Grace schüttelte heftig den Kopf. „Mein Daddy hieß Eric. Opi hat mir das gesagt."

„Ich war mit Eric verheiratet. Er war dein *Daadi*. Aber jetzt bin ich mit Cleon verheiratet. Er ist der *Daadi* des Babys, das ich erwarte."

Anna nahm Graces Hand und legte sie auf ihren leicht gewölbten Bauch.

„Ich mag Cleon nicht. Er mag mich auch nicht."

Anna saß wie vor den Kopf geschlagen da und wusste nicht, was sie sagen sollte. Sie hatte gesehen, wie Cleon mit Grace umging – er tat fast so, als existierte sie nicht.

„Ich bin sicher, dass Cleon nichts gegen dich hat", sagte sie und legte die Arme um das Kind. „Es wird eine Weile dauern, bis ihr beide euch aneinander gewöhnt habt."

Grace saß schweigend da und starrte auf den Tisch.

Schließlich schob Anna ihren Stuhl zurück und stand auf. „Was möchtest du zum Frühstück?"

Keine Antwort.

„Wie wäre es mit Pfannkuchen mit Ahornsirup?"

Ein leises Schnaufen ertönte und Grace zuckte ihre schmalen Schultern.

„Gut, dann mache ich Pfannkuchen."

Während Judith das Frühstück für ihre Familie zubereitete, dachte sie über das fehlende Werkzeug ihres Mannes nach. Konnte es sein, dass Roman die Sachen verlegt hatte, oder hatte Cleon sie geborgt und vergessen, es zu erwähnen? Sie verzog das Gesicht und starrte aus dem Fenster. Der Regen peitschte gegen das Dach. Vielleicht hatte doch jemand das Werkzeug gestohlen. Aber wie war das möglich, ohne ein Fenster zu zerschmettern oder das Türschloss aufzubrechen?

Es donnerte. Judith schnaufte angestrengt. „Oh, wie sehr ich *Dunner* und *Wedderleech* hasse. Das war schon so, als ich noch ein kleines Mädchen war."

Roman stellte sich hinter sie und legte ihr die Arme um die Taille. „Du brauchst keine Angst zu haben. Ich bin da, um dich zu beschützen."

Sie lehnte sich gegen seine Brust und seufzte. „Ich wünschte, wir wären vor allen negativen Kräften in Sicherheit."

„Auch was das Wetter angeht, müssen wir Gott vertrauen."

„Ich habe nicht an das Wetter gedacht. Ich meinte die Anschläge."

„Wir wissen nicht mit Sicherheit, dass die fehlenden Dinge aus meinem Werkzeugkasten gestohlen wurden – wenn es das ist, woran du jetzt denkst."

Judith drehte sich um und sah ihm in die Augen. „Kannst du dich erinnern, wohin du sie gelegt hast?"

„Nein, aber ich bin ziemlich sicher, dass Cleon sie geborgt hat." Roman zuckte die Schultern. „Wir werden es bald wissen, denn er wird sicher bald nach Hause kommen."

„Es tut den beiden nicht gut, ständig voneinander getrennt zu sein. Sie sind doch erst frisch verheiratet. Und außerdem sollten sie nicht länger in getrennten Zimmern schlafen."

„Lass ihnen Zeit, ihre Probleme zu überwinden, und vor allem: Misch dich nicht ein!"

„Ja, du hast recht." Sie ging zum Fenster. „Hoffentlich hört der Regen bald auf. Denn ich muss nachher zur Telefonzelle gehen und den Zahnarzttermin für dich vereinbaren."

Er schüttelte den Kopf. „Bleib du im Haus. Ich werde mich selbst darum kümmern."

Anna verbrachte den Rest des Tages damit, zu backen, Kleidung zu flicken und Grace zu beschäftigen. Der Regen hatte nicht nachgelassen, und das Kind wartete sehnsüchtig darauf, nach draußen gehen zu können. Anna hatte gerade zwei Rhabarberkuchen in den Ofen geschoben, als sie Schritte auf der Veranda hörte und die Hintertür aufging.

Es war Martha. Sie klappte ihren großen Regenschirm zusammen, als sie die Küche betrat. „Hast du viel zu tun?"

„Ich habe nur gerade zwei Kuchen in den Ofen geschoben. Komm rein, wir können eine Tasse Tee trinken."

Martha stellte den Regenschirm in die alte blecherne Milchkanne, die neben der Tür stand, und setzte sich an den Tisch.

„Was für ein grauenvolles Wetter", sagte Anna.

Martha nickte und sah sich im Raum um. „Wo ist Grace?"

„Sie ist oben und macht einen wohlverdienten Mittagsschlaf."

„Gut, dass sie nicht hier ist, denn ich habe dir etwas zu sagen, was sie besser nicht hören sollte."

Anna fröstelte, als sie sich ihrer Schwester gegenübersetzte. „Was ist los? Ist schon wieder etwas mit Heidis Welpen passiert?"

Martha schüttelte den Kopf. „Mit den Hunden ist alles in Ordnung. Es geht um die arme Alma Wengerd."

„Was ist mit ihr?"

„Sie ist tot. Dad hat es von Bischof King erfahren. Er kam heute Morgen in seinen Laden."

„Wie ist denn das passiert?"

„Sie ging nach draußen, um die Hühner zu füttern, und als sie nicht zurückkam, hat Abe nachgesehen. Er hat sie auf dem Boden gefunden, nur ein paar Schritte vom Hühnerstall entfernt. Sie ist vom Blitz getroffen worden."

Anna erstarrte. „Oh, das ist *baremlich!*"

Martha nickte. „Es ist schrecklich. Alma war Moms Freundin und Mom ist ganz außer sich."

Anna starrte auf die Tischplatte und ihre Augen füllten sich mit Tränen. „Nach dem, was gestern Abend war, hätte ich nicht damit gerechnet, dass es noch schlimmer kommen könnte."

„Was war denn gestern Abend?"

Anna erzählte ihrer Schwester von der Begegnung mit Gary.

„Hat er etwas gesagt, das dich aufgeregt hat?“

„Gary sagt ständig Dinge, die mich aufregen.“ Anna schluckte krampfhaft. „Ich wünschte, er würde endlich hier verschwinden und nie mehr zurückkehren.“

„Ich habe dafür gebetet – nicht nur, weil du glaubst, er wäre für die Anschläge verantwortlich, sondern auch, weil er dich immer wieder an deine Vergangenheit erinnert.“

Anna schluchzte und griff nach einem Taschentuch. „Gestern Abend ist auch noch etwas anderes passiert, das mich aufgeregt hat.“

„Was denn?“

„Als Grace und ich nach Hause kamen, fanden wir ein Paket auf der Veranda.“

„Ein Geburtstagsgeschenk?“

„Das dachte ich zuerst.“ Anna schnäuzte sich die Nase. „Und dann habe ich den Fehler gemacht, Grace das Paket öffnen zu lassen, und …“

„Und was, Anna? Was war in dem Paket?“

„Eine tote Maus.“

„Wie ekelhaft! Welcher normale Mensch tut so etwas Abscheuliches?“

„Gary Walker wäre dazu imstande.“

„Glaubst du das wirklich?“

Anna nickte. „Ich habe dir ja schon gesagt, dass er mir angedroht hat, sich an mir zu rächen.“

„Das ist doch schon mehrere Jahre her. Er kann doch nicht immer noch darüber wütend sein, dass du seinen Freund geheiratet hast.“

Die Hintertür ging auf und Ruth kam herein. „Du meine Güte, was für ein Wetter. Ihr hättet das Wasser auf der Straße sehen sollen. Die Fahrt mit dem Buggy hierher war alles andere als einfach.“ Sie eilte zum Tisch. „Habt ihr noch Tee für mich? Ich könnte jetzt wirklich welchen gebrauchen.“

Anna griff nach der Teekanne und goss ihrer Schwester eine Tasse ein.

„Hast du von Alma gehört? Bist du deshalb hier?", fragte Martha, als Ruth die Tasse entgegennahm.

„Ich habe nichts von Alma gehört. Was ist mit ihr?"

„Sie ist tot. Sie wurde auf ihrem Hof von einem Blitz getroffen."

Ruths Augen weiteten sich. „Oh, wie furchtbar!"

„Abe muss sich jetzt allein um seine sechs *Kinner* kümmern. Er wird in nächster Zeit wohl jede Menge Hilfe brauchen."

Ruth nickte traurig.

Anna stöhnte. „In letzter Zeit gibt es so viel Schlimmes um uns herum. Ich frage mich, wie viel wir noch aushalten können."

Ruth setzte ihre Tasse ab und berührte Annas Hand. „Nun, ich habe eine gute Nachricht, die euch vielleicht wieder etwas zuversichtlicher machen wird."

Martha lehnte sich nach vorn. „Ich würde zu gern mal wieder etwas Erfreuliches hören."

„Dieser Reporter, mit dem du früher zusammen warst, kam heute in die Bäckerei. Er erzählte mir, seine Arbeit hier wäre jetzt erledigt, und er würde sich bald auf den Weg nach Wisconsin machen, um dort Storys über die Amischen zu sammeln." Ruth drückte Annas Hand. „Jetzt brauchst du dir keine Sorgen mehr zu machen, dass du ihn treffen könntest, wenn du in die Stadt fährst. Und wenn es keine neuen Anschläge mehr geben sollte, dann wissen wir, dass er der Schuldige war."

Anna seufzte, während sich ein Gefühl der Erleichterung in ihr breitmachte. Vielleicht würden sie jetzt zur Ruhe kommen. Dann könnten sie sich darauf konzentrieren, Abe und seiner Familie bei der Vorbereitung des Begräbnisses zu helfen und ihnen in den kommenden Tagen zur Seite zu stehen.

Kapitel 43

Der Himmel war grau und verhangen und es war ungewöhnlich kalt für einen Frühlingsmorgen. Doch wenigstens blieb es am Tag der Beerdigung von Alma Wengerd trocken. Als sich die Familie, Freunde und Bekannten am Friedhof versammelten, spürte Ruth tiefes Mitleid mit den sechs Kindern, die Alma hinterlassen hatte. Sie schmiegten sich eng an ihren Vater, als sie vor Almas Sarg standen.

Alma war erst zweiunddreißig gewesen. Sie würde nun ihre Kinder nicht aufwachsen sehen oder später das Leben als Großmutter genießen können. Ruths Herz zog sich vor Schmerz zusammen beim Gedanken an diese kleinen Wesen, die jetzt ohne Mutter auskommen mussten. Sie fragte sich, wie Abe mit dem Haushalt, den Kindern und seiner Sattlerei zurechtkommen würde.

Ruth sah zu Martin hinüber, der neben seinen Eltern stand. Er war nicht zum Trauergottesdienst in Abes Haus gekommen, aber rechtzeitig zur Beisetzung erschienen. Ruth fragte sich, ob er jetzt wohl mehr als bisher in der Sattlerei mit anpacken musste, da Abe ja jetzt mehr Zeit für seine Familie brauchen würde.

Wenn Ruth nicht bereits den Job in der Bäckerei gehabt hätte, hätte sie Abe möglicherweise angeboten, als Haus- und Kinderfrau für ihn zu arbeiten, doch sie hatte gehört, dass Abes unverheiratete Schwester aus Illinois kommen würde, um sich um die Kinder zu kümmern.

Als die Sargträger die Seile ergriffen und den Sarg langsam in die Grube sinken ließen, konzentrierte sich Ruth wieder auf die Beerdigung. Der Tod war schrecklich, und sie konnte sich kaum vorstellen, wie Abe sich nach dreizehn Jahre Ehe nun ohne seine Frau fühlte. Die für sie vertrautesten Menschen, die Ruth bisher verloren hatte, waren ihre Großeltern gewesen, und sie stellte es sich furchtbar vor, den Ehepartner oder das eigene Kind zu verlieren.

Einer der Männer legte Bretter über den Sarg. Abe beugte sich herab und nahm sein jüngstes Kind in die Arme. Vielleicht war Molly quengelig geworden, oder Abe hatte sie an sich gedrückt, um selbst Trost zu erfahren. Der groß gewachsene Mann mit dem rötlich braunen Haar und Vollbart blickte tiefernst, zeigte jedoch keine weiteren erkennbaren Anzeichen von Trauer.

Gideon, der Älteste der Geschwisterkinder, beugte sich zum vierjährigen Josh hinunter und flüsterte ihm etwas ins Ohr, und die kleine Esta schluchzte und umklammerte die Hände ihrer beiden jüngeren Brüder.

Ruth wäre am liebsten zu ihnen gelaufen, um sie alle in die Arme zu nehmen. Stattdessen berührte sie mit der einen Hand Martha und nahm mit der anderen Graces Hand, die neben ihr stand und so aussah, als ob sie jeden Moment in Tränen ausbrechen würde. Dachte Annas Tochter an den Tod ihrer englischen Großmutter? Wurde Grace durch Almas Tod an ihren eigenen Verlust erinnert? Auch Anna sah so aus, als sei sie den Tränen nahe. Vielleicht rührte ihr größter Kummer daher, dass ihr Mann nicht an ihrer Seite war; denn Cleon war immer noch nicht nach Hause gekommen und wusste wahrscheinlich nicht einmal, dass Alma gestorben war.

Während die Sargträger das Grab zuschaufelten, sang der Bischof mit einer Gruppe von Männern jeweils im Wechsel ein Lied. Als der Erdhügel aufgeschüttet war, drehten sich die Trauergäste um und gingen langsam und stumm zurück zu ihren Buggys.

Alle außer Esta. Das kleine Mädchen rannte über das Gras, schluchzte herzzerreißend und warf sich neben dem Grab seiner Mutter auf die Erde.

Abe stand da und wusste nicht, ob er zuerst seine anderen Kinder in den Buggy setzen oder zurückgehen und seine verzweifelte Tochter trösten sollte. Niemand außer Ruth hatte die Szene bemerkt. Selbst Ruths Familie hatte das Grab bereits verlassen, doch Ruth blieb stehen und wartete ab, was Abe tun würde. Als sie schließlich sah, dass er sich wieder dem Buggy zuwandte, rannte sie zu Esta hinüber und kniete sich auf den Boden. Sie nahm das kleine Mädchen in die Arme, wiegte es hin und her und tätschelte sanft seinen Rücken.

„Mama ... warum bist du fortgegangen?", schluchzte das Kind herzzerreißend. „Warum kommst du nicht wieder zu uns zurück?"

Tränen liefen über Estas Gesicht und durchnässten Ruths Bluse. In diesem Moment nahm sich Ruth fest vor, nicht nur für die Familie Wengerd zu beten, sondern auch so oft wie möglich bei ihnen vorbeizuschauen und ihre Hilfe anzubieten.

Als Anna nach Almas Beerdigung ihren Buggy die Straße hinunterlenkte, war sie voller Sorge – nicht nur um Abe und seine Kinder, sondern auch um Grace, die bisher noch kein Wort gesagt hatte. Das Kind war durch den Tod von Estas Mutter sehr aufgewühlt, aber es wollte nicht darüber reden. Weil Grace so traurig und betroffen aussah, beschloss Anna, so schnell wie möglich nach Hause zu fahren und nicht zum Leichenschmaus zu bleiben.

Sie sah zu ihrer Tochter hinüber, die mit gesenktem Blick und verschränkten Armen auf dem Sitz neben ihr saß. Wie gern hätte sie gewusst, was sich im Kopf der Kleinen abspielte.

Anna war froh, dass ihre Eltern und Schwestern zum Leichenschmaus dageblieben waren, denn ihre Hilfe war bei den letzten Vorbereitungen sehr willkommen. Dad und Abe hatten viel geschäftlich miteinander zu tun gehabt und sich gegenseitig Kunden vermittelt, und so wusste sie, dass Dad Abe ermutigen und unterstützen würde. Anna hatte auch bemerkt, dass Ruth die kleine Esta Wengerd unter ihre Fittiche genommen und das weinende Kind nach der Beerdigung zu Abes Buggy gebracht hatte.

Ruth würde eines Tages eine gute Mutter werden, und Anna hoffte, ihre Schwester würde zum rechten Zeitpunkt einen netten amischen Mann finden. Vielleicht war Martin Gingerich der Zukünftige? Er hatte jedenfalls schon mehrmals deutlich gezeigt, dass er sich für Ruth interessierte.

Anna musste an Cleon denken und legte eine Hand auf ihren Bauch. *Er wird traurig sein über Almas Tod. Traurig wegen Abe und traurig darüber, dass er nicht an der Beerdigung teilgenommen hat. Sie schluckte an dem wachsenden Kloß in ihrer Kehle. Würde Cleon um mich trauern, wenn mir etwas zustieße, oder wäre er erleichtert, dass ich sein Leben nicht mehr belaste?*

Sie schüttelte den Kopf. Sie sollte sich nicht solchen Gedanken hingeben. Es war nicht gut für sie, dass sie sich so auf das Negative konzentrierte. Und es war gar nicht gut für das Baby in ihrem Leib, wenn seine Mutter so aufgelöst war.

Als die Straße etwas abschüssig wurde, begann das Pferd zu wiehern, hielt an und scharrte mit den Hufen.

„Was ist los mit dir, Ben?“ Anna schnickte mit den Zügeln, doch das Pferd blieb stehen und warf den Kopf hin und her. Seltsam. Es waren keine Autos in der Nähe und Anna konnte keine Gefahr erkennen.

Erneut trieb sie das Pferd an und griff nach der Peitsche. „Los, Ben. Geh!“

Endlich setzte sich das Pferd wieder in Bewegung, gebärdete sich aber nach wie vor, als hätte es Angst. Kurz darauf gelangten sie zur Auffahrt ihres Elternhauses. Da versuchte das Pferd plötzlich, sich aufzubäumen. Nur mit Mühe gelang es Anna, das Pferd zu beruhigen.

Sie waren noch nicht ganz die Auffahrt hinaufgefahren, als Anna Brandgeruch wahrnahm. Die junge Frau trieb das Pferd an. Der Laden ihres Vaters schien in Ordnung zu sein, und als sie weiterfuhren und das Haus ihrer Eltern in Sicht kam, war auch dort nichts Ungewöhnliches zu erkennen. Dann schaute Anna zur Scheune hinüber – auch diese war intakt. Anna atmete erleichtert aus und fuhr die zweite Auffahrt hinauf. Da sah sie es zu ihrem Entsetzen: Rauch und Flammen kamen aus ihrem und Cleons Haus!

Zunächst wusste Anna nicht, was sie tun sollte. Sollte sie zum Schlauch rennen und versuchen, das Feuer selbst zu löschen, oder sollte sie den Buggy wenden und zum nächstgelegenen englischen Nachbarhaus fahren, um von dort aus die Feuerwehr anzurufen? Es wäre sinnlos, das Feuer allein löschen zu wollen. Andererseits würde es eine Weile dauern, bis die Feuerwehr eintreffen würde, und bis dahin konnte das Haus völlig abgebrannt sein. Wenn doch nur Dad oder Cleon hier wären – dann könnte sie Hilfe rufen, während die beiden Männer mit dem Löschen begannen.

Grace kreischte auf und kletterte von ihrem Sitz, als Anna den Buggy anhielt. Sie wollte das Kind festhalten, doch Grace war schneller, machte die Tür auf und rannte auf das brennende Gebäude zu.

Anna öffnete die Buggytür und sprang herunter. „Grace, bleib stehen! Geh nicht zum Haus!"

Doch das Kind lief weiter, und als Anna an der vorderen Veranda angekommen war, hatte Grace bereits die Tür geöffnet und war im Haus verschwunden.

„Oh nein, Herr, nein!", keuchte Anna. „Bitte lass meinem kleinen Mädchen nichts zustoßen!"

Als Cleons Bus in Dover ankam, wurde er schon von Henry Rawlings, einem der englischen Nachbarn, der ihm manchmal eine Mitfahrgelegenheit bot, erwartet. Doch Henry musste einen Umweg über Berlin machen, und da Cleon es nicht mehr abwarten konnte, endlich nach Hause zu kommen und die Dinge zwischen sich und Anna in Ordnung zu bringen, machte er sich zu Fuß auf den Weg.

Während er am Straßenrand entlanglief, dachte er über seine Reise nach Pennsylvania nach. Alles war sehr gut verlaufen. Er hatte nicht nur arrangieren können, dass die Bienen und Bienenstöcke zu ihm nach Hause geliefert wurden, sondern auch zusätzliche Anschaffungen getätigt: eine Honigschleuder, einige Ziegenlederhandschuhe, einen Imkerschleier, einen Smoker und eine Zange, mit der er Waben aus dem Bienenkorb entnehmen konnte. Er hatte außerdem eine Reihe von Kunden gefunden, die seinen Honig abnehmen würden. Wenn alles gut lief, könnte er nächstes Jahr um diese Zeit ein florierendes Geschäft aufgebaut haben.

Für Anna hatte er mit blauen Vögeln verziertes Briefpapier gekauft. Es war kein großartiges Geschenk, aber wenigstens würde sie sehen, dass er an ihren Geburtstag gedacht hatte.

Als er etwa die Hälfte des Weges zurückgelegt hatte, hörte er ein Auto hupen. Er drehte sich um und sah John Peterson in einem Sportwagen heranfahren. „Möchtest du mitfahren?", rief John durch das geöffnete Fenster.

„Ja, sehr gern." Cleon öffnete die Beifahrertür und stieg ein.

„Ich habe gehört, dass du geschäftlich unterwegs warst, um Bienenstöcke zu kaufen", sagte John, als er anfuhr.

Cleon nickte. „Bienen und Bienenstöcke."

„Hast du Erfolg gehabt?"

„Ja, es lief richtig gut. Ich habe die ganze Ausrüstung zum Haus meiner Eltern liefern lassen. Ich nehme an, dass alles bald eintrifft."

„Dann bist du also auf dem Weg zu deinem Elternhaus?"

Cleon schüttelte den Kopf. „Ich möchte erst noch Anna begrüßen."

John trommelte mit den Fingern auf das Lenkrad. „Es hat hier einige Aufregung gegeben, während du weg warst."

„Was für eine Aufregung?"

„Leider sind es keine schönen Neuigkeiten. Vor ein paar Tagen hatten wir hier ein heftiges Unwetter und Alma Wengerd wurde vom Blitz getroffen."

„Das ist schlimm. Wurde sie schwer verletzt?"

„Sie ist tot. Sie wurde heute beerdigt, aber ich war nicht dabei. Da ich nicht amisch bin und noch nicht lange in der Gegend wohne, war ich nicht sicher, ob ich willkommen sein würde." John schüttelte den Kopf. „Euer Nachbar Ray Larson war ebenfalls nicht dabei. Ich habe ihn vorhin in Berlin in der Apotheke getroffen."

Cleon fröstelte und musste sich schütteln. Abes Frau war gestorben – mitten in der Blüte ihres Lebens. Unvorstellbar, wie er sich fühlen würde, wenn Anna so etwas zustieße.

„Geht es dir gut?", fragte John und berührte Cleons Arm. „Du bist ganz blass."

Cleon rieb seine Knöchel und legte dann beide Hände um seinen Nacken, um seine angespannten Muskeln zu massieren. „Ich musste an Abe denken. Es muss ein Schock für ihn gewesen sein, seine Frau auf diese Weise zu verlieren."

John nickte. „Ich habe gehört, dass er sie gefunden hat. Sie lag auf dem Boden in der Nähe des Hühnerstalls."

„Schrecklich. Abe hat sechs Kinder, und es wird nicht leicht für ihn sein, sie allein großzuziehen."

„Er wird sich wahrscheinlich bald nach einer neuen Frau umsehen. Das machen doch die meisten amischen Männer, wenn sie ihre Frau verlieren, oder nicht?"

Cleon zuckte die Schultern. „Manche schon, andere nicht. Alles hängt von den Umständen ab." *Würde ich mich nach einer neuen Frau umsehen, wenn Anna sterben sollte? Könnte ich eine andere Frau so lieben wie sie? Wie würde ich mich fühlen, wenn Anna sterben sollte, bevor ich sie um Vergebung bitten konnte?*

Als sie die Auffahrt zum Haus der Hostettlers hochfuhren, bemerkte Cleon eine dicke Rauchwolke. Der beißende Geruch setzte sich in seiner Nase fest, und kurz darauf sah er, dass sein Haus brannte. Er setzte sich kerzengerade auf, sein Herz pochte wild. *Lieber Gott, lass sie nicht dort drin sein. Bitte lass es nicht zu spät für uns sein.*

Er drehte sich zu John. „Könntest du die Feuerwehr anrufen?"

„Natürlich." John wühlte in seiner Hosentasche und runzelte die Stirn. „Mist! Ich habe mein Handy zu Hause vergessen. Ich fahre schnell heim und rufe von dort an."

Cleon öffnete die Tür, sprang aus dem Wagen und rannte die

Auffahrt hoch. Er sah Annas Buggy und das Pferd neben dem Haus stehen. *Sie muss hier sein. Sie könnte sogar im Haus sein.*

„Anna, wo bist du?"

Nichts – nur das Knacken der Flammen war zu hören.

„Grace! Grace, komm zurück! Nein, geh nicht hoch!"

Cleon erstarrte. Das war Annas Stimme! Sie kam aus dem Haus. Offenbar war auch Grace drinnen. Sein Herz setzte einen Schlag aus. Wenn er Anna jetzt verlor, bevor sie sich versöhnen konnten …

Das Feuer kam aus dem zweiten Stock; die Flammen schlugen aus den Schlafzimmerfenstern und durch das Dach. Cleon griff nach einer Steppdecke aus dem Buggy, tunkte sie in die Pferdetränke und schlang sie um seinen Kopf. Dann rannte er auf die Veranda, riss die Tür auf und eilte ins Haus.

Kapitel 44

Statt den anderen Frauen beim Servieren des Leichenschmauses zu helfen, beschloss Ruth, sich lieber um Abes Kinder zu kümmern – insbesondere um Esta, die sich geweigert hatte, auch nur irgendetwas zu sich zu nehmen.

„Wenn du mir versprichst, einen ganz kleinen Happen zu essen", redete Ruth der Kleinen gut zu, „dann frage ich deinen *Daed*, ob du morgen zu uns kommen und die Welpen meiner Schwester sehen kannst." Sie lächelte. „Und Grace würde sich auch freuen, eine Spielgefährtin zu haben."

Esta starrte Ruth an, sie blickte tiefernst und ihre langen Wimpern berührten ihre Wangen mit jedem Blinzeln. „Glaubst du, Martha würde mir einen der *Hundlin* schenken?"

Ruth nahm Estas Hand. „Wenn es meine Welpen wären, würde ich Ja sagen, aber ich glaube, dass Martha ihre Welpen verkaufen will."

Estas Unterlippe schob sich vor. „Ich habe kein Geld und

Papa wird mir auch keines geben. Er sagt immer, wir können nur das kaufen, was wir brauchen."

Ruth hatte ein wenig Geld gespart, aber im Moment brauchte sie es nicht wirklich. „Hör mal, Esta", sagte sie, wobei sie sanft die Hand des kleinen Mädchens drückte, „wenn dein *Daed* einverstanden ist, dann kaufe ich dir einen von Marthas Welpen."

Estas Augen wurden ganz groß. „Wirklich?"

„Ja, wirklich."

„Okay." Esta nahm sich ein Sandwich von ihrem Teller und biss hinein.

Ruth lächelte und konzentrierte sich auf ihren eigenen Teller. *Ich hoffe, dass ich eines Tages so ein süßes Kind wie Esta haben werde.*

Nach dem Essen fanden sich die Männer und Frauen jeweils in Grüppchen zusammen, auch die Kinder und die jungen Leute. Da Esta damit zufrieden zu sein schien, mit einem der anderen Mädchen zu spielen, beschloss Ruth, ein wenig hinauszugehen, um allein nachzudenken und zu beten.

Sie lief durch den Vorgarten auf den Bach zu, der sich hinter Abes Grundstück durch die Wiese schlängelte, und dachte an Anna, die mit Grace nach Hause gefahren war. Der traurige Ausdruck auf dem Gesicht ihrer Schwester machte ihr Sorgen, und sie war sich sicher, dass er nicht nur von Almas Tod herrührte.

Wenn ich irgendetwas tun kann, um meiner Schwester zu helfen, dann zeig es mir bitte, Herr, betete Ruth und setzte sich ins Gras nahe dem Bach. Sie hielt ihr Gesicht in die wärmende Sonne und schloss die Augen. *Und lass mich auch wissen, wie ich Esta und ihren Geschwistern in diesen Tagen beistehen kann.*

„Schläfst du?", fragte eine männliche Stimme hinter ihr.

Ruth öffnete die Augen. Toby King und Sadie Esh sahen sie an.

„Ich dachte, ich wäre allein hier."

„Wir sind gerade erst gekommen", murmelte Toby.

„Im Garten der Wengerds waren so viele Leute, deshalb wollten wir ein bisschen zu zweit spazieren gehen", sagte Sadie und wurde rot.

Ruth nickte.

„Sieht so aus, als ob praktisch alle aus unserer Gemeinschaft zur Beerdigung gekommen sind. Alle außer Luke." Toby schüttelte den Kopf. „Es würde mich nicht wundern, wenn er den Tag mit seinen englischen Kumpels verbringen würde. Scheinbar hat er mittlerweile für sie mehr übrig als für seine amischen Freunde."

Ruth erwiderte nichts. Sie hatte keine Lust, über ihren ehemaligen Freund zu reden. Sie hatte über wichtigere Dinge nachzudenken – darüber, wie sie Esta und den anderen Kindern helfen konnte, mit dem Verlust ihrer Mutter fertig zu werden.

Toby berührte Sadies Arm. „Gehen wir nun spazieren oder nicht?"

„Ja, sicher", sagte sie nickend. „Wir sehen uns dann morgen in der Bäckerei, Ruth."

Ruth winkte ihnen nach und schloss erneut die Augen. Ein paar Minuten später hörte sie, wie sich jemand räusperte, und öffnete die Augen wieder.

Ihr Magen flatterte, als sie Martin neben sich stehen sah.

„Ich habe dich in diese Richtung gehen sehen und dachte, ich könnte mich ein bisschen mit dir unterhalten", sagte er, wobei er ein wenig rot wurde.

Sie klopfte auf den Boden neben sich. „Möchtest du dich setzen?"

„Ja, gern." Martin nahm seinen Hut ab und legte ihn auf seine angezogenen Knie. „Das war ein ziemlich trauriges Ereignis, nicht wahr?"

Sie nickte und schwieg – aus Angst, sie könnte gleich anfangen zu weinen.

„Keiner von uns weiß, was die Zukunft bereithält. In einem Moment ist noch alles in Ordnung, und dann kommt alles ganz anders, als man es jemals erahnen würde." Er schüttelte den Kopf. „Als Abe sah, wie Alma hinausging, um die Hühner zu füttern, hätte er wohl nicht im Traum daran gedacht, dass er sie nie wieder lebend sehen würde."

Ruth nickte.

„Ich habe bemerkt, wie du dich um Abes Kinder gekümmert hast, besonders um Esta."

Ruth schluckte krampfhaft an dem Kloß in ihrer Kehle. „Sie werden alle ihre *Mamm* schrecklich vermissen, das steht fest."

„Aber es ist dir gelungen, sie ein bisschen zu beruhigen."

„Ich habe mein Bestes getan."

Martin zupfte einen Grashalm nach dem anderen aus. Schließlich sah er Ruth an, räusperte sich mehrmals und sagte: „Ich habe die Zeit mit dir sehr genossen, neulich beim Jugendabend."

„Ja, ich auch."

„Ich wollte dich fragen … nun … wäre es dir recht, wenn ich nächste Woche einmal bei dir vorbeischaue?"

Ruth wollte nicht zu viel Begeisterung zeigen, doch bei dem Gedanken daran, dass ihr dieser sanfte, freundliche junge Mann den Hof machte, wurde ihr so schwindelig, dass sie kaum atmen konnte. „Ja, Martin. Ich würde mich wirklich freuen, wenn du kommen würdest", sagte sie.

„Es tut mir furchtbar leid, was mit Alma passiert ist", sagte Roman und klopfte Abe auf die Schulter. „Wenn ich irgendetwas tun kann, lass es mich wissen."

Abe nickte. „Vielen Dank."

„Wird jemand aus der Familie den Kindern helfen?"

„Meine jüngste Schwester Sue ist noch nicht verheiratet und will hier einziehen, um sich um alles zu kümmern." Abe fuhr sich mit den Fingern durch sein rötlich braunes Haar und lehnte sich gegen die Scheunentür. Tränen standen in seinen Augen. „Alma war erst zweiunddreißig, als sie starb. Es scheint nicht richtig zu sein, dass jemand in so jungen Jahren von seiner Familie weggerissen wird, oder?"

Roman schüttelte den Kopf. Judith war vierundvierzig, und er konnte sich überhaupt nicht vorstellen, sie zu verlieren.

Abe stöhnte. „Vor ein paar Wochen haben wir unseren dreizehnten Hochzeitstag gefeiert. Alma war bei unserer Hochzeit neunzehn und ich gerade zwanzig."

„So wie ich Alma kannte, war sie eine gute Frau."

„Ja, das stimmt, und sie war unseren sechs Kindern eine gute Mutter." Abe sah über die Wiese, wo seine zwei ältesten Söhne mit ein paar anderen Kindern Tauziehen spielten. „Für uns alle wird es schwer sein, ohne Alma zu leben, aber ich mache mir vor allem um Esta Sorgen. Vorhin nach der Beerdigung wusste ich nicht, ob ich mich zuerst um sie kümmern oder die anderen fünf in den Buggy bringen sollte. Aber deine Tochter Ruth hatte sie schon in den Arm genommen und ich ließ sie gewähren."

Er sah Roman in die Augen. „Esta ist meine älteste Tochter, und um ehrlich zu sein, kam sie besser mit ihrer *Mamm* aus als mit mir. Jetzt, wo Alma tot ist, bräuchte sie eine Frau, die ihr Orientierung gibt."

„Ich bin sicher, meine Frau und meine Töchter sind gern bereit, alles zu tun, was sie können, gemeinsam mit deiner Schwester, natürlich."

„Wir sind über jede Hilfe froh, die wir bekommen können." Abe wandte sich zum Gehen. „Ich werde noch ein bisschen mit den anderen Gästen sprechen. Obwohl ich ehrlich gesagt jetzt nichts lieber täte, als in mein Haus zu gehen, ins Bett zu klettern und mir die Decke über den Kopf zu ziehen."

Roman nickte verständnisvoll. Bei den vielen Anschlägen auf seine Familie hatte er sich ähnlich gefühlt.

Anna rannte durch das Haus und rief nach Grace. Ihre Augen füllten sich mit Tränen und ihre Lungen mit Rauch. „Grace! Grace, wo bist du?"

Nichts war zu hören, nur das Knistern der Flammen, die am Holzgebälk leckten. Wenn nicht bald Hilfe käme, würden sie alles verlieren. Doch darüber konnte sie sich jetzt keine Gedanken machen. Sie musste Grace finden und sie aus dieser Hölle befreien.

Hustend und würgend sah Anna sich um. Sie konnte vor lauter Rauch fast nichts sehen und hatte Angst, Grace könnte nach oben gelaufen sein. „Grace! Grace, wo bist du?“

Die Haustür ging auf und Cleon kam hereingestürmt. „Dem Herrn sei Dank, ich hab dich gefunden“, keuchte er und drückte sie so heftig an sich, dass sie kaum noch atmen konnte. „Komm schnell hier raus. Als ich nach Hause kam und das Feuer sah, hatte ich solche Angst, du könntest drinnen sein und …“

Anna entzog sich seiner Umarmung und schluchzte laut auf. „Ich kann Grace nicht finden, Cleon. Ich fürchte, sie ist nach oben gegangen.“

Cleon zeigte auf die Tür. „Der Rauch hier drinnen schadet dir. Geh nach draußen, ich werde Grace suchen.“

Anna zögerte, doch dann gehorchte sie. „Oh Cleon, wenn Grace etwas zustößt – ich könnte es nicht ertragen. Wir müssen sie finden, wir müssen sie finden!“ Vor Verzweiflung blieb ihr fast die Stimme weg.

„Ich verspreche dir, dass ich sie finden werde“, sagte er und schob sie zur Tür. „Ich liebe dich, Anna, und du musst jetzt auf dich aufpassen, damit auch unser Baby eine Chance zu leben hat.“

Anna blinzelte mehrmals, während sie Cleons Worte auf sich wirken ließ. Hieß das, dass er ihr … vergeben hatte? Doch für Fragen blieb jetzt keine Zeit, und Anna wusste, dass sie Cleon nicht widersprechen sollte. Er hatte bei der freiwilligen Feuerwehr gearbeitet und würde Grace viel besser helfen können als sie selbst.

Nur Augenblicke später kniete sie sich in das Gras vor dem Haus und flüsterte ein Gebet: „Hilf uns, Herr. Hilf Cleon, Grace zu finden, und bewahre beide.“

Mit jeder Sekunde kämpfte sie gegen das Verlangen an, ins Haus zurückzulaufen und selbst nach dem kleinen Mädchen zu suchen. Was, wenn Cleon Grace nicht finden konnte? Und was, wenn beide in den Flammen umkamen?

Sie stand mit zitternden Knien auf und wollte gerade ins Haus zurückrennen, als Cleon auftauchte. Er hielt Grace in den Armen.

„Oh Herr, danke!" Anna rannte auf die beiden zu und streckte die Hände nach ihrer Tochter aus, die die gesichtslose Puppe umklammert hielt. „Wo hast du sie gefunden?"

„Sie war in ihrem Zimmer. Sie wollte ihre Puppe vor dem Feuer retten."

„Ist sie verletzt?"

„Sie hat eine Menge Rauch eingeatmet, aber ich konnte keine Verletzungen entdecken, und ich glaube ..."

Bevor Cleon den Satz beenden konnte, verbarg Grace ihr Gesicht an Annas Hals und rief: „Opi hat mich aus dem Feuer gerettet!"

„Oh nein, meine Kleine", sagte Anna und streichelte Graces Rücken. „Cleon hat dich aus dem brennenden Haus geholt."

Grace drehte ihr Gesicht zu Cleon. „Bist du mein Papa?"

Cleons Augen füllten sich mit Tränen. „Ich muss mich bei dir entschuldigen, Grace. Ich war egoistisch und habe nur an mich gedacht, ohne daran zu denken, wie es für dich gewesen sein muss, hierherzukommen und mit fremden Leuten zu leben und dich an ein ganz neues Leben zu gewöhnen."

Grace streckte ihre Hand aus und berührte Cleons tränennasses Gesicht. Dann beugte sie sich vor und drückte einen Kuss auf seine Wange.

Er sah Anna an. Die Zärtlichkeit, die sie in seinem Blick las, berührte sie tief.

„Vor ein paar Tagen, als ich in Pennsylvania war, musste ich über einen Bibelvers nachdenken ... und ..." Er atmete tief ein. „Ich liebe dich, Anna. Ich habe nie aufgehört, dich zu lieben. Und es tut mir so leid, dass ich dir nicht vergeben konnte. Kannst du mir vergeben, dass ich ein solcher dickköpfiger *Narr* war?"

„Du bist kein Narr“, sagte Anna mit einem Kopfschütteln. „Du warst nur tief verletzt, weil ich dich enttäuscht hatte und nicht ganz offen war.“

„Das rechtfertigt mein Verhalten nicht“, antwortete er und beugte sich zu ihr, um sie zu küssen. „Ich verspreche, dass ich ab jetzt ein besserer Ehemann sein werde.“

Annas Augen füllten sich mit Tränen. „Und ich werde versuchen, die beste Ehefrau zu sein.“ Sie sank auf den Boden und setzte Grace auf ihren Schoß. Dann zeigte sie auf das Haus, aus dem noch immer die Flammen schlugen. „Oh Cleon, wenn nicht bald Hilfe kommt, werden wir unser ganzes Haus verlieren.“

Er kniete sich neben Anna und nahm ihre Hand. „John Peterson hat mich nach Hause mitgenommen, und als er das Feuer sah, hat er mir versprochen, die Feuerwehr anzurufen. Sie werden bald hier sein, aber selbst wenn wir das Haus verlieren sollten – es ist nicht schlimm.“

Sie blinzelte mehrmals verwirrt. „Wie meinst du das? Wir haben so hart gearbeitet, um es zu bauen, und wenn wir es verlieren ...“

„Dann bauen wir eben ein neues Haus. Was wirklich zählt, seid ihr – du und Grace. Ihr beide seid wohlauf, nur das ist wichtig.“

„Du hast recht“, murmelte Anna. „Gott hat uns eine zweite Chance gegeben. Nur das zählt.“

Aus der Ferne war eine Sirene zu hören und Cleon half Grace und Anna auf die Beine . Zwei Feuerwehrwagen kamen die Auffahrt hoch, gefolgt von Johns Auto. Mehrere Feuerwehrmänner sprangen vom Wagen und machten sich sofort an die Arbeit, doch das Haus war inzwischen fast völlig niedergebrannt. Es sah hoffnungslos aus.

„Haben Sie eine Ahnung, wie es zu dem Brand gekommen ist?“, fragte der Einsatzleiter an Cleon gewandt.

Er schüttelte den Kopf und legte seinen Arm um Annas Schultern.

„Es hat seit dem Tag, an dem eine Frau aus unserer Gemeinschaft vom Blitz getroffen wurde, keine weiteren Gewitter gegeben, das kann also nicht der Grund sein", antwortete er.

„War vielleicht noch eine Gaslampe im Haus an?", fragte der Einsatzleiter.

„Ich dachte, ich hätte sie alle heruntergedreht, als ich heute Morgen mit meiner Tochter zur Beerdigung aufgebrochen bin; aber ich war auch sehr durcheinander wegen Almas Tod, und vielleicht habe ich doch eine Lampe übersehen."

„Sobald das Feuer gelöscht ist, werden wir eine Untersuchung vornehmen", erklärte der Einsatzleiter. „In der Zwischenzeit sollten Sie sich alle vom Arzt untersuchen lassen."

Der Rettungswagen war zeitgleich mit der Feuerwehr eingetroffen. Cleon nickte und legte seinen Arm noch fester um Annas Schultern. Gemeinsam gingen sie die Auffahrt hinunter. „Wenn ich darüber nachdenke, dass ich dich beinahe verloren hätte, könnte ich verrückt werden." Er verzog das Gesicht. „Und ich könnte genauso verrückt werden, wenn ich daran denke, wie schlecht ich dich seit Graces Auftauchen behandelt habe."

„Bischof King sagte mir an jenem Abend: Die Vergangenheit ist vorbei, wir können nichts mehr daran ändern."

Cleon blieb stehen und starrte auf das Haus. Das Feuer war gelöscht, doch vom Haus war nicht mehr viel übrig.

Anna lehnte ihren Kopf an seine Schulter und seufzte. „Es ist in Ordnung. Wir haben ein *Boppli*, auf das wir uns freuen können, und wenn wir uns gegenseitig lieben und Gott erlauben, das Haupt unserer Familie zu sein, dann können wir alles schaffen, was auf uns zukommt."

„Du hast recht, Schatz." Er küsste sie zärtlich auf den Mund, bevor er sich herabbeugte und Grace auf den Kopf küsste.

Tiefe Freude machte sich in Anna breit. „Und ab jetzt", versprach sie, „wird es keine Geheimnisse mehr geben."